ANNI BÜRKL

Schwarztee

TEESTUNDE Das beschauliche Altaussee im Salzkammergut. In Berenike Roithers neu eröffnetem Teesalon trifft man sich zur Lesung des skandalumwitterten Autors Sieghard Lahn. Die Gäste nippen am Tee, schmökern in den Büchern, lassen sich von Stimme und Auftreten des Dichters faszinieren. Doch ein Besucher steht zur Pause nicht mehr auf und schnell ist klar: Der Journalist Robert Rabenstein wurde ermordet.

Kein guter Auftakt für Berenikes beruflichen Neuanfang. Weil die polizeiliche Aufklärung schleppend läuft, ermittelt die Tee-Lady auf ihre Weise und hat dabei manch eigenartige Begegnung. Wem ist Rabenstein, der sich anscheinend sehr für die Machenschaften des boomenden Esoterik-Business interessierte, mit seinen Recherchen zu nahegetreten? Was verbirgt seine Frau, die Schottin Shanna MacDonald? Und wer ist der geheimnisvolle, gut aussehende Mann, der neuerdings zu der Autorenrunde gehört, die sich in ihrem Salon trifft? Berenike wird es herausfinden – auch wenn sie sich dazu im fernen Wien der eigenen Vergangenheit stellen muss …

Anni Bürkl, Jahrgang 1970, lebt seit Abschluss ihres Studiums der Publizistik im Jahr 2001 als freie Journalistin und Autorin in Wien. Im Ausseerland, wo sie sich im Sommer gerne aufhält, schreibt sie am liebsten. 2003 erhielt sie den Theodor Körner Förderungspreis. Sie ist Mitglied bei den »Mörderischen Schwestern« und der »IG Autorinnen Autoren«. Der Kriminalroman »Schwarztee« ist ihre erste Veröffentlichung im Gmeiner-Verlag.

ANNI BÜRKL

Schwarztee

Kriminalroman

Original
GMEINER

Personen und Handlung sind frei erfunden.
Ähnlichkeiten mit lebenden oder toten Personen
sind rein zufällig und nicht beabsichtigt.

Besuchen Sie uns im Internet:
www.gmeiner-verlag.de

Im Ehnried 5, 88605 Meßkirch
Telefon 07575/2095-0
info@gmeiner-verlag.de

2. Auflage 2009

Lektorat: Susanne Tachlinski; Claudia Senghaas, Kirchardt
Herstellung / Korrekturen: Susanne Tachlinski / Doreen Fröhlich
Umschlaggestaltung: U.O.R.G. Lutz Eberle, Stuttgart
unter Verwendung eines Fotos von Irmgard Neubauer
Druck: Fuldaer Verlagsanstalt, Fulda
Printed in Germany
ISBN 978-3-8392-1023-9

Das erste Glas Tee ist bitter wie das Leben,
das zweite süß wie die Liebe
und das dritte sanft wie der Tod.

Berber-Weisheit

Ein Mann wohnt im Haus und spielt mit den
Schlangen der schreibt
der schreibt wenn es dunkelt nach Deutschland dein
goldenes Haar Margarete
Dein aschenes Haar Sulamith wir schaufeln ein Grab in
den Lüften da liegt man nicht eng

Todesfuge, Paul Celan

1

VERBENENTEE

Alles, was zur Lesung fehlte, war der Dichter. Berenike gestand sich ein, dass das kläglich war. Mochte der Rest noch so perfekt sein, die Speisen in ihrem Salon vorzüglich und der Tee unwiderstehlich. Die böse Vorahnung ergriff wieder Besitz von ihr. Bis jetzt hatte sie das Gefühl auf ihre Nervosität geschoben. Und auf das Gewitter, das den ganzen Tag herumgezogen und dann doch nicht über Altaussee niedergegangen war. Erst vor Kurzem hatte sie ihren Salon für Tee und Literatur hier eröffnet, heute veranstaltete sie die erste Lesung. Attention now!

Das Lokal war voll. Ausseer in Tracht, Touristen in Freizeitklamotten. Knallrote Parkas in Kombination mit hellbeigen Kniehosen mussten der letzte Schrei sein. Berenikes rosa Kimono aus Japan stach dagegen total hervor. Die Seide raschelte bei jedem Schritt, eine sprichwörtliche Reise in die Ferne.

Rasch kontrollierte Berenike im Waschraum ihr Aussehen. Sie hatte den kleinen Raum in einen orientalischen Traum verwandelt, dunkelblau gestrichene Wände mit goldenen Sprengseln, leichter Opiumgeruch aus einer Duftschale.

Sinnierend betrachtete sie sich im Spiegel. Ihr linkes Auge wirkte schiefer als sonst. Der kleine Makel fiel nur auf, wenn sie angespannt war. ›Du bist zur Schamanin geboren‹, hatte ihr einmal ein geheimnisvoller Inder auf einer Reise versichert. Doch was sollte sie im Europa des 21. Jahrhunderts mit etwas anfangen, wovon sie nicht die geringste Ahnung hatte? So hatte sich Berenike für ihre rationale Seite entschieden. Business, Geld, guter Sex. Bis vor einiger Zeit alles zusammengebrochen war. Aber daran wollte sie jetzt nicht denken.

»Om«, sie schloss für einen Moment die Augen. »Om«, wiederholte sie das universelle Mantra. Sie blinzelte mit einem Auge. Damn it, sie war noch immer nicht relaxed. Da konnte man nichts machen. Sie zwinkerte ihrem Spiegelbild zu, zupfte an ihren asymmetrisch kurz geschnittenen schwarzen Haaren und ging hinaus.

Draußen inspizierte sie ein letztes Mal das Buffet, kleine Häppchen aus Avocados lockten neben Gurkenscheiben auf Butterbrot, natürlich alles biologisch. Ihre Mitarbeiterin Ragnhild kam und stellte Teekannen bereit; die Gäste konnten sich hier selbst bedienen. Ragnhild war ebenfalls in einen Kimono gewandet. Berenike hob den Deckel von einem blauen Keramikkännchen und schnupperte. Der zitronige Duft des Verbenentees wirkte angenehm in der Hitze. Zu einer Premiere wie heute Abend gehörte eigentlich das Prickeln von Champagner. Tee wirkte plötzlich so banal. Kein Alkohol, kein Begehren, sie hatte den Ausschweifungen aus gutem Grund abgeschworen. Zum ersten Mal fragte sie sich nun, ob jene Leere, die der Buddhismus als höchstes Glück pries, wirklich erstrebenswert war. Sogar den Wirt vom ›Grünen Kakadu‹ hatte sie unter den Besuchern ausgemacht, Max hieß er. Er schob sich an sie heran und hauchte mit heißem Atem in ihr Ohr: »Schön, dich zu sehen!« Ohne dass er sie berührt hätte, konnte sie seine Präsenz durch den Stoff hindurch spüren. Sie ließ die Erregung einen Moment auf sich wirken. Im Luftzug stellten sich die Spitzen ihrer Brüste unter dem Stoff auf, ein wohliger Schauer durchlief ihren Körper.

Schräg schien die Sonne durch das offene Fenster auf die hohen Bücherregale. Berenike hatte sich für schwarze moderne Möbel entschieden, um sich vom rustikalen Ambiente anderer Lokale abzuheben. Die Kirchenglocken läuteten zum Abend. Es klang, als hätten sie ebenfalls Mühe, sich bei der Hitze zu bewegen. Berenike spürte, wie ihre Haut unter der Seide glühte, so warm war es im Raum.

Langsam machte sich Unruhe unter den Gästen breit. Sie sah auf die Uhr. Schon zehn Minuten nach der geplanten Zeit für den Beginn. Die Besucher, die bereits eine halbe Stunde im Salon saßen, standen wieder auf. Sie zupften ein Buch aus dem obersten Regal, legten es woanders ab. Dann blätterten sie kurz in einem anderen Bändchen, nur um auch dieses irgendwo zurückzulassen, wo es nicht hingehörte. Aber das war alles kein Problem. Berenike versuchte, sich auf ihren Atem zu konzentrieren. Das beruhigte.

»Wann gehts los?« Die Stimme hörte sich glatt und männlich an wie das frisch rasierte, braun gebrannte Gesicht. Ein junger Kerl im blauen Hemd stand vor ihr, seine Augen blitzten unruhig umher.

»Gleich«, Berenike krampfte ihre Hand um das Handy. Das war Murphys Law. Alles geht schief, was nur schiefgehen kann. Bitte nicht!, sie schickte ein stummes Stoßgebet an wen auch immer.

»Danke.« Der Besucher zog eine Packung Marlboro aus der Brusttasche, das gab leider Punkteabzug. Sie deutete zur Tür. »Bitte rauchen Sie draußen. Danke.« Ein irritierter Blick traf sie. Ihre Atemübung hatte sie sowieso unterbrechen müssen, da machte es auch nichts, dass sich der feine Pinkel seine Zigarette in der Tür anheizte.

Berenike griff nach einer der Erdbeeren, die in silbernen Körbchen herumgereicht wurden. Während ihre Zunge das rote Fruchtfleisch zerdrückte und sich der süßliche

Saft in ihrer Mundhöhle verteilte, ging sie vor die Tür, um zu telefonieren. Sie wählte eine Nummer und presste das winzige Handy ans Ohr. Sie hörte es läuten, dann Motorradlärm.

»Frau Roither? Heil!« Wie so oft zuckte Berenike bei dem politisch belasteten Grußwort zusammen. Doch in manchen Gegenden war es völlig harmlos und gängig, so vielleicht auch hier. Sie als Neo-Ausseerin wusste das nicht genau, also verkniff sie sich einen Kommentar. Eine Maschin' à la Marlon Brando war vor ihr zum Stehen gekommen. Der Fahrer trug eine schwarze Motorradjacke zur traditionellen Ausseer Lederhose. Er hielt ihr seine Hand zum Gruß hin, eine riesige Pranke. Sieghard Lahn himself, breitbeinig, erdverwachsen und 40 Minuten zu spät.

Sie sah auf. Und erstarrte. Diese Augen! Starr, herablassend. Sahen sie, und sahen sie irgendwie nicht. Erinnerten an …, nicht daran denken.

Oooom!

»Darf ich Sie in meinen Salon …«

Lahn bewegte sich bereits zielsicher an ihr vorbei in Richtung Podium. Sein linkes Bein war unwesentlich kürzer als das rechte, aber das verstärkte seine Attraktivität nur noch. Seine Schritte stanzten Töne aus dem Boden. Berenike spürte, wie ihre nackten Schenkel unter dem Gewand beim Gehen aneinanderrieben.

»Heil Euch!«, rief Lahn in die Menge. Seine große, schwere Gestalt füllte den Raum. In Berenike löste er das Gefühl aus, plötzlich nur noch halb so groß zu sein wie sonst, obwohl sie mit ihren 1,78 Metern nicht gerade klein war. Er setzte sich.

»Ein Getränk, Herr Lahn?« Sie trat neben ihn, nahm seinen Körpergeruch wahr, den Motorradgeruch. »Vielleicht ein alkoholfreies Biobier?«

Alkoholfrei, wie unpassend. Er winkte ab, griff nach dem Wasserglas. Lahns halblange Locken waren dramatisch gerauft, brünett, sie konnten auch als blond durchgehen. Groß, üppig war seine Figur. Kein bisschen fett. Eher kraftstrotzend. Muskeln an Armen und Beinen. Seine 40 Jahre sah man ihm kaum an.

»Er ist in den Metropolen der literarischen Welt zu Hause, in seiner Heimat allerdings tritt er viel zu selten auf. Begrüßen Sie mit mir«, im Raum klirrte Geschirr, ausgerechnet jetzt!, »den bekannten Dichter Sieghard Lahn.« Der Autor nickte ungeduldig, setzte mehrmals zum Sprechen an. »Sieghard Lahn wird heute aus seinem neuen Büchlein lesen. Bitte, Herr Lahn, Sie haben das Wort!«

Lahns Brustkorb füllte sich mit Atem. Etwas Schwarzes auf der Haut seines Armes, es sah aus wie ein tätowiertes Kreuz, oder vielleicht war es eine Narbe. An seiner Hand blitzte es silbern auf – Schmuck oder – nein! Einer wie Lahn würde doch nicht …? Sie konnte nicht glauben, dass er wirklich einen Schlagring besaß. Sie musste sich geirrt haben, eine Sinnestäuschung, jawohl.

»Gevatter Großvater!«, donnerte die Dichterstimme durch den Raum.

Radikal-spirituelle Poesie mit historischem Tiefgang, so hatte Lahn sein Werk bei der Vorbesprechung angepriesen. In seinen Worten mischten sich Sehnsucht mit Zorn, Achtung mit Aufbegehren. Auf die Huldigung des Ahnen folgten ›leuchtende Linien ins Heute‹. Entsetzen und Erwachen schlugen in einer Woge zusammen, gaben ihm Auftrieb zu weiteren Attacken. Wie bewusst er sich seines Körpers war. Lahn zog das Publikum an, Freunde und Feinde standen sich leidenschaftlich gegenüber. In den Zeitungsartikeln war von hymnischer Begeisterung bis zu vernichtender Abscheu alles vertreten. Auf jeden Fall bedeutete sein Auftritt einen

Gewinn für das Lokal. Hoffentlich hatten sie genügend Brötchen vorbereitet.

Endlich war Pause. Die Menschen drängten durch den angrenzenden Teesalon zur Eingangstür, um ins Freie zu strömen. Lahn ordnete seine Unterlagen. Eine ältere Frau sprach ihn an, er nickte, sie wandte sich ab.

Berenike servierte im Garten unter der alten Linde. »Wo ist nur der Meister?«, hörte sie jemanden fragen. Der Dichter mischte sich nicht unters Publikum, aber das war normal. Überall engagierte Gesichter, Diskussionen. Nur mit dem Verbenentee stimmte irgendetwas nicht. Das Getränk schmeckte niemandem mehr, obwohl seine entspannende Wirkung sonst beliebt war. Berenike schüttete den Inhalt der Kanne ins Klo. Verdrängte ihr Unwohlsein. Wischte sich den Schweiß von der Stirn und bediente weiter im Freien.

Als alle versorgt waren, ging sie hinein, um zu lüften. Ein einziger Mann war sitzen geblieben. Vor ihm lag ein Löffel auf dem Boden. Berenike öffnete ein Fenster, Gelächter drang herein.

»Draußen gibt es …« ›Erfrischungsgetränke‹, wollte sie sagen. Etwas ließ sie innehalten. Der eigenartige Geruch vielleicht. Sie räusperte sich. Der Mann bewegte sich nicht. Plötzlich war ihr kalt unter dem Kimono. Murphys Law, dachte sie wieder, während ihr das graue Sakko des Mannes auffiel, es wirkte zu warm für den Abend. Etwas setzte sich wie ein böser Geist auf ihre Brust. Sie blickte ins Gesicht des Herrn, das so grau wie sein Anzug wirkte. Als ihr aufging, wovon sie hier Zeugin wurde, kreischte sie auf und hielt sich gleich darauf erschrocken den Mund zu.

»Der Rabenstein!«, hörte sie jemanden hinter sich stammeln. Dem Mann musste schlecht geworden sein. Ein Herzinfarkt, aber dafür sah er zu jung aus. Sie musste die Rettung anrufen, schnell!

Immer mehr Menschen strömten zurück in den Salon. Berenike wollte sie aufhalten. Rannte gegen die Menge an. Sinnlos. »Rabenstein? Was für ein Rabenstein?«

Sessel wurden umgeworfen. »Rabenstein, meinen Sie den Journalisten? Der sich für das Haus vom Huber Gerd interessiert hat?«

»Ja ja, Rabenstein heißt er. Sonst weiß man wenig über ihn.«

Alle glotzten, drängten andere weg, um selbst etwas zu sehen.

»Der ist doch zu jung, um …«

»Ja, aber bei dem Lebenswandel!«

Keine Frage, der Mittvierziger war tot. Womöglich hatte er noch gelebt, als Berenike ihn entdeckt hatte. Sie kämpfte sich zu dem Mann durch, tippte ihm auf die Schulter. Nichts. Sein Gesicht glänzte vom Schweiß. In seinem Mundwinkel glitzerte Speichel. Die dunkle Aura konnte wohl nur sie spüren. Und seine Hände, sie sahen irgendwie seltsam aus. Niemand schien Berenike zu beachten, als sie hinausrannte. Der Kimonostoff schleifte hinter ihr her. Wurde schmutzig. Aber das war jetzt egal.

Polizei, herumrennende Gäste. Kopflos wie aufgescheuchte Hühner. Teeschalen wurden hektisch abgestellt. Scherbenklirren, aber niemand achtete darauf. Dazu die Wiederbelebungsversuche des Arztes, den irgendwer aus dem nahen Kurhaus geholt haben musste. Der ältere Doktor flüsterte: »Jössas, der Rabenstein!« Murmelte etwas von Journalisten, die nicht aufpassten.

»Unangenehme Person«, mischte sich ein Gast ein.

»Fragt zu viel«, stimmte ein anderer zu.

Jetzt ging das Gezischel wieder los. »Seine Aufdeckungen, musste das sein, nach so langer Zeit? … Alles zieht er in den Dreck, nichts ist ihm heilig. … Und jetzt ist er tot, der Rabenstein.«

Berenike vernahm ein Lachen, wie unpassend. »Selbst schuld, so unbeliebt, wie der sich gemacht hat!«

Mit so einem schlechten Qi wollte Berenike nicht in Berührung kommen. Die vielen Menschen mit ihrer Ausstrahlung verwirrten sie zutiefst. Wo war überhaupt Ragnhild?

Die Polizisten schienen ihre Arbeit beendet zu haben. Der Arzt stand bei den Uniformierten. Einer zündete sich eine Zigarette an. ›Nicht!‹, wollte Berenike rufen. Aber dann fiel ihr Blick auf den Toten. Den Toten, dessen Finger so unnatürlich aussahen, wie ausgerenkt.

»Ist es Mord?« Die Worte verhakten sich in Berenikes Mund, kamen endlich doch heraus.

»Mord? Das wird sich …«

»Aber die Finger!«

»Was?«

»Die Finger des Toten. Sie sehen seltsam aus.«

»Ja?« Der Arzt, selbst grau im Gesicht, wechselte einen Blick mit den Polizisten, musterte Berenike. Man hielt sie für verrückt, sie kannte das. Der Doktor trat näher an den Toten heran. »Sie haben recht. Gequetscht, würde ich sagen, einige Knochen gebrochen. Ist mir noch nicht«, Blick aufs Handgelenk, »noch nicht untergekommen, nein. Man muss ihn obduzieren lassen.« Einen Moment war nur Seufzen im Raum zu hören. Bevor es richtig losging. Aus welcher Tasse der Tote getrunken hatte, wurde gefragt. Es ließ sich nicht rekonstruieren, ob sie zerbrochen war. Die Beamten von der Tatortgruppe nahmen alles mit, was in Rabensteins Nähe stand. Blitzlicht, das war wohl der Polizeifotograf. Jemand hatte Rabensteins Umrisse mit Kreide markiert, seinen Arm auf dem Tisch. Nummerntafeln standen überall herum.

»Und Sie sind …?«

»Berenike Roither, mir gehört das Lokal.«

Der Polizist ließ sich ihren Ausweis zeigen. »Wo wohnen S' denn?«

Zwei Männer traten von draußen herein. Die Sargträger. Sie hoben den Toten auf. Rabensteins Arme baumelten herab, als gehörten sie nicht zu ihm. Er war auch kein Mensch mehr, kein atmender, lebendiger.

Ein plötzlicher Juckreiz befiel Berenike unter dem Kimono, ihr war viel zu heiß. Erst später fiel ihr auf, dass sie in dem Durcheinander Sieghard Lahn aus den Augen verloren hatte. Sein Motorrad war verschwunden. Nur eine Broschüre lag am Boden vor dem Lesepult. Auf dem Titel prangte sein Name. In blutroten Buchstaben.

2

OLD ENGLISH BREAKFAST TEA

Sie erwachte von einem Schrei. Der Laut steckte ihr rau und schmerzhaft in der Kehle. Sie öffnete die Augen. Ihr Herz klopfte. Der Mund, noch immer geöffnet. Berenike blinzelte. Sonnenschein. Katzenhaarekitzeln.

Tot.

Er war endlich tot.

Bestraft. Für alles.

Die Bilder der Nacht tummelten sich auf ihrer Netzhaut. Helle kurze Haare, wie sie sich in schwarze Locken verwandelten, die dunkle Wangen umrahmten. Todeswangen. Gesichtszüge schoben sich ineinander, schnürten ihr die Luft ab, die Lebensluft. Sie hatten den Tod verdient. Alle.

Dem Blonden hatte sie den Tod gewünscht. Blond, immer dieses Blond. An seiner Stelle war der Dunkle gestorben. Sein Grinsen – wie das Grinsen jenes anderen Mannes. Nein, sie wollte seinen Namen nicht aussprechen.

Die Sonne zauberte Funken in die Luft, verwandelte Staub in Gold. Berenike berührte kurz die nackte Haut ihres Bauches unter der Decke. Sie blinzelte zum Wecker – 12 Uhr, das konnte nicht stimmen. Er musste stehen geblieben sein. Sie streckte sich, rieb sich den Schlaf aus den Augenwinkeln. Wollte den Traum wegwischen. Für einen Moment hatte sie geglaubt, in ihrem alten Leben gelandet zu sein. Schlimmer noch, es nie hinter sich gelassen zu haben. Im Traum hatte Berenike wieder als erfolgsverwöhnte Eventmanagerin gearbeitet. Ein Kunde war tot umgefallen, mitten im Meeting. Hatte mit den Händen gewedelt, als würde er ihr zuwinken. Nicht, dass er ihr leidgetan hätte, nicht einmal im Traum. Aber …

Schluss jetzt mit dem depressiven Zeug. Mit einem Schwung warf sie die Decke von sich und wollte nach den Hausschuhen fischen. Ein Pfotenhieb war die Antwort.

»Welcher Tiger pennt heute auf meinen Patschen?« Ein Blick unters Bett bestätigte den Verdacht: Marlowe, der kampflustigste Kater. Die beiden anderen, Spade und Dr. Watson, waren sicher noch am Schlummern. Berenike war als geborene Städterin froh, wenn die Miezen ihre Nächte im Haus verbrachten. Sie konnten hinter ihrem Kuschelfell den Übeltäter nicht ganz verbergen. Marlowes wachsame grüne Augen zwinkerten. Eine Vernehmungstaktik musste her.

»Na, Süßer, machen wir ein Geschäft?«

Ein weiterer Pfotenhieb war die Folge, diesmal mit mehr Kralleneinsatz.

»Ohne Hausschuhe kann ich auch nicht in der Küche nach deinen Leckerlis suchen.« Sie lachte, musste husten. Es gab nichts zu lachen, erst recht nicht seit dem gestrigen Vorfall.

Von all dem ahnte der rot-weiße Garfield-Verschnitt nichts. Marlowe war ein erfahrener Taktierer. Sie zog die Filzpantoffeln langsam unter dem Tierkörper hervor. Die Katze lief mit vorwurfsvollem Blick davon, setzte sich in einen Sonnenfleck und putzte sich das Fell. Von draußen war das Starten eines Traktors zu hören. »Immer fleißig, gell?« Eine tiefe Männerstimme. Kinderlachen, Vogelstimmen.

Der alte Holzboden knarrte, als hätten die Bretter eine Aussage zu machen, während Berenike aufstand und das Handy einschaltete. Na eben, erst acht vorbei. Im Vorzimmer stieß sie mit dem Fuß gegen irgendein Zeug. Sie erstarrte. Sah sich um, ohne sich zu rühren. Es roch ein wenig komisch, sie atmete flach. Wer weiß, was das wieder war! Sie gewöhnte sich nur langsam an das Landleben. Ein Neuanfang im Alter von 36 Jahren war eben nicht leicht. Das Räucherzeug von letzter Nacht war vor der Kommode liegen geblieben, vielleicht hatten die Katzen damit gespielt. Sie musste sich später darum kümmern. Missetäter identifiziert, über das Urteil musste sie noch nachdenken.

Sie nahm die Butter aus dem Eiskasten und ging ins Bad. Die ätherischen Öle des Duschbads beruhigten Muskeln und Geist. Durch das Wasserpritscheln vernahm sie das Läuten des Telefons. Wahrscheinlich die Polizei. Seis drum, sie hatte aus gutem Grund einen Anrufbeantworter. Noch im Bademantel bereitete sie schwarzen Tee zu, eine Mischung mit dem passenden Namen ›Old English Breakfast‹. Dazu

Brot, Butter und hausgemachte Marillenmarmelade von einer Bäuerin in der Nähe. Sie hatte ihre fixen Rituale. Duschen, Teetrinken, Meditation für den Erfolg des Tages. Tee, Cha, čaj – wer hätte früher gedacht, dass sie sich zur Teeliebhaberin entwickeln würde! Ohne literweise Kaffee hatte sie den Tag nicht zu überstehen geglaubt. Hatte jeden müde belächelt, der Dinge von sich gab wie ›Wenn du es eilig hast, gehe langsam‹. Wie sich die Zeiten ändern. Teetrinken war zur Philosophie ihres Lebens geworden. Tee trinken und den Lärm der Welt vergessen.

Während sie wartete, dass das Wasser kochte, drückte sie die Abspieltaste des Anrufbeantworters. »Hallo Berenike«, krächzte die Stimme ihrer Mutter, der Anruf war von gestern. Sie musste später zurückrufen. Danach ein Krachen und Klicken, gefolgt von einem Stöhnen. Aufgelegt. Ging das von vorne los? Sie musste diesem Menschen endgültig den Wind aus den Segeln nehmen.

Kater Marlowe beschattete einstweilen die Butter. Berenike setzte sich und bot ihm ein Stück davon an. Huldvoll schleckte eine raue rosa Zunge das Fett von ihrem Finger.

»Na, Marlowe? Was machen wir mit diesem Fall?« Der Kater enthielt sich der Aussage.

Nach dem Frühstück war es Zeit, ins Lokal zu fahren. Sie legte Wert darauf, pünktlich aufzusperren, die Gäste sollten sich trotz allem auf sie verlassen können. Auf dem Holzbalkon stellte sie sich für einen Moment breitbeinig hin, ließ ihren Atem fließen. Auch und gerade an einem Morgen wie diesem. Die klare Luft war gut, aber kühl. Die Sonne schien, als könnte ihr nie ein Regenschauer dazwischenkommen. In Gedanken versunken sah Berenike zu König Dachstein. Schneefinger bis weit ins Tal. Obwohl bereits Mai war, hatte es kürzlich einen Kälteeinbruch gegeben. Das alpine Klima zeigte sich im Salzkammergut gern launenhaft, das hatte sie lernen müssen. Nach kurzem Überlegen entschied sich Berenike für ihre Hose mit den gelben Sonnenblumen. Sie wickelte sich ihren roten Baumwollschal um den Hals, bevor sie in die Lederjacke schlüpfte. Gelb fördert die Konzentration, Rot die Kreativität – beides würde ihr bei den Recherchen zu den Ereignissen von letzter Nacht helfen. Sie hatte nicht vor, stumm alles hinzunehmen, diesen Fehler würde sie kein zweites Mal machen. Der Polizei war nicht zu trauen, nicht mehr.

Sie schnappte Geldbörse und Handy. Ein Anruf in Abwesenheit, sie tippte auf die Tasten. Nummer unbekannt. Ein Schauer wanderte ihr Rückgrat hinauf, kräuselte ihren Scheitel.

Müde und aufgeregt zugleich verließ Berenike die Wohnung im ersten Stock des alten Hauses und tappte die Holzstiege hinunter. Sie fuhr sich mit den Fingern durch die Haare. Für Styling war wie so oft keine Zeit geblieben. Die Hausbesitzerin kam aus ihrer Küche geschossen. Ein Geruch nach kochender, womöglich überkochender Milch waberte um sie herum. Über ihrem alten Dirndl trug Frau Gasperl eine blaue Arbeitsschürze. Berenike hatte mehrmals ihren Blick erhascht, wie sie ihre Mieterin kritisch beäugte. Die ältere Frau hatte wohl noch nie mit Feng-Shui und dergleichen zu tun gehabt.

›Bisher war mit dem Haus immer alles in bester Ordnung‹, hatte Frau Gasperl angemerkt, als ein asiatischer Fachmann Berenikes neue Wohnung inspiziert hatte. Es war schwer genug gewesen, einen Spezialisten wie ihn ausfindig zu machen, da wollte sie sich ihre Pläne nicht durch Frau Gasperl zunichtemachen lassen. Später hatte sie mit der älteren Dame um eine Buddhastatue gerungen, die Berenike in einer Nische der Treppe aufgestellt hatte. Schließlich sei das hier ein katholisches Haus, hatte die Vermieterin betont. Sie hatten sich auf einen Kompromiss geeinigt: Die Statue kam neben Berenikes Wohnungstür, wo niemand außer ihr und ihren Gästen sie sehen konnte.

»Frau Roither!« Die ältere Frau war beim Sie geblieben, obwohl das in dieser Gegend kaum üblich war. Nur Fremden gegenüber, Sommergästen, deren Aufenthalt nur von kurzer Dauer war, verwendete man die unpersönliche Anrede. Die Einheimischen duzten sich traditionell. Die Vermieterin hatte offenbar noch nicht entschieden, zu welcher Rubrik Berenike gehörte.

»Ich hab gehört, was letzte Nacht in Ihrem Lokal passiert ist! Das muss ja furchtbar sein!« Frau Gasperl hielt sich die Hand vor den Mund, den plötzlich aufgerissenen.

»Ja, das ist – einfach ist es nicht …« Das gestrige Geschehen explodierte wie heiße Sterne in Berenikes Kopf.

»Sie sehen blass aus! Wollen Sie sich einen Moment zu mir setzen?«

»Ich muss arbeiten, Frau Gasperl.« Wie albern sie sich gestern aufgeführt hatte, während die Polizisten mit ihren großen, rauen Händen nach zerbrechlichen Tassen und Kannen gegriffen hatten. Das Geschirr war ihr Kapital, gekauft von jenem dreckigen Geld, das dennoch kein Preis war, kein Preis für …

»Aber ich hätte gerade frischen Kuchen.«

»Danke.« Berenike bemühte sich um ein Lächeln, es schmerzte in den Kieferknochen.

»Ist es wahr, dass …«

»Frau Gasperl, es tut mir leid.« Sie versuchte, sich an der anderen vorbeizudrängen.

»Dass die Finger des Toten …«

»Die Finger, ja …« Berenikes Hände waren die ganze Nacht gegen Dinge geflogen, alles Mögliche war zu Bruch gegangen. Immer wieder hatte sie wie unter Zwang ihre eigenen Hände betrachtet, Hände mit intakten Fingergliedern.

»Schrecklich. So ein Ende. Wer macht so was?«

»Ich muss wirklich los.«

»Natürlich.« Jetzt gab Frau Gasperl die Tür frei. »Sie sind jung, da hat man viel zu tun, jetzt erst recht …« Die ältere Frau biss sich erschrocken auf die Unterlippe. »Ich wünsch Ihnen wirklich nichts Schlechtes!«

»Schon gut.«

Frau Gasperl winkte. Berenike dachte an die Hände des toten Journalisten. Diese Hände, die nie wieder etwas schreiben würden. Finger, die über keine Tasten mehr fliegen würden. Warum die Finger? Und wer …?

3

ASSAM TEE MIT EINER PRISE INGWER

Bevor sich das Bild auf ihren Magen übertragen konnte, zog Berenike die Haustür mit dem grün-weißen Fischgrätmuster hinter sich zu. Die Wohnung in dem Holzhaus mit seinem gemauerten Sockel war ein seltener Glücksgriff. Lieber hätte Berenike ein Häuschen für sich allein gehabt, wo ihr niemand nachspionierte. Doch das war ausgeschlossen. Selbst die meisten Wohnungen waren ausschließlich im Eigentum zu vergeben und damit unerschwinglich.

Sie zog den Zippverschluss ihrer Jacke bis oben hin zu. Sie würde hart arbeiten, dann würde es schon aufwärtsgehen, auch finanziell. Sie liebte Altaussee, ihren Salon und die Menschen hier. Auch wenn das tägliche Leben nicht so einfach war, wie sie es sich als Besucherin erträumt hatte. Sie beobachtete Kater Marlowe, wie er ihr vom Balkon aus nachspionierte. Die Miezen hatten über ein Katzentürchen und eine Treppe direkten Zugang zur Wohnung. Dem wenigstens hatte Frau Gasperl gleich zugestimmt, tierlieb, wie sie war. Berenikes Katzen konnten das Türchen mit einem Sender am Halsband öffnen. Seither musste man sich nachts nicht mehr über fremde Katzen im Haus halb zu Tode erschrecken. Die üppigen Balkonblumen tropften noch vom Regen der letzten Nacht, die feuchte Straße glänzte in der Sonne.

Berenike startete das chromblitzende Motorrad. Von ihrer Wohnung im Ortsteil Lichtersberg ging es bergab Richtung Zentrum, vorbei an der Abzweigung zur Ruine Pflindsberg. Bei ihrem Erholungsurlaub hatte Berenike die Aussicht von dem zerbröckelten Gemäuer genossen wie weiland Kaiserin Sisi. Überall war sie hingestapft, auf der Suche nach Ablenkung. Niemand hatte sie allerdings, im Unterschied zur unglücklichen Ehefrau von Kaiser Franz Josef, mit einer Sänfte hinaufgetragen. Für sie war der Aufstieg auf fast 1000 Meter Seehöhe – 958, to be exact – hart erkämpft gewesen. Sie erinnerte sich zu gut an das Herzrasen, der Weg nach oben zog sich eine Stunde steil dahin. Im dichten Wald ging es an einem mächtigen Wasserfall vorbei, eine angenehme Abkühlung. Der Ausblick von oben belohnte jedoch alle Mühen. Unten lag der See wie eingebettet in die Berge. Die kümmerlichen

Mauerreste erinnerten in nichts an die frühere Funktion der Burg als Gefängnis und Hinrichtungsort. Mit ihrem wildromantischen Pflanzenwuchs gab die Ruine manche Überraschung preis. Eine Schlange glitt davon, wahrscheinlich eine harmlose Blindschleiche. Und, versteckt im Wald, stand eine Hütte, die Berenike ohne die häufigen Pausen niemals entdeckt hätte. Sie hatte sich geehrt gefühlt, das berühmte Medium, Madame Montego, kennenzulernen, die sehr zurückgezogen lebte.

Jetzt ließ Berenike den Blick über den dichten Wald schweifen. Von der Straße aus war die Ruine nicht zu sehen, auch Madame Montegos Hütte nicht. Berenike sehnte sich plötzlich nach der Ruhe dort oben, nach zeitlosem Sein. Und nach Madame Montegos hilfreichen Worten. Ein schneller Blick – das musste für heute genügen. Sie sah sich nochmals um, jemand in dunkler Kleidung, ein Schatten nur, machte sich im Unterholz zu schaffen. Vielleicht ein Schwammerlsucher. Berenike fuhr zügig weiter. Immer hatte sie es in letzter Zeit eilig, zu viel war ständig zu erledigen. Die Renovierung des Lokals, das sie veraltet übernommen hatte. Tausend Genehmigungen, Begehungen, weiß der Teufel. Sie hatte sich mit dem Teegroßhandel vertraut machen müssen. Bei Seminaren in der Hamburger Speicherstadt hatte sie viel über die Anbaugebiete von Tee, seine Geschmacksrichtungen und die Lagerung gelernt. Der laufende Betrieb war auch nicht ohne. Dazu ihr Angebot im Literatursalon, sie musste auf dem neuesten Stand bleiben. Und erst die Buchhaltung …

Ein paar Kurven weiter fiel ihr ein, dass erst Mai war. Und im Mai gab es keine Pilze. Sie sah wohl schon Gespenster. Vielleicht war es nur Madame Montego gewesen, die eine Heilpflanze ausgrub. Dennoch fröstelte Berenike plötzlich, die Sonne verschwand gerade hinter dichteren Wolken.

Erleichterung, als sie auf dic Hauptstraße kam. Vor ihr radelte der Lehrer Rastl. Die Schulglocke läutete. Lachen und Schreien erfüllte die Luft. Hinten beim Sandling schob sich eine Wolkenwand zusammen. Wie viel Schnee am Loser oben lag!

Berenike parkte das Motorrad hinter ihrem Salon. Das lindgrüne Transparent mit der Aufschrift ›Salon für Tee und Literatur‹ wehte im Wind. Es war knapp vor 10 Uhr, als sie den Schlüssel ins Schloss steckte – und sich nichts tat. Sie bückte sich und warf einen Blick durchs Schlüsselloch. Dunkel, verstopft mit irgendwas. Seufzend sah sie sich nach einem passenden Werkzeug um.

»Griaß di, Berenike!«

»Guten Morgen.« Die Frau Winkler vom Kurhaus.

»Ärger?«

»Nur das Schlüsselloch … verklebt.«

»Den Kindern is' halt fad vor den Ferien.«

Berenike suchte den Boden nach einem kleinen Ast ab, den sie als Werkzeug benutzen konnte. Sie stocherte hektisch in dem Schlüsselloch herum. Ein Kaugummi sicher. Das Aststück brach ab. Mist. Wieder suchte sie, fand nur einen ganz dünnen Zweig. Nach endlosen Minuten war das Schloss so weit frei und ließ sich aufsperren.

Sie betrat das leere Lokal. Jetzt einfach tun, als ob nichts geschehen wäre! Tief sog sie den Duft der kürzlich gelieferten sommerlichen Tees ein, blumig und frisch. Sie vermied den Blick auf das, was sie für den Tatort hielt – es mochte auch nur der Fundort der Leiche sein. In ihrem kleinen Büro neben der Küche legte sie Rucksack und Helm ab. Dort herrschte das übliche Chaos, schon seit der Eröffnung ging das so. Rasch zog sie sich um. Sie wählte einen indischen Sari, cremefarben mit schwarzer Borte. Mittlerweile wusste sie sogar, wie man das bis zu neun Meter lange, ungenähte Tuch kunstvoll um den Körper wickelte. Berenike besaß diverse Kleidungsstücke aus den Ländern des Teeanbaus, neben den Kimonos, Saris und Shalwar Kameez auch afrikanische Kleidungsstücke in grellen Farbkombinationen. Immer noch gab es Menschen, die sie mit ihrem Wissen über den Teeanbau in Afrika erstaunen konnte.

Beim Hinausgehen summte sie ein Mantra, um sich abzulenken. Das half doch immer. Ragnhild würde hoffentlich pünktlich kommen. Den üblichen Betrieb konnte sie mit einer Mitarbeiterin locker schaukeln. In Kürze stand ein Seminar zum Thema Reinkarnationstherapie auf dem Programm, da würde mehr los sein. Selbst auf dem Land strebten die Menschen mittlerweile nach neuem Wissen, sehr oft kamen die Besucher jedoch von außerhalb. Berenike hätte gern Madame Montego als Vortragende verpflichtet, doch die alte Frau hatte abgelehnt. Sie sei über das Alter hinaus, sich mit Unwissenden abzurackern. Schade.

Berenike kontrollierte den Inhalt der großen Teebehälter in den Wandregalen. Die ersten Gäste würden bald eintrudeln. Hopefully, nach dem gestrigen Abend. Der Blick zum Literatursalon ließ sich nicht mehr vermeiden, betreten durfte sie ihn wegen des polizeilichen Siegels nicht. Zumindest war ihr Lokal nicht komplett geschlossen worden! Das hatte sie zunächst befürchtet, aber Inspektor Kain hatte sie beruhigt. Solange kein konkreter Verdacht gegen sie bestand, durfte fast alles beim Alten bleiben. In dem Raum sah es genauso aus wie gestern nach dem abrupten Aufbruch der Leute. Ein umgeworfener Sessel, Teekannen am Buffet. Ein Blatt Papier lag auf dem Boden. Und diese rote – blutrote …

Berenike griff nach einer silbernen arabischen Teekanne. Tee aus Assam, das war das Richtige für heute, um wieder halbwegs zu den Lebenden zu zählen. Viele Leute fanden diesen Tee aus dem Nordosten Indiens zu intensiv, doch Berenike mochte genau das. Sie füllte die grauschwarzen, stark malzig riechenden Teeblätter in einen Filter und schaltete den Wasserkessel ein. Heute würde sie wahrscheinlich viel Zeit haben. Sie stöhnte angesichts der liegen gebliebenen Arbeit auf ihrem Schreibtisch. Vor der Monatsabrechnung wollte sie am liebsten flüchten. Doch auch solche Aufgaben zählten zum Alltag einer Unternehmerin. Sie flüchtete in den Waschraum. Der Blick in den Spiegel war schockierend. Das Auge wirkte, wenn das möglich war, noch schiefer, umrahmt von dunklen Ringen. Na, bravo.

In dem Moment bimmelte die Türglocke und verriet den ersten Gast des Tages. Berenike eilte hinaus. Ihr Blick flog zu den Sitzplätzen. Einsam standen die schwarzen Sessel um die Tische versammelt. In der hintersten Ecke unter dem Fenster saß Revierinspektor Kain mit noch einem Polizisten. Natürlich, die Polizei, es ließ sich nicht vermeiden. Ein Todesfall im Salon, das hatte ihr gefehlt, jetzt wo sie sich mit dem Lokal einen gewissen Namen gemacht hatte. Ein Teesalon mit literarischem Programm – bingo, thats it!, hatte sie gedacht, als sie bei ihrem sogenannten Urlaub von einem leer stehenden Lokal erfahren hatte. Urlaub, ha! Als ob sie nach jenem Ereignis beruflich nicht sowieso ins Off geschlittert wäre.

Als Liebhaberin der britischen Inseln hatte sie in der Gegend ordentlichen Tee wirklich vermisst. Ein Salon würde zu den berühmten literarischen Sommerfrischlern von früher passen. So hatte sie vor sich hingeträumt und sich an die Umsetzung gemacht. Man hatte Berenike jedoch bis zuletzt lieber geschnitten. Erst bei der Lesung von Sieghard Lahn war etwas wie Interesse aufgekommen. Weil Berenike es geschafft hatte, den berühmt-berüchtigten Poeten zu engagieren – dank ihrer Verbindungen von früher. Einzig

Ragnhild hatte von Anfang an zu Berenike gehalten. Hatte sich mit ihr die Gestaltung ausgemalt, Möbel geschleppt und ihr die Eigenheiten der Ausseer aufgezählt. Wie sehr sie ihren eigenen Kopf hätten. Ragnhild stammte aus Oslo, sie kannte das Nicht-Dazugehören, das Dazugehören-Wollen. Sie wusste, wie schwer das war. Es war eine Art Freundschaft entstanden. Ragnhild war wenigstens eine Zeit lang mit einem Einheimischen zusammen gewesen. Berenike hingegen lebte allein. Und das war gut so. Hatte sie zumindest bis vor Kurzem gedacht. Vielleicht kam sie wirklich über ihr Erlebnis hinweg.

Sie zupfte den Sari zurecht. »Guten Morgen, Herr Inspektor!«

»Fräulein Berenike, guten Tag!« Lässig zurückgelehnt, saß Inspektor Kain in seiner neuen blauen Uniform da. »Das ist Inspektor Gerbl«, stellte er den jungen Mann neben sich vor. Der nickte ihr grüßend zu. Längliches Gesicht, hellbraune Haare, der Schnitt etwas herausgewachsen. »Kollege Gerbl wird protokollieren«, ergänzte Kain.

Im hinteren Bereich des Salons luden Sofas und Sitzsäcke dazu ein, es sich gemütlich zu machen. An den in hellgrün gestrichenen Wänden hatte Berenike Fotografien mit Tee-Motiven aufgehängt: Teepflanzen, eine Plantage mit Pflückerin, britischer High Tea.

Der ältere Polizist lächelte sie an und hielt seine Arme eng am Körper verschränkt. Kain war ok, er kam öfter hierher. Sie glaubte, ihm trauen zu können. Es war nicht wie damals, als ihr niemand geholfen hatte. Was jedoch mit Gerbl war, wer weiß. Und jetzt – es würgte Berenike im Hals, wenn sie an den toten Journalisten dachte. Vielleicht war er doch eines natürlichen Todes gestorben! Man hörte immer wieder vom Sekunden-Herztod, der einen in jedem Alter treffen konnte.

Aber die Finger – Berenike schluckte, ihre Hoffnung war wohl sinnlos.

Kain räusperte sich. Der Jüngere saß stumm daneben, Block und Kugelschreiber vor sich.

»Sind Sie wieder verkühlt, Herr Inspektor?«, wandte sich Berenike an Kain.

Der Polizist erwarb öfter Kräutertees gegen grippale Infekte, mit denen er häufig zu kämpfen hatte. Streifendienst bei jedem Wetter war eben nicht ohne.

»Geht schon.«

Wie sich wohl seine Bartstoppeln auf der Haut … Berenike trat von einem Bein auf das andere. »Herr Inspektor, was kann ich Ihnen anbieten? Trinken Sie Assam-Tee mit mir? Sie auch, Inspektor Gerbl? Das ist ein idealer Frühstückstee. Ich habe mir grad einen gemacht.« Sie deutete auf die Teekanne, die auf dem schwarzen Holz der Theke stand. Daneben thronte ein Samowar, ›der irdischen Dinge Anfang und Ende‹, wie diesem Gerät ein russischer Fürst gehuldigt hatte.

»Frühstück?« Kain lachte schnaubend, der andere lächelte nur leicht. »Unser Dienst beginnt um 7 Uhr früh. Ich bin bereits das erste Mal müde. Außerdem bin ich nicht wegen Ihres Tees gekommen. So gut er sein mag.«

Er legte konzentriert seine Fingerspitzen aneinander. Auf das Fensterbrett klopften erste Regentropfen. »Aber einen Schluck könnt ich vertragen.« Er sah sie intensiv an.

Rasch ging Berenike zur Theke. Sie wischte sich den Schweiß vom Nacken, dann trug sie die Kanne und drei weiße Teeschalen zu dem Tischchen. Die Tassen waren breit und flach, sodass der Tee schnell auskühlen konnte.

»Sie haben Glück, meine Herren, bei mir bekommen Sie den Tee nicht mit Öl und Knoblauch als Suppe, wie es ursprünglich in Assam Brauch war. Die Pflückerinnen dort trinken ihren Tee angeblich heute noch gern mit Salz.«

Kain blickte zu ihr auf und schüttelte ungläubig den Kopf. Der Inspektor wurde langsam mollig. Locker streckte er die Beine aus, während er mit der Zuckerdose hantierte und Milch in den dunklen Tee goss. Berenike bot neben Zucker auch Honig an, schließlich hatte sie gelernt, dass dieser dem Körper Energie spendete. Gosh, die vielen Erkenntnisse der letzten Zeit, sie mussten sich irgendwann auf ihr Leben, ihren Erfolg auswirken!

»Mmh, wirklich gut!«, lobte Kain nach einem Schluck. »Allein wie das duftet!«

Berenike setzte sich. »Eine Prise Ingwer, das ist gut gegen Viren.«

»Raffiniert!« Kain lächelte sie an, mit einer Hand öffnete er den obersten Uniformknopf. »Was Sie alles wissen, Berenike. Mein, äh, meine frühere Freundin kennt sich da nicht so gut aus.« Sein Gesicht nahm mit einem Schlag einen ernsten Ausdruck an, ernst und streng. »Weswegen wir hier sind, ist der gestrige Abend.« Seine Stimme wirkte distanziert und irgendwie lehrerhaft. »Sie haben alles unangetastet gelassen? Wie wir gebeten haben?«

»Natürlich.« Da war es wieder. Die Explosion im Kopf. Die Hitze. Die Bilder von gestern Nacht verschwammen. Sie wollte, musste einen guten Eindruck auf Inspektor Kain machen. Damit er nicht glaubte, sie habe sich etwas zuschulden kommen lassen. Sie spürte es säuerlich von ihrem Magen aufsteigen. Hatte sie den Tee nicht lange genug ziehen lassen? Nach vier Minuten wirkte er eher entspannend, da sich dann die Gerbstoffe lösten.

Sie setzte ihre Tasse ab und legte eine Hand auf ihren Bauch. Sie konnte sich einfach nicht konzentrieren, dazu dieser Blick von Kain … und Gerbl, der alles beobachtete, unangenehm war das.

Ein Neustart war ihr vorgeschwebt. Sie hatte genug, mehr

als genug von der hektischen Eventbranche gehabt. Sie war der Star der besten Agentur des Landes gewesen. Und was hatte sie davon? Geld, jede Menge Geld. Aber sonst? Sie hatte sich immer weniger mit ihrer Tätigkeit identifiziert. Energydrinks, die ihr die Energie raubten, genauso wie gemeingefährliche Politiker. Und dann war sowieso alles anders gekommen. Völlig unvorhersehbar. Obwohl man sie gewarnt hatte. Immer wieder.

»Fräulein Berenike«, Inspektor Kain drehte die Teetasse zwischen seinen dicklichen Fingern. Seine Hände, sie sahen aus, als ob sie zupacken konnten. Jedes Detail nahm Berenike wahr. Die kleinen Falten an seinen Fingergelenken, die Härchen dazwischen. Seine braune Haut. »Ich muss Sie ein paar Sachen fragen zum Tod von Rabenstein, reine Routine. Fräulein Berenike?«

»Entschuldigen Sie, ich war in Gedanken.« Sie überlegte, was der Polizist noch von ihr wollte. Gestern Nacht war so viel besprochen worden. Gestern Nacht … Wie sinnlich sie sich gefühlt hatte. Und dann …

»Fräulein Berenike, ich – wie gesagt, beruhigen Sie sich, das ist alles Routine. Was hat Herr Rabenstein gestern Abend getrunken?«

»Verbenentee, nehme ich an. Zumindest hat er mich danach gefragt. War es – Gift?«

»Das wird sich herausstellen. Kannten Sie den Mann zuvor?«

Berenike zögerte kurz. »Nein, nur dem Namen nach. Er scheint prominent zu sein.«

»Ja, das schon.«

»Aber?«

»Aber? Was?«

»Sie haben ›das schon‹ gesagt, deshalb hab ich auf ein Aber gewartet.«

»Nein. Ähm. Naja. Er hat sich nicht sehr beliebt gemacht. Mit den Sachen, die er in seinen Artikeln aufgedeckt hat. In Wien ist das vielleicht anders, aber hier«, Kain schnupperte an dem Rest Tee in seiner Tasse, »bei uns macht man sich so Feinde.« Gerbl nickte leicht, sagte aber nichts. Konnte der Mann überhaupt reden?

»Ja, als Journalist, das kann ich mir leicht vorstellen. Schlechtes Karma.«

»Wie bitte?«

»Karma.« Berenike schloss kurz die Augen. Wer weiß, wer sie einmal gewesen war. »Unsere früheren Leben wirken sich auf unsere jetzige Existenz aus.« Ja, sagte sie sich, anders konnte sie sich ihr Pech nicht erklären. »Wahrscheinlich war Rabenstein ein schlechter Mensch in einer vorigen Inkarnation. Dafür hat er jetzt mit einem gewaltsamen Tod bezahlt.«

»Aber, ähm«, Kain hüstelte, sogar das dröhnte Berenike in den Ohren. Vielleicht hatte er sich verschluckt. Sie war versucht, ihm auf den Rücken zu klopfen, wagte es aber nicht. »Ich muss seinen Tod in diesem Leben aufklären und ich habe Hinweise …«

»Sie wollen doch nicht sagen, dass mein Tee ihm geschadet hat? Ich achte auf die besten Zutaten, alles wird frisch geliefert. Das wissen Sie.«

»Natürlich, Fräulein – Berenike.«

»Es muss eine andere Ursache geben. Für seinen Tod …« Jetzt stotterte sie schon vor lauter Aufregung!

»Wieso glauben Sie das?« Kain klopfte mit Zeigefinger und Daumen der linken Hand auf den Tisch. Eine unruhige Melodie. Er sah sie nicht an. Der Stille beobachtete nur. Kein Wort von ihm. Wie unheimlich.

»Meine Herren, Sie können meine Teeküche gern besichtigen. Hier …«

»Das ist bereits geschehen. Bitte erzählen Sie weiter, Sie schenkten bei der Veranstaltung Tee aus und …?«

»Nun, wir stellen meist zwei bis drei Teesorten bereit …«

»Wer ist ›wir‹?«

»Ich und Ragnhild – meine Aushilfe.«

»Ach, die norwegische Medusa.«

Medusa war wohl kein passender Name für die rothaarige Hünin mit jener gesunden Gesichtsfarbe, die sich nur durch viel Sport im Freien einstellt.

»Ragnhild hat die Oberaufsicht in der Küche gehabt, ich habe mich persönlich um die Gäste gekümmert.«

»Ja, ja, ich weiß. Der Verbenentee, war er …«

»Warum befragen Sie mich dauernd zu meinem Tee?« Berenike blickte in ihre Tasse, sah nur braune Tropfen, die langsam eintrockneten. Ihr Körper fühlte sich kühl und blechern an.

Inspektor Kains Blick glitt über das allgemein zugängliche Bücherregal: ›Heil- und Giftpflanzen der Alpen‹ genoss meist weniger Beliebtheit als ›Zen in der Kunst des Teeweges‹.

»Erzählen Sie mir bitte, welche Teesorten Sie gestern ausgeschenkt haben.«

Berenike rieb sich die Hände. Wie kalt ihr war. Sie sah Kain an, aber der hatte sein berufsmäßiges Pokerface aufgesetzt. Gerbl schrieb, ohne aufzublicken. »Lassen Sie mich nachdenken. Verbenentee, Königsjasmin – das ist ein Grüntee – und Roisboos mit Vanille. Aber der Verbenentee kam nicht gut an. Das hat mich überrascht. Er wird auch ›Wohlriechendes Eisenkraut‹ genannt. Normalerweise lieben die Leute diese Sorte am Abend, weil er entspannt, aber nicht müde macht. Er riecht leicht zitronig.«

»Man könnte also einen anderen Geruch damit überdecken?«

»Hm, wahrscheinlich.« Etwas Dunkles, Bedrohliches verengte ihr die Brust. So wie damals. Als man ihre Katze tot aufgefunden hatte. Von draußen presste jemand die Nase an die Fensterscheibe. Grüne Augen unter einer Kappe. Berenike fuhr sich mit gespreizten Fingern über die im Nacken kurz rasierten Haare und kratzte mit einem Fingernagel versehentlich über ein Muttermal. Der plötzliche Schmerz zerriss alle Gedanken.

»Was glauben Sie, Herr Inspektor?« Ihre Augen schmerzten, als sie Kain ansah.

»Wir ermitteln in alle Richtungen. Aber Rabenstein ist halt … er hat – gefährlich gelebt. Berufsrisiko.«

»Und die Finger, Herr Inspektor? Wie lange dauert das Obduktionsergebnis?«

»Es wird alles seiner Wege gehen, seien Sie unbesorgt.« Er trank den letzten Schluck. »Ihr Tee ist wirklich gut. Aber ob Ihnen das jetzt helfen wird …« Gerbl nickte. Kain sah sich in dem leeren Lokal um, zog seine Hose zurecht.

Wie männlich er wirkte. Rustikal und männlich. Neben dem jungen, unscheinbaren Polizisten überhaupt. Früher hätte ihr das nicht gefallen.

»Möchten Sie noch eine Tasse?«

»Ja, gern.«

Berenike ließ den Tee in die Tassen rinnen. Der vertraute Ingwergeruch wirkte beruhigend. Eine Windbö peitschte die Äste der Linde gegen ein Fenster. Das Ticken der Uhr hörte sich zu laut an. Irgendwo schepperte die Takelage eines Segelbootes.

»Keine Angst, dass ich etwas hineinmische?« Smile, Berenike!

»Ach, woher denn!« Kain lehnte sich entspannt zurück. »Gerbl, wo ist denn die Liste mit den Namen der gestern Anwesenden? Achja, hier«, er blätterte in Gerbls Block,

»könnten Sie bitte einen Blick darauf werfen? Vielleicht fehlt jemand, der früher gegangen ist.«

»Gut, aber es waren eine Menge Leute im Publikum, die ich nicht kenne. Lahn zieht das Volk an, auch wenn er provoziert.«

»Davon habe ich gehört. Die Tochter meiner Cousine findet Lahn auch geil. Naja. Solang die Kinder überhaupt was lesen …«

Berenike sah sich die blauen Druckbuchstaben auf leicht vergilbtem Papier an, sehr akkurat. Mit der Kugelschreibermine hatte Gerbl das Papier fast durchstoßen.

Berenike stützte die Ellbogen auf und beugte sich über die Seiten. Sie zählte 45 Namen. Und jeder stand für einen Menschen. War der Mörder darunter? »Die Zahl könnte hinkommen, Herr Inspektor.« Niemand war ihr unter den aufgelisteten Namen abgegangen, doch in ihrer Aufregung hatte sie kaum auf die anwesenden Gäste geachtet.

»Danke, das wars fürs Erste, Fräulein Berenike!« Kain lüftete grüßend seine blaue Kappe, die er gerade aufgesetzt hatte. Das Ding saß ihm fremd auf dem Kopf. Sie überlegte, ob ihm das Gendarmengrau besser gestanden hatte, das kürzlich mit der Zusammenlegung von Polizei und Gendarmerie abgeschafft worden war. Schnell war auch Gerbl aufgesprungen.

Kain stöhnte.

»Viel zu tun, Herr Inspektor?«

»Was glauben Sie?«

»Probieren Sie das einmal mit Meditation! Sie auch«, wandte sie sich an den Jüngeren, »wir haben noch Plätze frei.« Berenike nahm einen orange umrandeten Zettel vom Pult neben dem Eingang. Kain war schon mit einem Fuß draußen, sein Kollege stolperte ihm hinterher. »Oder für Ihre Freundin?«

»Wiederschaun.« Die Tür fiel sacht klingelnd ins Schloss. Lindenblütenduft, gemischt mit dem Geruch regennasser Erde, wehte in den Raum. Berenike blieb mit dem Zettel in der Hand stehen. Sie ließ sich auf einen Sessel fallen, dann sprang sie auf. Die Tassen lagen ihr rund und glatt in den Händen. Sie trug sie in die Küche und dachte an Ragnhild. Hoffentlich war ihr nichts passiert. Berenike stieß mit einer der filigranen Porzellanschalen an ein Regal. Es roch verwest, als sie die Spülmaschine öffnete. Mit zittrigen Händen zog sie den Korb heraus. Vorsichtig wagte sie einen Blick zwischen die Gitterkörbe. Nein, alles leer. Seufzend richtete sie sich auf. Sie musste zu Madame Montego, brauchte dringend ihren Rat.

Schnell räumte sie das Teegeschirr in den oberen Korb. Ein Löffel rutschte ihr aus der Hand und verschwand in der Ritze zur Wand. Sie schloss das Gerät und warf einen Blick in den leeren Teesalon. Dann zog sie sich um, schnappte sich Rucksack und Helm und drehte das Schild an der Tür um. ›Sorry, we're closed – back at 3pm‹, war nun von außen zu lesen.

Sie trat zu ihrem Motorrad. Madame Montego musste für sie in die Vergangenheit schauen. Sie sollte den Moment von Rabensteins Tod wieder auferstehen lassen. Manchmal zweifelte Berenike schon an den Fähigkeiten der alten Dame. Kürzlich hatte sie von einem neuen Guru gehört, der beim Toplitzsee praktizieren sollte. Doch sie kannte bis jetzt nicht einmal seinen Namen. Er agierte wohl im Verborgenen, wie alle echten Leader. Madame Montego wurde alt, neulich hatte sie Berenike mit einem falschen Namen angesprochen. Man musste für die Zukunft vorsorgen. Für dieses Mal würde es die alte Meisterin tun. Und nach dem Besuch wollte sie Ragnhild aufsuchen.

4

MAGISCHER KRÄUTERTEE

Etwas in Berenike wehrte sich heute gegen den Aufstieg. Immer wieder blieb sie mit einem Schuh im feuchten Erdreich stecken oder rutschte aus. Beinahe hätte sie geflucht. But not here! Wollte sie doch die Geister nicht vertreiben. Auch Madame Montego hätte sich das verbeten.

Die weise Frau wollte Berenike zuerst nicht vorlassen, unangekündigt, wie sie daherkam. Doch die Not musste ihr ins Gesicht geschrieben stehen. Schließlich winkte die gebückte Frau mit ihren verwuschelten weißen Haaren sie hinter ihre Hütte. Man tolerierte den Spleen der alten Frau von offizieller Seite, obwohl sie sich illegal in der Wildnis niedergelassen hatte. Sie kamen eben doch nicht an ihrer Macht vorbei, auch wenn sie die alte Frau belächelten.

Während die Ältere Tee aus Pflanzen und getrockneten Wurzeln zubereitete, befahl sie Berenike zu erzählen. Berenike nahm den Geruch von Thymian wahr und noch etwas anderes, etwas Bitteres. Jetzt nur nicht davonlaufen, eine Erleuchtung kam nicht auf einem Spaziergang.

Sie setzten sich auf den gestampften Erdboden. Das Häuschen war mehr eine Hütte, windschief, aber es hielt. Hielt alles aus. Selbst Berenikes Fragen: »Fürchten Sie sich nicht vor Konkurrenz?« Die Frage war ihr herausgeschlüpft, bevor sie darüber nachgedacht hatte.

»Konkurrenz? Das Richtige wird geschehen. Sei unbesorgt. Aber deswegen bist du nicht hier, Kind.«

Keine Frage.

»Du willst die Hand erkennen, die …«

»Woher wissen Sie …?«

»Hände sprechen wie Gesichter.« Madame Montego strich mit rauen Fingern über ihren Handrücken. »Eine helle Person beeinflusst dein Karma«, flüsterten die trockenen Lippen, »hochaufragend.« Dann stand Madame Montego auf und verschwand in ihrem Häuschen. Schlug die Tür zu. Berenike wartete, aber die Frau kam nicht zurück. Die Audienz war beendet.

Langsam trat sie den Rückweg an. Ein Gedankenstrom, ein Gefühlswirrwarr. Sie grübelte, wen Madame Montego gemeint haben mochte. Sofort war er vor ihrem inneren Auge erschienen. Als hätte er immer noch ein Recht auf sie. In Gedanken versunken erreichte sie die Abzweigung, wo sie das Motorrad geparkt hatte. Sie startete und wollte in den Ort fahren, als ihr Ragnhild einfiel. Sie wählte die Telefonnummer der Freundin, aber niemand meldete sich.

Also bog Berenike auf die Straße Richtung Sommersbergsee ein, um nach ihr zu sehen. Schwimmen wäre jetzt schön, doch dazu blieb keine Zeit, leider. Das weiche Wasser des Hochmoorgewässers war immer eine Verlockung. Berenikes Gedanken jagten quälend durch ihren Kopf. Hoffentlich hatte Madame Montego nichts in den Tee gemischt, eine bewusstseinserweiternde Substanz womöglich. Aber nein, sie vertraute dem Medium. Ob die alte Frau wirklich verstanden hatte, dass Berenike ihre Hilfe in einem ungeklärten Todesfall benötigte?

Sie beschwor erneut die Bilder des vorigen Abends herauf, das Gesicht des Toten, seine schwarzen Haare mit den grauen Strähnen. Suchte sich an die Anwesenden zu erinnern. Konnte Madame Montego mit der hoch aufragenden Gestalt die Norwegerin gemeint haben? Aber Ragnhild war rothaarig. Dass Erleuchtete immer in Rätseln sprechen mussten, Berenike brauchte konkrete Namen.

Ihre intuitiven Fähigkeiten waren besser entwickelt als die anderer – dachte sie zumindest – aber das half ihr jetzt nicht weiter.

Endlich näherte sie sich Ragnhilds Haus, das unweit des Alpengartens lag. Einige Busse parkten bereits davor. Hier hatte sich Berenike mit Kräuterwissen vertraut gemacht, mit den vielen Arten Minze, mit Johanniskraut und anderen Frauenkräutern. Damals hatte sie begonnen, Heilpflanzen zu sammeln – natürlich nicht im Alpengarten. Der war ein Besuchsgarten, in den man, of course, Eintritt zahlen musste.

Die Aussicht auf das Gespräch mit Ragnhild machte Berenike ein wenig nervös. Sie überlegte, ob ihre Mitarbeiterin letzte Nacht wirklich schon weg gewesen war, als Berenike den Toten entdeckt hatte. Vielleicht hatte sie die Freundin in dem Durcheinander überhört oder, noch schlimmer, vergessen. Sie hoffte auf eine harmlose Erklärung, Regelschmerzen zum Beispiel oder eine Migräneattacke. Doch da grummelte etwas in ihr, es war die Frage, was sie über die norwegische Walküre überhaupt wusste. Ragnhild war promovierte Historikerin, ihr Fachgebiet war nordische Geschichte. Berenike überlegte, ob eine Akademikerin zu einem Mord fähig wäre, wenn es denn einer war. Noch wusste man nicht, woran Rabenstein gestorben war. Bei einem Giftmord wäre körperliche Überlegenheit nicht vonnöten. Man musste nur über Gift Bescheid wissen und das Mittel dem Opfer in einem unbeachteten Moment unterschieben. Ob man Ragnhild so etwas zutrauen konnte …? Wer hatte außer ihr und Berenike Zugang zur Teeküche gehabt? Jeder, der es darauf anlegte. Damn, das musste sie sich eingestehen.

In Ragnhilds Garten lagen Holz und Hacke auf einem großen Block, als hätte jemand gerade eben die Arbeit unterbrochen. Berenike klingelte, doch sie hatte die Stille, die Leere des Hauses längst gespürt. Nichts rührte sich, also machte sie kehrt. Erste Regentropfen fielen, als sie auf dem Motorrad in die oberste Kurve einbog, große schwere Tropfen. Berenike schlitterte, aber zum Glück ging alles gut. Sie reduzierte die Geschwindigkeit. In der nächsten Kurve tauchte eine Gestalt auf, zu Fuß. In einen grauen Umhang gehüllt. Etwas an der Person irritierte Berenike. Sie bremste. »Ragnhild?« Das dumpfe Sprechen, wenn man einen Helm aufhatte.

Die Figur blieb stehen. Langsame Bewegungen. Aufschauen. »Berenike?«

Erleichterung, aber was war mit der Freundin los? »Ragnhild, bist du lebensmüde?«

Jetzt hob die Norwegerin langsam eine Hand. »Komm – mit – hinein.« Sie drückte das quietschende Gartentor auf. Es duftete feucht nach Rosmarin und Salbei, an der Grenze zur Straße peitschte der Regen Heckenrosen und Jasmin. Ragnhild griff nach der Hacke. »Entschuldige, die Arbeit muss getan werden.« Trotz des Regens ließ sie das Beil auf ein Holzstück niedersausen, zwei Teile sprangen weg. Dann sanken ihre Arme nieder, als hätten sie von einem Moment zum anderen jede Kraft verloren. Sie stützte sich mit einer Hand ab, senkte ganz langsam das Beil über die Finger. Ließ das Werkzeug auf ihrer Haut ruhen. Sie schüttelte den Kopf, legte das Beil weg und ging ins Haus, ohne sich umzusehen. Berenike folgte ihr. Sie konnte denken, was sie wollte, sie mochte diese mächtige Frau, die anzupacken wusste. Schließlich hatte Ragnhild immer betont, dass sie jede Art von Gewalt ablehne. Erst recht, nachdem sie mit ihrem Ex-Mann so viel Schlimmes erlebt hatte. Schläge und Tritte waren noch das Harmloseste gewesen. Alles, weil Ragnhild nicht schwanger geworden war, so hatte der Kerl sich rauszureden versucht. Berenike hätte sich bei Ragnhilds Erzählungen am liebsten die Ohren zugehalten. Der Typ lebte jetzt mit einer neuen Frau im Ort, die niemand zu Gesicht bekam, eine von außerhalb. Die beiden hatten fünf Kinder. Eines für jedes Jahr seit der Hochzeit. Wie ein Zuchtbulle, murmelten sich die Männer zu. Manchmal schwang Bewunderung mit.

»Magst du Kaffee, Berenike?« Ragnhild hatte die Jacke fallen gelassen und wischte sich die Hände an ihrer Hose ab. Sie rumorte in der Küche. »Ich weiß, du trinkst sonst Tee.«

»Zur Abwechslung tut Kaffee gut.«

Ragnhild lachte, es klang nach der Absicht, fröhlich zu wirken. Im Salon bot Berenike keinen Kaffee an. Es galt das Motto, wie sie es einmal in Budapest gelesen hatte: ›Strictly tea is served.‹

Ragnhilds Holzhaus war behaglich eingerichtet. Berenike überlegte wieder, wie sich die Freundin das Eigenheim leisten konnte. Wahrscheinlich hatte sie Geld vom Ex-Mann.

»Ich habe Amaretto, wenn du magst?« Jetzt sprach Ragnhild wieder in normalem Tempo.

»Nein, danke. Hast du heute frei?« Im Sommer half Ragnhild im Hotel Seebrise aus. Ob sie in dem Wellnessschuppen angemeldet werkte, hatte Berenike nie gefragt.

»Ja, ich hab frei«, antwortete Ragnhild leise und trug ein Tablett in die Stube. Berenike setzte sich. Das Geschirr passte zu Ragnhilds Haaren, eine rote Kaffeekanne mit weißen Tupfen thronte dickbauchig neben weißen Tassen mit roten Punkten. Es sah aus wie Geschirr in einer Puppenküche. Wäre doch das ganze Geschehen auch nur eine Puppengeschichte, die sich zwei Kinder ausgedacht hatten. Komisch, dass man als Kind immer dachte, das Leben würde mit der Zeit einfacher werden. Sie ließ sich von Ragnhilds duftendem Marillenkuchen ablenken.

»Bitte! Bediene dich! Er ist frisch aus dem Backrohr!« Ragnhild schob sich zu Berenike an den quadratischen Tisch aus rohem Holz.

Berenike biss in ein Stück Kuchen, schmeckte den saftigen, süßen Früchten auf ihrer Zunge nach. »Ich habe dich heute erwartet.«

»Was?«

»Im Salon.«

»Im Salon?«

»Wir hatten ausgemacht, dass du kommst.«

»Ach – ich …«

»Ragnhild, was ist los mit dir?«

»Was?«

»Wo warst du gestern Nacht? Die Polizei war bei mir. Du bist schon weg gewesen, Ragnhild. Wieso so zeitig? Es war erst Pause, ich hätte deine Hilfe noch gebraucht. Das hatten wir vereinbart. Erinnerst du dich?« Mittlerweile wusste Berenike nicht mehr, was sie der Norwegerin zutrauen sollte. Sie kam ihr so fremd vor mit einem Mal.

»Ich – ja …« Ragnhild hustete. Sie hatte sich verkühlt, das konnte die Erklärung sein.

»Ein – eine Verabredung. Entschuldige, das war dumm von mir, ich hätte es dir sagen sollen.«

Ragnhilds Hand wischte über die Tischfläche, sammelte Brösel ein, wo kaum welche waren. Bei ihr sah immer alles picobello aus wie in einem frisch bezogenen Hotelzimmer. Sie schob die Tassen herum. Vogelstimmen piepsten abwartend, der Regen schien aufgehört zu haben. Berenike fiel die Kuchengabel aus der Hand. Sie sah Ragnhild an, doch die wich ihrem Blick aus. Berenike seufzte. Manchmal gingen ihr die typisch weiblichen Verhaltensweisen auf den Geist. Da waren Männer direkter. Dafür …

»Ich hab jemanden kennengelernt.« Ragnhild strich sich eine Haarsträhne aus dem Gesicht. Berenike beneidete sie um ihre Haarfarbe, dieses absolute Rot. Niemand konnte so etwas künstlich erzeugen. Endlich sah Ragnhild sie an. Jemanden kennenlernen – es war doch besser allein, das sollte auch Ragnhild wissen. Diese strich mit ihren Händen durch den wirren, feuchten Haarschopf.

»Und wer ist es?«

»Einer von auswärts. Du kennst ihn nicht. Er ist begeisterter Langläufer.« Ging man nach Ragnhild, war das eine Auszeichnung. Oft und oft hatte sie sich darüber beklagt, dass diese Sportart hierzulande so wenig Anhänger fand. Ragnhild stand auf, kramte in der alten Kredenz.

»Bist du deshalb verschwunden? Weißt du, was letzte Nacht passiert ist?« Berenike war sich nicht mehr sicher, ob Ragnhild von der Leiche im Teehaus wusste. Obwohl sie mittlerweile Dorfgespräch war.

»Was?« Wenn Ragnhild sich verstellte, gelang es ihr gut.

»Ein Toter. Im Salon. In der Pause habe ich ihn im Publikum entdeckt.«

Ragnhild starrte sie an, der Teller in ihrer Hand verharrte mitten in der Luft.

»Die Polizei war da. Volles Programm. Der Verbenentee …«

Ragnhild klapperte mit irgendwas. »Wir haben nichts miteinander, Berenike.« Ragnhild sah kurz auf. »Er ist fest vergeben. Schon wieder einer.«

»Wieso schon wieder?«

»Ich – ich konnte es dir nicht erzählen.«

»Was?«

»Ich – hatte ein Verhältnis, wie man so sagt. Mein – er hat mit mir Schluss gemacht.«

»Wer?«

»Ich – kann nicht darüber reden. Nicht jetzt. Vielleicht – in 1000 Jahren oder so.« Der Teller in Ragnhilds Hand fiel zu Boden. Es gab ein Splittern und Krachen. Ragnhild stützte sich mit den Händen auf den Knien ab. »Wegen – seinetwegen bin ich – nicht nach Norwegen zurück.« Gleich würde es Tränen geben.

»Und wie heißt dein geheimnisvoller neuer Verehrer?«

Berenike bemerkte, wie Ragnhild zusammenzuckte.

»Verehrer?«

»Sag schon. Ich erzähl es nicht weiter!«

»Meine neue – Bekanntschaft? Robert ist nicht gekommen. Gestern.«

Robert, Robert, grübelte Berenike, als sie auf dem Motorrad Richtung Tal brauste. Die Regenwand war grau, als ob die Welt da vorne zu Ende wäre. Und wenn schon! Verflixt, sie kam nicht drauf, wo ihr der Name Robert kürzlich untergekommen war.

Im Salon schaltete sie das Licht ein, drehte das Türschild um. Jetzt war von draußen zu lesen: ›Welcome, we're open‹. Auf dem Weg in die Küche fiel es ihr endlich ein: Der Name des toten Journalisten lautete Robert, Robert Rabenstein. Davon war in dem Durcheinander mehrfach die Rede gewesen. Aber Ragnhild konnte doch nicht mit einem Toten ausgehen …

Berenike zog wieder den Sari an, klebte ein Bindi auf ihre Stirn, jenen roten Punkt, wie ihn die Inderinnen über dem dritten Auge trugen.

Dann auf zum Schreibtisch. Sie hatte vor Ragnhild mühsam die Fassade gewahrt. Hatte nicht gewagt, über ihre Erschütterung zu sprechen. Wie alles über ihr einzustürzen drohte. Wieder einmal! Selbst Ragnhild kannte ihre Vergangenheit nur auszugsweise.

Berenike starrte auf das bunte Weblog-Eingabefenster. Ein neuer Eintrag musste her! Inspiration please! Doch die Einfälle ließen auf sich warten. Sie klickte sinnlos in alten Einträgen herum. Zuletzt hatte sie das Buch ›Tee, süßer Tau des Himmels‹ besprochen. Dann eben ein anderes Mal. In der Tea-Community, wo sie als Moderatorin mitwirkte, war auch keine neue Frage aufgetaucht. Berenike schlang ihre Beine um jene des Bürosessels. Die Stille tönte ihr in den Ohren. Sie bestellte sich bei Samira Fernreiki, um sich mit der universellen Lebensenergie aufzutanken. Samira hatte kürzlich einen Einweihungskurs in Berenikes Salon abgehalten. Seither schrieben sie sich gelegentlich E-Mails. Der gehobene Austausch tat gut. Small Talk hatte Berenike den ganzen Tag, sie wollte wachsen und die Welt kennenlernen. Sie sah überrascht auf, als die Türklingel ging. Ihr stockte der Atem, als sie im Spiegel erkannte, wer das sein musste.

5

AUSSEER MISCHUNG

Berenikes Blick flog zum Fenster. Ein weißes Auto, blaurote Streifen. Die neuen Farben der Polizei. Sie stopfte die Informationen über spezielle Kräuter, die sie kürzlich zu Recherchezwecken ausgedruckt hatte, in die unterste Schublade.

»Grüß Gott, Fräulein Berenike!«

»Sie schon wieder, Herr Inspektor. Guten Tag.« Sie würde das hier übliche ›Griaß di‹ sowieso nie herausbringen. »Und Ihren Kollegen haben Sie auch wieder dabei.« Inspektor Gerbl kam neugierigen Blickes herein.

»Sind wir so unwillkommen?« Inspektor Kains Mundwinkel verzogen sich zu einem komischen Lächeln, das Berenike nicht zu erwidern imstande war.

Sie machte holprige Schritte zum CD-Regal und legte Meditationsmusik auf. Chandara, ihre Yogalehrerin, hatte das Album wärmstens empfohlen. ›Damit kannst du dich in die tiefsten Tiefen deiner Existenz versenken!‹ Die Musik war in der Tat mystisch. Hoffentlich würde der Inspektor darüber nicht einschlafen, oder, schlimmer noch, eine unwillkommene Eingebung haben.

»Ich bin gleich wieder da!« Sie stürzte in ihr Büro, schlug die Tür zu. Ich muss mich zentrieren, dachte sie. Und an Madame Montegos Worte dachte sie auch. Jetzt standen die Polizisten wieder hier herum. Als ob sie zum rechtmäßigen Inventar ihres Lokals gehörten!

Zurück im Salon konzentrierte sie sich auf die Flötentöne. Die Eingangstür flog auf. Ausgerechnet jetzt. Ein älteres Paar, Typ Frühpensionisten, sehr dynamisch, Nordic-Walking-Stöcke in den Händen. »Hamm Se ne ordentliche Jause?«

»Bitte nehmen Sie Platz, ich bringe Ihnen die Karte. – Ich bin gleich bei Ihnen!«, rief sie den Polizisten zu.

Sie sauste um die Speisekarten, hübsch gestaltet in Lindgrün und Rot. Leider fehlte bei den Öffnungszeiten der Sonntag. Sie musste die Karten neu drucken lassen. Maja, ihre Grafikerin, hatte bereits die Werbung für Chandaras Yogastudio entworfen, modern und trotzdem tiefgründig. Wenn sie nur mehr Geld hätte, dann würde sie sich von dem

Seminar ›Quellen des Reichtums‹ inspirieren lassen. 320 Euro für ein Wochenende waren jedoch ausgeschlossen …

Sie richtete den Sari, der sich zu lösen drohte, bevor sie sich zu Kain und Gerbl setzte. Kain beugte sich näher zu ihr. Sie verbarg ihr Gesicht in den Händen. Sie wollte nicht davon sprechen, wie sehr der tote Journalist sie an jemand anderen erinnerte. Kains Anwesenheit hätte gutgetan, wenn – ja, wenn sie privat gewesen wäre. Am liebsten hätte Berenike sich versteckt. Aber man kannte sie, hier auf dem Land wusste jeder, was sie gerade machte und wo sie war. Sie strich sich die Ponyfransen aus dem Gesicht. »Was kann ich für Sie tun, meine Herren?«

»Fräulein Berenike«, Kain streckte seinen großen muskulösen Körper. Er ging auf die 50 zu, ein fescher Mann. Noch. Wenn er sich weiter so gehen ließ, dazu die ständigen negativen Vibes seines Jobs … Fix vergeben sollte er sein, hatte sie von Ragnhild gehört. Die hatte es angeblich von einem Stubenmädchen aus dem Hotel Seebrise.

»Bitte?« Sei auf der Hut, warnte etwas in ihr. Sei immer auf der Hut! Sie sprang auf und füllte Wasser in eine Kanne. »Auch eine Tasse Tee?«

»Ja, gern.«

»Sie auch?« Der junge Polizist nickte.

Der Nordic-Walking-Typ winkte. »Ich komm gleich zu Ihnen!« Berenike wandte sich an Kain. »Ich mach uns Kräutertee, ist Ihnen das recht? Für das nasskalte Wetter genau das Richtige.« Sie kramte zwischen den Teedosen. Wie langsam alles zu gehen schien. Ihre Bewegungen, als müsste sie gegen Wattewolken ankämpfen.

Das Paar stand auf. »Ich war gerade auf dem Weg zu Ihnen!« Berenike eilte zu ihrem Tisch.

»Äh, wir wollten lieber was Deftiges. Ne echte Gebirgsjause, wenn Sie verstehen. Nicht so’n Gesundheitskram.« Die Tür flog hinter den beiden zu. Berenike hörte das Klappern ihrer Stöcke auf dem Asphalt. Sie sah zu den Polizisten hinüber.

»Piefkes«, Kain zuckte mit den Achseln.

Endlich kochte das Wasser. »In Hamburg gibt es einen Schietwettertee.« Beim Aufgießen verbrannte sich Berenike die Haut am Daumen. Sich nur nichts anmerken lassen! »Also Scheißwettertee. Passt ins Ausseerland. Ich habe die Kräuter selbst gesammelt und Ausseer Mischung getauft. Der Tee besteht aus Hollerblüten, Ringelblumen, Schafgarbe und ein paar getrockneten Früchten wie Äpfeln.«

»Wie gut können Sie Heilpflanzen von, äh, Giftpflanzen unterscheiden?« Kains Blick flog zum Regal mit den Teebüchern. Gerbls Kugelschreiber, den er sofort wieder ausgepackt hat, verharrte abwartend über dem Papier.

»Vertrauen Sie mir, ich habe mehrere Seminare besucht. Außerdem«, sie grinste Kain an, »manch eine Giftpflanze enthält wichtige Arzneien, zum Beispiel der Fingerhut. Dafür können auch Erdäpfel giftig sein, wenn man sie roh essen würde.« Sie verteilte rote Keramikbecher und setzte sich. Draußen wagte sich ein Sonnenstrahl hervor. »Übrigens, gut, dass Sie vorbeikommen. Wann kann ich meinen Betrieb wieder voll aufnehmen? Ein Raum ist zu wenig, Sie wissen ja. Das Seminar über Reinkarnationstherapie wird gut besucht sein, der Vortragende ist eine echte Persönlichkeit.«

»So?« Kains Blick war fragend, zu fragend. »Es wird schon werden, Fräulein Berenike. Sie werden sehen, alles nicht so schlimm. Wir müssen auf jemanden von der Kripo warten. Was ich wissen wollte: Sollte Herr, na, wie heißt er«, er beugte sich zu Gerbl hinüber, , »du hast es doch notiert, achja, Rabenstein. Sollte Herr Rabenstein bei der Lesung von Lahn, ähm, auch auftreten?«

»Nein, wieso? Ich habe nur Sieghard Lahn engagiert. Sein Honoraranspruch ist hoch, mehr hätte ich mir nicht leisten können. Wie kommen Sie auf die Idee, dass Rabenstein auftreten sollte?«

»Ich dürft Ihnen das eigentlich nicht sagen …«

Es piepste. »Der Tee.« Berenike griff nach dem Teefilter. »Sieben Minuten ist das Minimum für Kräutertee.«

»Wir haben einen Zettel in seiner Jackentasche gefunden …«

»Noch besser sind 10 bis 15 Minuten.«

»Auf dem Zettel …«

»Sonst kommen die wertvollen Inhaltsstoffe …«

»Fräulein Berenike!«

»Was?«

»Bitte«, Kains Gesicht sah müde aus. Falten, die Berenike vorher nicht bemerkt hatte. »Hören Sie mir zu, ja? Also. Auf dem mysteriösen Zettel steht handschriftlich: ›Für 20. Mai‹. Das ist das gestrige Datum.«

»Ich kann mir nicht vorstellen …« Berenike hob die Kanne, doch Kain legte seine Hand über die Tasse. Er warf einen Blick auf seine protzig glänzende Armbanduhr. Mondphasen und weiß der Teufel was so ein alpiner Polizist im harten täglichen Einsatz alles brauchte. Vielleicht trug er auch einen Kompass mit sich herum und Eispickel. »Wir müssen los, die Arbeit wartet.«

»Sie können Ihren Tee mitnehmen – warten Sie.«

Berenike stand auf. Zwei eilige Schritte Richtung Theke. Sie kam mit zwei Thermosbechern zurück. »So, hier bitte, genießen Sies!«

»Danke! Griaß… – Wiedersehen!«

Die Tür knallte hinter Kain und Gerbl zu. Stille legte sich schlagartig über Berenike. Ein Spinnennetz, unter dem sie keine Luft bekam. Kain hätte beinahe ihren Tee verschmäht. Womöglich traute er ihr nicht mehr über den Weg? Blödsinn, beruhigte sie sich. Die Polizisten steckten mitten in einer Ermittlung. Sie zündete ein Räucherstäbchen an und wanderte damit durch den Raum. Der Erzherzog-Johann-Jodler ließ sie zusammenschrecken. Ihr Handy. Eine unbekannte Nummer. Sie meldete sich. Doch die Person hatte aufgelegt. Bevor sie auch nur das Telefon am Ohr hatte. Nicht schon wieder! Hörte das nie auf?

6

Ist dir kalt, wärmt dich Tee,
ist dir zu heiß, wird Tee dich erfrischen,
bist du niedergedrückt, wird Tee dich ermuntern,
bist du erregt, wird Tee dich beruhigen.

Diese Worte eines englischen Politikers namens Gladstone gingen Berenike durch den Kopf. Tee half immer, die Briten mussten es wissen. Auch bei Mordverdacht konnte er nicht schaden. Sie goss sich von der erfrischenden Flüssigkeit nach und ließ alle drei Tassen auf dem Tisch stehen, dann holte sie einen Teller mit frischem Shortbread. Seit den zwei Deutschen, die nicht geblieben waren, hatte kein Gast mehr den Salon betreten. Vielleicht kam am Abend noch jemand auf einen gesunden Snack vorbei, nach den fünf Elementen gekocht, natürlich aus frischen Zutaten vom Wochenmarkt.

Die Idee hatte sie von einer Reise nach Singapur mitgebracht. Die Asiatinnen wussten, wie man tasty vegetarian food zauberte. Berenike schnappte sich ein Teebüchlein aus Ostfriesland. Sie lachte über die Zeichnungen, auf denen man sich über die Teeleidenschaft der Briten lustig machte. Muffins mit grünem Tee, das wäre eine Idee. Lecker, wie sie waren, kamen sie bei den Gästen wunderbar an. Wenn es Gäste gab. Oder sie versuchte es mit marmorierten Tee-Eiern. Dazu fehlte ihr jedoch das chinesische Fünf-Gewürze-Pulver. Dann lieber ein Karottensandwich mit Stilton, dem englischen Schimmelkäse. Orangenmarmelade als Unterlage, die hatte sie immer vorrätig.

Plötzlich ein Geräusch. Es schien aus dem Literatursalon zu kommen. Berenike trat zu der versiegelten Glastür. Verrenkte sich, um das Fenster in dem Raum ins Blickfeld zu bekommen, konnte aber nichts erkennen. Schnell eilte sie auf die Straße. Zwei Jugendliche entdeckten Berenike und liefen weg, deuteten mit wilden Gesten auf ihr Lokal. Das Gelächter, sie waren im Stimmbruch. Drohend hob Berenike einen Arm, aber was bewirkte das schon. Sie blickte von außen in den Literatursalon. Nichts, was sie nicht schon kannte. Glauben die alle, dass ich …?

Berenike ging wieder hinein, ihr Körper fühlte sich erdenschwer an. Sie nippte am Kräutertee. Sie hatte doch jede Menge Herausforderungen im Leben gemeistert, da sollte sie auch eine kleine Mordermittlung zuwege bringen. Sie musste wissen, was für ein Mensch Rabenstein gewesen war. Für Nachforschungen war natürlich die Polizei zuständig. Aber wenn sie …? Just a little bit, so übers Internet … Damit hätte sie wenigstens eine Beschäftigung. Und die Buchhaltung?, meldete sich eine Stimme in ihr. Später. Sie stellte eine Messingklingel auf der Theke bereit, wie sie in Hotels üblich war. Sie stammte noch aus dem Lebensmittelgeschäft ihrer Großeltern. Damit hatten sich Kunden bemerkbar machen können, die schnell ein halbes Kilo Zwiebeln kaufen wollten, oder einen Laib Brot, aber bitte kein dunkles, wenn der Großvater gerade etwas aus dem Lagerraum holte und seine Frau nicht im Geschäft war. Daneben platzierte Berenike ein Schild: ›Service gewünscht? – Bitte klingeln!‹ Mit rotem Stift malte sie ein lachendes Gesicht auf das grüne Papier.

Sie musste etwas unternehmen, musste mehr herausfinden. Der Gedanke an Gift im Tee ließ ihr keine Ruhe. Auch wenn es dafür keine Anhaltspunkte gab, glaubte man Kains Worten.

Diese Angst, die gekrochen kam. Erstarrung, Wehrlosigkeit. Dem Angreifer ausgeliefert.

Gift.

Wie damals.

Obwohl Berenike dies doch selbst gar nicht erlebt hatte. Gnade der späten Geburt, wie man sagte. Als hätte man eine Ahnung. Von ihrem Leben. Von ihrer Geschichte.

Als Kind hatte sie gedacht, alle Familien seien gleich. Sie war in einem Weiberhaushalt groß geworden, die meiste Zeit. Ihre Mutter Rose Roither, die Schwester Selene und sie wohnten in einer alten, vollgestopften Wohnung in der Wiener Josefstadt. Die Großeltern Roither, Roses Eltern, gleich um die Ecke. Ein Kommen und Gehen in beiden Wohnungen und im Geschäft, das die Großeltern seit Jahrzehnten besaßen. Oft erzählten sie, wie es im Krieg ausgebombt worden war, und dass sie 1945 bei null anfangen hatten müssen. Dass sich die Flüchtlinge, die später zurückkehrten, das alles erspart hätten, den Hunger vor allem. Ein durch Bomben wohnungslos gewordenes Ehepaar war bei ihnen einquartiert gewesen. Man war eben zusammengerückt, ungern, aber doch. Berenike hatte diese Tatsache als Kind erstaunt zur Kenntnis genommen. Dass da jemand kommen konnte und bei einem wohnen wollte. Und durfte. Gleich hatten ihr die Leute leidgetan, die sich gegen die Oma durchsetzen hatten müssen. Sicher kein leichtes Leben, so wie die Oma war, hart und kühl, nur manchmal wollte sie eines der Kinder plötzlich drücken, küssen, zu fest, zu hart, Berenike strampelte sich immer frei. Ihr Vater Fred Stein war ein unsteter Gast in Berenikes Kindheit. Er zog einmal ein, einmal aus im Löwenhof. War einmal nah, dann weit weg. Fred Stein, klein, zart – und Jude. Großvater Roither war offizieller Vormund von Selene und Berenike. Weil das Gesetz noch in den 70er-Jahren einer ledigen Mutter die Obsorge nicht zutrauen wollte.

In ihrem kleinen Büro setzte sich Berenike an den Schreibtisch. Auch ein Erbstück vom Großvater. Vor dem Bildschirm stapelten sich die Papiere, sodass Berenike nicht einmal die Tastatur ausmachen konnte. Seufzend bückte sie sich und schaltete den Computer ein. Mit einem, wie ihr schien, ebenso seufzenden Geräusch fuhr der PC hoch. Sie lauschte nach nebenan, es war still. Sie sollte wohl noch froh sein, wenn Inspektor Kain keine neuen Hiobsbotschaften brachte.

Sie schob ein paar Papierstapel zusammen und legte sie auf das kleine Wandregal. Eine violette Mappe rutschte heraus, die losen Seiten fächerten sich auf dem Boden auf. Notizen für ihr geplantes Buch ›Tee und Bewusstsein‹. Falls sie je zum Schreiben kommen würde. Es war immer dasselbe mit dem Zeitfaktor, Meditation hin oder her.

Im Internet gab sie ›Robert Rabenstein‹ in die Suchmaschine ein. Hunderte Treffer. Rabenstein hatte als freier Journalist gearbeitet, das war in seinem fortgeschrittenen

Alter ungewöhnlich. Normalerweise fingen die Jungen als Freie an und wurden irgendwann angestellt, das wusste Berenike von den Journalisten, mit denen sie in ihrem früheren Job kooperiert hatte. Vielleicht war Rabenstein ein Star gewesen, der für ein königliches Honorar seltene Knüller lieferte. Es gab eine Menge Artikel für Die Wirtschaft, ein wöchentliches Magazin. Seine letzten Beiträge stammten von Anfang des Jahres 2001. Berenike überlegte, warum er diese Tätigkeit wohl aufgegeben hatte. War er in der Redaktion unbeliebt gewesen, hatte gar Feinde gehabt? Berenike fühlte sich wie in einem Fernsehkrimi. Aber stellte sie die richtigen Fragen?

Später tauchten von Rabenstein gezeichnete Artikel in der Oberösterreichischen Rundschau auf und bei einem deutschen Online-Magazin. Schließlich fand Berenike etwas, das wie eine persönliche Webseite aussah. Man konnte in Artikeln schmökern, Rabenstein hatte mehrfach wirtschaftliche Missstände aufgedeckt. Dann kam ein abrupter Schwenk, etwa 2001, seither hatte er sich in die Machenschaften der Esoterik-Welt verbissen, einige Artikel hatten hohe Wellen geschlagen. Also doch ein Star … Natürlich hatte man ihn immer wieder vor Gericht gezerrt, er selbst hatte ebenfalls geklagt. Hinter ihm stand der Staranwalt – Berenike erstarrte, als sie den Namen ein zweites Mal las – Gilbert Donner. Dass der auch Medienrecht machte, war ihr neu. In einem preisgekrönten Artikel Rabensteins ging es um eine sektenähnliche Gruppierung, die einem sogenannten Führer huldigte und sich selbst als Gruppe von Auserwählten betrachtete. Die Symbole der Sekte erinnerten fatal an Hakenkreuze. Berenike klickte sich durch weitere Artikel, aber die Verbindung zwischen Esoterik und Faschismus ließ sie nicht los. Sie hatte bisher nie darüber nachgedacht. Ihre Hände waren kalt, als sie sie aneinanderrieb, fühlten sie sich steif an. Hatte Rabenstein recht gehabt? Führten sich die Gurus wie kleine Führer auf, erhöht, umjubelt von der Masse? Aber war das nicht etwas weit hergeholt? Ein unstatthafter Vergleich mit der Shoah, dem Massenmord an Jüdinnen und Juden? Berenike hörte sich auf Rabensteins Webseite einen Song der Gruppe Spirit Kings an – eine weitere Aufdeckung Rabensteins. In dem rapartigen Lied wurden schwarze Frauen als ›black bitches‹ besungen. Sexy? Bedingt.

Berenike suchte nach Kontaktdaten, aber nirgends war etwas zu finden. Keine E-Mail-Adresse, keine Telefonnummer. Im Impressum stand der Name einer Firma für Webprogrammierung. Seltsam. Vorsicht war gut, aber das ging ein wenig zu weit. Berenike trank abwesend einen Schluck von dem inzwischen kalten Tee. Sie schob das Geschirr beiseite. Eine Biografie des Journalisten war nirgends aufzutreiben. Das würde sich ändern, sobald die Nachrufe in den Medien einsetzten.

Gähnend klickte Berenike ein weiteres Suchergebnis an. Eine Webseite war wie die andere. ›Forum für Bewusstsein der historischen Kreisläufe‹ hieß das Portal. Sie wollte die Webseite bereits schließen, als ihr Blick auf den rechten Seitenrand fiel. Dort stand in fetten Lettern: ›Morgen berichtet an dieser Stelle Robert Rabenstein über die Ereignisse des Jahres 1945 im Ausseerland.‹

Berenike suchte das Datum des Berichts: 20. Mai. Am Abend des gleichen Tages war Rabenstein gestorben. Kain fiel ihr ein, die Notiz, die man bei dem Toten gefunden hatte. Stand der angekündigte Bericht mit dem Tod des Reporters in Zusammenhang? Müde stützte Berenike ihre Stirn auf die Hände, spürte die Falten ihrer Haut. Müdigkeitsfalten. Sorgenfalten. Die Augen brannten vor Trockenheit.

Sie stand auf und streckte sich. Im Teesalon war noch

immer tote Hose. Vielleicht konnte sie früher zusperren. Sie warf einen Blick auf den Kalender, der hinter der Theke lag. ›19 Uhr Pessoas Erben‹ stand da. Oh nein! Auch noch der Schreibtreff, an einem Tag wie diesem. Berenike war versucht, Ragnhild zu fragen, ob sie übernehmen konnte. Doch bei der Autorengruppe handelte es sich um besondere Gäste. Sie kannte sie über Alma Behrens, die sie wiederum bei einer Familienaufstellung kennengelernt hatte. (Das hatte auch noch nichts gebracht, aber bitte.) Nach und nach waren sie näher ins Gespräch gekommen, Alma hatte ihr in einem Astro-Coaching gute Ideen für den Geschäftserfolg geben können. Später war Alma auf der Suche nach einem neuen Treffpunkt für die Gruppe gewesen. Berenike war gleich Feuer und Flamme gewesen. Sie war gern Gastgeberin und erhoffte sich Inspiration.

Blöd, dass sich die Schreibenden heute mit dem Teesalon begnügen mussten. Normalerweise bevorzugten sie den anderen Raum mit seiner kreativen Atmosphäre. Hoffentlich hatten ihre Stammgäste Verständnis für die Situation, sie hatten sicher von Rabensteins Tod gehört.

Jetzt musste sie aber zusehen, dass sie zum Einkaufen kam, Gurken und Baguettes, vielleicht etwas zu naschen. Schnell zog sie sich um. Danach musste sie noch den Raum herrichten, Tische zusammenschieben, damit alle genug Platz hatten. Ihr größtes Lob war, dass einige aus der Schreibgruppe auch einzeln vorbeikamen. Mit Block und Füllfeder bewaffnet gaben sie ein interessantes Studienobjekt für Touristen ab – die wiederum von den Autoren in Augenschein genommen wurden. Sie blätterten gern in Büchern, besonders den Neuerscheinungen, schimpften darüber und kauften selten. Berenike mochte sie dennoch, sie bemühten sich so offensichtlich um einen eigenen Weg – trotz zuweilen mörderisch großer Hindernisse, die ungewöhnlichen Menschen immer in den Weg gelegt wurden.

7

TEE AUS DREI SORTEN MINZE

»Hallo, guten Tag?«

Er sah sich um, es wirkte vorsichtig. Berenike bemerkte den großen Mann mit den lockigen dunkelbraunen Haaren nur, weil sie Schritte hörte. Eben hatte sie einen anregenden Duft aus der Aromakollektion versprüht. Selbst Unternehmen setzten heute auf Düfte, um die Arbeitsatmosphäre zu verbessern, hatte sie neulich gelesen. Sie halfen hoffentlich auch gegen die Energien von Rabensteins unerwartetem Tod im Raum.

Der athletische Typ sah sich so sorgsam um wie sie. Seit diesem Todesfall war sie achtsamer als zuvor, jedes Geräusch erschreckte sie. Der Mann mochte ein wenig älter als Berenike sein. Unter dem engen schwarzen T-Shirt zeichneten sich Muskeln ab, er hielt sich sehr aufrecht. Ein Mensch, der wusste, was er wollte. Er trat zur Theke, versuchte in die Küche zu linsen. Rasch ordnete Berenike die Falten ihres Saris und trat aus dem hinteren Bereich hervor.

»Guten Abend, kann ich Ihnen helfen?« Nein, sie hatte den Kerl bestimmt noch nie gesehen.

»Guten Abend, findet hier heute der, hmchm, dieser, na, der Schreibtreff statt?« Seine Stimme holperte heiser.

Berenike nickte. »Bitte, nehmen Sie Platz, dieser Tisch ist für die Schreibgruppe vorbereitet.«

»Danke.« Sein intensiver Blick traf Berenike unvorbereitet. »Ich bin neu«, er räusperte sich, »Jonas Lichtenegger.« Er streckte ihr die Hand zur Begrüßung entgegen.

»Berenike Roither.« Seine Augen, dunkelgraue Augen. Für einen Moment verlor Berenike jedes Zeitgefühl.

»Ich habe von der Gruppe in der Ausseerland-Zeitung gelesen.« Er ließ ihre Hand los. Momentanes Bedauern darüber bei Berenike.

»Da kommt schon Seraphine«, die Tür quietschte, sie musste sie endlich ölen! »Sie organisiert die Schreibtreffen. Am besten, Sie besprechen das mit ihr.«

Die braun gebrannte ältere Frau ließ ihren Blick ein paarmal zwischen Berenike und dem Neuankömmling hin- und herwandern. »Ja, ja, wir reden später«, bedeutete sie dem Neuling mit Lehrerinnenstimme. Seraphine setzte sich. Nach einem erfüllten Leben als Bäuerin und Mutter hatte sie eine Online-Ausbildung im Spiritual Writing absolviert und dann ›Pessoas Erben‹ ins Leben gerufen. Sie hielt die Leute zusammen, wenn Streit ausbrach. Immer wieder drohte jemand hitzig, nie wiederzukommen und es in Zukunft ohne diesen blöden Haufen aushalten zu wollen; einen echten Erfolg hätten die Treffen sowieso nicht gebracht. Seraphine entkräftete Vorwürfe, einte Streithähne und -hennen. Man müsse sich als Schreiberling bereits genug abstrampeln, schon gar, wenn man nicht den Normen der Bestsellerindustrie gehorche. Da brauche man nicht noch Kolleginnen und Kollegen mit Füßen zu treten.

In Seraphines Schlepptau huschte Gretl Eisner herein, verwitwete Gasthausbesitzerin aus Bad Aussee. Mit ihrem dauergewellten kaffeebraunen Haar und dem Dirndl in gedeckten Erdfarben musterte sie die bereits Anwesenden strengen Blicks.

Berenike wandte sich den drei Wienern Mitte 50 zu, die gemeinsam hereinpolterten. Sie waren weder schreibend noch spirituell sehr aktiv, brachten aber jede Menge Gelächter in die Runde. Alle drei stießen nur zu ›Pessoas

Erben‹, wenn sie in ihren Zweitwohnsitzen etwas außerhalb von Bad Aussee weilten. Hans Ebner, Gottfried Wurbaschitz und Karli Leitmayer waren als Manager im selben Industriebetrieb tätig. In Aussee suchten sie nach Entspannung und Betätigung, surften oder gingen raften. Sie waren Singles – und auf der Suche, das fiel allen sofort auf. Gottfried wandte seinen grauen Elefantenkopf Gretl zu, während Hans und Karli leise miteinander tuschelten und lachten.

Bei Sylvie Lechner würde derzeit keiner von ihnen landen. Sie und Stefan Radischer, Bademeister in der Wellnesslandschaft Allegro in Bad Aussee, waren das aktuelle Traumpaar der Runde. Während seine Kundschaft die Kurbehandlungen genoss, erzählte Stefan ihnen selbst erdachte, weise Geschichten. Vor einem Jahr hatte eine Bad Ischler Werbeagentur einige davon als Hörbuch herausgebracht. Großes Trara in der Presse, Stefan hatte Berenike ein Exemplar aufgedrängt. Sie verschwieg, dass sie nie länger als bis zur zweiten Geschichte wach geblieben war. Das war sicher kein Zeichen mangelnder Qualität, es mochte schlicht an ihrer ständigen Übermüdung liegen.

»Was macht euer Co-writing?«, wandte sich Karl an die beiden und fixierte dabei Sylvies Schwanenhals.

»Ist alles unter Verschluss!« Während Sylvie Stefans Hand hielt, fummelte sie mit der anderen an ihrem Dekolleté herum. Karl zog prompt seinen Bauch ein, worauf Sylvie in gackerndes Lachen ausbrach. Sie hatte sich auf Krimikurzgeschichten mit spiritueller Botschaft spezialisiert, 14 oder 15 waren bereits vollendet. Keine von ihnen hatte bisher das Licht der Öffentlichkeit erblickt. Die Welt sei nicht reif dafür, klagte sie. Bis es so weit war, lebte sie von der Vermietung einiger Fremdenzimmer, im Winter arbeitete sie beim Skilift am Loser.

»Wie geht es deiner Schreibblockade?«, erkundigte sich Seraphine mitfühlend bei Stefan. Ihre knochigen Hände raschelten in einer alten Lederaktentasche herum, förderten ein violettes Notizbuch zutage.

»Wächst und gedeiht, die verdammte Leere in meinem Kopf«, Stefan ließ sich auf einen Sessel fallen und starrte auf den Boden vor seinen weißen Tennisschuhen. Das Co-writing, so wussten alle, hätte vor allem ihm helfen sollen.

In die Stille hinein quietschte Sylvie: »Hier ist das passiert, mit Rabenstein?«

Stefans Kiefer verkrampfte sich, während er Sylvie mit seinen Augen durchbohrte. Das waren plötzlich Vibes! Stefan war als eifersüchtig bekannt. Dabei hatte er selbst ein freizügiges Liebesleben hinter sich, ganz dem Berufsklischee entsprechend.

»Rabenstein«, das war Gretls überraschend schrille Stimme, »wisst ihr, was der macht?« Ihr Kopf zitterte. »Er sitzt bei jedem Journalistenpreis in der Jury. Und lehnt alle ab. Alle.«

»Aber, Gretchen«, Seraphine legte sachte den Arm um die Kollegin. Diese schüttelte die Berührung ab. »Lass mich. Rabenstein ist selbst schuld, dass er kalt und tot ist. Kalt und tot, jawohl. Er war erfolgreich, es wäre ihm kein Stein aus der Krone gefallen, wenn er einmal ein gutes Wort …«

»Hast du am Ende …?« Stefan sah zu Gretl auf, die immer noch nicht Platz genommen hatte. Er biss sich auf die Lippe, unterdrückte ein Lachen. »Grete, liebe Grete, du?«

»Ja«, Gretl Eisner wand sich wie eine Gummipuppe, »aber lassen wir das.«

»Nein, erzähl, was ist passiert?«

»Ich habe ihm einige meiner Betrachtungen geschickt. Er hat sie unkommentiert zurückgesandt. Unkommentiert!«, Gretl Eisners Stimme schrillte durch den Raum, »ohne ein

Wort. Aber großkotzig im Auto durch die Gegend fahren, mit überhöhter Geschwindigkeit!«

»Ich könnte, hmchm, den Todesfall numerologisch auswerten.« Wieder die raue Stimme. Der Neue. Alle Augen richteten sich auf ihn, auch Berenikes. Einen Moment herrschte Stille. Kühle Stille. »Die Kabbala sagt …«

»Kann ich bitte diesen Minztee haben?«, wandte sich Gretl an Berenike. Sofort fingen wieder alle gleichzeitig zu reden an. »Du weißt schon, den mit den verschiedenen Sorten Minze …«

»Du meinst wahrscheinlich den Abendtee mit Apfelminze, Pfefferminze und Melisse?«

»Ja, genau.«

Berenike nahm weitere Bestellungen auf. Während sie mit den Teeblättern hantierte, ließ sie die kreativen Schwingungen auf sich wirken. Für einen kurzen Moment wurde ihr schmerzlich bewusst, dass sie eine eigene künstlerische Betätigung vermisste. Während des Studiums war Berenike mit der Theatertruppe Olymp recht bekannt gewesen. Selbst von Professoren war sie auf ihre Interpretation von Elektra oder Medea angesprochen worden. Es gab Gastspiele in Eisenstadt, im Waldviertel, einmal in Paris. Die Truppe bestand trotz einiger Schwierigkeiten und Kämpfe untereinander mehrere Jahre. Doch dann kamen die Prüfungen. Nur die besten Noten zählten. Letztlich hatte sie das Theater aufgegeben. Sie hatte ihren Studienabschluss gemacht, war in der Eventbranche gelandet. Zunächst hatte sie Rockkonzerte gecheckt, später Benefizveranstaltungen. Nach mehreren Jobwechseln fragte ihre Mutter schon in einem anerkennenderen Tonfall nach, ob sie nun besser verdiene. Dann war Berenike in Brians Agentur gelandet. Ihre große Lehrzeit, er hatte ihr nicht nur Berufliches beigebracht. Sex gehörte für ihn dazu. Sie hatte es geschafft, wie man sagte. Bis zu jenem verhängnisvollen Ereignis, das ihr die Luft zum Atmen nahm. Rabensteins Tod war wie ein böswilliges Dakapo einer schlecht gelaunten Schicksalsfee. Es juckte Berenike in den Fingern, wieder kreativ zu werden. Vielleicht würde sie ihr Buch schreiben, wenn sie aktiv an den Schreibtreffs teilnehmen könnte. Es musste himmlisch sein, alles, was in ihr arbeitete, in Worte fließen zu lassen.

Traumtänzerei. Sie befüllte den Wasserkocher mit frischem Leitungswasser. Ihr Blick wanderte zu der Gruppe. Jonas stand abseits, schien sie zu beobachten. Man hatte ihn stehen gelassen. Er schlenderte zur Glastür, spähte neugierig in den versiegelten Literatursalon. Dann kam er zu ihr an die Theke. Ein vages Lächeln. Ein Knistern? Sein Blick war nicht einzuordnen. Aber jetzt war Business angesagt. Sie servierte Seraphine sommerlichen Kräutertee mit Veilchenaroma. Am Anfang hatten einige nach Tee mit Rum gefragt, schließlich wandelten sie auf den Spuren des portugiesischen Dichters Fernando Pessoa. Was kümmere einen die kaputte Leber, hatten sie den Mann zitiert (ob richtig, blieb dahingestellt). Die Leber sei sterblich, die Gedichte würden jedoch auch ohne sie bestehen. Berenike hatte ihnen erklärt, dass sie keinen Alkohol ausschenkte. Sie hielt es damit wie Katharina von Braganza. Die Prinzessin aus Portugal hatte 1662 den britischen König Karl II. geheiratet. Am englischen Hof führte sie die Teestunde ein, um dem üppigen Alkoholgenuss etwas entgegenzusetzen. Auch in Berenikes Salon wurde die Abstinenz mittlerweile akzeptiert.

Die Tür ging wieder auf, die Gräfin erschien. In Selina Gamberowskis Adern floss von mütterlicher Seite her tatsächlich blaues Blut. Sie brachte jedes ihrer dünnen Bändchen irgendwo unter, dazu schrieb sie High-Society-Textchen für regionale Zeitungen. Was man hier so für High Society hielt. Alles bei Selina drehte sich ums Regionale. Die Tür sprang wieder auf, traf die Gräfin in den Rücken, die schnell weghopste.

Alma Behrens stürmte herein, in der Hand das Wirtschaftsmagazin, in dem seit Kurzem ihre Astro-Kolumne erschien. Sie warf die Zeitung schwungvoll auf den Tisch. Wie bestellt waren ›Ahs‹ und ›Ohs‹ zu hören. Man durfte sie für ihre Beiträge aber auch nicht zu sehr loben. Allen war bekannt, dass sich Alma mit ihrem ›Sternenzelt-Kabarett‹ zu Höherem geboren fühlte. Damit bekam sie kurze Auftritte bei Kongressen. Alma feilte häufig mithilfe der Gruppe an ihren Programmen. Ansonsten vermietete sie Zimmer und pflegte ihre alte Schwiegermutter. Im Sommer fand sie selten zu ›Pessoas Erben‹. Wahrscheinlich war der Tod Rabensteins diesmal der Auslöser.

Berenike verschwand in die Küche, um die Brötchen aus dem Kühlschrank zu holen. Sie beugte sich hinunter, als sich von hinten ein Arm um sie legte. »Na?«

Berenike fuhr zusammen. »Alma! Hast du mich erschreckt.«

»Echt?«

»Ich – mag das nicht so.«

»Bedrückt dich Rabenstein? Was macht das mit dir, sein schwarzer Tod?«

»Ich …« Ich war selbst dem Tod nah, dachte sie. Laut sagte sie: »Ich habe sein Gesicht gesehen, sein totes Gesicht. Er …«

»Du stehst unter Schock. Aber der Tod gehört nun einmal zum Leben, das weißt du doch.«

»Natürlich.«

»Du gehst zu Madame Montego, richtig? Bringt sie dich weiter?«

»Naja. Sag mal, Alma, hast du von dem neuen Guru gehört, der am Toplitzsee praktizieren soll?«

»Was willst du von dem?« Almas Blick war schwer zu deuten, scannte sie von oben bis unten. »Jemand in der Redaktion hat behauptet, er bevorzuge nordische Walküren.« Sie strich sich die rotbraunen Locken aus dem Gesicht, ihre Haut glänzte. »Er praktiziert freie Liebe, das soll der Erleuchtung dienen. Ich kann mir das gut vorstellen.«

»So?« Berenikes Schoß pulsierte unerwartet willig.

»Nur wenn du dich öffnest und finden lässt, wirst du den richtigen Weg gehen«, erklärte Alma weiter, als wäre Berenike ein krankes Kalb. »Ein Guru ist keiner, den man selbst sucht.«

Berenike richtete sich auf, ihre Brüste reckten sich verlangend. Der Eiskasten sirrte kühl. Sie sah Jonas an der Tür vorbeigehen. »Alma, ich hab zu tun. Reden wir ein anderes Mal in Ruhe.«

»Wie du meinst.« Unter Almas Sommerkleid aus grüner Seide zeichneten sich ihre Beine ab, während sie quälend langsam hinausging. Sie hatte ihr einmal verraten, dass sie nur Seidendessous trug – schwarze.

Als Letzter tauchte Sepp Meister auf. Er hatte den Schreibtreff gemeinsam mit Seraphine ins Leben gerufen und sorgte für den Programmablauf. Er war über 60 und jahrelang wegen Schizophrenie in der Psychiatrie gewesen. Er hatte für seine Entlassung gekämpft und wohnte nun im eigenen Haus. Er hatte mehrere Bücher über seine Erfahrungen als Book-on-Demand verlegt, sie verkauften sich erfolgreich, wie man so hörte.

»Du bist also neu?«, wandte er sich an den dunkel gelockten Mann. Sepps braun gebranntes Gesicht zeugte von seiner Liebe zum Garten. Im Mundwinkel steckte eine Pfeife, es roch nach Vanilletabak. Ein leichtes Lächeln flog über das Gesicht des Jüngeren. »Ich bin der Sepp, und du?«

»Jo – hmchm – Jonas.« Der sportliche Typ rieb seine großen schmalen Hände aneinander.

»Hat dich jemand empfohlen?«

»Äh …« Jonas zog seine dunklen Augenbrauen zusammen. »Ich habe davon in der Zeitung gelesen. Die Gruppe ist doch offen, hoffe ich?«

»Schon gut. Setz dich. Wir werden sehen, wie du zu uns passt oder wir zu dir.« Sepp klopfte ihm freundschaftlich auf die Schulter.

»Ich – äh – ja.«

Sepp wandte sich ab und begrüßte die anderen mit Handschlag. Jonas setzte sich an die Schmalseite des Tisches, der Tür gegenüber. So hatte er alles gut im Blick. Ans Fenster klatschten schwere Regentropfen.

»Wo hab ich den schon gesehen?«, murmelte Selina. Sie glaubte ständig, jemanden identifizieren zu müssen, das war bei ihr eine Berufskrankheit. Sylvie neben ihr schüttelte den Kopf, dass die blonden Haarsträhnen flogen. »Ich kenn ihn nicht.« Sie griff nach Stefans Hand, ehe sie eine Mappe aus ihrer Tasche zog. »Meine neuesten …«

Berenike schlängelte sich zum Tisch durch, brachte ein Kännchen Earl Grey für Sepp und Bionade für Alma. Der Gräfin genügte reines Quellwasser. Als sie in die Runde blickte, fiel Berenike auf, dass sie niemanden aus der Gruppe bei Lahns Lesung gesehen hatte. Wie eigenartig.

Im Vorbeigehen schnappte sich Selina Berenikes Arm und hielt ihn fest. »Hier ist es passiert?«, flüsterte sie, als könnte ihr jemand eine Idee stehlen.

»Wie bitte?«

»Rabenstein ist hier tot aufgefunden worden?«

»Ja, stimmt.« Berenike sah wieder jenes Gesicht vor sich, sah es sich verändern, bis es ein völlig anderes war. »Habt ihr ihn gekannt?«

»Rabenstein?« Selina zog ihren Schal enger. »Er hat einen Abend mit uns gestaltet, über mögliche Wege der Veröffentlichung. Das war vor deiner Zeit, Berenike.« Selinas Augen wanderten über Berenikes Gesicht, als ob sie ihr Alter am Zustand ihrer Haut erraten wollte. »Als sich unsere Gruppe noch im Café Fischer getroffen hat. Viel war mit seinen Erfahrungen nicht anzufangen. Wir unterscheiden uns in unserem Schreiben völlig von ihm. Rabenstein«, Selina trank schnell einen Schluck, »hat uns belächelt, glaube ich.« Sie presste die Lippen aufeinander. »Wenn die Welt nur mehr auf Leute wie uns hören würde, dann gäbe es weniger Mord und Totschlag.« Alma nickte so heftig, dass die Haare ihr halbes Gesicht bedeckten.

Berenike schob die Tabletts auf dem Tisch zurecht. »Hat sich Rabenstein bedroht gefühlt?«

»Der? Der hat sich ständig bedroht gefühlt. Er war bekannt für seine draufgängerischen Reportagen.«

»Na, na!« Sepp nahm einen Block und ein paar Broschüren aus einer Pappschachtel, die er immer mit sich herumtrug. Es folgten mehrere Stifte, die er exakt parallel zur Kante auf dem Tisch platzierte.

»Ist in letzter Zeit irgendwas Außergewöhnliches vorgefallen? Hat er an was Neuem recherchiert?«

»Mag sein.« Selina drehte sich weg.

»So, fangen wir an!« Sepp klatschte in die Hände.

Sylvie nahm Berenike das Glas Most aus der Hand. »Jeder, der Dreck am Stecken hatte, hat vor seinen Aufdeckungen gezittert«, murmelte sie, »ob alter Nazi, Katholik oder sonst was. Einer hat eben nicht mehr nur zittern wollen.«

»Da schreib ich lieber meine Gstanzln.« Sepps Lachen polterte seltsam falsch durch den Raum.

»Bei mir ist das anders. Ich schreibe nicht, um die Menschen zu unterhalten. Mir geht es um das Bewusstsein.« Stefan bückte sich, um in seiner Umhängetasche zu kramen. Ein Stück weißer Stoff lugte aus seinem Hosenbund hervor. ›Calvin Klein‹, las Berenike.

»Ein Neuer begehrt Aufnahme«, hörte sie Sepp sagen, »Jonas, hast du Texte mitgebracht?«

»Äh – ich – nein. Das wusste ich nicht.«

»Gut, dann sehen wir das nächste Mal, was du so schreibst. Für heute darfst du provisorisch dabei sein.«

Selina reichte Jonas ein kopiertes Blatt Papier, mit viel Grün und Schnörkel. »Alle meine Werke. Zum Kennenlernen.« Sie blickte ihm aufdringlich grinsend in die dunklen Augen.

Berenike stellte die Klingel auf der Theke bereit und verkroch sich ins Büro. Die Entwürfe für das Geschäftsschild rutschten auf den Boden, als sie den Sessel unter dem Tisch hervorzog. Sie schob sie beiseite. Rasch beantwortete sie einige E-Mail-Anfragen und füllte Tee für ein paar Bestellungen ab.

Am Tisch waren alle ins Gespräch vertieft. »Wir könnten eine Schifffahrt auf dem Hallstätter See veranstalten, mit anschließender Wanderung zum keltischen Gräberfeld«, schlug Alma gerade vor, »natürlich bei Nacht, möglichst bei Vollmond.« Berenike holte eine neue Platte mit Gurkensandwiches aus dem Eiskasten. Kurz herrschte Stille, als alle nach den Brötchen griffen.

Es war kurz nach zehn, als sie aufbrachen, Berenike war froh darum. Sehnsüchtig dachte sie an ihr Bett. Die Tür schlug hinter Alma zu, sie war die Letzte. Rasch räumte Berenike das Geschirr ab, den Rest würde sie morgen machen.

In der Küche entledigte sie sich mit müden Bewegungen des Saris und schlüpfte in ihre Hose. Ein Geräusch schreckte sie auf. Berenike stockte der Atem, sie kam sich lächerlich vor. Schnell streifte sie das T-Shirt über, eilte in den Salon. Ein großer, schlanker Mann in Tracht schob sich zur Tür herein. Er trug eine abgewetzte Lederhose zum grünen Steirerjanker, in der Hand hielt er einen dunklen Regenschirm. Sein Gesicht nahm einen abweisenden Ausdruck an, während er sich umsah.

»Herr Scheiner, was verschafft mir die Ehre?«

Ein leises Knirschen, fast unhörbar. Das Türchen der Kuckucksuhr, ihr Zugeständnis an den Alpenkitsch. ›Kuckuck!‹

»Kann ich Ihnen einen Tee bringen? Sie werden sehen, bei dem Wetter …«

»Bemühen Sie sich nicht.« Scheiner schob sie mit einer Armbewegung zur Seite und zog den Rotz in der Nase hoch. »Ich komme nicht wegen Tee.«

Die Härchen auf Berenikes Unterarm stellten sich auf. Sie kannte die Gerüchte. ›Kuckuck!‹ Scheiner war zu jung, um so viele Lokale im Salzkammergut ehrlich erworben zu haben. Er hatte den Immobilienbesitz geerbt, nachdem sein Vater unter ungeklärten Umständen bei einem Schusswechsel auf der Trisselwand ums Leben gekommen war.

Jetzt hob er die Augenbrauen. »Es geht um Ihren Pachtvertrag. Wenn Sie so weitermachen«, er fixierte sie aus zusammengekniffenen Augen, sie waren grün, steirergrün, »dann ist Ihr Pachtvertrag nichtig!« Er blinzelte. Den grünen Steirerhut hatte er nicht abgenommen. Was für eine seltsame Kleidung für einen kaum 40-jahrigen Mann. Berenike fröstelte. Das Regenwasser rann von Scheiners Schuhen und sammelte sich in Lachen auf dem Boden. Sie hatte von den Kontakten dieses Mannes gehört. Von Schmiergeld auch.

»Ich habe Dinge über Sie erfahren! Sie können froh sein, wenn ich sie für mich behalte.« Er fuhr mit dem Finger über eine der schwarzen Tischplatten. »Aber Mord geht zu weit. An Mörder vermiete ich nicht. Wenn Sie den Verdacht nicht ausräumen, werden Sie dieses Lokal verlassen. Mit samt Ihrem Kram! Es gibt bereits einen neuen Interessenten.«

»Und wer – wer ist der geheimnisvolle andere?«

»Das kann ich Ihnen nicht sagen.« Er ging zur Theke, blieb vor dem glänzenden Samowar stehen wie vor einem Spiegel.

»A…« Berenike schluckte an etwas, das sich nicht schlucken ließ, »a-aber das können Sie nicht mit mir machen! Ich habe einen Vertrag!«

»Der ist monatlich kündbar. Außerdem zahlen Sie nicht gerade pünktlich, wenn ich das anmerken darf.«

»Ich habe Rabenstein doch nicht …«

»Es ist besser, Sie tun, was ich sage. Eine wie Sie – pah.« Er drehte eine der ausgestellten Teedosen in seinen Händen, betrachtete die Geschenkkörbe. »Mit Mord«, jetzt sah er sie durchdringend an, »mit Mord will ich nichts zu schaffen haben. Ist das klar?«

Nicken, Berenike!

»Und zahlen Sie Ihre Miete. Ich werde die Pacht sowieso erhöhen müssen.« Er sah sich um. »Ich würde hier nichts mehr trinken, nicht einmal ein Glas Wasser. So wie es aussieht, wird das auch so bald kein anderer tun. Guten Tag!«

Die Tür fiel mit einem Schlag ins Schloss. Wie ein Schlag in die Magengrube. Sie sollte verlieren, woran sie hing? Berenike spürte, wie ihre Augen sich weiteten bei dem Gedanken, dorthin zurückzumüssen, woher sie gekommen war. Welche Chancen hatte sie in ihrer bisherigen Welt denn? Nach allem, was in Wien vorgefallen war! Und wieder verschwamm das Gesicht des Toten mit einem anderen. Der, soweit sie wusste, quicklebendig war. Er war an allem schuld. Was sie früher nicht für möglich gehalten hatte. Früher, als sie sich mächtig und Männern ebenbürtig gefühlt hatte.

Berenike ließ sich auf ein Sofa fallen. Ihr Blick wanderte über die liebevoll ausgesuchte Einrichtung. Wohin sollte sie denn gehen? Nach Hause? Was für ein Zuhause hatte sie schon! Hoffentlich verlor sie nicht auch die Wohnung in Altaussee.

Sie erschrak, als jemand sich zu ihr hinunterbeugte. Jonas war zurückgekommen. »Meine, ähm, Füllfeder«, murmelte er, sein Blick wanderte suchend über den großen Tisch. Er hielt eine antik aussehende Feder hoch.

»Ach so.« In sich zusammengesunken kauerte Berenike auf den Polstern. Jonas trat von einem Bein auf das andere. Den ganzen Abend hatte sie ihn kaum etwas sagen gehört.

»Wie lange dauert der Schreibtreff üblicherweise?«

»Unterschiedlich.« Wo war nur ihre ganze Power hin!

»Und, verstehen Sie sich gut mit den Leuten aus der Schreibgruppe?«

»Ja, doch.« Was sollte sie schon sagen? »Ich muss jetzt gehen«, sie drehte sich nach der Kuckucksuhr um, »es war ein langer Tag für mich.«

»Oh, entschuldigen Sie, bitte.« Ein tiefer Blick aus seinen dunklen Augen. Sofort tat ihr die abweisende Reaktion leid, sie fand den Mann sympathisch. Trotzdem. Nichts gab ihm das Recht, sie auszufragen wie ein Kind. Schon damals hatte sie auf so was bockig reagiert.

Auf dem Motorrad sitzend, beobachtete sie, wie er zu Fuß davonging. Wohin wohl? Wer war er? Ein Neuling im Ort? Die Stille war unerträglich. Bis sie das Bike startete.

8

CEYLON DELIGHT

Der Morgen danach war grausam. Umso beruhigender wirkte die Routine des Aufräumens auf Berenike. Jetzt strahlte der Salon wenigstens wieder vor Sauberkeit, ebenso wie Berenikes frisch gewaschenes knallrotes Kleid aus Afrika. Sie konnte sich dem Teegenuss zuwenden, um dabei ihre weitere Vorgehensweise zu überdenken. Es ging um Wahrheit, nichts als Wahrheit. Den amtlichen Ordnungshütern traute sie einfach nicht zu, dass sie sich wirklich darum bemühten.

Zunächst musste Musik her. Sie wählte eine CD, auf der zwei Sänger zu hören waren, sie nannten sich ›Engelsbotschafter‹. Vielleicht halfen diese Sphärenklänge Rabensteins Seele, sich von diesem Leben zu lösen – und vom Ort seines Todes. Immer noch vermeinte Berenike, seine Gegenwart zu spüren. Zu gern hätte sie mit dem Toten Kontakt aufgenommen. Sie hoffte, dass der neue Guru diese Fähigkeit besaß. Almas Worte fielen ihr ein. Dass sie wegen ihrer schwarzen Haare keine Chance bei ihm haben sollte, wollte ihr nicht in den Kopf gehen. Sie könnte ihre Haare blondieren. Doch blond, dieses Weizenblond, niemals wollte sie so sein.

Trotz allem fühlte sie sich heute etwas zuversichtlicher. Die halbe Nacht hatte das Bett unter ihren unruhigen Bewegungen geächzt, Scheiners Worte waren wie ein böses Mantra in ihrem Kopf herumgetanzt. Jetzt kämpfte sich die Sonne hervor, kämpfte sich wie Berenike in den Tag. Just in diesem Moment erkannte sie die hochgewachsene

Gestalt von Helena in der Tür. Die Gaifahrerin ihrer Lieblingsbäckerei war immer gut gelaunt. Als Berenike neu ins Ausseerland gezogen war, hatte sie zunächst befürchtet, auf gesunde Nahrung verzichten zu müssen. Doch dann hatte sie ›Brot zum Leben‹ entdeckt, der Bäcker garantierte für die Qualität seiner Waren mit einem stilisierten Sonnenrad. Es hatte Berenike zunächst an ein Hakenkreuz erinnert, aber man durfte nicht kleinlich sein, die Sache war harmlos. Hopefully. Wenn Rabenstein allerdings recht hatte mit seiner These, dass Esoteriker und Nazis einander ähnelten … Sie wollte deswegen nicht die Bäckerei wechseln, wo sie das Vollkornbrot aus Roggen, Dinkel oder Kalmut so mochte. Es wurde nach überlieferten bäuerlichen Rezepten mit vitalisiertem Wasser gebacken. Ein Unterschied, den sie schmeckte, das konnte ihr niemand ausreden. Sie hatte es sich erklären lassen: Das Wasser wurde mit einem speziellen Gerät von Umweltgiften, Bakterien und anderen negativen Einflüssen gereinigt und energetisch aufgeladen. Mit diesem Power-Brot gestärkt, fühlte sie sich dazu in der Lage, Bäume auszureißen. Berenike war gern bereit, dafür mehr zu bezahlen, ebenso wie viele ihrer Gäste.

»Berenike, griaß di! Stell dir vor, wen ich im Hotel Seebrise gesehen hab.« Helena stellte eine Kiste mit duftenden Brotlaiben auf die Theke. »Anton Stürmer! Ist der wegen dir hier?«

»Stürmer, der Bestsellerautor? Damit habe ich nichts zu tun, leider. Ein Vortrag von ihm würde mir gutes Geld bringen.« Anton Stürmer war wie ein Komet in der New-Age-Szene aufgestiegen. Die Bücher des geborenen Niederösterreichers erreichten Millionenauflagen in aller Welt. Seine schlaksige Gestalt mit dem Indianerzopf tauchte häufig im Fernsehen auf. Berenike hatte seinen Worten früher gern gelauscht, aber …

»Vielleicht ist Stürmer auf Kur«, fuhr Helena fort und trug einen weiteren Korb herein. »Er wirkt nervös. Kein Wunder, wenn man so dünn ist. Die Angestellten haben hinter seinem Rücken die Augen verdreht, offenbar hat er lauter seltsame Wünsche.«

»Trinkst einen Tee mit mir, Helena?« Berenike hielt ihr eine Teedose unter die Nase. Ceylon Delight hieß die neue Sorte, die kürzlich geliefert worden war.

Helena schnupperte neugierig. »Ja gern, heut hab ich Zeit.«

»Kann er die Stürmer-Methode nicht auf sich selbst anwenden?« Berenike sortierte frische Mehlspeisen in die Vitrine, Plundergebäck und Karottentorte. Helena kicherte, Berenike mit ihr. Helena lieferte den halben Tag Brot aus. Ihre künstlerische Ader lebte sie danach beim Malen von Mandalas aus. Ihre kreisrunden Bilder waren begehrt, wenn sie von Zeit zu Zeit ein paar für teures Geld verkaufte. Früher hatte Helena als Assistentin für einen bekannten Heiler gearbeitet. Für ein geringes Gehalt sollte sie rund um die Uhr auf Abruf bereitstehen, je nachdem, wann der Virtuose eine Erleuchtung im Hinblick auf die Kontaktaufnahme mit der geistigen Welt hatte. Zudem hatte ihm Helenas Auftreten nicht behagt, zu links, zu frei sei sie. Seiner Meinung nach hätte sie nichts anderes tun sollen, als ihn zu unterstützen und zu lesen, was er ihr empfahl. Sie lasse sich nicht genügend auf ihn, der doch Mentor sein wollte, ein. In Folge hatte Helena den Job hingeworfen und es nie bereut. Die Liefertätigkeit für die Bäckerei endete gegen Mittag, der Rest des Tages gehörte ihr.

»Stürmer hat interessante Thesen. Seine Bücher erscheinen in renommierten Verlagen. Aber sein Blick – den hättest du sehen müssen. So was von – unangenehm. Hypnotisch. Die

Damen an der Rezeption haben ständig gemacht, was er gesagt hat.«

»Ich habe einen Artikel über ihn gelesen«, Berenike goss Wasser auf, »prost Mahlzeit.«

»Wieso?« Helena stellte die nächste Kiste mit Gebäck auf die Theke. Berenike nahm zwei Kornspitz, dazu stellte sie Butter auf den Tisch. Der Geruch nach Sauerteig löste ein angenehmes Hungergefühl in ihr aus. »Hast du nicht gewusst, dass Stürmer Drogen propagiert? Sie schärfen das Bewusstsein, behauptet er, und seien für persönlichen Erkenntnisgewinn unerlässlich. Ich persönlich halte mich lieber von Drugs aller Art fern. Aber das ist natürlich Ansichtssache.«

Helena war an der Theke stehen geblieben und spielte mit dem Henkel der Kanne. »Ich sehe das nicht so streng.« Sie strich sich die halblangen hennaroten Haare hinter die Ohren. Immer wieder spreche sie jemand aufgrund ihres Verhaltens, ihrer Art sich zu bewegen, auf eine adelige Abstammung an, hatte sie Berenike anvertraut. Wer weiß, was dahinterstecke, sie als uneheliches Kind … Ihre Mutter hatte den Namen des Vaters nie preisgegeben. Helena spekulierte, dass ihre Zeugung das Resultat einer Drogengeschichte war. In der Tat verhielt sie sich irgendwie anders, drückte sich gewählter aus als die Bauern und Bergleute in der Umgebung.

Berenike folgte Helenas Blick, der über das Bücherbord glitt. Der Band über die heimischen Giftpflanzen fehlte, tatsächlich. Wer mochte das gewesen sein, doch nicht Helena? Nein, sie hätte den Wälzer nicht hinausschmuggeln können. Worin denn, in einer Brotkiste? Helena legte den Block mit der Bestellliste auf die Theke.

Berenike nahm die Teeblätter aus der Kanne. »Die Story stammt von Robert Rabenstein.«

»Rabenstein? Ist das …?«

»Der Tote von der Lesung, genau.«

Eine Weile tranken sie schweigend. Der Ceylon schmeckte kräftig, indeed.

»Stürmer geht mir nicht aus dem Kopf, Berenike«, fing Helena wieder an. »Er tigerte durch die Hotelhalle wie ein Löwe im Käfig.«

»Ob er …?«

»Sich eines Kritikers entledigen wollte?«

»Wann ist Rabenstein gestorben?«

»Vorgestern.«

»Gestern habe ich Stürmer beim Frühstücksbuffet gesehen. Er muss am Tag zuvor angereist sein …«

»Du meinst …?«

»Er hat ein Motiv, wenn das mit dem Artikel stimmt.«

»Genau, so etwas schadet dem Geschäft. Wenn die Leute erst einmal misstrauisch geworden sind …«

»Außerdem trieb sich in der Lounge der Seebrise so ein auffälliger Typ herum.«

»Ja?« Berenike dachte an die Drohungen letzte Nacht.

»Ein dunkelhaariger. Er hat Stürmer nicht aus den Augen gelassen.«

»Dunkelhaarig? Jonas?«

»Was für ein Jonas?«

»Ein neuer Autor, der gestern beim Schreibtreff war. Wenn er von auswärts ist, muss er irgendwo wohnen. War nur so eine Eingebung. Es laufen viele dunkelhaarige Leute herum.«

»Da hast du recht, Berenike, besonders hier in der Gegend! Wir sind ja auch für die schwarzen Schafe berühmt. Du, ich muss weiter.« Helena packte die leeren Kisten. »Ach ja, was ist eigentlich aus unserer Séance geworden?«

Berenike hatte Helena vom spiritistischen Zirkel ihrer Tante Salome erzählt. Als Kind hatte sie dabei sein dürfen, wenn die überlebenden Verwandten ihres Vaters die Geister der Verlorenen beschworen. Helena erhoffte sich von einer solchen Séance neue Inspiration.

»Sobald Rabensteins Tod geklärt ist, okay?«

»Ja, klar!« Helena wandte sich zur Tür. »Das hätte ich fast vergessen. Ich bin gestern Abend bei dir zu Hause vorbeigefahren. Ein Typ ist um das Haus herumgeschlichen. In Schwarz gekleidet, eine Kapuze tief ins Gesicht gezogen. Ich hab ihn nicht erkennen können. Sah mir nicht ganz geheuer aus. Aber vielleicht ist er harmlos. Du warst nicht daheim?«

»Nein.« Ein Typ in Schwarz. Die Telefonanrufe, bei denen sich nie wer meldete. Es erinnerte alles fatal an – »Herr Scheiner, der Mensch, von dem ich den Laden hier gepachtet habe. Ich glaube, er bedroht mich.«

»Du hättest dich nicht an diesen Alpenmafioso binden sollen«, Helena stemmte die Hände in die Hüften, »er hat keinen guten Leumund.«

»Das sagt sich leicht, es war sonst kein zentrales Lokal zu haben. Würdest du einen Teesalon in Lupitsch besuchen?«

»Vielleicht …«

»Du schon, Helena, aber die Mehrheit nicht.«

»Hat er dich dazu gedrängt, bei von ihm empfohlenen Getränkelieferanten zu bestellen?«

»Nein – ja. Aber bei mir gibt es hauptsächlich Tee und Bioprodukte.«

»Da hast du Glück. Andere zwingt er dazu. Jetzt muss ich wirklich los, Berenike. Meld dich, gell.«

Gleichzeitig mit Helena verschwand die Sonne. Düstere Wolken legten sich über den Ort. Im Radio kamen die

Nachrichten. Berenike ließ die Teetasse sinken. ›Immer noch rätselt die Polizei über die Todesursache unseres Kollegen Robert Rabenstein. Die Mordthese scheint sich zu erhärten, auch wenn noch nichts über die Hintergründe bekannt ist. Rabenstein starb vor Kurzem in einem Lokal im Bezirk Bad Aussee. Nach wie vor gibt die Tatsache Rätsel auf, warum ihm die Finger gebrochen wurden. Der Psychologe Günther Witzozki zu diesem bisher vor den Medien geheim gehaltenen Thema: »Schon in den ältesten Gesetzbüchern der Welt wurden Kapitalverbrechen mit dem Abhacken der Hände bestraft. Wir müssen uns also fragen, was will der Mörder des Journalisten uns damit sagen?« Soweit der Psychologe. Und damit zurück ins Studio.‹

Berenike bemerkte, dass ihr die Tasse aus der Hand gerutscht war. Weiße Scherben auf dem schwarz-roten Kachelboden …

9

GOLDSPITZ DARJEELING

Nichts deutete auf einen unerfreulichen Tag hin. Der Literatursalon wurde nach Tagen endlich von der Polizei freigegeben. Berenike kaufte das stärkste Desinfektionsmittel, das es im örtlichen Supermarkt gab, und stürmte den

Tatort. Delirium, Schwindel. Jeder Tisch wurde geschrubbt, minutenlang.

Ein Grüppchen Gäste, ausgerechnet jetzt. Berenike fühlte sich leicht taumelig, als sie nach nebenan marschierte und bediente. Zum Glück Routine, hoffentlich bemerkte niemand etwas. Zurück im Literatursalon spürte sie den Tod, der in der Luft hing, eine schwarze grausame Wolke. Sie fragte sich zum wiederholten Mal, ob Rabenstein noch etwas mitbekommen hatte. Er hatte womöglich um Hilfe gerufen, und sie war mit schuld an seinem Tod, weil sie ihn nicht gehört hatte. Kaum waren die Gäste gegangen, war es mit der Ruhe neuerlich vorbei. Inspektor Kain, die Tür klingelte unpassend fröhlich, als er eintrat. Sein Blick – undefinierbar. »Fräulein – Berenike. Guten Tag. Ich – es tut mir leid.«

»Kommen Sie herein!« Berenike wischte sich die nassen Hände an der grünen Hose ihres Salwar Kameez ab. Die gelbe Tunika reichte weit über die Hüften.

»Die Pflicht – es ist meine Pflicht! Mein Kollege wird gleich – ah, da ist er ja, der Gerbl.«

»Meine Herren, welchen Tee darf ich Ihnen heute anbieten?«

»Ich muss Ihnen mitteilen, dass wir … «

»Empfehlen könnt ich Ihnen einen sensationellen Darjeeling.«

»Fräulein Berenike, wir haben Hinweise.«

»Die zweite Ernte soll die beste …«

»Auf Gift, wie auch immer es Rabenstein eingeflößt wurde.«

»Er soll wie Champagner – wie bitte?« Zu stark roch das Putzmittel. Chemiekeulen, sie hätte darauf verzichten sollen.

»Man tippt auf ein Pflanzengift. Die toxikologische Untersuchung …«

Niedersetzen. Polizistenaugen, von oben herab, sie mochte Kains Blick nicht. Nicht mehr. Und auch Gerbl wandte den Blick nicht von ihr.

»Mit der genaueren Untersuchung wird es noch dauern, die Gerichtsmedizin ist gerade überlastet.«

Gift. Das war das Ende. Was für eine hinterlistige Attacke. Nicht zu ahnen, nicht zu schmecken, nicht zu riechen. »Ich – Ragnhild hat an dem Abend in der Küche geherrscht.«

»Das haben Sie uns schon berichtet.«

»Ich habe die Gäste begrüßt. Das können alle bezeugen.«

»Natürlich, Fräulein Berenike. Niemand unterstellt Ihnen – Ich trau Ihnen eh keinen Mord zu. Wir haben in Ihrer Küche keinerlei Spuren von … ähm …«, er zog Gerbls Notizblock ein wenig zu sich und blätterte darin herum, »von Akonitin festgestellt.« Eine kleine Falte zwischen den Augenbrauen, wahrscheinlich brauchte er eine Lesebrille. »Akonitin, das ist ein Alkaloid. Wir haben zu Ihrem Glück nichts davon in Ihrem Geschirr gefunden; aber bitte bleiben Sie trotzdem im Ort und verreisen Sie nicht, Fräulein Berenike. Ich – muss das sagen.« Damit gingen sie wieder, die zwei Ordnungshüter, blau gekleidete Gestalten im einsetzenden Regen. Kain rannte hopsend zu seinem Wagen, Gerbl abgeklärt hinterher.

Damn it, jetzt war es offiziell. Berenikes Gedanken überschlugen sich. Akonitin, das war doch – ihr Blick flog zum Bücherregal. Verdammt, jetzt hätte sie das Giftpflanzenbuch gebraucht! Dieses Gift war ein Bestandteil von … wie hieß das Kraut, Eisenhut?

Sie wischte gedankenverloren mit einem Finger über den Tisch. Sie wollte zu Madame Montego, aber die alte Frau konnte ihr ja doch nicht helfen. Sie wusste noch nicht einmal, was ihre letzte Weissagung bedeutete.

Nun, dann trank sie eben allein ihren Darjeeling. Müde

angelte sie sich die wöchentlich erscheinende Ausseerland-Zeitung, die sie ebenso wie den Salzkammergut-Kurier abonniert hatte. Ein Flyer für einen Kongress über Ethno-Therapie rutschte zwischen den Seiten hervor. Sie hatte sich als Teilnehmerin registrieren wollen, aber zu spät.

Sie konzentrierte sich auf den blumigen Duft des Darjeelings. Er wirkte aufheiternd, trotz aller Bitterkeit. Du fühlst, was du fühlst, memorierte sie eine Zen-Regel. Du denkst, was du denkst. Und? Das machte auch nicht ruhiger. Sie sprang auf und legte eine CD ein. Entspannendes aus den Ursprungsländern des Tees, gespielt vom Lotosgarden Orchestra. Die Songs trugen Titel wie ›Mountains of Assam‹ oder ›Ceylon Afternoon‹. Während sanfte Klänge aus exotischen Instrumenten den Teesalon erfüllten, machte sich allmählich ein wenig Gelassenheit in Berenike breit. Na eben, Musik, sie hatte es immer schon gewusst.

Sie schlug die Zeitung auf. ›Mysteriöser Todesfall in Ausseer Teesalon‹, ein umfassender Bericht, sie wurde mit vollem Namen genannt. Super PR. ›Der Journalist erfreute sich eines guten Gesundheitszustandes‹, hieß es in dem Artikel, zu dem es keinen Hinweis auf den Verfasser gab. ›Er trainierte regelmäßig, unter anderem Langlaufen‹. Ragnhild hätte der Mann gefallen. Sie las weiter: Gerade Journalisten stünden aus beruflichen Gründen stark unter Stress, ein früher Tod sei nicht selten. Ein Gerichtsmediziner sprach von einer hohen Herzinfarktrate unter Medienleuten. Berenike wusste, dass es in den Redaktionen viel, viel banaler zuging. Langweilig banal.

Sie schob das Teegeschirr zur Seite, um Platz zu schaffen und blätterte die Zeitung Seite für Seite durch. Tourismuswerbung, eine neue Friseurin, die nach dem Mondkalender schnitt. Massagen, Inserate. Das Hotel Seebrise suchte einen

Portier – dort könnte sie ihr Glück versuchen. Oder wieder Events checken. Naja. Das Zeitungspapier raschelte. Die letzte Seite musste nass geworden sein, das Papier wellte sich. Hatte wieder einmal ein Gast mit dem Tee gepanscht, manche lernten es nie. Berenike glättete das Papier mit dem Handrücken. ›In tiefer Trauer nehmen wir Abschied‹ … ›geliebter Partner und Vater‹ … ›viel zu früh grausam aus unserer Mitte gerissen‹ … ›die Hinterbliebenen‹ … ›Mosern 189‹ …

Mosern – ein Ortsteil von Grundlsee. Das war es. Der erste Faden im Spinnennetz, der sich zur Aufklärung anbot. Wie elektrisiert richtete sich Berenike auf, riss mit einem entschlossenen Ruck die Seite mit Rabensteins Todesanzeige heraus. Sie könnte hinfahren, es war nicht weit. Im Salon war sowieso nichts los. Die drohenden Worte des Vermieters gingen ihr im Kopf herum wie ein absurder Abzählreim. Wenn ich hier weg muss, bin ich auch so gut wie tot. Vernichtet. Bei lebendigem Leib.

Sie rief Ragnhild an. Zum Glück war sie zu Hause und kam vorbei, um auszuhelfen. Auf den ersten Blick wirkte sie wie immer. Sie mussten später miteinander reden.

Berenike wollte gerade gehen, als das Telefon läutete.

»Salon für Tee und Literatur, Roither, guten Tag?«

»Heil!«

»Wer spricht bitte?«

»Lahn. Sieghard Lahn.«

»Begrüße Sie, Herr Lahn. Wie gehts? Ich hoffe der Vorfall …«

»Mein Honorar. Sie verstehen?«

»Was?«

»Ich warte auf Ihre Überweisung. Sie waren bei der Lesung so – nun ja, nennen wir es verwirrt.« Lahn. Berenikes Knie gaben nach. Sie lehnte sich gegen die kühle, harte Wand.

»Normalerweise erhalte ich mein Geld sofort, in bar.«

»Das tut mir sehr leid, Herr Lahn.«

»Es ist schlimm genug, dass man als Poet von so einem Ereignis zutiefst verstört wird.« Lahns Stimme im Hörer wurde soldatischer. »Dazu das Scheißverhör. Sie können nicht wissen, wie schwierig es ist, die Muse bei Laune zu halten.«

»Ich«, Berenike hustete, aber der Frosch im Hals schien festzustecken, »ich bitte Sie um ein wenig Entgegenkommen. Selbstverständlich werde ich sobald wie möglich den Betrag überweisen. Aber wie Sie wissen, hm, also der To…, der Vorfall, kurz, Sie haben nur bis zur Pause gelesen, wir haben keines Ihrer Bücher verkauft. Ich möchte Ihnen ausnahmsweise zwei Drittel des vereinbarten …«

»Was feilschen Sie da herum? Sie haben meinen Honorarvorschlag doch akzeptiert. «

Berenike tastete nach einem der Barhocker. »Wie gesagt, Herr Lahn, ich bitte Sie um etwas Verständnis. Ich muss die Miete für den Salon – der Verpächter – eventuell können wir Ihren Auftritt wiederho–«

»Sie haben meine Bedingungen akzeptiert. Ich erwarte, dass Sie sich daran halten. Nicht mehr. Egal wie.«

Berenike spürte, wie ihre Zunge am Gaumen klebte. »Aber …«

»Wollen Sie mich auch noch betrügen? Das wird Ihnen leidtun. Sehr leid. Ich glaube nicht, dass Sie in Ihrer Position einen Skandal verkraften können.«

»Aber …«

Im Hörer ertönte das Freizeichen. Er hatte aufgelegt.

Der Kuckuck in der Wanduhr schrie. Berenike nahm ein Buch, das jemand liegen gelassen hatte. ›Frieden im Nahen Osten‹, wer sagte es denn. Sie holte aus und warf das Werk nach der Uhr. Der Kuckuck verstummte mitten im Ton.

10

LAVENDEL-HOLLER-EISTEE

Sie wollte entgleisen, sich entfernen, ihrem eigenen Leben aus den Schienen springen. Ihre Augen schmerzten vor Anstrengung, womöglich kündigte sich eine Migräneattacke an. Eine Pause, nur eine kleine Pause! Die Last abwerfen, doch sie wusste nicht, wie. Unterkriechen, irgendwo, bis alles geklärt war. Ihr Herz raste, während sie mit dem Motorrad die Straße nach Bad Aussee hinunterkroch. Lieber nicht schneller fahren, ihr fehlte der Schlaf, die nötige Konzentration. Sie sehnte sich nach der schwarzen Leere einer durchschlafenen Nacht. Ständig träumte sie verworrenes, bedrohliches Durcheinander. Trug sie vielleicht die Mitschuld an einem Mord? Sie hatte Angst, eine Pflanze beim Pflücken mit ihrem tödlichen Pendant verwechselt zu haben. Unwahrscheinlich. Und dennoch. Die Unruhe blieb.

Berenike schwitzte unter dem Helm. Das Wetter, sicher war es das Wetter. Die Luft war feucht und warm. Mosern 189, sagte sie sich vor. Ihr Weg führte sie über Bad Aussee an den Grundlsee und dort nach Mosern.

Sie fuhr an den Rand der kurvenreichen Straße. Vielleicht half es, den Helm abzunehmen. Sie schob das Motorrad ein Stück in den Wald hinein, stellte es ab. Ein paar Minuten durchatmen. Der Postbus fuhr vorbei. Ein Cabrio raste dahin, von lauter Musik begleitet. ›I will survive!‹ dröhnte als Echo durchs Tal. Genau in dem Moment öffneten sich die Wolkenschleusen. Der Regen traf ihren Schädel in harten, schmerzhaften Tropfen. Dann ein Knacken, es schien aus dem Wald zu kommen. Berenike konnte auf dem schmalen Fußweg keinen Menschen ausmachen. Ihr Herz wummerte gegen die umgebenden Rippen. Es fühlte sich an, als würde es die dünnen Knochen zertrümmern. In wenigen Sekunden, wenn es so weiterging. Sie musste den Meister vom Toplitzsee suchen, am besten persönlich bei ihm vorsprechen. Irgendjemand musste ihr helfen können. Intuitiv spürte sie, dass er es war. Man sprach ihm große Macht zu – jene, die überhaupt über ihn sprachen und sich nicht aus Angst davor scheuten. Kleingeister.

*

Erde. Feucht, warm. Moosiger Boden. Ihr schwindelte. Etwas Spitzes bohrte sich in ihren Bauch. Sie drehte sich auf die Seite. Und da sah sie es. Eine Skulptur, faustgroße Steine, wahnwitzig übereinander geschlichtet. Eine Warnung? Ein Scherz? War die Plastik vorher schon da gewesen? Da war ja noch eine. Und noch eine. Ein Schrei hallte in ihren Ohren wider. War es ihr eigener?

Rauschen. Es regnete. Ihre Kleidung war durchnässt. Sie konnte die Straße erkennen, ihr Motorrad stand noch da wie zuvor. Warum nur fühlte sie sich so benommen? Jetzt hörte sie auch wieder das Tosen der nahen Traun. Sie stützte sich mit den Handflächen ab, kam in die Hocke. Nasse Erdbrocken an den Händen, im Gesicht. Etwas knackte in der Ferne. Sie setzte einen Fuß auf, zum Glück schien nichts gebrochen. Erde auf der grünen Hose, nicht sehr passend für einen Besuch bei Rabensteins Hinterbliebenen, aber was sollte sie tun?

Der Blick auf die Uhr überraschte sie: Kaum zehn Minuten waren vergangen. All die Drohungen der letzten Zeit, sie war völlig durcheinander. Als sie das Motorrad startete, war ihr, als würde sie ein Augenpaar aus dem Wald heraus beobachten. Augen wie –

Berenike schloss blinzelte angestrengt und suchte das Dickicht ab. Da war nichts. Alles sah idyllisch aus, wie immer. Ein Schutzamulett würde helfen, würde sie vor neidischen und gefährlichen Blicken bewahren. Rasch trank sie einen Schluck selbst gebrauten Eistee aus Lavendel und Holler. Sie hatte dem Tee frischen Zitronensaft beigefügt und ihn gleich nach dem Ziehen mit Eiswürfeln abgekühlt. Sie fühlte sich ein wenig erfrischt und startete ihr Motorrad.

Von Bad Aussee wand sich die Straße weiter der Traun entlang. Am Grundlsee wanderte Berenikes Blick an der Seeklause vorbei zu einem alten Gebäude, das die Schulreformerin Eugenie Schwarzwald als ›Erholungsheim für geistige Arbeiter‹ gegründet hatte. Jetzt sah es unbewohnt, fast verfallen aus. Sie parkte in Ufernähe, die Sonne kam gerade hervor. Der Grundlsee lag offen vor ihr, lang gestreckt und beinahe zart. Großes Panorama, das Wasser umhegt von Grün: Saftige Wiesen, Hügel, dahinter die hohen Berge, wo es, wie sie wusste, Richtung Toplitzsee ging. In einem kleinen Imbisslokal am nahen Ufer wischte eine Frau die Bänke trocken. Der angekündigte Heidelbeerstrudel lockte, Berenike folgte kurzentschlossen dem Ruf, nahm auf der Terrasse Platz und bestellte Kaffee zum Kuchen. Kurz erholen, einen Moment nur. Die Kellnerin musterte sie forschend, kommentierte Berenikes verdrecktes Outfit aber nicht. Nebenan an der Schiffsanlegestelle wartete bereits ein Grüppchen Touristen auf die Dreiseentour zum Traunursprung. Ein paar Enten schwammen quakend näher. Die füllige ältere Bedienung, vielleicht war sie die Besitzerin, fütterte sie mit Brot.

»Können Sie mir bitte helfen?« sprach Berenike sie von hinten an. »Ich such den Ortsteil Mosern.«

»Der ist da oben, Richtung Trisselwand, aber sehr verstreut.« Die Frau sah sie fragend an.

»Ich suche das Haus von Robert Rabenstein.«

Die Hand mit dem Brot verharrte in der Luft. Die Enten quakten lauter. Die Frau starrte Berenike aus verwaschenen blauen Augen an.

»Hausnummer 189, soviel ich weiß.«

Die Miene der braun gebrannten Kellnerin veränderte sich. Bestimmt war sie die Besitzerin, wer konnte sich in so einem kleinen Betrieb schon eine Angestellte leisten? »Den suchen Sie? Der ist tot! Ermordet, wies heißt. Was musste er sich auch überall einmischen. In Dinge, die längst ruhen sollten.« Ohne Vorwarnung griff sie nach der Kaffeetasse auf dem Tisch. »Fertig?«

Berenike nickte. Die Bedienung stampfte davon. Geschirr schepperte.

Berenike legte das Geld abgezählt auf den Tisch. Langsam fuhr sie den Hügel bergauf, suchte nach den Hausnummern. Wenn man einen Ort nicht kannte, war es schwer, sich anhand der Nummern zurechtzufinden. Hier folgten sie keiner erkennbaren Logik. Hausnummer 12 konnte neben 100 stehen, dann ging es weiter mit 53. Berenike war an das klare System in Wien gewöhnt, dort fingen die Nummern in jeder Gasse mit 1 an, und zwar ausgehend vom Zentrum. Auf den linken Straßenseiten die ungeraden Ziffern, rechts die geraden.

Grundlsee nervte sie überhaupt, dieses seltsame Straßendorf. In Altaussee dagegen pulsierte das Leben, sein wie tausend Kristalle glitzernder See war eine echte Bereicherung.

Jetzt gab auch noch das Motorrad komische Geräusche von sich. Hoffentlich konnte sie das Service noch hinauszögern, bis der Salon besser lief. Sie arbeitete viel, zu viel vielleicht. Aber das war alles trotzdem besser als vor ihrer Flucht hierher. Ausgebrannt hatte sie sich längst gefühlt. Dabei war sie gut im Organisieren, liebte öffentliche Auftritte. Heute wunderte sie sich, wie sie als Eventmanagerin die langen Arbeitstage ertragen hatte. Dazu die häufigen Treffen am Abend. Dass ihr früherer Boss Brian Skerczan das alles immer noch aushielt, grenzte für sie an ein Wunder. Er war, nach allem, was sie hörte, besser denn je zuvor im Geschäft. Jene Geschichte hatte seiner Agentur nicht geschadet. Im Gegenteil: Er hatte den Rummel zu seinem Vorteil genutzt. Frauenfeindlich? Er doch nicht! Das konnte nur eine Überreaktion der gegnerischen Seite sein.

Sie spürte, wie sie innerlich wieder vor Wut zu kochen begann. Dass gerade sie an so einen Kunden geraten war. Und jetzt dieser Mord! Wenn die Polizisten nur ihre Vergangenheit ruhen ließen.

»Oooom«, sie musste ruhiger werden, damn it. Ihr fehlte in der Tat ein Schutzamulett gegen die bösen Energien, die der Polizist ausstrahlte. Berenike blickte auf das graue Gestein, das sich vor ihr erhob, das musste die Trisselwand sein. Nur nie wieder als Angestellte arbeiten! Heute konnte sie als Chefin jeden unangenehmen Menschen einfach hinauswerfen. Nicht so wie damals …

Sie wollte den Gedanken abschütteln, aber das Bild schob sich wie so oft vor ihr inneres Auge. Wozu ließ sie sich auf den ganzen Esoterikkram ein, wenn ihr nichts davon half, wenn sie trotzdem so sehr leiden musste? Sie bog um eine weitere Kurve, eine Katze huschte über die Straße. Der See lag jetzt weit unter ihr. Ihr Blick fiel auf die Hausnummer 189.

11

APFELMOST, HAUSGEMACHT

Zwei Stunden später vibrierte das Motorrad wieder unter Berenike, als sie zurück nach Altaussee fuhr. Die Sonne tauchte das Panorama in kitschiges Licht. Berenike fühlte sich erleichtert, endlich kamen ihre Ermittlungen in Gang und sie konnte sich ein Bild von der Persönlichkeit des Toten machen. Obwohl sie bereits einiges über den Journalisten gewusst hatte, war sie erstaunt über das, was sie soeben über den Menschen Rabenstein erfahren hatte. Nicht alles gereichte ihm zur Ehre …

Eine junge Frau im altmodisch geblümten Kleid hatte bei Berenikes Näherkommen erschrocken die blauen Augen unter den kindlichen Stirnfransen aufgerissen. Ein schmiedeeiserner Zaun türmte sich meterhoch zwischen ihnen auf. Es war ein altes Haus, das in einem traditionellen Bauerngarten stand. Die Frau war durch lange nicht gemähtes Gras zum Tor gekommen, barfuß. Ein schmaler Bach floss über das Grundstück, oberhalb war nur mehr Wald zu sehen, dichter Wald. Bambiwald, dachte Berenike. Es musste einsam hier sein, sehr einsam. Etwas, wonach sich lärmgeplagte und anderweitig gestörte Stadtmenschen sehnen.

»Guten Tag, mein Name ist Berenike Roither. Ich, hm, wohnte hier Robert Rabenstein?«

»Ja?« Ein fragender Blick, ein Schritt zurück. »Sie sind hier richtig, aber … Was wünschen Sie? Ich bin Shanna MacLeod, Robert war mein Partner.« Die Frau blieb mit verschränkten Armen stehen. Sie machte keine Anstalten, das Tor zu öffnen. Stattdessen sah sie Berenike in die Augen. Röntgenblick. Berenike bemerkte aufgewühlte Erde vor dem Haus, niedergetrampeltes Gras.

»Sie sind Journalistin?«

»Nein. Ich …« fing Berenike an, wusste einen Moment nicht weiter.

»Wir wurden hier – gelagert, oder wie heißt das?«

»Belagert?«

»Belagert. Journalists from überall …«

»Ich bin keine Journalistin. Ich möchte Ihnen mein Beileid aussprechen zu Ihrem Verlust.« Floskeln, in so einer Situation konnte man sich gut hinter ihnen verstecken. »In meinem Teesalon …«

»Oh, bei Ihnen war das? Kommen Sie.« Die Frau sperrte das Tor auf, sah sich vorsichtig um, als sie Berenike einließ und drehte hinter ihnen den Schlüssel im Schloss. »Es ist mir unverzeihlich, dass ich an dem Abend nicht mitkommen konnte. Vielleicht mein Darling würde …« Shanna bedeckte beide Augen mit den Händen. »Sorry.« In den Ästen raschelte der Wind. Ein Schatten fiel auf Shannas Gesicht, das nun verhärmt aussah, aber vielleicht war das nur das Licht.

»Bitte.« Shanna deutete zu einem Gartentisch aus verbeultem, weiß lackierten Blech, der mit einigen Sesseln auf einer Terrasse stand. Der Tisch war nass, Shanna wischte mit etwas, das wie ein alter Pullover aussah, darüber. Ein Mädchen mit etwas dunkleren braunen Haaren und den gleichen blauen Augen kam herbeigelaufen. Berenike schätzte sie auf elf oder zwölf, aber von Kindern hatte sie wenig Ahnung.

»Das ist Lizzy, our daughter. Sorry, ich vergesse mein ganzes German. Der Schock …«

»Schon gut, ich verstehe Englisch.«

Die Fenster des Holzhauses waren geschlossen, vor einem waren sogar die grünen Läden zugemacht worden. Vor der Hauswand blühte eine Hollerstaude, süßlich duftend. »Setzen Sie sich. Bitte.« Die steinernen Bodenplatten der Terrasse waren teilweise gebrochen, ein alter Apfelbaum spendete Schatten. »Entschuldigen Sie, it looks terrible – furchtbar hier. Wir wohnen noch nicht lange in diesem Haus. Wir wollten – wie sagt man? Renoveren?«

»Renovieren.«

»Renovieren, genau.« Shanna ließ die ›R's‹ rollen und zupfte angestrengt die Haare ins Gesicht, bis sie akkurat saßen wie bei einer Musterschülerin. Oberhalb des Hauses wagte sich ein Reh auf die Wiese. »We live here very much – away from others. Our next neighbours – sie sind weit. Robert wollte es so. Ich bin mit ihm gegangen. Er hat es so erwartet. You can hardly imagine what – happened in Linz. Robert felt – er hat sich bedroht gefühlt.«

»Bedroht?«

»Er hatte Angst, um uns alle.« Wieder zerrte Shanna an den Stirnfransen. Sie schien so jung. Sie musste ihre Tochter früh bekommen haben.

»Lizzy – she was in danger, in her school – wir konnten sie nicht bewachen. Dabei lernt sie very well.« Sie strich dem Mädchen über die Haare. »You can go play with Marja, will you?«

»Okay, mummy!« Das Kind wirbelte davon. Vielleicht war sie erst zehn … Ein Vierbeiner schoss aus irgendeiner Ecke des Gartens und hoppelte hinter dem Mädchen her.

»Sie haben Schafe?«

»Yes … aber nur als Haustier, not to eat.«

»Aha.«

»You see, ich habe meinen Job in Scotland aufgegeben, um mit Robert zu leben. When I came here, ich hatte nichts zu tun. Also kam my darling auf die Idee mit die Schafe. Er hat gut verdient mit seine investigative Storys. Sorry, I forgot, Sie möchten etwas trinken?«

»That would be nice.«

Wie zaghaft Shannas Schritte wirkten. Sie ging ins Haus und kam mit einem Krug und Gläsern zurück. »Most, heißt das, ja? Ich habe gelernt, Most zu machen. It tastes … «

»Wonderful, sehr erfrischend!«

»Meinen Sie?«

»Ja. Wenn ich Sie was fragen dürfte …«

»Ja, bitte?«

»Woran hat Herr Rabenstein zuletzt gearbeitet?«

»Darüber ich denke auch sehr angestrengt nach. Er hat mir nie viel über seine Arbeit erzählt. Better like that, he said.« Sie schluckte mehrmals. »Er ist so viel älter als ich. Er hat mir nur erzählt, wenn er etwas publi… – veröffentlichen konnte. In letzter Zeit it wasn't a lot. Dabei er hat immer mit die Sekretärinnen …« In Shannas Augen blitzte plötzlicher Zorn auf. »I'll have to think about … was ich jetzt mache. Ob ich hierbleibe.« Sie atmete tief durch. »Anyway, in seiner Mappe mit den aktuellen Arbeiten lagen nur a few pages.«

»Darf ich diese Seiten sehen?«

Shanna sah überrascht auf. Der Wind wehte ihr die Haare aus der Stirn. Berenike vermeinte einen dunklen Fleck zu sehen. Shannas kleine Hände zupften wieder hektisch an den Strähnen, bis sie gerade ausgerichtet waren.

»Ich hatte die Idee einer Gedenklesung, in meinem Salon – was meinen Sie?«

»Oh, I see. Ich kopiere diese pages für Sie. Kommen Sie.« Drinnen im Haus standen Kübel mit Farbe, Werkzeug lag daneben, es roch nach frisch bearbeitetem Holz. »He had Polizeischutz. Robert, I mean. Damals er hat etwas in der catholic church aufgedeckt. Er hat sich keine Freunde gemacht.«

Das konnte sich Berenike gut vorstellen. Sie hatte schon Probleme mit dem Großvater bekommen, weil sie den scheinheiligen Pfadfindern nicht beitreten wollte. Undankbar sei sie, hatte es geheißen.

»That's why er wollte ein Haus wie dieses«, Shanna führte sie die hölzerne Stiege hinauf, »weit weg von all the people. Es hat ihm gefallen hier. Mir … I prefer being with people. Nur mit ihm, und Lizzy natürlich, ist es hier erträglich.« Shanna öffnete eine Tür. Das Zimmer war finster, es musste sich um den Raum mit den geschlossenen Rollläden handeln. »Here is Robert's desk«, Shanna drehte Licht auf und schob ein paar Mappen herum, dann hatte sie das Gesuchte gefunden. Mechanisch legte sie eine Seite nach der anderen in den Kopierer. Rabensteins Büro spielte alle Stückln, Computer, Festnetztelefon, von allem das Beste. Daneben Regale mit sauber aneinandergereihten Aktenordnern. Auf dem Fensterbrett lag eine deformierte Zange. War der Rollladen kaputt und deshalb geschlossen? Etwas in diesem Raum bereitete Berenike Unbehagen. Vielleicht war es die Trauer, die die junge Frau ausstrahlte. Sie hörte Kühe muhen, das Läuten ihrer Glocken. Ein Friede, der zur Falle werden mochte. »Aus welcher Stadt in Schottland kommen Sie?«

»Edinburgh. It's nothing like here. But why – wieso fragen Sie das? Sie haben Robert gekannt?«

»Nein.«

»He lived for his work. ›Wozu bin ich sonst nütze?‹, he used to say.« Shanna kullerten die Tränen über die Wangen. Beunruhigend tonlos. »Ich – mit mir hat er sich kaum beschäftigt.« Das Kopiergerät spuckte voller Gleichgültigkeit die letzte Seite aus. »Das Bett war kalt, so lonely. So oft war ich allein.« Shannas Worte waren kaum hörbar. »While he was weiß Gott wo.«

Shanna hielt ihr die fertigen Kopien unter die Nase. Berenike entzifferte etwas von Opfern, von Faschismus und Alpenfestung, während Shanna die Originale zurück in die Mappe legte. Sie löschte das Licht und schob Berenike durch die Tür. Das Lesen musste warten. Sie faltete die Seiten zusammen und steckte sie in die Hosentasche. Draußen sortierte Shanna schon wieder ihre Haare. Mit einem Mal sah sie wieder aus wie irgendeine attraktive junge Frau, die man regelmäßig in der Disco treffen konnte. Unten setzte Shanna eine Sonnenbrille mit riesigen dunklen Gläsern auf, die ihre Augen völlig verdeckten. Berenike stolperte über noch mehr Werkzeug, daneben standen ein paar Ski. Draußen vor der Tür blieben sie stehen.

»Die Polizei hat Gift im Körper Ihres Partners gefunden«, sagte Berenike.

»Oh, wirklich?«

»Ja. Hatte er etwas vor an jenem Abend bei der Lesung? Wollte er irgendwie aktiv werden?«

»Nein, not that I would know. He never told me about his plans. Ich kann Ihnen nicht helfen. Es tut mir so laid!« Shannas Akzent trat stärker hervor, neue Tränen brachen sich Bahn. Und dann hatte sie …

Berenike mochte es immer noch nicht glauben, während ihr Rückweg sie nicht ganz legal über einen Waldweg führte, wo eine jener bemühten Via-Artis-Stationen über Hugo von Hofmannsthal Auskunft gab. Der Text berichtete von seinem Ärger über den Lärm heimkehrender Kühe. Ganz im Gegensatz zu Rabenstein, ihn hatten die ländlichen Geräusche offenbar nicht beim Schreiben gestört. Doch der Mann war kein Dichter gewesen, sondern Journalist. Berenike verriss beinahe das Motorrad beim Gedanken an

Shannas widersprüchliches Verhalten. Auf der einen Seite die Trauer und – ja, was war das andere Gefühl gewesen? Hatte sie wirklich zwischen den Fingern ihrer Hände hervorgeblinzelt? So, als ob sie kontrollieren wollte, ob Berenike ihr die Trauer abnahm? Dabei waren Shannas braune Stirnfransen verrutscht. Eine blutverkrustete Kopfverletzung war sichtbar geworden. So kurz, dass Berenike schon an eine optische Täuschung glauben wollte. Waren es Spuren einer körperlichen Auseinandersetzung? Hatte Rabenstein seine junge Partnerin misshandelt?

Hatte sie sich heimlich zur Veranstaltung in Berenikes Teesalon geschlichen? Seiner Liebsten hätte der Mann wohl vertraut, wenn sie ihm in einer fürsorglichen Geste Tee servierte …

12

AFRICAN DREAM

Zurück in ihrem Lokal brühte Berenike Tee für sich und Ragnhild auf, die ihr gern noch ein Weilchen Gesellschaft leistete. Allein im Laden sein, womöglich noch ohne Gäste – Berenike hasste es. Nichts ist so einsam wie ein menschenleerer großer Raum. Sie hoffte, Ragnhild wieder näherzukommen, nachdem diese zuletzt so eigenartig verschlossen gewesen war. Bisher waren sie sehr offen zueinander gewesen, auch wenn Berenike es nicht über sich gebracht hatte, Ragnhild alles über jene große Krise in ihrem Leben zu erzählen.

Jetzt, am Nachmittag, war es windig, die Sonne verkroch sich zunehmend hinter grauen, sich hoch aufbauschenden Wolken. Genau das richtige Wetter für englische Teatime. Während sich Berenike zum Teeregal umdrehte, knisterte das Papier mit Rabensteins letztem Text in ihrer Hosentasche. Sie war voller Ungeduld, zu erfahren, welches Thema er darin aufgegriffen hatte. Gleichzeitig kroch eine Furcht in ihr hoch, die sie beinahe lähmte.

Um Ragnhild und sich selbst eine Freude zu machen, griff Berenike nach dem silbernen Teegeschirr, das sie vor Jahren in der Türkei erworben hatte. Sie liebte ihr Sammelsurium aus der Welt des Tees. Auf dem Regal über der Theke standen Kannen und Tassen aus aller Herren und Frauen Länder, hergestellt aus Steingut oder Glas, ein gusseisernes Service aus Japan neben blumigem Porzellan. Sie stammten aus England, Deutschland, aus China, Indien und Japan. Auch bunt bemaltes Tongeschirr aus Afrika war dabei. Alles, um das Teetrinken zu einem weltumfassenden Erlebnis zu machen. African Dream aus Tanzania, exactly, das war der richtige Tee für heute.

»Wie gehts deinem Lover, Ragnhild? Roman? Oder wie heißt er?«, rief sie, während sie Teeblätter abmaß, einen Löffel pro Tasse.

»Er ist nicht mein Lover!« Ragnhild wich Berenikes Blick aus. »Ist das grüner Tee? Ich trinke nur mehr grünen Tee.«

»Wie würdest du ihn dann bezeichnen?«

»Wir sind kein Liebespaar.« Ragnhilds Blick wanderte überall herum, nur nicht zu Berenike. »Ich habe ihn schon eine Weile nicht mehr getroffen.«

»Achso? Habt ihr euch gestritten?«

»Bitte! Wir sind Freunde, weiter nichts! Ich kann ihn nur seit Tagen nicht erreichen.«

»Naja, die meisten Leute haben heute viel Stress.«

»Ehrlich gesagt, schön langsam mache ich mir Sorgen. Das ist sonst nicht seine Art. Ich habe ihn nicht mehr gesehen seit …« Sie warf ihre heute zu dicken Zöpfen geflochtenen roten Haare über die Schulter, »seit dem Abend, an dem die Lesung – der Mord …«

»Wie bitte, das sagst du mir jetzt? Hast du mit der Polizei darüber gesprochen?«

Abrupt sprang Ragnhild auf. »Berenike, sei mir bitte nicht bös, ich hab völlig auf die Zeit vergessen. Ich muss unbedingt noch einkaufen.«

Einkaufen? So ganz nahm Berenike ihr das nicht ab. Aber sie war nicht Ragnhilds Kindermädchen. Soll sie tun, was sie will. Vielleicht waren sie doch keine so guten Freundinnen, wie Berenike angenommen hatte? Sie hörte, wie die Tür geöffnet und geschlossen wurde. Jetzt war sie endgültig allein. Wenn sich sogar Ragnhild von ihr abwandte … Ein Seufzen entrang sich ihr, sie konnte es nicht zurückhalten. Dabei wollte sie sich doch nicht mehr selbst bemitleiden. Sie hatte zu lange kein Yoga gemacht. Kein Wunder, dass sie sich wirr fühlte. Es war so verdammt schwer, im Hier und Jetzt zu bleiben.

Na schön, dann würde sie die Zeit eben nutzen und in Ruhe den Artikel lesen. Die Worte, die sie auf Rabensteins Manuskriptseiten erhascht hatte, geisterten ihr im Kopf herum. Alpenfestung, sie wusste nicht allzu viel darüber.

Berenike stellte eine saubere Tasse zurück aufs Regal. Sie zwang sich zur Ruhe, nahm ihr Teetablett und setzte sich an den Tisch neben der Theke. Sie zog Shannas Kopien hervor, faltete sie auseinander. Langsam schenkte sie Tee ein, während sie die ersten Zeilen überflog. ›Was wurde aus Beppo Haim?‹ Unter dieser Überschrift stand ein Datum: ›19. Mai‹. Das war einen Tag vor Rabensteins Tod. Was mochte in den dazwischenliegenden 24 Stunden geschehen sein? Berenike schnupperte an dem rötlichen Tee, er roch erdig. Schon der erste Schluck war belebend.

›Er war einer jener Männer, die ihre Heimat vor dem nationalsozialistischen Wahnsinn retten wollten, vor dem Totalen Krieg. Damals kannten ihn alle im Ausseerland – aber heute? Was wurde aus Josef Haim, genannt Beppo?‹

Berenike starrte in die Tasse, ohne etwas zu sehen. Sah auf das Blatt Papier, sein Inhalt zerbröselte in ihrem Kopf. Wer? Beppo Haim? Den Namen hatte sie nie gehört. An manchen Stellen war das Geschriebene durchgestrichen und handschriftlich ergänzt worden. Beim genaueren Hinsehen stutzte Berenike: Die Notizen sahen aus, als bestünden sie aus zwei verschiedenen Handschriften. Die Buchstaben der einen waren klein, rund und ordentlich; die der anderen hingeschmiert, nahezu unleserlich. Vielleicht hatte der Journalist – eine simple Erklärung, die Berenike gleich wieder zu verwerfen bereit war – den Text zu unterschiedlichen Zeiten redigiert.

Sie nahm wieder einen Schluck aus ihrer Tasse. Die Wärme des Tees war angenehm, aber er schmeckte bitter. Vielleicht hatte sie zu viel von den pulverförmigen Blättern erwischt. In ihrem Hals saß etwas, das sie lieber nicht wahrgenommen hätte. Ihre Augen schmerzten, das Salz von zuvielen ungeweinten Tränen, sie fühlte sich blind davon. Immer diese Geschichten. Wie die ihres Großvaters, väterlicherseits. War er tatsächlich am Alkohol gestorben, wie die offizielle Version lautete? Oder an seiner Vergangenheit, den Verletzungen, von denen Berenike kaum etwas wusste? Sie dachte an ihre Mutter, wie sie im Suff nach

Berenike krallte, krallen wollte. Dachte an die Soldatengräber aus dem Zweiten Weltkrieg, die sie auf dem Bad Ausseer Friedhof gesehen hatte. Ganz unvermutet war sie auf einige gestoßen, die die Aufschrift ›Unbekannter‹ trugen. Alte, traurige Geschichten überall. Sie warfen ihre Schatten, ihre schwarzen Schatten. Berenike spürte eine Träne, wie sie sich aus dem Augenwinkel löste und langsam die Haut ihrer Wange nässte. Die Feuchtigkeit hinterließ eine kühle Spur, hinterließ ein Loch, dort, wo ihr Herz sein sollte.

Berenike wischte sich zornig das Gesicht ab. Dinge, die man ihr angetan hatte, lange bevor sie geboren war. Dinge, die keine Geschichte ergaben. Zumindest keine, die man weitererzählen konnte. Bloß eine, die aus wieder und wieder falsch zusammengesetzten Puzzleteilen bestand. Puzzleteile, die nie ein sinnvolles Bild ergeben konnten. Wut über das Nichtwissen. Wut über das Verweigern. Sie wollte wissen. Müde stützte sie den Kopf in die Hände. Die Dunkelheit brach von allen Seiten herein. Sie bekam Flügel, zog sie fort, in ihre Kindheit, die sich nach außen kaum merklich von der anderer Menschen unterschied. Ihre dunklen Haare, das allein war es nicht.

Nur jetzt nicht daran denken. Es war kühler geworden im Salon. Sie wandte sich erneut Rabensteins Artikel zu, hielt die Seiten ins Licht.

›Was ist in jenen letzten Kriegstagen im Frühjahr 1945 im Ausseerland/Salzkammergut wirklich geschehen? Jene ominöse Alpenfestung, letztes Aufgebot überzeugter NS-Kriegsstrategen – gab es sie oder war sie ein Spuk, an den sogar die US-amerikanischen Truppen glaubten? Und wo blieb Beppo Haim? Er gilt seit damals als verschollen.‹

›Josef Haim wurde 1908 in Traunkirchen am Traunsee geboren. Er kam im Alter von 20 Jahren nach Altaussee, um sich seinen Lebensunterhalt im Salzbergwerk zu verdienen.

Bald wandte er sich dem Sozialismus zu, wurde Mitglied der Salinenmusik.‹

Rabenstein kann gut schreiben, dachte Berenike. Besser gesagt, er konnte. Auf einmal war das Vermächtnis des Artikels nicht zu ertragen. Berenike spürte, wie ihr bitterer Mageninhalt nach oben drückte. Seit Jahren hatte sie Magenprobleme. Egal, welche Fastenkur man ihr empfohlen hatte, nichts hatte geholfen. Sie sei übersäuert, hatte man diagnostiziert. Verdammt, wie passend.

Finsternis ergriff Besitz von ihr, griff sich ihr Leben, den Teesalon, ihr Herz. Die ganze Welt da draußen. Sie lehnte sich zurück, ließ den Kopf gegen die Wand sinken. Ausgebrannte Teelichter standen auf den Tischen. Das Blumengesteck vor ihr war verdorrt. Nicht einmal Ragnhilds Freundinnen kamen heute vorbei oder jemand aus der Kurverwaltung, wie sonst. Sie hatte die Leute über den mutmaßlichen Mord an Rabenstein tuscheln gehört. In der Trafik, im Supermarkt, überall. Alle redeten über sie und den von ihr gebrauten Tee. Ein oder zwei anderen Leuten war angeblich nach der Lesung schlecht geworden, das war ihnen im Nachhinein eingefallen. Sie musste es wohl als Glück ansehen, dass nicht mehr passiert war. Berenike rieb sich die Augen. Hoffentlich kam nicht gerade jetzt ein Gast.

Die Buchstaben vor ihr bildeten verrückte geometrische Muster. Vielleicht würde grüner Tee sie munter machen. In Wirklichkeit brauchte sie Schlaf. Ihr Schlafbedürfnis war seit ihrem Zusammenbruch nicht auf das übliche Ausmaß zurückgegangen. Leider war es unmöglich, dem jetzt nachzugeben.

Berenike öffnete eines der neuen Fenster, um die sie den Hausbesitzer gebeten hatte, weil es durch die alten dermaßen gezogen hatte. Herr Scheiner hatte das eingesehen, seine letzte Gefälligkeit. Sie sah hinaus, der nächste Regenschauer würde nicht ausfallen. Ihr gefiel dieses Wetter besser als die Hitze, die sich in Wien auch nachts hielt, weil die Mauern im dicht verbauten Gebiet sie speicherten. Erst gestern hatte ihre Mutter wieder ins Telefon gejammert, dass es in der Stadt viel zu heiß sei. 35 Grad und mehr jeden Tag. Selbst nachts habe es in ihrer Wohnung über 30 Grad. Die Sonne sei nicht auszuhalten, außer Haus gehen so gut wie ausgeschlossen. Sie überlege die Anschaffung einer Klimaanlage. »Gerda ist sehr zufrieden mit dieser Investition. Aber die hat genug Geld. Du weißt, was für ein Stromfresser so ein Gerät ist.« Berenike hatte nur mühsam das Gespräch beenden können.

Die Artikelkopien raschelten in ihrer Hand, als sie sich setzte und weiterlas. Von Haims beruflichem Aufstieg war die Rede und von dem Haus, das er und seine Frau sich zusammengespart hatten.

›Das Ehepaar Haim machte nach dem sogenannten Umsturz 1938 kein Hehl aus der Ablehnung der neuen Machthaber. Sie unterstützten eine Widerstandsgruppe, die sich im Toten Gebirge versteckt hielt. Zu ihnen zählten aus dem KZ oder dem Gefängnis Geflüchtete, aber auch Männer, die nicht als Soldaten einrücken wollten. Wie viele andere in der Gegend stellten Beppo und Hermine Haim Lebensmittel, Medikamente oder die im Gebirge so dringend benötigte warme Kleidung zur Verfügung. Im Sommer 1944 jedoch wurde Beppo Haim verhaftet.‹

»Hallo, griaß di, Berenike!«

»Alma, servus!«

»Könnt ich bitte zehn Deka Meditationsmischung haben?

»Gern.« Berenike füllte die groß belassenen Blätter – Hanf, Ringelblumen und noch einige Kräuter – mit einer Schaufel in ein grünes Papiersäckchen mit dem wunderbaren roten Aufdruck ›Literatur- und Teesalon, Berenike Roither‹. Stolz, sie konnte so stolz sein auf das Erreichte!

»Die Redaktion macht mir Druck, ich muss die neue Astro-Kolumne heute abgeben«, Alma sah Berenike gequält an, »da brauch ich ein bissel Nachhilfe bei der Inspiration.«

»So, bitte! Darf es noch etwas sein, Alma? Vielleicht eine Tasse Tee?«

»Danke, ich muss arbeiten.«

»Verstehe.« Berenike sah zu den Papieren mit Rabensteins Artikel. Wie leichtsinnig, sie offen liegen zu lassen. Aber vor Alma brauchte sie sich hoffentlich nicht zu fürchten. »Das macht sechs Euro fünfzig, bitte.« Alma warf beim Bezahlen einen eigenartigen Seitenblick auf Berenike und verschwand im wehenden hellen Sommerkleid, creme, wie die Unschuld persönlich.

Berenike strich mit den Fingerspitzen über das Papier. Ihre Augen flogen wieder über die Buchstaben.

›Die Mitglieder der Widerstandsgruppe vertrauten einander und fühlten sich sicher, musste man hier im Gebirge doch seit jeher zusammenhalten. Widerständigsein hat Tradition, sei es gegen kaiserliche, kirchliche oder eben faschistische Obrigkeiten. Niemand rechnete daher mit Denunziation. Beppo Haim wurde ins KZ Mauthausen deportiert, von dort zum Arbeitseinsatz ins Lager Ebensee kommandiert. Es gelang ihm, trotz harter Arbeit und Entbehrungen, bis zum Frühjahr 1945 zu überleben.‹

Der Journalist spekulierte über eine Flucht aus dem Lager, die Beppo Haim geglückt sein sollte.

›Möglicherweise hatte der Salinenarbeiter vor, sich zu den sogenannten Partisanen durchzuschlagen. Zu dieser Zeit suchte immer mehr Nazi-Prominenz im Ausseerland Schutz, ebenso zurückweichende Armeeeinheiten. Zusammen mit fanatischen SSlern verwandelten sie die Region in einen Hexenkessel. Im enteigneten Haus der Haims …‹

Berenike ließ das Blatt sinken. Am Ende der dritten Seite, mitten in einem Satz, riss Rabensteins Artikel ab. Tränen brachen sich Bahn. Warum? Die Frage quoll überall quälend hervor. Eine Frage, auf die es nie eine Antwort gab. Unerträglich war das Wissen, das sich aufdrängte und doch nie vollständig war. Man konnte nicht ›nicht wissen‹. Es gab kein Vergessen. Kein gnädiges.

Steckte in diesen Seiten ein Mordmotiv? Es musste eine Fortsetzung geben, wo war sie? Was hatte Rabenstein mit dem Bericht vorgehabt? Wer wusste von dem Artikel? Wer hatte ein Interesse daran, die Aufdeckung zu verhindern? Viele hatten sich in der Hitlerzeit bereichert, auch noch in den letzten Kriegstagen, das wusste Berenike. Vieles war nie zurückgegeben worden. Auch hier, in dieser letzten Verteidigungsbastion des Tausendjährigen Reiches. Berenike konnte nur ahnen, was sich im Frühjahr 1945 im Ausseerland abgespielt haben mochte. Die Rettung der im Salzbergwerk gelagerten, aus aller Welt geraubten Kunstschätze war legendär. Salinenarbeiter widersetzten sich der angeordneten Vernichtung und entfernten die Sprengsätze. Später die schussfreie Übergabe Bad Aussees an die Alliierten Truppen durch eine Frau, Edith Hauer-Frischmuth. Wer weiß, was ewige Nazis noch zerstört, gesprengt, mit in den Abgrund gerissen hätten? Auch im letzten Aufbäumen noch. Hatte Rabenstein in ein Wespennest gestochen? Dass man sich Prozesse nicht leisten könne, hieß es. Und dass alles so lange her sei …

Das Windspiel an der Tür bimmelte. Endlich Kundschaft. Berenike erhob sich. Schnell schob sie die bedruckten Blätter unter einen Stapel alter Zeitungen hinter der Theke.

13

EARL GREY MIT JASMINBLÜTEN

Ein sonniger Morgen, endlich wieder. Nach langer Zeit spürte Berenike unbändige Kraft und sprang aus dem Bett, nackt wie sie war. Leicht fühlte sich mit einem Mal alles an. Jetzt würde sich alles lösen. Den Montag Vormittag hatte sie sich freigegeben und ausgeschlafen. Sie würde den Salon zu Mittag aufsperren, nach dem Wochenende war sowieso kaum was los.

Sie trat ans Fenster. Kein Nebel, nur ein paar Wölkchen am himmelblauen Himmel. Berenike schlüpfte in einen kurzen Kimono und ging in die Küche. Drei Katzenkörper auf dem Fensterbrett, drei Köpfe hoben sich gleichzeitig. Eine simultane Bewegung aus rotem, schwarzem und weißem Fell. Marlowe sprang nach einem Moment des Überlegens vom Fensterbrett und strich ihr um die Beine. Berenike ließ Trockenfutter in die Schüssel klappern, ein Geräusch, das die Katzen wie Labortiere anlockte. Ein paar Minuten sah ihnen Berenike vergnügt zu. Sie warf einen Blick auf den Mondphasen-Kalender an der Wand. Gestern war Neumond gewesen, wer sagte es denn. Die Leere spürten viele, hielten sie oft nicht aus. Jetzt durfte der Neubeginn kommen, nach all den Katastrophen.

Im Bad lächelte Berenike ihrem Spiegelbild zu. Täglich die gleichen Handgriffe. Wie oft hatte sie sich in 36 Jahren die Zähne geputzt, sich geschminkt und dabei, haha, die Zunge gezeigt? Never mind. In der Küche griff sie nach der Dose mit Earl Grey, einem schwarzen Tee mit Bergamottearoma und, es war eine außergewöhnlich edle Sorte, Jasminblüten.

Zitroniger Duft erfüllte die Küche. Die beinahe leere Dose mit dem Drachenmuster in rot und schwarz warf Berenike in ihren Rucksack, um sie später im Salon nachzufüllen. Durch die offene Balkontür strömte laue Luft herein, wehte auf die unter dem Kimono nackte Haut. Die Katzen rekelten sich wieder auf dem Fensterbrett in der breiten Hausmauer. Berenike setzte sich zu ihnen und trank ihren Tee.

Heute wollte sie herausfinden, wie warm das Wasser im See schon war. Sie schlüpfte in ein kurzes, bunt geblümtes Sommerkleid und suchte nach den Badesachen. Schwimmen belebte Körper und Geist. Und anschließend, sie bückte sich nach dem Handtuch, das ihr aus der Hand gefallen war, würde sie bei ihrem seltsamen Vermieter vorbeischauen. Heute war sie in der richtigen Stimmung für diesen Besuch, Scheiner konnte doch einschüchternd wirken. Vielleicht schaffte sie es, ihn zu überrumpeln und herauszufinden, was hinter seinen Drohungen steckte.

Sie schaffte es sogar, von Frau Gasperl unbemerkt mit dem Fahrrad loszufahren. Der Garten mit den vornehmlich blauen Zierpflanzen lag verlassen da. Wahrscheinlich war die Hausfrau beim Einkaufen. In der Nähe hörte sie eine elektrische Heckenschere aufjaulen. Von wegen, Ruhe und Idylle auf dem Land! Sie ließ sich mit dem Rad die Straße hinunterrollen, fuhr dann langsamer an der Kirche und am Gasthaus Seewirt vorbei. An der Friedhofsmauer lehnten ein paar Fahrräder, einige ältere Frauen zupften an Grabbepflanzungen herum. Ob man Rabenstein auch hier begraben würde, neben Filmregisseurin Karin Brandauer, den Adeligen zu Werburg und von Czernin sowie jener Gräfin von Eltz, die eine Chronik über die Ausseer geschrieben hatte …?

Auf der öffentlichen Badewiese war außer ihr noch kein Mensch. Ein Hubschrauber kreiste laut brummend in mehreren Schleifen über dem See und verschwand endlich. Das Lachen des Wirtes aus der nahegelegenen Jausenstation schwang durch die ansonsten stille Luft. Berenike zog die Sandalen aus, mit nackten Füßen berührte sie das taufeuchte Gras, letzter Gruß der kühlen Nacht. Die Luft war erfüllt von Sommer, vom Versprechen heißer Tage. Sie fühlte dem warmen Holz des Badestegs unter den Sohlen nach, der Sonnenwärme auf den nackten Armen. Sie ließ das Kleid fallen, unter dem sie bereits den Badeanzug trug. Schade, dass man hier nicht nackt baden konnte, es war einfach zu viel los. Sie dachte an Beppo Haim. Er und seine Frau hatten wohl auch hier ihre Freizeit verbracht. Wie idyllisch mochte so ein Kriegssommer gewesen sein? Ob sich die beiden genauso beobachtet gefühlt hatten wie Berenike? Zischend spritzte das Wasser, als sie sprang. Kühle, Weite. Sie schwamm hinaus, das graue Gestein der Trisselwand im Blick. Sie tauchte das Gesicht ins kalte Wasser, unter sich den steil abfallenden Grund. Tiefe Schwärze, Schwärme kleiner Fische. Irgendwo musste ein Bach über die Ufer getreten sein, Äste und Blätter trieben auf dem Wasser. Die Sonne zauberte ein Prickeln auf Berenikes Kopfhaut. Auf dem Badefloß weiter draußen wärmte sie sich kurz auf und schwamm noch eine große Runde. Was ging schon über Sport im Freien? Kein Aerobic kam daran heran, nicht einmal Yoga.

Zurück am Ufer ließ sie sich ins Gras sinken. Sie genoss die Sonne, die sie nach und nach trocknete und wärmte, pure Lust. Vergessen brannte sich in ihren Körper, den Todesfall vergessen, die Polizei, ihre Unruhe. Stille, der flaschengrüne See. Dazu das üppige Grün von Wiesen und Wäldern. So etwas einmal in einer Teetasse sehen! Das wäre es. Jetzt kam ein Grüppchen deutscher Urlauber, sie unterhielten sich, natürlich lautstark, über Kaiserin Sisi. Berenike kannte dieses

Phänomen, die Leute brauchten eine prominente Bezugsperson, um sich für etwas zu interessieren. Das war bei der Eventplanung nicht anders gewesen. Was war sie froh, Krethi & Plethi nicht mehr mit dem Einkauf klingender Namen anlocken zu müssen. Sie musste heute niemandem – außer sich selbst und ihrem Bankkonto – Rechenschaft darüber ablegen, warum sie am See in der Sonne lag, anstatt zu arbeiten. Das Leben bestand aus mehr als nur aus Pflichten. Diese anerzogene Disziplin hatte sie letztlich nur in den Wahnsinn getrieben, zumindest beinahe.

Sie überließ die Touristen sich selbst und schlug den Arnethweg ein, vorbei an dem Häuschen, in dem die Hobby-Malerin Christl Kerry gelebt hatte. Aber was war das? Die ›Via-Artis‹-Tafel leuchtete, mit glänzendem schwarzen Stoff verhängt, in der Sonne. ›R.I.P. – Kulturfriedhof‹ stand da in klumpiger weißer Farbe auf schwarzem Seidenstoff. Und darunter: ›Komitee zur Rettung der lebenden Kunst‹. Berenike grinste. Originell und wahr, wer auch immer dahintersteckte. Doch die Sache würde sicher noch einen Wirbel verursachen …

Vor dem Würschtlstand auf dem heißen Asphalt der Hauptstraße sonnte sich ein fauler schwarzer Kater. Die Kirchturmuhr zeigte bereits 11 Uhr. Verdammt, so spät, und sie wollte noch zu Scheiner.

»Griaß di, Berenike!«, hörte sie eine weibliche Stimme. Berenike bremste vor dem Bauernhaus. Ein brauner Wuschelkopf tauchte hinter üppig bepflanzten Blumenkästen auf. Das Gesicht wirkte bemerkenswert faltenfrei und ausgeschlafen.

»Oh, servus, Susi! Wie gehts? Was macht die Uni?«

»In drei Wochen hab ich noch eine Prüfung, aber dann sind Ferien. Die ganzen Paragrafen sind schon anstrengend.«

Dass sie Susi traf, war ein Wink des Schicksals. »Susi, hast du vielleicht Zeit und könntest heute im Teesalon aushelfen? Ich weiß, es kommt ein bisschen plötzlich …«

Die Jus-Studentin hatte sich bei Berenike um einen Sommerjob beworben. Während der Schulferien würde Berenike sowieso eine weitere Arbeitskraft brauchen, von Ragnhilds seltsamen Verhalten ganz abgesehen.

»Ja, gern, Berenike! Wann denn?«

»Gehts gleich?«

»Okay. Ich komm in einer halben Stunde, gut?«

»Super! Danke dir!«

Susi traf beschwingt und mit wallendem Lockenhaar im Salon ein, die blitzenden dunklen Augen schwarz geschminkt. Berenike hatte der jungen Frau bereits neulich alles gezeigt. Die Schöße von Susis Dirndlkleid schwangen fröhlich hinter ihr her. Eine echte Ausseerin, die Susi. Nicht schlecht für den Salon!

Berenike zitterte ein wenig, als sie an ihr Vorhaben dachte, den Vermieter ihres Lokals zur Rede zu stellen. Die Regeln der Höflichkeit waren ihr von klein auf eingebläut worden. Das sollte wettmachen, dass der Vater nie dazu gepasst hatte, auch wenn sie lange nicht wusste, weshalb. Der Großvater, herrisch und unnahbar, hatte unerbittlich auf die Einhaltung der Verhaltensnormen gepocht. Sich selbst genehmigte er Ausnahmen. Mit ihrer Cousine Christine hatte er geflirtet wie im Puff. ›Hier oder draußen? Probieren wirs noch einmal?‹ Alle hatten gelacht. Süßes Mädchen, ist doch Verwandtschaft! In die Wange kneifen, Zwickerbussi, wasn schon dabei. ›Bist schon ’ne richtige Frau, wa, Kleene?‹ Das Preußisch hat er nie abgelegt, der Ostmärker. Hat es gelernt, um zu gefallen, wem schon, den deutschen Okkupanten. Krieg, das war es. Immer schon. Unausgesprochen.

Jetzt hingegen musste Berenike Scheiner und seiner Gang klarmachen, dass sie sich nicht alles bieten ließ. Viel zu lange hatte sie sich klein gemacht, war ruhig geblieben. Auch und gerade hier. Weil sie sich als Neue anpassen musste, so hatte sie gemeint. Doch jetzt …

Sie rief Ragnhild an, aber die war wieder einmal nicht erreichbar. Am Vorabend war Berenike bei ihr vorbeigefahren, alles hatte leer und still ausgesehen. Sie machte sich langsam Sorgen um sie. Noch dazu konnte sie Ragnhilds Unaufmerksamkeit den Gästen gegenüber nicht länger dulden. Erst neulich war sie dazugekommen, wie eine Gruppe von sechs Personen wieder gegangen war, ohne etwas zu bestellen – Ragnhild hatte sie nicht bedient, sondern seelenruhig hinter der Theke sitzend gelesen! Sie würde nachher nochmals bei ihr vorbeischauen, jetzt, da Susi aushalf. Sie nahm eine Packung Alm-Kräutertee aus dem Regal, der half bei allen Arten von Unwohlsein, körperlich wie seelisch. Jetzt aber los! In der Tür stieß sie beinahe mit dem Briefträger zusammen. »Griaß di.« Er musste neu sein, ein schlanker junger Mann, schalkhaftes Blitzen in den braunen Augen, aber das hatten hier viele. Er hielt ihr ein Paket entgegen.

»Ich muss los, die Susi ist drinnen. Magst einen Tee? Sie wird dir was anbieten!«

Er lächelte, nickte, sah sie an. Unerwartet prickelte es in ihrem Schoß. Wie lange war sie mit keinem Mann mehr ausgegangen? Geschweige denn …

Sie nickte dem Postler zu und ging. Die Minuten verrannen, bis – sie womöglich ihr Lokal verlor? Was würde der Hausherr tun? Räumungsklage einreichen? Er hatte sich immer sonderbar verhalten. Bei Tageslicht betrachtet, nahm Berenike seine Drohungen nicht so ernst. Aber …

Oder war alles anders? Vielleicht sollte sie Inspektor Kain anrufen. Nur was sollte sie ihm schon sagen … er würde sie für paranoid halten.

»Guten Tag, Fräulein Berenike! Ich muss mit Ihnen reden!«

Berenike hatte nicht auf das Auto geachtet, das gerade geparkt hatte. »Die Polizei, grad hab ich an Sie gedacht.« Sie lächelte Inspektor Kain und seinen Kollegen Gerbl an. »Schmeckt Ihnen mein Tee so gut?«

Kain verzog keine Miene. »Es ist ernst, Fräulein Berenike.« Er musterte sie von oben bis unten. Seine Haut wirkte grau. Von seiner Attraktivität würde bald nicht mehr viel übrig sein. »Sehr ernst. Es gibt einen weiteren Toten. Und diesmal haben Sie wirklich ein Problem.«

14

GRÜNTEE MIT ERDBEERAROMA

Der Tag wurde so schön, wie es der Morgen versprochen hatte. Zu schön, um sich Inspektor Kains mörderische Neuigkeiten anzuhören. Sie standen im Garten, ein Lüftchen bauschte den Stoff ihres Kleides, drang kühlend an ihre Beine. Das Linienschiff tutete, Urlaubsgäste spazierten in Richtung Seepromenade vorbei. Könnte sie doch auch auf diesem naturbelassenen Weg einfach davongehen, weg von Kain und seinen Nachrichten, sich in einer Jausenstation mit Kaffee und hausgemachtem Kuchen stärken und an nichts mehr denken. An nichts. Berenikes Blick verfing sich am Gipfel des Losers, flog zur felsgrauen Trisselwand. Der Stoff der grün-weißen Markise in ihrem kleinen Gastgarten schlug geräuschvoll im Wind.

Sie aber musste sich um die Polizisten kümmern. Von einem weiteren Toten hatte Kain gesprochen. Und dass sie Probleme bekäme deswegen. Berenike sah zu ihm hinüber. Sein Gesicht war ernst. Sehr ernst. Wenn dieser Mann von einem ›Problem‹ redete, dann gab es eines.

»Haben Sie Shanna MacLeod überprüft, Herr Inspektor?«

»Versuchen Sie nicht, abzulenken! – Sie meinen Frau Rabenstein?«

»Ach, die beiden waren verheiratet?«

Kain nickte, Gerbl stand abwartend daneben.

»Sie muss voll versteckter Wut auf ihren Mann gewesen sein, Herr Inspektor. Dem sollten Sie nachgehen.«

»Ach ja?«

»Ja, ich habe diese Schwingungen körperlich gespürt. Seinetwegen ist sie in die Provinz gezogen. Ich glaube, er hat sie misshandelt oder zumindest bedroht. Sie hat irgendeine Kopfverletzung, die sie zu verbergen sucht.«

»Na, bestens. Wenn ich alle überprüfe, die auf Rabenstein wütend waren …«

»Werden Sie Ihren Mörder finden.«

»Doppelmörder. Vielleicht.«

»Doppelmörder.« Das Wort wollte verdaut werden. Berenike setzte sich in einen Gartensessel. »Was ist passiert?«

Kain blieb stehen, sah sie von oben herab prüfend an.

»So reden Sie, bitte! Und setzen Sie sich. Möchten Sie Tee? Einen erfrischenden Sommertee vielleicht? Oder Eistee? Ich bin zwar auf dem Sprung, aber …«

»Ich fürchte, Sie fahren nirgendwo hin, zumindest vorerst, Fräulein Berenike.« Inspektor Kain wischte sich die Stirn mit einem Taschentuch. »Aber wenn Sie ein Glas Wasser für mich hätten?«

»Gern.« Berenike rief nach Susi. »Bitte bring einen Krug Wasser und Gläser, ich hab mit den Polizisten zu reden. Und mach uns eine Kanne von dem grünen Tee mit Erdbeeraroma.« Sie wandte sich wieder an Inspektor Kain. »Grüner Tee kühlt innerlich, wissen Sie?«

»Tatsächlich?«, Kain wirkte, als wäre er mit den Gedanken ganz woanders. Eine Schulklasse ging lärmend vorbei. Berenike sprang auf. »Gehen wir besser hinein«, sie hielt den Ordnungshütern die Tür auf. Sie setzten sich in die äußerste Ecke des Teesalons. Alles hier sollte dazu einladen, es sich gemütlich zu machen. Man zog die Schuhe aus und stellte sie in ein Regal. Was im Moment weder die Polizisten noch Berenike taten. Gerbl packte Notizblock und Kugelschreiber aus. Nichts, was sie sagte, würde unbemerkt bleiben.

»Wie gesagt …« Kain brach ab, als Susi das Wasser brachte. Er griff gierig nach einem Glas und schenkte sich plätschernd Wasser ein. Sah Susi abwartend an, bis sie endlich ging. Seine Dienstkappe, endlich nahm er sie ab und legte sie neben sich auf die Bank.

»Heiß, was?«, bemühte sich Berenike um einen freundlichen Plauderton.

»Jemand saß in der Gradieranlage.« Über das Glas hinweg ließ Inspektor Kain Berenike nicht aus den Augen. Er trank gierig. Gerbl spielte mit dem Kugelschreiber. Plastik, ein Werbegeschenk mit dem Aufdruck einer Bank.

»In der Gradieranlage.«

»In der Gradieranlage.«

Inspektor Gerbl hielt den Kugelschreiber abwartend in der Luft. Berenike fingerte nach einem Taschentuch. Die Gradieranlage mit ihrem Tannenduft. Wie oft war sie dort gewesen, während ihrer sogenannten Kur. In dem Pavillon ließ man Sole aus dem Salzbergwerk über Tannenzweige rieseln, das sollte gut für die Lunge sein. Der Duft war unbeschreiblich, etwas zwischen Weihnachten und einem Waldspaziergang.

»Ein Mann wurde dort aufgefunden, tot. Jemand vom Hotel Seebrise hat ihn entdeckt.«

»Vom Hotel Seebrise.« Berenike putzte sich die Nase. »Doch nicht Ragnhild?«

»Oh ja. Ragnhild Gaiswinkler hat den Toten gefunden. Sie sind mit ihr befreundet?«

»Ja, bin ich, aber …« Sie sah Gerbl mitschreiben.

»Wie gut?«

»Was, wie gut?«

Berenike schwankte, obwohl sie saß. Die ganze Welt wirkte watteweich. Undurchdringlich.

»Würde Ihre Freundin Sie decken?«

»Aber ich habe nichts getan!« Schmerzen stiegen aus Berenikes Nacken auf, nisteten sich in ihrem Kopf ein. Sie legte die Handflächen über die Augen, welche Wohltat, diese Schwärze.

»Wie ist er gestorben, der Tote?«

»Erstickt. Gift statt Aerosol.«

»Gift statt Aerosol«, murmelte Berenike. »Und was, verdammt noch mal, hab ich damit zu tun?«

Susi kam wieder fröhlich daher, stellte eine Steingutkanne auf den Tisch, dazu kleine henkellose Schalen. Beides in derselben schlammbraunen Farbe. Jede Kanne war für eine bestimmte Teesorte reserviert.

»Sie werden den Toten kennen. Gilbert Donner ist sein Name.« Kain stellte sein Wasserglas ab. Der Blick des Polizisten ruhte abwartend auf Berenike. An seinem Hemdkragen fiel ihr ein Fleck auf. Jetzt nur keinen Fehler machen! Berenikes Herz lief schmerzhaft im Körper Amok. Sie sah zu Boden. Zur Theke. Auf den aufgeschlagen dort liegenden Kalender.

»Wir haben zunächst nicht gewusst, wer der Tote ist. Alle Wertgegenstände fehlten, Brieftasche und so weiter. In seiner Anzugtasche befand sich einzig eine Karte aus dem Hotel Seebrise mit seinem Namen. Und eine Visitenkarte Ihres Lokals.«

Das war zu viel. Dass dieser ekelerregende Mensch ihre Ausseer Adresse besaß, war fürchterlich. Sie bemerkte, dass Kain und Gerbl sie immer noch beobachteten. Sie hatte sich hoffentlich keine Blöße gegeben. Laut sagte sie: »Ein Raubmord?«

»Sah zunächst so aus. Aber mit Gift, das ist höchst ungewöhnlich. Fräulein Berenike, ich sage das ungern«, Inspektor Kain tupfte sich die Stirn und trank wieder einen Schluck, während Gerbl zögernd nach der Teekanne griff, »für diesen Mord haben Sie ein Motiv – nach allem, was ich herausgefunden habe, sogar ein sehr gutes.«

Das auch noch! Wie viel wussten die Polizisten? Kain verschränkte die muskulösen Arme vor seinem mächtigen Brustkorb. Ein Mann, der beschützen konnte. Und Gerbl schrieb mit, unerbittlich.

»Moment, bitte, ich bin gleich wieder da.« Zeit gewinnen. Sie stolperte auf die Toilette. Als sie zurück an den Tisch kam, sah sie Susi mit dem Telefon in der Hand näher kommen. »Berenike, da …«

»Ich kann jetzt nicht reden!«, wimmelte sie die Studentin ab.

Susi sah sie überrascht an und entfernte sich wieder. »Sie ist in einer Besprechung, Herr – wie war Ihr Name? Herr Lahn. Sehr wohl, ich werde es ihr ausrichten, Herr Lahn.«

Lahn, Rabenstein, Donner – alles drehte sich vor Berenikes Augen. Ein irres Karussell voll furchterregender Masken. Der Traum von neulich fiel ihr ein. Verflixt, sie sehnte sich plötzlich nach einem normalen Leben. Ein Nine-to-five-Job, Urlaubsflirts … Flüchten, dachte Berenike. Flaschengrünes Wasser. Flaschenpost an Ragnhild. Der Pachtvertrag brannte vor ihrem inneren Auge, untermalt vom höhnischen Gelächter eines schwarzen Ziegenschädels. Tot, tot, tot, brummte es.

»Fräulein Berenike, was ist denn? Was haben Sie?«

Sie sehnte sich. Nach nichts. Endlich nichts.

15

BALDRIANTEE

Natürlich fiel sie nicht in Ohnmacht. Sie fiel nie in Ohnmacht. Nicht einmal, wenn sie es brauchte. Die Polizisten brachten Berenike im Streifenwagen nach Hause. War sie hier überhaupt zu Hause? War Aussee ihre Heimat? Sie war einen Moment weggetreten gewesen, seither hatte Revierinspektor Kain sie nicht aus den Augen gelassen.

Jetzt nahm er lässig die Kurven hinauf nach Lichtersberg. Auf dem Weg durchs Dorf sah man ihnen nach. Berenike zuckte zurück, als sich das Gebläse im Wagen einschaltete. Zum Glück hatte sie an ihre Tasche mit den Schwimmsachen gedacht, hielt sie zwischen den Knien. »Todeszeitpunkt noch ungewiss«, drang es von Kain an ihr Ohr.

»Wie kann das passiert sein mit dem Gift, Herr Inspektor?«

»Ich kann leider nichts dazu sagen.« Kains Blick wirkte mitleidig. Sie öffnete das Fenster, weil ihr heiß war, zum Ersticken. Gleich darauf wurde ihr kalt. Ihr Zeigefinger fand nicht gleich den Knopf, der das Fensterglas surrend nach oben fahren ließ.

Tot ... Ihr war, als hätte sie es immer schon gewusst. Dass Gilbert Donner sterben musste. Für sie und ihn war kein Platz in Altaussee. Nicht auf der ganzen Welt.

Nach einer Tasse Tee – sie mischte Baldrian, Ringelblume und Lavendel – legte Berenike sich kurz nieder, obwohl es erst später Nachmittag war. Ein blonder Hüne tanzte durch ihren Traum, schwang hölzerne Gegenstände, wollte ihr etwas mitteilen, etwas Wichtiges. Atemlos wachte Berenike auf. Es war nicht auszuhalten hier. Sie musste weg. Hinaus. An Frau Gasperls Tür vorbei. Auf leisen Sohlen. Zu Madame Montego war es zu weit, leider. Die Straße hinunter in den Ort. Vorüber an den Gasthäusern, in denen Menschen beim Abendessen saßen, Geschirr klapperte. Man prostete sich mit Wein zu. Ende eines erfolgreichen Urlaubstages. Aber auch: Stille zwischen den Menschen. Zwischen den beiden Hälften eines Paares, das sich nichts mehr zu sagen hatte. Kellner, die abwarteten. Ob noch Wein bestellt wurde. Um wenigstens einen Satz zu sagen. ›Noch einen Liter Welschriesling.‹ Oder doch ›Die Rechnung bitte‹.

Die Gradieranlage also.

Berenike schlich darum herum, es musste auffallen. Man sagte, dass eine Mörderin an den Ort ihrer Taten zurückkehrt. Was, wenn jemand sie beschattete? Der Weg hierher ging als Spaziergang durch. Man schnitt sie im Dorf, manch einen ertappte Berenike dabei, wie er ihr hinterrücks nachstarrte.

Die Gradieranlage.

Berenike betrachtete die Einrichtung mit Sicherheitsabstand. Man wusste ja nicht. Sie hatte Inspektor Kain nicht gefragt, ob weiterhin Gefahr bestand, Gift einzuatmen. Rotweißes Absperrband flatterte im allgegenwärtigen Ausseer Wind. Ein Blick zum Himmel: schwarze Wolkentürme in der beginnenden Dämmerung. Auf das Wetter hier war Verlass. Klimawandel, zunehmende Trockenheit – nicht im Salzkammergut.

Das also war der Ort, an dem der unmögliche Mensch sein Ende gefunden hatte. Gilbert Donner. Unmensch. Mensch. Kaum jemand wusste, wie sehr Donner den Tod verdient hatte.

Berenike schnupperte. Nein, zu riechen war nichts. Das verwendete Gift war vielleicht geruchlos, so etwas gab es. Sie wusste von Nervengiften, die die Atmung lähmten und einen qualvollen Tod brachten. Ihre Schwester Selene würde mehr über so etwas wissen, sie hatte eine Weile Pharmazie studiert. Selene hatte damals kaum etwas von der Familiengeschichte geahnt. Der Geschichte, die die Mutter verbergen hatte wollen. Rose mit dem blonden Haar und dem versoffenen Blick.

Ein Abend in den Achtzigerjahren, die eben erst begonnen hatten. 1981 musste es gewesen sein. Zeit im Bild, halb acht am Abend. Rechtzeitig zum Nachtmahl. Liptauer und Kornspitz. Berenike sah bis heute das Himbeerwasser vor sich stehen. Das Himbeerwasser, das sie ausgespuckt hatte. Beim Blick auf die Nachrichten. Der Überfall auf die Wiener Synagoge. Die Bilder der Getöteten. Fred, ihr Vater, klein und blass vor dem Fernseher. Damals war es zum ersten Mal passiert. Liptauer, Gebäck, Himbeerwasser in der Klomuschel. Erbrechen, weil sonst nichts mehr half.

»Du und ich«, hatte ihr Vater gemurmelt, als Berenike zurückgekommen war und das Essen wegschob. Selene war nicht dabei gewesen. Vielleicht war sie drüben beim Opa, wie so oft. Half den Großeltern, wie sie es nannte. Der Opa, der ihnen das Abo für das Theater in der Josefstadt vermacht hatte. Selene hielt sich oft in seinem Geschäft auf. Berenike schockierte die robust polternde Art des Alten mit seinen roten Wangen und den herben Scherzen. Der ihr so fremd war und gleichzeitig so vertraut. »Mädchen, wir machen was aus euch, trotz allem!« Dabei strich er Berenike über die schwarzen Haare und Selene über die viel helleren.

»Du und ich«, wiederholte der Vater, obwohl ihre Mutter dazwischenrief: »Nicht, Fred, was kann das Mensch dafür!« Aber das Mensch hatte einen besonderen Sinn für Geheimnisse, ahnte Dinge, bevor sie Worte wurden, bevor die Worte Wurzeln schlugen.

»Was ist mit dir und mir?« Berenike hielt sich mit einer Hand den Magen, eine Geste, die sie bis heute beibehalten hatte.

»Du weißt es längst, Berenike. Wir sind nicht wie die anderen.«

»Hör mir auf mit dem auserwählten Volk.« Die Stimme ihrer Mutter war leise. Sie ging und kam mit einer Flasche Wein zurück. »Du auch, Fredi?«

»Als ob das was helfen tät. Aber ja, einen Schluck.«

»Und du, B-Berry?«

Es war das erste Mal, dass Berenike Alkohol angeboten bekam. Sie nickte. Der Alkohol schien den Erwachsenen zu helfen, vielleicht auch ihr. Trotz der Übelkeit vorhin.

»Wieso sind wir anders, Papa?«

»Wir sind jüdischer Herkunft. Wir sind wie die auf dem Bildschirm.« Gerade wurde eine Großaufnahme eingeblendet. Überall Blut. Blutlachen.

»Wir? Wer? Auch Mama?«

Fred sah Rose an. »Rose nicht.« Er sagte »Stop«, als Rose einschenkte. In dem Moment fielen sämtliche Puzzlesteine von Berenikes kurzem Leben an ihren Platz. Alles passte zusammen. Ihre Ängste, die die Mutter klein und lächerlich reden wollte: vor einer vollen Straßenbahn, vor Menschenmengen auf der Straße, vor ratternden Zügen, engen Räumen. Selene, die immer das leuchtende Vorbild sein sollte. ›Dabei ist sie die Jüngere!‹ Selene leugnete bis heute. Dass das Erbe der Gaskammern ihnen im Blut stecken sollte. Mit-Vergangenheit. Berenike wurde mit Verachtung gestraft, wenn sie die Tränen nicht zurückhalten konnte. Die Lehrerin, die sie als Lügnerin bezeichnete. ›Du mit deinen G'schichten. Du willst dich nur in Szene setzen.‹

Plötzlich war alles an die richtige Stelle gerutscht, auch dass die Großeltern nie da waren, wenn Fred kam. Später hatte Berenike erfahren, dass die beiden eine Heirat zwischen Fred und Rose hintertrieben hatten. Und auch den Satz des Großvaters hatte sie begriffen: ›Wir machen schon was aus euch.‹ Selene, hell, fast blond und von sonnigem Gemüt, kein Problem. Selene, die ihn anlachte. Aber Berenike, du bist so dunkel und traurig. Dazu die Oma mit ihren Augen wie Glas und ihrem Pelzmantel. Der Opa, verwundet im Kampf. Über diesen Heroismus darf man reden. Der Kampf um Wien. Und die Russen. Was wir unter denen gelitten haben!

Roither hieß man, Roither blieb man. Und da kam Fred, arm und grau und mit seinen traurigen Augen! Fred, der Bub, der versteckt wurde. Und dass du dich mucksmäuschenstill verhältst! ›Bis später‹, sagten seine Eltern. Aber später kam nie. Abgeholt wurden sie, nachts. ›Wo wohnen die Juden?‹ Genug Auskunftswillige unter den Nachbarn. Treblinka, Majdanek, Auschwitz. Berenikes Schulklasse fuhr nach Mauthausen. ›Ich kann nicht, mir ist schlecht.‹ Ausnahmsweise bekam sie eine Entschuldigung geschrieben. Das Kind war krank, Magen-Darm-Grippe. Berenike hat die anderen nicht gefragt, ob sie wie sonst ihre Jause gegessen haben. Nur dass jetzt alle in der Klasse wissen: Berenike hat Verwandte, die ermordet worden sind.

So viele Geschichten. ›Kannst du nicht aufhören, daran zu denken? Was bringt das schon!‹

Und jetzt stand sie hier, so viele Jahre waren vergangen. Fred und Rose, ihre Eltern, hatten sich längst getrennt, womöglich auch deswegen. Berenike zitterte, ein paar Meter nur entfernt von dem Ort, an dem ein Mensch gestorben war – murdered.

Donner. Gilbert Donner. War der Mann, blöd wie er war, ohne Gspür für irgendetwas, zur falschen Zeit am falschen Ort gewesen? Konnte es so einfach sein?

Es war, als wären ihre Füße festgenagelt. Immer wieder blickte sie zur Gradieranlage, in der die Sole nicht mehr beruhigend über Tannenreisig plätscherte. Neben dem Hotel Seebrise waren ein paar Menschen stehen geblieben, Feriengäste, wie Berenike mit geübtem Blick feststellte.

›Ein Doppelmörder‹, waren Kains Worte gewesen. Andeutung eines Zusammenhangs zu Rabensteins Tod. Vielleicht hatte es der Dorfkieberer auch nur so dahingesagt.

Ein kleiner grauer Schatten im Gras, eine Katze verschwand in einem Garten.

Die Gradieranlage. Normalerweise ein Ort der Ruhe und Entspannung. Höchst meditativ, hier im Kreis zu gehen, die fein zerstäubten, feuchten Partikel einzuatmen. Sie dachte an jenes verhatschte Gedicht, das ein übereifriger Kurgast angebracht haben musste: ›Vollgepumpt mit Aerosol, fühlst du dich da pudelwohl‹. Die Zweige wurden auf hölzernen Traversen festgesteckt. Das Holz, über das bisher beharrlich die Flüssigkeit geronnen war, sah glitschig weich aus. Tropfen hingen in den Querverstrebungen und auf den Zweigen. Von Frieden und Erholung heute keine Spur. Hatte sich jemand Zugang zur Technik der Berieselungsanlage verschafft? Das Gift war womöglich in die Sole gemischt worden. Vielleicht genügte es auch, ein wenig davon in das Auffangbecken zu schütten. Die Untersuchungen schienen abgeschlossen, zumindest für heute.

Als sie sich umblickte, waren kaum noch Leute zu sehen. Die Kriminalfälle würden die Gäste vertreiben, mit Sicherheit. Besser, sie ging jetzt heim. Berenike drehte sich um – und erschrak. Ein Schatten. Hinter ihr. Ein dunkler Typ. Er hielt einen undefinierbaren Gegenstand in der Hand. Sie sah sich um, die Augäpfel schmerzten in den Höhlen. Niemand sonst war in der Nähe. Überlaut hörte sie das Rauschen des Baches hinter der Anlage. Die Beleuchtung war abgeschaltet. Etwas raschelte, sehr leise. Es hörte sich an wie … Nylonsporthosen. Sie starrte. Konnte nicht sehen, ob der andere zurückstarrte. Sie tastete nach dem Handy, aber sie musste es vergessen haben. Wenigstens blieb sie so von den mysteriösen Anrufen verschont. Wenngleich, sie überlegte. Wann hatte das letzte Mal das Telefon geläutet, Nummer unbekannt? Es musste ein paar Tage her sein, wenn sie sich richtig erinnerte. Sollte das am Ende gar …?

Sie hörte eine Männerstimme unverständliche Worte hervorstoßen. Italienisch vielleicht, nein, doch nicht. Jetzt hob der Typ die Hand. Es sah aus wie – ja, wie eine Waffe. Hatte sie noch eine Chance, wenn sie weglief? Lieber keine Bewegung und nicht das geringste Geräusch machen. Vielleicht hatte er sie nicht gesehen.

Die Stimme des Mannes hörte sich jung an. Er hob die Hand und – Berenike wurden die Knie weich – hielt die Hand ans Ohr. Der Typ telefonierte! Wahrscheinlich einer von den Rumänen, die man als Forstarbeiter angeheuert hatte. Die wohnten hier irgendwo.

Der Unbekannte hielt das Handy ans Ohr gepresst und streifte an Berenike vorbei. Nahe. Zu nahe. Ein Blubbern drang an ihr Ohr. Die Soleleitung, vielleicht hatte sich ein Automatismus eingeschaltet. Nichts wie weg jetzt. Sie drehte sich um, vermeinte eine Bewegung bei den Bäumen hinter der Gradieranlage zu erkennen. Damn it, es war viel zu finster, um etwas zu erkennen. Mit tastenden Schritten schob sie sich näher. Etwas raschelte. Vielleicht ein Tier. Die Katze von vorhin.

Es reichte. Berenike stolperte zur Straße. Endlich war sie bei der Königsgarten-Villa, in der Friedrich Torberg geschrieben hatte. In sicherem Abstand zur Gradieranlage und allem, was sich möglicherweise drumherum aufhielt. Hier gab es wenigstens Straßenbeleuchtung. Eine literarische Veranstaltung in dem Gebäude wäre der Gipfel, Berenike bemühte sich, den Gedanken festzuhalten. An etwas Erfreulicheres denken als an Mord und Totschlag. An Verfolgung und Angst.

In keinem Haus brannte noch Licht. Nicht anders als zu Torbergs Zeiten. Also kaum Veränderungen in Aussee …

Berenike rannte, sie war so müde. Sie wollte schlafen. Doch ein Gedanke spukte ihr hartnäckig im Kopf herum.

Gilbert Donner und Robert Rabenstein waren so knapp hintereinander tot aufgefunden worden. Beide in Altaussee. Konnte das wirklich Zufall sein? Und der Einsatz von Gift in beiden Fällen: ebenfalls Zufall?

16

Hoffnung ist wie der Zucker im Tee: Auch wenn sie klein ist, versüßt sie alles. (Chinesisches Sprichwort)

Plötzlich war die Erinnerung wieder da. Hinterrücks und schmerzhaft. Dabei hatte sie die Sache bis ins letzte, widerliche Detail vergessen wollen. Dass sich dieser Mensch immer in ihr Leben drängen musste, selbst als Toter. Eine eigenartige karmische Lektion, indeed. Ja, Berenike hatte ein Motiv. Und?

Donners Ruf war bis zuletzt hervorragend gewesen. Der bekannte Anwalt, christlich geprägt, setzte sich für vernachlässigte Kinder ein. Wenn nötig unentgeltlich. Dazu seine politischen Aktivitäten. Seine Visage war ständig in den Medien gewesen. Wenige wussten, wer er wirklich war. Wie viel Grund sie hatte, ihn zu hassen. Wenigen gestattete sie dieses Wissen.

Die Sache verjährte nicht. Nicht für sie.

*

Ein Septembertag, ein Kundentermin wie viele andere. Berenike war am Gipfel ihres Erfolgs. Sie war Teil von PrincessEvents, der größten Agentur des Landes. Dachgeschosswohnung in Margareten, einem der progressivsten Grätzel Wiens. Freundschaften mit mächtigen Menschen, die andere nur aus dem Fernsehen kannten. PrincessEvents-Boss Brian Skerczan tat sich mit Donners neuer Partei, der Nationalen Bewegung, zusammen. Er nannte sich Brian, um Erfolg zu haben. Zu oft hatte er erlebt, wie schwer sich die Menschen mit der Aussprache seines ungarischen Taufnamens, Balázs, taten. Eine Hand wäscht die andere, so lautete die Philosophie ihres damaligen Chefs und Teilzeitlovers. Wie viele Immigranten wollte er nicht, dass noch mehr davon nachkamen. Brian wollte Macht – und bekam sie. Er war sexy und unerbittlich. Gute Wahlergebnisse bedeuteten steigenden Einfluss für die Agentur. Berenike bekam den Auftrag für die Partei intern zugeschoben. »Du als meine beste Eventmanagerin!« Brian rekelte sich über ihrem Schreibtisch. Er neigte zu Extremen, zu Superlativen jenseits der Norm. Seine katzenhaften grünen Augen funkelten, sein Mund produzierte ein anzügliches Lächeln. Dazu der sauteure graue Anzug, maßgeschneidert für seine hoch aufragende Figur. Kein Dutzendtyp. Brian fuhr täglich 50 Kilometer mit seinem Sportrad. Der Mann war in Form. »Donner ist die Zukunft!« Er kalkulierte Berenikes Offenheit in alles mit ein. Es hatte ihr Spaß gemacht – fast immer. Ein Spiel. Ein Spiel am Rande des Abgrunds. »Zeig dem Mann die schönen Seiten des Lebens. Er ist interessant, du wirst sehen.« Brian lebte offen bisexuell. Berenike grinste. »Und vergiss nicht: Wir sind die Besten!« Dabei verschlang er ihre von den ganzen Magenproblemen erstklassige Figur mit diesem Blick. Sie war schlank, aber an den richtigen Stellen gepolstert. Im Unterschied zu später, als die Medikamente sie aufschwemmten. Auch das war Vergangenheit. Luckily.

Brian wusste, was er wollte und das schon seit Jahrzehnten. Als Kind war er mit seinen Eltern aus Ungarn über die grüne Grenze nach Österreich gekommen. Seither war sein Aufstieg unaufhaltsam gewesen. Er zwinkerte Berenike zu und schwang seine langen Beine von ihrem Tisch. Kaum zu glauben, dass der Typ mit seinem Arsch und den Bewegungen einer Raubkatze auf die 50 zuging! Er übertrumpfte das Temperament mancher 30-Jähriger. Beim Hinausgehen hatte er ihr zugeraunt: »Wir sehen uns, Süße!« Worauf immer er auch anspielte, Sex mit Brian war … interessant.

Dann das Erstgespräch mit dem ›Neukunden‹. Berenike hatte ihren Körper in ein zart lila gemustertes Businesskostüm von ›Shangri-Wow‹ gesteckt. Der Natur-Mode-Designer machte gerade in allen Gazetten Furore. Astro-Schick. Verantwortung und Schönheit. Dem Körper schmeichelte der Stoff, ihrem Gesicht die Farben. Unter dem ungleich schräg abgeschnittenen Rocksaum zeigten sich ihre erstklassigen Beine. Dazu hochhackige Schuhe, sie wusste, wie sie darin wirkte. In der U-Bahn waren viele Blicke auf sie gerichtet, schade, dass keine Zeit blieb.

Donners gläsern durchgestyltes Büro befand sich im 28. Stock des IZD-Towers in der Donau-City. Bereits der Vorraum der Anwaltskanzlei wirkte wie eine Halle. Eine Sekretärin, die über das blonde Alter hinaus sein sollte, lotste Berenike in ein riesiges Büro mit Ausblick auf Kahlenberg, Leopoldsberg und Donau. Wienerwald und Donaustrom, so arbeitete also ein international begehrter Rechtsverdreher. Berenike bewegte sich auf Donner zu, der Stoff ihres Rockes knisterte.

»Kaffee?«

»Ja, gern.«

Die Sekretärin warf ihr einen Blick zu, den Berenike nicht zu deuten wusste. Kam mit duftendem Kaffee zurück.

»Haben Sie gleich hergefunden?« Der Anwalt war hereingestürmt.

»Ja, danke, ich bin öffentlich gefahren.«

Donner zeigte sich erstaunt. Er lockerte seine Krawatte. Er war deutlich größer als sie, seine Figur wirkte irgendwie konturlos. Sein Bauch zeigte Fettansätze, auch durch den Anzug. Wahrscheinlich kein Sport. Das Kleidungsstück sah teuer aus, passte ihm aber nicht recht. Der Stoff changierte zwischen silber und blaugrün. Lachhaft. Dennoch hatte der Mann was. Sie konnte sich vorstellen, weshalb ihn die Leute wählten. Macht. Dieser Mann zeigte, dass er etwas bewegen wollte. Kraft strahlte aus seinen hellen Augen. Mit etwas Schminke würde er in den Medien was hermachen.

»Schön, mit einer so …«, seine Augäpfel traten stärker hervor, während sein Blick auf ihrem Dekolleté verweilte, zurück zu ihrem Schoß wanderte, dann zu ihren Augen, »erfahrenen Beraterin zusammenzuarbeiten. Mein Freund Brian meint es gut mit mir.« Der Mann war schleimig – Bauchgefühl. »Ich gehöre ganz Ihnen, Frau – Roither ist Ihr Name, nicht wahr? Meiner Sekretärin habe ich jede Störung untersagt.« Er griff zum Kaffee. »Bitte sehr, Frau – darf ich Berenike sagen?«

Was entgegnete man auf so eine Frage? ›Für Sie bin ich Frau Roither‹? Brian würde sie feuern. Sie zögerte und nickte. Eine gute Stunde ließ sie sich von Donner belabern. Pläne und Programme. »Sie wissen, so geht es nicht weiter, Frau Roither. Zu Ihnen kann ich offen sein – oder gehören Sie selbst zu den linken Multi-Kultis, die alle einbürgern wollen?«

Berenike nippte am Kaffee. In ihrem Bauch rumorte es.

»Probleme?«

Donner hatte ihr Zögern bemerkt. Berenike zuckte leicht mit den Schultern. »Nur die Gesundheit.«

»Möchten Sie etwas anderes trinken?«

»Nein danke, es geht schon.«

»Also, wir brauchen eine Nationale Bewegung. Einen Schulterschluss. Nur so können wir mit den Herausforderungen des 21. Jahrhunderts fertig werden. Sonst tanzen uns die Ausländer auf der Nase herum.« Sie besprachen die Dimensionen des Wahlkampfauftakts. Berenike stellte die nötigen Fragen. Einzuladende Stargäste, Budgets, Zeitpläne. Pressekonferenzen, positive Propaganda. Sie notierte, Donner ließ seine Blicke umherwandern. Er bestellte frischen Kaffee. Wieder kam die Sekretärin. Nach getaner Arbeit sah sie sich ausgiebig nach allen Seiten um. »Danke«, nickte ihr der Anwalt zu, »Sie können gehen.« Wieder so ein Blick, den man nicht gleich einordnen konnte. Wollte.

Endlich hatten sie alles besprochen. Donner saß entspannt hinter seinem Schreibtisch. »Cognac, Berenike?«

Sie zögerte.

»Zur Feier des Tages. Machen Sie mir die Freude.«

»Na gut.« Sie packte ihre Unterlagen ein. Die Sekretärin stellte stumm ein Tablett mit Schwenkern und einer teuer aussehenden Flasche ab und ging, bevor der Anwalt etwas sagen konnte. Donners Augen wirkten jetzt gelblichgrau. Sein helles Haar war dünn und gelichtet. Er prostete ihr zu. Berenike nahm einen kleinen Schluck, stellte das Glas ab, stand auf. »Auf gute Zusammenarbeit!« Sie wollte weg. Arbeit wartete, am Abend wollte sie Brian in einem modernen Theaterstück treffen. Wer weiß, was ihnen im dunklen Publikumsraum einfallen würde … Sie hielt Donner die Hand zur Verabschiedung hin.

Er nahm sie, behielt sie in seiner. Schwammige Finger. Zu warm. »Ich hab noch was für Sie – Berenike.« Ein Grinsen stahl sich über seine Mundwinkel. »Haben Sie Ihre Kamera dabei?« Er schob sich mit dem Drehsessel von der Tischplatte weg.

»Was?«

»Sie stehen doch auf besondere Fotos, habe ich recht?«

Sie konnte bis heute nicht fassen, wie sie in eine solche Situation geraten war. Sie, die immer alles im Griff gehabt hatte! Donner saß mit geöffneter Hose da, abwartend. Dieser Hose aus dem lächerlichen Stoff. Er saß da. Und hielt seinen Schwanz mit einer Hand umfasst. Nass, bläulich-rot und klein war sein Geschlechtsteil. Seine Krawatte hatte er sorgsam über die Schulter nach hinten geschlagen. Das Hemd war hochgeschoben und gab ein Stück weiße Haut frei, unter der Fett schwabbelte. Berenike erstarrte.

»Ich habe mir Ihre hübsche kleine Galerie im Internet angesehen. Eine helle Freude.«

»Was?« Die Zeit verging langsam, eine Ewigkeit zwischen jedem Herzschlag und dem nächsten. »Aber die ist doch passwort …«

»Glauben Sie wirklich?« Donner kicherte. »So etwas ist leicht gehackt. Ein Kinderspiel, hat mein Kontaktmann gesagt. Sie werden mir diesen Sieg gönnen?« Sie drehte sich zu ihrer Tasche um. Jedes Wort war zu viel.

»Berenike«, flüsterte er.

Sie kippte auf ihren Stöckelschuhen. Rutschte weg. Fiel. Ein Schmerz in der Kopfhaut.

»Komm schon, genieß es!« Er krallte seine Hand in ihren Haarschopf, während sie da kauerte, sich aufzurichten versuchte, es nicht schaffte. Er hatte die Krawatte in der Hand. Warf die Schlinge um ihren Hals. Zog sie näher. Der Schmerz in den Nackenwirbeln. Das Gefühl von Seide auf der Haut, an ihrem Kehlkopf. Und dann kein Gedanke mehr. Ein Schnaufen. Damn it! Sie röchelte. Er drückte ihren Schädel nach unten. Immer näher an sein sabberndes Geschlecht. Und die Luft, sie hatte keine Luft zu atmen. »Ich …« And that's it? Das wars jetzt? Wie lächerlich! Sie wollte mit den

Händen ausholen. Schlagen, ihn schlagen. Ihn beißen. Diese Wut! Wollte schreien. Es tat so weh. Kaum ein Laut.

»Wehr dich nicht, lass es geschehen!« Sie sah den Cognac in Donners anderer Hand. Sein Schwanz rückte immer näher an ihre Augen. An ihre sich nach Blindheit sehnenden Augen. »Du willst es doch selbst, Berenike!« Er flüsterte, rau und viel zu laut. Sein Schwanz zuckte ihr entgegen. Schob sich gegen ihre Lippen. Die Härchen daneben waren weißblond und verklebt. Ihre Knie gaben nach, ein Stöckel ihres Schuhs knirschte rutschend übers Parkett. Ihr linkes Knie knallte seitlich auf Holz. Das andere Bein rutschte nach hinten weg. Ein Schmerz im Handgelenk. Irgendwo ratschte etwas, wahrscheinlich eine Kleidernaht. Sie kniete praktisch vor diesem Arschloch. Sah die metallischen Zacken des geöffneten Reißverschlusses. Und noch immer hielt Donner die Enden der Seidenkrawatte.

Sie versuchte, sich mit aller Kraft nach oben zu stemmen. Schwarz vor den Augen und die Luft – sie lechzte nach Sauerstoff. Dann eben …

Sie knallte ihren Schädel gezielt gegen dieses widerliche sabbernde Etwas vor ihr. Hörte einen Schrei. Hörte ein Glas auf dem Boden zerbrechen. Spürte – sie war frei. Riss an dem Strick aus Seide. Einen schrecklichen Moment lang geschah gar nichts. Dann bewegte sie sich rückwärts weg.

»Du Hure weißt nicht, was du willst!«

Sie schüttelte sich. Schüttelte die Haare, die langen dunklen Haare. Keuchte. Alles schmerzte. Sah, wie sich Donner aufrichtete.

»Hysterische Schlampe. Beruhig dich. Und wisch dich ab!« Er hielt ihr ein Papiertaschentuch hin. Sie nahm es. Fuhr sich über das Gesicht. Ihr Rachen schmerzte. Sie sammelte Speichel, spuckte, spuckte Donner ins Gesicht. Sah Donners fettes Grinsen. Sah, wie er die Anzughose zumachte, sah seine

Finger, die er an einem Taschentuch abwischte. Routiniert. Sie nahm ein Glas, warf es gegen die Wand. Ein Schrei. Wortlos. Sie rannte. Die Sekretärin rief ihr etwas Lautes, Unfreundliches nach. Dann schlug die Glastür hinter Berenike zu.

*

Sie hatte nie wieder daran denken wollen. Und jetzt war dieser Typ tot. Damn it, was für ein Wahnsinn.

17

FORMOSA GRÜNTEE

Das Gedankenkarussell führte neue Bahnen zueinander, die so nicht zusammengehörten. Interessant, was sich im Dämmerzustand alles ergab. Plötzlich Herzklopfen, sie war hellwach. Es war finster. Sie wusste nicht, ob es Nacht war oder früher Morgen. Ein Klingeln, sie meinte, ein Klingeln gehört zu haben. Vielleicht hatte sie das geträumt. Nach dem Fund von Donners Leiche hatte sie Susi gebeten, vorerst den Salon zu führen. Ihr war ständig übel. Momentan fühlte Berenike nichts, nicht einmal beim Gedanken an einen möglichen Konkurs. Gleichgültigkeit hatte sich über alles gelegt, eine Wattewolke, durch die kein Gefühl zu dringen vermochte. Immer rutschten ihre Gedanken zu

Donner, zu seinem Ende. Hoffentlich hatte er wenigstens gelitten.

Berenike starrte den Plafond an. Seine weißen Mauern lagen im Dunkel. Die Wände brauchten Farbe, irgendwas Blitzendes, um dem Leben Kraft zu geben. Himmelblau vielleicht, mit Wolken darauf. Was für ein Kitsch.

Da, jetzt klingelte es wieder. Wie gleichgültig es ihr war, wer draußen vor der Tür stehen mochte. Mitten in der Nacht, wie seltsam. Aber hier war zumindest nicht Downtown L. A. Auch schon was.

Ihre Vermieterin, Frau Gasperl, hatte vorhin neugierig bei ihr hereingeschaut, obwohl es spät war. ›Ich hab mir Sorgen gemacht‹, dabei bot die Hausfrau Thermophor und Kamillentee an. Sie fragte siebenmal, was los sei. Doch Berenike wollte sich nicht von der älteren Frau bemuttern lassen. Sie quälte sich aus dem Sofa. Das weiche Gefühl in den Knien wollte nicht weggehen. Was würde wohl Madame Montego jetzt sagen?

Da, wieder ein Läuten, diesmal blieb jemand mit dem Finger auf der Klingel. Berenike strich sich über Augen und Wangen. Wie weich sich die Haut anfühlte und wie hart der Wangenknochen. Sie tappte nach unten und öffnete die Haustür. Niemand war draußen. Langsam und wie im Traum schloss sie die Tür wieder. Am Ende hatte sie das Klingeln nur geträumt. Oder war wieder jemand …?

Gestorben, flüsterte es in ihr.

Brian womöglich. Oder sonst wer. Der es verdient hatte.

Erst da setzte das Herzklopfen ein, die alte Angst. Berenike rüttelte mehrmals an der Tür, ob sie auch sicher abgeschlossen war. Sie tappte nach oben, die Holztreppe gab seufzende

Geräusche von sich. Wie ein Zeuge, der nur zu flüstern imstande war. Ein Poltern war zu hören, es kam von irgendwoher aus dem Haus. Frau Gasperl vielleicht.

Berenike schlich in ihre Küche. Auf dem Weg stützte sie sich an der Wand im Vorzimmer ab, die ihr wie ein sich schlängelnder Gang einmal links, einmal rechts entgegenkam. Niemand hätte in ihr die toughe Karrierefrau von früher erkannt. Endlich die Küche, die grün gestrichene Wand, der Hocker vor dem kleinen Tisch. Sie setzte sich und griff nach einem Teehäferl. Auch der Wasserkessel ließ sich im Sitzen befüllen. Wie die Oma es im Alter getan hatte. Sieglinde Roither war dick und unglücklich gewesen, jahrelang. Das Geschäft war geschlossen, die Großeltern in Pension. Eine Greißlerei war kein Geschäft mehr. Das war noch lange vor dem Bioboom. Berenike entzündete die Flamme. Sie musste etwas trinken. Am besten Kamillentee. Sie hatte sicher noch ein paar Beutel, so sehr sie diese sonst verabscheute. Doch sie waren nicht zu finden. Dann eben grüner Tee, der konnte niemals schaden. Hier, Grüntee aus Formosa. Selbst im Schlaf entsann sich Berenike der gesundheitsfördernden Wirkung, die diesem Getränk zugesprochen wurde. Vitamin C war immer gut, ebenso wie die Vitamine A, B12 und Mineralstoffe wie Kalium, Magnesium, Kupfer, Nickel, Karotin und Fluor, gut für die Zähne. Und überhaupt, sie musste wach werden, geistig und körperlich. In wachem Zustand musste sie aus dieser Geschichte herausfinden, in die sie unversehens hineingeraten war. Wach, um Ragnhilds Geheimnis zu ergründen, warum sie nicht mehr in den Salon kam. Hatte sie im Hotel Seebrise so viel zu tun? Gut, die Hauptsaison fing an. Aber trotzdem …

Berenike nahm ihr edles Steingut-Kännchen aus der chinesischen Region Yixing, in das sie direkt verliebt war.

Es war teuer und stand deshalb nicht im Salon, sondern bei ihr zu Hause. Die auch heute noch häufig von Hand geformte Keramik ließ grünen Tee besonders gut zur Geltung kommen. Das Kännchen vereinbarte Schönheit mit Zweckmäßigkeit, eine Kunst, die nur mehr wenige Meister beherrschten, hatte sie sich sagen lassen.

Während Berenike mit der Kanne hantierte, die Teeuhr stellte, den zarten Duft des frisch aufgebrühten Getränks einatmete, der in Asien auch ›Schaum von flüssiger Jade‹ genannt wurde, flog ihr Blick zu den Zeitungen auf dem Fensterbrett. Sie wollte sich den Teegenuss nicht mit der grausamen Lektüre verderben, doch immer wieder landeten ihre Augen bei den Schlagzeilen der letzten Tage. Die Seiten waren voll vom Tod des bekannten Politikers. Ein Sympathieträger für viele. Man spekulierte über ein politisches Motiv. Viele neideten Donner den Erfolg. Ein Killer wollte womöglich Unruhe stiften. Donners Feindschaften mit Vertretern der etablierten Parteien waren legendär. Besonders mit Friedemann Kaiser, dem Vorsitzenden der kleinen Partei Linke Opposition, hatte sich Donner ständig Kämpfe geliefert. Der Anwalt war sogar vom Mediensprecher der Linken Opposition abgewatscht worden, mitten auf der Ringstraße. Das Ganze war als blöde Gschicht abgetan worden, weil keiner der Beteiligten mehr nüchtern gewesen war. Die Medien kritisierten den Staat, der seine Politiker nicht zu schützen vermochte. Unkenrufe wurden laut. Man sprach von der Instabilität, die man auf die Osterweiterung der Europäischen Union schob. Alle wussten es besser, man hatte nur nicht auf sie gehört. So hatte ein Unschuldiger sterben müssen. Ein Boulevardmagazin kolportierte, einem wild gewordenen Fan sei Donners Politik nicht weit genug gegangen. Donners bekannter Ausspruch wurde zitiert: ›Ich bin auserwählt!‹ Als wäre er ein neuer Heiland. Ein Lichtbringer. Gut, dass sie die Medienleute alle abgewehrt hatte bisher, die sie seit Tagen belauert hatten. Einer hatte Berenike entgegengeschrien: ›Ich weiß, dass Sie mit Gilbert Donner noch ein Hühnchen zu rupfen hatten!‹ Sie hatte nicht darauf reagiert und sich zu Hause verkrochen.

Berenike lümmelte sich auf die altmodische Sitzbank. Frau Gasperls ebenfalls unverheiratete Schwester hatte früher im oberen Stockwerk gewohnt, sie war kurz vor Berenikes Umzug nach Altaussee verstorben. Berenike hatte ihr Mobiliar übernehmen können. Nur eine Matratze und Bettzeug hatte sie neu gekauft. Und Bilder aufgehängt. Beruhigende Bilder. Sie schloss die Augen. Versuchte zu meditieren, irgendwie gelang ihr das nicht so recht. In ihrem Kopf hüpfte Donners Bild auf und ab. Und Rabensteins. In Wien könnte sie weiterforschen. Dort befand sich die Parteizentrale der Nationalen Bewegung.

Wien.

Tödliche Stadt.

Dort starben Frauen, obwohl sie weiterlebten.

Irgendwann musste sie die Metropole wieder betreten. Heimat, diesen verlassenen Ort.

Sie musste Näheres über Donner herausfinden. Über seine Verbindungen. Seine politischen Aktivitäten.

Die Erinnerung überschwemmte wieder ihren Kopf. Zum tausendsten Mal fragte sie sich, was anders zu machen gewesen wäre.

*

Berenike konnte sich später nie daran erinnern, wie sie aus dem IZD-Tower zur U-Bahn-Station gekommen war. Sie musste gerannt sein. Den Rock übers Knie hochgeschoben, ohne Schuhe, so hastete sie zu einem in der Station stehenden

Zug. Eine Frau neben dem Eingang drehte sich weg. Berenike setzte sich. Ihr Knie pochte vor Schmerz. Der Druck im Hals hörte nicht auf. Ihr fielen die an beiden Beinen zerrissenen Strümpfe auf. Strümpfe – das war ihr in Fleisch und Blut übergegangen. Nur Freizeit war strumpflos, nackt, im Sommer. Sex war strumpflos – nicht immer.

Nie hätte sie gedacht, dass ihr so etwas passieren könnte. Absurd. Diese Todesangst! Das kam nur in einschlägigen Kreisen vor. Am Gürtel, in der Unterwelt. Das geschah keiner modernen, gebildeten Frau wie ihr! Einer, die viel verdiente, Macht und Einfluss besaß. Sie war kein Opfer. Und was war jetzt wirklich passiert? Wie hatte es soweit kommen können?

Berenike zog ihr Handy aus der Jackentasche. Hielt es eine Weile in der Hand. Rief Rolanda an. Eine Kollegin, die zur Freundin geworden war.

Dann kehrte sie zurück ins Büro. Es war ungewöhnlich still, nur der Fernseher dröhnte aus dem Besprechungsraum. Berenike rannte zu Brians Büro. Riss die Tür auf. Klopfen war was für Looser. Auch hier Stille. Wie ungewöhnlich. Im Raum duftete es nach Brian. Zigarren, ein herbes Parfum und die besondere Note seines Körpers. Der Teppichboden kratzte unter ihren Fußsohlen. Links lugte die große Zehe unter dem zerrissenen Strumpf hervor.

Brian saß mit dem Rücken zu ihr an seinem Schreibtisch. Der Laptop, natürlich Apple, geöffnet. Berenike hustete, sah ihm über die Schulter. Nachrichten, Bilder von Rauch und Feuer. Ihre Nase schmerzte, vielleicht gebrochen. Lachhaft, von einer solchen Berührung …

»Diesen Donner kannst du persönlich betreuen!«

»Ach ja, der Termin mit Gilbert. Wie liefs?« Brian wandte den Blick nicht vom Computer ab.

»Hast du gewusst, dass er …?« Berenike zog die

Kostümjacke aus. Sie würde das lila Ensemble in die Altkleidertonne werfen, Designer-Kreation hin oder her. Sie hätte den Auftrag nicht übernehmen sollen, etwas in ihr hatte sich von Anfang an gesträubt. Sie hatte es auf die Partei geschoben, mit der sie lieber nichts zu tun haben wollte.

»Hast du deine Schuhe versetzt, Berenike? So wenig Gehalt zahle ich dir nicht, oder?« Brian lachte meckernd. »Berenike, red. Ich hab nicht viel Zeit. Es ist die Hölle los.«

Klick. Die Computermaus.

»Er hat …« Etwas stieg bitter in ihr hoch, quälte sich die Speiseröhre nach oben, »Donner hat mich – mit Gewalt …« Sie hustete quälend, ohne dass ihr das Erleichterung verschaffen konnte.

»Zu viel ferngesehen, Berenike?«

Klickklick. Er lächelte gleichbleibend. »Was hat er gewollt, mein Freund Gilbert?«

»Sein – Schwanz …»

»Er wollte mit dir vögeln, da ist er doch nicht der Einzige. Obwohl, du hast schon besser ausgesehen. Tja«, er seufzte, »das Alter macht vor niemandem halt.«

»Er, also ich wollte nicht … Seine Krawatte!« Wieder musste sie husten. Sie griff sich an den Hals.

Brian sah sie an. »Und?«

»Und?«

»Berenike, stell dich nicht dumm. Was ist dabei? Du stehst auf besondere Erlebnisse. Erlebnisse, die die Grenzen ausloten.« Er sah sie abschätzig an.

Sie fuhr sich mit gespreizten Fingern durch die verfilzten Haare. Sie hätte sich frisieren sollen. Nur das Gesicht hatte sie gewaschen, minutenlang. Sie knackte mit den Fingern, ein Schmerz schoss in ihr Handgelenk.

Brian zog eine Tasse näher, nahm einen Schluck, schüttelte sich. »Was ist? Hats dir die Sprache verschlagen?« Klickklick.

»Aber du hältst dich gut, was?« Berenike hatte sich über seinen Tisch gebeugt und den Deckel seines Notebooks zugeschlagen.

»Spinnst du? Ich arbeite! Die Kunden …« Jetzt war er aufgestanden. »Du hast nie was gegen Quickies gehabt, Berenike. Gilbert ist Kunde, hast du das vergessen?« Er sprang auf, griff sich an den Schritt. Seine Augen funkelten sie an. »Was ist mit dir? Kommst du in den Wechsel? Ist das nicht etwas früh?«

Er klappte sein Notebook wieder auf. Es gab ein surrendes Geräusch. »Scheiße.« Er hackte auf der Tastatur herum.

Berenike zog den Rock nach oben. Rollte den linken Strumpf langsam hinunter, spürte, wie sich die Pobacken spreizten, von ihrem Tanga unbedeckt. Schob den Stoff über die Schenkel nach unten, über die Knie, die Fersen. Er klebte an manchen Stellen an der Haut, wo sie sich Kratzer zugezogen hatte. Nicht daran denken, Berenike. Die Schmerzen, während sie den Stoff löste, drückten ihr Tränen in die Augen. Mit spitzen Fingern ließ sie das schwarze Nylon auf Brians Computertastatur rieseln. Es kräuselte sich zu einem Häufchen.

»Leck mich.«

Sie ging. Draußen am Gang schmiegte sich der Steinboden kühl unter ihre nackten Sohlen.

»Wie hättest du es gern?«, rief Brian ihr nach. Sie stockte. Der Mann bewegte etwas in ihr, selbst in dieser Situation. Immer schon. Ihr Schoß öffnete sich weich. Nicht einmal als loses Verhältnis konnte man ihr Zusammensein bezeichnen. Sie fickten, wenn es sich ergab. An welchen Orten sie es schon gemacht hatten! Einmal hielten sie sich nach einer Besprechung noch bei einem Kunden auf, um Laptop, Beamer und Kabel einzupacken. Berenike führte ein Telefonat, während Brian und der Geschäftspartner, ein dunkler Typ mit grauen Strähnen, sie beobachteten. Maßgeschneiderter Anzug. Energisches Gesicht, Lachfalten. Und Lippen … Zu dritt waren sie später im Lift hinuntergefahren. Irgendwo stieg ein Mitarbeiter zu. »Ich habe gehört, Sie haben gute Arbeit geleistet«, wandte er sich an sie. Der Zugestiegene trug einen braunen Anzug, sein Rücken war gebeugt. Berenike lächelte und spürte dem Kribbeln nach. Ihr Geschäftspartner nickte: »Erstaunlich kreative Arbeit.« Seine Worte kamen langsam, befriedigt. Dabei beobachtete Berenike die Bewegungen seiner Lippen, dahinter die Zunge, die … Der andere hatte sie verwirrt der Reihe nach geschaut und sich offensichtlich ausgeschlossen gefühlt. Nichts war ausgesprochen worden. Und dennoch …

Beinahe sprang nun der Funke zwischen Brian und ihr erneut über. Doch da war das Brennen im Hals, die schmerzenden Augen. Berenike leckte sich über die ausgedörrten Lippen und ging über den menschenleeren Gang. Die Tür zum Besprechungsraum war angelehnt. Eine Menschentraube vor dem Fernsehgerät. Auf dem Bildschirm Feuer, Schreie, Tod. Sie ging weiter. Niemand hatte sie bemerkt. An ihrem Platz fuhr sie den PC hoch und öffnete das E-Mail-Programm. Eine Nachricht war an alle weitergeleitet worden. Sie trug das Datum 11. September 2001. Niemand interessierte sich mehr dafür, was mit ihr geschehen war. Angesichts dieser Ereignisse.

Zu Hause hatte sie gedacht: Brian hat recht. Wie sollte sie etwas beweisen gegen Gilbert Donner? Die paar Kratzer sahen harmlos aus, seine Krawatte hatte keine äußerlichen Spuren an ihrem Hals hinterlassen. Erstklassige Seide. Auch die Schmerzen am Kopf waren nicht sichtbar. Selbst ihre Beine sahen nicht anders aus als sonst, sobald sie geduscht hatte.

Business as usual, hatte sie sich gesagt. Wer sollte ihr so eine Geschichte glauben? Sie war an dem Abend daheim geblieben. Hatte sich Tee gekocht und eine Suppe, später, als ihr Magen sich beruhigt hatte. Rief Rene an, mit dem sie sich manchmal traf. Eine lose Geschichte, noch so eine. Sich nur nie zu tief in etwas verstricken. Sie entschuldigte sich, dass sie die nächsten Tage nicht in Stimmung sei. Der Tee ließ sie tief schlafen. Am nächsten Morgen sah alles besser aus. Nur nicht überreagieren. ›Dem g'fallst halt!‹

Einmal war das eingetreten, wovor man sie immer gewarnt hatte. Dass sie mit ihrem Benehmen die Männer provoziere. Aber da ist die Wut, die schnell alles überdeckt. Und – Resignation.

Tage später, vielleicht waren es Wochen, fiel Berenike auf dem Weg von der U-Bahn ins Büro um. Einfach so. Ohne Vorankündigung. »Mein Kreislauf«, murmelte sie. Ein Passant half, rief die Rettung. Blaulicht. Pharmageruch. Herzinfarkt, so hatte es sich angefühlt. Druck in der Brust. Diese Momente, als sie geglaubt hatte, sterben zu müssen. Diese Gedanken. Das wars jetzt? Wie banal. Doch so weit war es nicht gekommen. Nur ein langer Spitalsaufenthalt. Burn-out, Krankenstand.

Und eine Anzeige.

Jene Anzeige, die …

*

Die Teeuhr piepste. Der herbe Geschmack des grünen Tees brachte Berenike zurück in die Gegenwart. Sie hatte sich so sehr darum bemüht, Abstand zu gewinnen. Wollte sich auf die Gegenwart, die Zukunft konzentrieren. Da kam Inspektor Kain, und alles war wie gestern. Buddha mochte wissen, wie oft sie Donner ermorden hatte wollen. In sein fettes Gesicht schlagen. Bis ihm das Genick brach. Dabei hatte sie immer als friedliebend gegolten. Als Kind und auch später.

Sie musste ihre Gegner in Wien stellen. Ob Brian sich weiterhin in sie als Feindbild verbiss? Sie nippte an dem Tee. Die henkellose Schale passte genau in ihre Handfläche. Das Getränk darin leuchtete grün. Wie schön es wäre, über Tee Freundschaft zu schließen. Ein bisschen zu häufig war sie allein. Sie wollte ihren wohlschmeckenden Tee teilen, ihr Gespräch sollte genauso anregend sein. Mit Brian hatte sie was verbunden, Gesellschaft und Sex. Davon war sie heute meilenweit entfernt. Zu den Wiener Bekanntschaften war der Kontakt nahezu abgerissen. Ragnhild spielte Blinde Kuh mit ihr. Was hatte sie sich erhofft, fast verliebt in diese neue Freundschaft. Vielleicht war sie für die groß gewachsene Frau aus dem Norden nur eine Arbeitgeberin.

In kleinen Schlucken trank sie den Tee aus. Sein Geruch hing noch im Raum, während sie die nassen grünen Blätter in einer Blumenkiste als Dünger verteilte.

18

GRÜNTEE-BOWLE

Sie erkannte ihn sofort. Berenike war auf dem Weg zum Badeplatz, um nach dem Schock zurück zu sich zu finden. Mit Susi als Mitarbeiterin hatte sie einen Volltreffer gelandet, aber heute würde sie nach ein paar Tagen Pause wieder selbst im Salon anwesend sein. Wieder fuhr Berenike mit dem Fahrrad, wieder begegneten ihr vorwiegend ältere Frauen. Vor der Kirche sonnte sich eine grau getigerte Katze. Warf Berenike einen Blick voller Geheimnisse zu. Sexy.

Er lief ihr in der Nähe der Konditorei fast ins Fahrrad. Einer seiner Nordic-Walking-Stöcke beschrieb einen Kreis in der Luft. »Hallo, Frau, hmchm, Berenike Roither ist Ihr Name, nicht?« Der Neue vom Schreibtreff. Berenike bremste. Sein Blick aus dunkelgrauen Augen wanderte bedächtig über Berenike, dann über die Landschaft. Dennoch war das nicht beunruhigend. Nicht für sie. Es war wie neulich im Salon. Ihr einsam getrunkener Tee letzte Nacht fiel ihr ein. Ob er ein Teefreund war? Sie erinnerte sich nicht mehr, was er bestellt hatte. Konnte man jemanden zum Freund machen, einfach so? Es war beunruhigend, wie magnetisch er sie anzog. Dunkle Locken fielen ihm in den Nacken, in die Stirn. Zu lange Haare für einen Mann, der Modegeschmack war nicht danach. Not now. Berenike mochte den Stil jedoch, mochte den Beat der 70er-Jahre. Die Freiheit, die damals auch für sie spürbar gewesen war. Jonas Lichtenegger, jetzt fiel ihr sogar sein Name ein. Eine Vertrautheit wie aus einem früheren Leben. ›Been here before.‹

Nein. Ein Gefühl wie aus einem Kitschroman.

Und wenn schon!

Dabei war ihr Namensgedächtnis sonst äußerst schlecht. Im Gegensatz zu früher. Bevor sie zusammengebrochen war. So lautete die offizielle Version. Einen Zusammenbruch, so etwas bekam man nicht. Es war, als hätte sie sich aus eigener Schuld Aids an den Hals gehext. Sie wollte Jonas davon erzählen und …

Blödsinn!

›… been here before …‹

»Frau Roither, Sie haben doch diesen«, mit einem Lächeln, was für einem Lächeln!, wandte er sich an seine Begleiterin, »sie hat einen außergewöhnlichen Salon, du musst das Lokal kennenlernen.«

Jetzt erst erkannte Berenike neben Jonas Shanna MacLeod, Rabensteins Witwe. Auch sie trug Nordic-Walking-Stöcke. »Hallo, Shanna!« Etwas sagen, irgendetwas. Shanna nickte ihr gelangweilt zu und blickte wieder auf die Berge.

»Frau Roither, wie geht es Ihnen? Haben Sie … sich erholt von jener Sache unlängst?« Etwas war aufgeblitzt bei seinen Worten.

»Ja, naja …« Im Aufruhr der letzten Tage hatte sie gar nicht mehr an den Vermieter gedacht.

»Inspektor Kain war wieder bei Ihnen?«

»Ich, äh, ja.«

Spaziergänger drängten vorbei. Ein Rucksack streifte Berenike. »Ich habe mir Sorgen um Sie gemacht, Frau Roither.«

Am liebsten hätte Berenike von den Ermordeten angefangen. Sich einmal alles von der Seele geredet. Die Unruhe, die Verdachtsmomente. Gegen Menschen, die sie mochte. Das schlechte Karma. Niemand konnte das eigene Karma abschütteln. Sie konnte nur das Beste daraus machen – für dieses Leben. Ihr Blick wanderte zu Shanna, die ihren Kopf schnell wegdrehte. Also doch. Die Schottin beobachtete sie.

Vertrauen, diesem Mann etwas anvertrauen, einem quasi Fremden, nein, das ging nicht. Flirten, ja. Ein Spiel, ein altbekanntes Spiel. Es war so warm, dass sie mit einem Sommerkleid unterwegs war, Spaghettiträger. Ihre Füße steckten ohne Socken in dünnen Leinenturnschuhen. Selten hatte sie so heiße Tage im Ausseerland erlebt.

»Tja …« Sie wusste nicht weiter. »Und Ihnen? Wie geht es Ihnen?« Seine kurze Trainingshose saß eng am Körper. Die braunen Beine standen fest am Boden, auch seine Arme zeigten einiges her. Wie er wohl – Berenike musste grinsen – wie er wohl ohne Wäsche aussah?

»Mir geht es«, er wiegte den Kopf, »ja, es geht recht gut.« Und dieses Lächeln! Was für eine Wärme. Innenwärts.

»Was macht das Schreiben?«

»Könnte besser sein. Mir fehlt die Zeit.«

»Jonas? Are you coming?« Shanna betrat den Garten der Konditorei. »I need my sugar and caffeine, you know that, sweetheart!« Eine Kellnerin bemalte eine Tafel mit der Aufschrift ›Wochenangebote‹. Es gab Erdbeerjoghurttorte, aber auch Erdbeerbowle. Bingo! Das brachte Berenike auf eine Idee. Sie hatte doch irgendwo ein Rezept für Bowle aus grünem Tee …

»Hang on, I'll be there in a moment.« Seine Augen blitzten. »Wir sehen uns, Frau – Roither – Berenike, ja?«

Sie nickte. Da war sie wieder. Die Wärme im Bauch. Gelb und rot und orange.

Berenike sah Shanna mit der Kellnerin sprechen, ohne etwas zu verstehen. Jonas trat zu ihr hin. Das Lächeln war aus seinem Gesicht verschwunden.

Vor ihrem Salon traf Berenike auf Helena. Die Gaifahrerin parkte gerade ihren grünen Lieferwagen. Im Lokal lief klassische Musik, ein paar Tische waren besetzt, Susi servierte fleißig. Berenike schlüpfte schnell in ihren Shalwar Kameez.

»Berenike, stell dir vor, wer abgereist ist!« Helena stand abwartend da.

»Wer denn?« Berenikes Gedanken waren bei Jonas. Sie überlegte, was er mit Shanna zu tun hatte, welche Art von Verhältnis sie verband. Doch das ging sie ja alles nichts an. Eigentlich. Sie versuchte sich auf das zu konzentrieren, was Helena gesagt hatte.

»Stürmer ist weg.«

»Was? Wer?«

»Anton Stürmer, ich hab dir doch erzählt, dass er in der Seebrise abgestiegen ist.«

»Ach so, der.«

»Er hat sich in der Hotelhalle aufgeführt, als wär er von einer mexikanischen Giftspinne gebissen worden! Hektisch, ein Herzinfarktkandidat. Draußen ist er mir vors Auto gerannt und hat mich beschimpft. Mich! Wo ich immer defensiv fahre.«

»Moment, Stürmer ist abgereist? Und das kurz, nachdem man Donner ermordet aufgefunden hat?«

»Sag ich doch. Wo hast du deine Gedanken heute?«

Berenike griff nach einem Brotkorb, stellte ihn wieder hin. Schmerz wühlte hinterhältig in ihr, wenn sie an Shanna und Jonas dachte. Eifersucht, wie lächerlich. Es gab kein Eigentum an Menschen, Monogamie war out, das wusste sie doch.

»Magst du Tee, Helena?« Berenike kramte nach dem Buch mit den Teerezepten. »Oder warte, ich möcht, hier ist das Rezept. Bowle aus grünem Tee mit Limetten. Und Zitronenmelisseblättern. Das hört sich lecker an, oder?«

»Ja, aber ich muss weiter, leider. Ich bin heute spät dran. Bis bald!« Helena drängte sich an hereinkommenden Gästen vorbei ins Freie. Ein Mann brauchte Beratung von Berenike, er suchte ein Buch über das Ausseerland, ein Mitbringsel sollte es sein, unterhaltsam vor allem. Während der Mann zahlte, wurden die Nachrichten im Radio angekündigt. Der Gradieranlagen-Mord war wieder einmal Aufmacher. Die Parteisoldaten der Nationalen Bewegung kämpften mit allen Waffen, damit der Fall nicht aus der Öffentlichkeit verschwand. Gerechtigkeit forderten sie – aber es hörte sich mehr nach Rache an. ›Wir haben unseren Führer verloren‹, so der O-Ton von Parteisekretär Günter Pflaum. Eine trainierte Stimme, gut geölt. ›Einen erhabenen Mann großer Weisheit, wer kann je wieder gutmachen, dass Österreich nun ohne ihn auskommen muss?‹ Berenike hätte sogar eine Belohnung dafür ausgesetzt. Selten hatte jemand den Tod so sehr verdient.

Als sie die Eingangstür öffnete, blickte sie in ein Mikrofon. »Frau Roither! Michael Lang vom ORF-Landesstudio Steiermark. Wir begleiten eine Delegation hochrangiger Politiker bei einem Lokalaugenschein anlässlich der mörderischen Vorkommnisse. Welche persönliche Verbindung haben Sie zu den Morden?«

Die Gäste glotzten. Der Mann mit dem Buch wollte an der Menschenmenge vorbei ins Freie flüchten.

»Kein Kommentar.« Das zumindest hatte Berenike gelernt. Sie schlug die Tür zu und sperrte von innen ab. Die verbliebenen Gäste starrten sie an. Irgendwo läutete ein Handy.

19

EIS MIT GRÜNEM TEE

›Willkommen in Wien Westbahnhof. Sie befinden sich auf Gleis sieben.‹ Die Lautsprecherdurchsage schepperte, die Menschenmassen wälzten sich schnatternd den Bahnsteig entlang, durch die Kassenhalle zu den Ausgängen. Vor dem Bahnhof nahm Berenike das Großstadtchaos gefangen. Die Autos zischten, die Straßenbahnen bimmelten. Zu viele Menschen mit ihrem Schweißgeruch. Kein Lüftchen war zu spüren, nicht die winzigste Brise. Ihre Füße fühlten sich schon jetzt vor Erschöpfung lahm an. Dazu der Lärm, die Autoabgase, sie war das alles nicht mehr gewöhnt. Der Schmutz, die Leute ließen alles fallen, was sie in diesem Moment nicht mehr brauchten. Angebissene Sandwiches, leere Flaschen, sogar Socken und ein versifftes T-Shirt lagen im Rinnsal. Ständig drehte sich Berenike um. Doch da war niemand, den sie kannte, nur die Masse.

Sie war Hals über Kopf von Altaussee abgereist. Die ständige Belagerung durch die Medienleute, es war zu viel, vor dem Salon ebenso wie vor ihrer Wohnung. Frau Gasperl hatte nichts Besseres zu tun gehabt, als willig Interviews zu geben. Ja, Frau Roither sei Wienerin, ja, da gebe es ein Geheimnis, das sie, leider, nicht kenne.

»Entschuldigung, eine Frage?« Der Mann mit dem verschmierten Gesicht war noch jung. Berenike blieb stehen, ohne weiter nachzudenken. »Haben Sie vielleicht 50 Cent?« Berenike schüttelte den Kopf, ging weiter. Kurz darauf drehte sie sich um. Sah den jungen Mann, wie er andere Leute ansprach, beharrlich einen nach dem anderen. Eine

Spur unterwürfig. Ein Drogensüchtiger oder Alkoholiker, vielleicht auch von einem Jugendheim weggelaufen. Stop it!, sagte sich Berenike. Sie wollte doch nicht mehr in alte Schubladisierungen verfallen. Stattdessen kramte sie im Hosensack nach dem Wechselgeld vom Fahrscheinkauf. Doch dann war von dem Burschen nichts mehr zu sehen. Sie wartete endlos an der roten Ampel. Kaum fünf Schritte bei Grün, und sie sprang wieder auf Rot. Hier ruhig zu bleiben, war die wahre Herausforderung für Zen-Meister. Vorbei am Café Westend, zur vertrauten Straßenbahnlinie 5. Shoppingbegeisterte drängten Richtung Mariahilferstraße. Sie fluchte, dass sie sich diesen Wahnsinn überhaupt antat. Aber sie wollte wegen der Mordfälle persönlich beim Event-Stammtisch ermitteln, den sie damals mit Rolanda gegründet hatte. Das Telefonat mit Mike war nicht ergiebig genug gewesen. Länger als er war keiner im Geschäft.

Seine Stimme hatte verwundert geklungen. »Du, Berenike? Da hätte ich eher mit dem Teufel persönlich gerechnet!« Sein Lachen drang schmerzhaft laut durch den Telefonhörer. »Du wolltest doch mit unserem schmutzigen Beruf nichts mehr zu tun haben. Was treibt dich zurück in unsere fiesen Kreise?«

»Mike, gibt es den Stammtisch noch?«

»Klar, nur weil du uns verlassen hast … Entschuldige, Berenike.«

»Ja, ja, du brauchst mich nicht mit Samthandschuhen anfassen. Ich rufe wegen Donner an.«

»Donner? Gilbert Donner?«

»Ja. Er wurde ermordet.«

»Das war nicht zu überhören.«

»Er wurde vergiftet, in Altaussee, Mike!«

»Ja und?«

»Und!? Und die Polizei hält mich für verdächtig. Ich gebe zu, ich hätte alle Lust dazu gehabt.«

»Aber du warst es nicht.«

»Natürlich nicht. Ich werde es beweisen.«

Sie hörte Mike lachen.

»Ich werde den wahren Mörder finden.«

»Oder die Mörderin.«

»Wieso?«

»Du hast doch Gift erwähnt. Die typische Mordwaffe der Frauen. Beim Einsatz von Gift braucht man wenig körperliche Kraft.«

»Und Zyklon B?«

»Was?«

»Die Gaskammern.«

»Berenike ...«

»Willst du vielleicht sagen, dass ein weiblicher Kopf den Massenmord an den Juden ausgeheckt hat?« Berenikes Stimme floh.

»Berenike ...«

»Nein, nicht ›Berenike!‹ War Hitler Transvestit? Oder Göring, Eichmann?« Sie schrie ins Telefon. Schluckte.

»Bist du noch dran, Berenike?« Mikes Stimme klang besorgt.

»Ja, ja, ich bin noch da.« Weiteratmen!

»Ich habe es nicht so gemeint, Berenike.«

»Schon gut. Das andere Mordopfer ist Robert Rabenstein, ein Journalist. Er hat über einen verschollenen Widerstandskämpfer recherchiert. Es muss da Zusammenhänge geben. Zwischen Donner und Rabenstein.«

»Rabenstein, der Name sagt mir was, da war irgendwas im Busch, aber ich weiß jetzt nicht ...«

»Ich tät gern zum Stammtisch kommen – das ist doch okay?«

Sie konnte Mikes Zögern durch den Äther spüren. »Du hast jetzt deine Ruhe, Berenike, willst du das aufs Spiel setzen?«

»Das ist meine Angelegenheit. Kommt eigentlich Rolanda noch?«

»Fallweise.«

»Na gut, Mike, wir sehen uns.«

Sich mental auf die Stadt vorzubereiten, dafür war keine Zeit geblieben. Immerhin pulsierte in Wien das Leben, in der anonymen Großstadt konnte sie sich unbemerkt bewegen. Sie wollte auch herausfinden, ob PrincessEvents die Nationale Bewegung weiter unterstützt hatte. Jonas Lichtenegger, der Dichter mit dem numerologischen Talent, ging Berenike auch nicht aus dem Kopf. »Om«, summte Berenike, dieses Begehren würde ihre ganze spirituelle Entwicklung verderben. »Om«, doch das Bild von Jonas stand immer noch vor ihrem inneren Auge. Er war ihr wieder begegnet, rein zufällig, wie er betonte. Vor dem Hotel Seebrise wäre sie fast an ihm vorbeigestürmt. Es dämmerte, die warme Luft schmeichelte. Ein leichter Wind kühlte ihre Wangen. Den ganzen Tag hatte Berenike geschwitzt, aber sie war froh über die steigenden Gästezahlen im Ort. Die Hausarbeit war einmal mehr liegen geblieben. Sie müsste längst den Balkon kehren, bevor Frau Gasperl sie erneut darauf hinwies. Doch sie saß so selten draußen, dass sie ständig darauf vergaß.

Jonas hatte sie angestrahlt. Sie mochte dunkle Augen. Immer schon. Seine Bartstoppeln waren etwas länger. »Wie gehts?« Er bestritt heftig, ihr nachgegangen zu sein. Kaum etwas konnte Berenike weniger leiden.

»Frau Roither? Frau Roither!« Schon wieder ein Journalist. Sie ließen sie kaum aus den Augen, jagten sie, wenn sie durchs Dorf ging.

»Schluss jetzt, gehen Sie!«, fuhr Jonas den schlaksigen Medienmann an. »Oder möchten Sie, dass ich Ihnen die Polizei auf den Hals hetze?«

»War nicht so gemeint. Frau Roither, ein Interview? Bergstein vom Kurier.« Er streckte ihr eine dünne Hand entgegen. »Sie denken doch an mich, wenn …« Berenike ließ ihn stehen, ging weiter, Jonas an ihrer Seite. Gemeinsam schlugen sie den Weg um den See ein.

»Trinken wir ein Gläschen?« Sie waren vor dem Strandcafé angelangt. Seine Stimme zitterte leicht. »Hier gibt es guten Schilcherfrizzante.«

»Ein Gläschen trinke ich nicht, aber für ein Eis wär ich zu haben.« Auch Jonas entschied sich für das angepriesene Weltmeistereis. Die kühle Sünde aus Chili und Schokolade zerging auf der Zunge. »Sagen wir du zueinander?« Immer dieses Vorpreschen.

»Gern.«

Berenikes Hand mit dem Löffel verharrte über der Glasschale. Sie versank in seinen schwarzen Pupillen. Sein veilchenfarbenes Poloshirt wirkte auf der fast im Dunkeln liegenden Terrasse kirchlich violett. Die oberen Knöpfe trug er geöffnet, Berenike starrte auf das Grübchen an seiner Kehle. Jetzt Vampir sein … Unter großem Widerstand wandte sie den Blick ab. Konzentrierte sich auf den Geschmack von Eis aus grünem Tee im Mund. Ein Verhältnis, das konnte sie jetzt nicht brauchen. Nähe-Distanz-Spiele, nein danke. Und womöglich war er mit Shanna …

Der Loser verlor in der Dämmerung nach und nach seine Kontur. Einsam flackerten die Lichter der Berghütte wie eine Faschingsgirlande. Der Wind wurde kühler. Sterne berichteten Geheimnisvolles aus alter Zeit. Was wenn …

»Erzähl mir von dir, ich weiß fast gar nichts, außer dass du schreibst.«

»Ich habe Jura studiert.« Die Uni hatte Jonas von England, wo er aufgewachsen war, nach Wien gelockt. Er sprach von seiner Familie, die zum Teil aus Österreich stammte.

»Und du, Berenike?« Das ›du‹ sank in sie hinein. »Schreibst du auch?«

»Ja, ich – Spiritual Writing ist genial.« Jonas hörte interessiert zu, gab aber nichts von seinen eigenen Schreibaktivitäten preis. Wenn sie existierten. Stattdessen hatte er von der Kabbala geredet.

Die Atmosphäre zwischen ihnen war so feurig wie der Chiligeschmack auf der Zunge. Wolken, Blitze. Ein Gewitter bahnte sich über dem See an. Sie bezahlten und gingen rasch zurück in den Ort. Berenikes Hand berührte versehentlich seinen Oberschenkel. Ein Lächeln von Jonas als Antwort. Vor dem Hotel Seebrise blieben sie stehen. »Also, servus, Berenike!« Seine Stimme war etwas heiser. Ob es in Ordnung wäre, wenn er sich hier verabschiede.

In Berenikes Bauch kribbelte es. Da stand sie nun mit ihrer ganzen Emanzipation und ihrer Freiheit. Natürlich würde sie den Weg allein gehen können. Berenike streckte die Hand aus. Legte sie in seine. Fühlte raue Haut. Er winkte. Davon hatte sie auch nicht viel.

Sie machte große, schnelle Schritte. Warum ließ er sie allein, jetzt? Ihr Mund vollführte Küsse in die Leere vor sich. Sie spürte wieder, wie ihre Beine sich im Lokal berührt hatten. Die ganzen Blicke, alles nichts wert? Ein unglaublicher Gedanke überfiel sie, als sie bei der Kirche angekommen war. Sie war zu erregt, um nach Hause zu gehen. Hatte er sie am Ende benutzt, um sie auszuhorchen? Der Gedanke war so ungeheuerlich, dass sie ihn nicht zu Ende denken wollte. Warum hatte er sich so lang mit ihr unterhalten? Und war dann doch verschwunden? Sie hätte doch, ja wahrscheinlich hätte sie ihn mit nach Hause genommen.

Wieder am See angekommen, ließ sie ihren Blick über das nächtliche Panorama schweifen. Sie war nicht ängstlich, der Dschungel lauerte viel häufiger am häuslichen Herdfeuer. Ein halber Mond ging hinter dem Plattenkogel auf. Der Himmel war ein bisschen violett. Wie die Augen von Jonas in der Dunkelheit, wie sein Hemd. Dieses alberne Hemd, das sie …

Sie mochte einfach nicht glauben, dass solche Augen sie getäuscht hatten. War Jonas am Ende – ein Privatschnüffler? Ein Detektiv? Von wem beauftragt, von Shanna MacLeod? Blödsinn. ›Been here before‹, sang es lächerlich in ihr. Vorhin war ihr so leicht zumute gewesen. Ihr Bauchgefühl hätte sie in seiner Gegenwart warnen müssen. Vielleicht bildete sie sich alles ein. Endlich schlug sie den Weg nach Hause ein. Zurück zu ihren gepackten Taschen und der neugierigen Frau Gasperl. Wenigstens waren die Reporter verschwunden, wahrscheinlich saßen sie auf ein Bier beim Schneiderwirt. Sie hatte kurz mit der Hausfrau geplaudert, alle heiklen Themen vermieden und ihr angekündigt, dass sie ein paar Tage verreisen würde. Das Reden hatte sie beruhigt.

Kaum zurück in der Wienerstadt, von der sie nicht wusste, warum die Touristen sie charmant fanden, klebten ihre Fußsohlen in den viel zu warmen Schuhen am heißen, weichen Asphalt. Schwere, unheimliche Schwere drückte sie nieder. So wie damals.

*

Damals.

›Glücklich ist, wer vergisst, was doch nicht zu ändern ist.‹

Operettenblödsinn, das hatte sie damals schon gewusst. Noch immer ein Nervenbündel, war sie aus dem Spital entlassen worden. Hatte ihre Arbeit bei PrincessEvents wieder angetreten. Dabei konnte ihr eine Schlange an der Supermarktkassa nach wie vor Tränen in die Augen treiben, ebenso die Leute auf der Rolltreppe. Burn-out hatte es geheißen, das dauert, bis man wieder auf die Füße kommt.

Auf den ersten Arbeitstag hatte sie sich trotzdem gefreut. Wieder aktiv an ihr altes Leben anknüpfen. Sie wusste, dass Arbeit ihr guttat. Im klassischen schwarzen Kostüm war sie erschienen. In der Agentur sah es aus wie immer, ihr Büro war ordentlich geputzt. Brian flatterte ihr auf dem Gang entgegen. »Ein neuer Kunde, Berenike. Willkommen zurück!« Die grünen Augen blitzten sie an. Er blieb stehen, strich ihr über den Arm.

»Gratulation!« Berenike nickte ihm zu. Sein Hemd sah maßgeschneidert aus, blau und edel. Bei allen anderen hätte die helle Haut lächerlich gewirkt. »Wir sehen uns, Süße!« Aufgeregt rannte er weiter. Die Empfangsdame rief seinen Namen. Berenike setzte sich an ihren Arbeitsplatz. In ihre Überlegungen hinein, womit sie anfangen sollte, klingelte das Telefon. Brian, mit Samtstimme: »Süße, könntest du bitte zu mir kommen?«

Endlose Schritte zu seinem Zimmer am anderen Ende des Ganges. Ihre Geschwindigkeit die einer Maus. Brian saß an seinem Schreibtisch mit der Glasplatte. »Berenike, ich bin froh, dass du da bist! Wir brauchen deine Erfahrung dringend.« Er ließ sich im Sessel zurücksinken. Sein Gesicht wirkte ein wenig grau. Das Gefühl, das sie für ihn gehabt hatte, sie suchte vergeblich danach. Er zupfte mit Präzision Papiere aus den Aktenbergen auf seinem Tisch. Schob Bücher nach rechts, hob die Tastatur. »So, hier und hier und hier«, er hielt Berenike mehrere Mappen hin, »lies dich ein. Ich erwarte deine Vorschläge für das Konzept. Du schaffst das bis heute Nachmittag?«

»Was?«

»Um 17 Uhr Meeting.«

Berenike war zurückgetrottet, die Unterlagen unter dem Arm kamen ihr bleischwer vor. Sie blieb allein im Zimmer, den ganzen Tag. Früher hatte sie es gemocht, ein eigenes Büro zu haben, für sich allein. Und Brian – just in case.

Sie kochte sich Baldriantee, den sie seit ihrer Krise entdeckt hatte. Öffnete ein neues Dokument im PC. Doch ihr wollte einfach nichts einfallen. Ein Event für Margarine, es war lachhaft. Um 16.30 Uhr läutete das Telefon. »Meeting!« Sie hatte keinen Strich notiert. Ein neuer Kollege, Hannes hieß er, saß bereits bei Brian im Büro.

»Berenike, was schlägst du vor?«

»Ich, äh ...«

»Ja?«

Hannes sagte etwas, spielte mit einem glitzernden Ohrsteckerr. Brian sah sie abwartend und irgendwie kühl an. Aufstehen und Hinausrennen.

Berenikes Hals brannte, nachdem sie sich auf dem Klo übergeben hatte. Zum ersten Mal wurde ihr bewusst, wie unerotisch Brian war. Mit seiner senkrechten Falte auf der Stirn. Und sie – sie hatte sich von ihm benutzen lassen. Benutzen bis zum Äußersten. Weil sie jung gewesen war. Beeinflussbar. Und weil er gut fickte. Aber das war vorbei.

Sie ging zurück zu Brian und Hannes. »Entschuldigt, bitte, mir geht es noch nicht gut. Du weißt, warum, Brian.« Sie spürte die Blicke der beiden beim Hinausgehen, wie sie über ihren Rücken wanderten, zu ihrem Po. Brian kam ihr völlig fremd vor. Bei dem Gedanken daran, seine Haut zu berühren, revoltierte ihr Magen erneut.

Flucht in ihr Zimmer. Sie nahm ihre Tasche, trug sich bei Herta am Empfang aus der Anwesenheitsliste aus und ging. Auf dem Weg die Stiegen hinunter war sie ausgerutscht auf dem alten, ausgetretenen Stein. Das Steißbein erinnerte sie noch tagelang an diesen Moment.

Und Rolanda, die hatte sich hinter ihrer Unerreichbarkeit verschanzt. ›Sie sind nun in der Sprachbox des gewünschten Teilnehmers.‹ Die Kollegin hatte nur ihre Karriere im Sinn. Aber so wie sie hatten alle gedacht. Nur ein einziges Mal meldete sich jemand unter Rolandas Nummer. Irrtümlich, wie es schien. Berenike hörte eine Männerstimme Unverständliches murmeln. Dann ein Stöhnen. Von Rolanda. Rolanda mit dem intakten Leben. Sex, Geld, Karriere, ein eigenes Haus. Zu allem wäre Berenike damals fähig gewesen. Die Stimme, diese eigenartige männliche Stimme auf Rolandas Handy. Berenike kannte sie, kannte sie zu gut.

Dann läutete eines Nachts Berenikes Telefon. Sie wachte auf und fühlte sich, als wäre sie gerade noch dem Ersticken entronnen. Erinnerte sich an die Schwere ihres Traums, ohne sich an den Traum selbst zu erinnern. Herzklopfen. Aber auch Hoffnung. Sie hoffte auf Rolandas Anruf, endlich. »Ja, hallo?«

»Dir wird es schlecht ergehen. Viel schlechter als jetzt, wenn du verstehst.«

Eine verzerrte Stimme, vielleicht mit dem Computer unkenntlich gemacht. Der Mann legte auf, bevor Berenike ein Wort herausbrachte. So war es in unregelmäßigen Abständen weitergegangen. Dazwischen setzte Brian sie wegen ihrer Rückkehr ins Büro unter Druck. Er ließ beiläufig Donners Namen fallen. Irgendwann gab sie auf. »Ich kündige! Umgehend!«

»Ach, aha.« Brian hatte sich angehört, als hätte er darauf

gewartet. Ein neues Leben, hatte sie gedacht. Alles ist besser als das hier.

Doch da blieb die Anzeige gegen Gilbert Donner. Die Befragungen waren nicht zu ertragen, dazu sein widerlicher Anwalt, Donner hatte sich nicht selbst vor Gericht vertreten wollen. Weinerliche Stimme, gepresst, völlig unauthentisch. Ob sie sich Befriedigung erhoffe von so einer Anzeige? Ob sie es dermaßen nötig habe? Der korpulente Mann im teuren Anzug war zweideutig grinsend dagesessen. Berenike kam das Kotzen, wie so oft in letzter Zeit. Sie flüchtete sich in eine private Klinik, auf Anraten des Hausarztes der Familie, Dr. Johansson. In dem Wellnesszentrum in Bad Aussee sollte Berenike ihre innere Ruhe wiederfinden. Normal werden. Leistungsfähig. Sie kam in Kontakt mit schamanischem Heilen. Lernte, ihrer inneren Stimme zu vertrauen. Sie führte lange Gespräche mit der Therapeutin. Darüber, dass sie kaum schlafe. Dass ihr die Polizei nicht helfen konnte. Dass sie keine Beweise habe. Und von der Stimme, die auf Rolandas Handy geantwortet hatte, sprach sie auch. Der Tonfall hatte sie an Donner erinnert. In einem Prozess würde es Aussage gegen Aussage stehen. Donner war mächtig und ließ keinen Zweifel daran. Das hatte sie begriffen, als sie sich bei anderen Agenturen bewarb. Ihr Name in der Branche war ruiniert. Dabei hatte sie früher ständig Anrufe von Headhuntern bekommen. Sie beschloss, es nicht zu einer Gerichtsverhandlung kommen zu lassen. Sie hatte Rache geschworen, aber dann erkannt, dies war nicht der richtige Weg. Um Genugtuung zu finden. Gerechtigkeit. Es ging darum, zu verzeihen, heil zu werden und weiterzuleben. Ein letzter Anruf. ›Wie viel?‹ Und dann …

Damit hatte sie Geld, Geld für einen Neuanfang. Auch wenn es auf schmutzigem Weg erworben war. Die anonymen nächtlichen Telefonanrufe hörten mit einem Schlag auf. Bis vor Kurzem jedenfalls.

Mit neuer Kraft hatte Berenike sich für einen Karatekurs angemeldet und dann die Journalistin Magdalena Siemens kontaktiert, die für das Frauenmagazin Walküre schrieb. Sie würde sich für ein Interview zur Verfügung stellen, anonym, versteht sich. Magdalena versprach, das Thema ihrer Ressortleiterin vorzuschlagen. Nach ein paar Wochen meldete sich Berenike erneut bei der Journalistin. ›Danke für das Angebot, aber …‹ Berenike solle es nicht persönlich nehmen. Keine Opfergeschichten im Blatt, Entscheidung des Chefredakteurs. Magdalena Siemens hätte ja gerne, aber … Von da an blickte Berenike lieber in die Zukunft. Doch Genugtuung – die hatte ihr gefehlt.

*

Gefehlt. Diese Stadt hatte ihr nicht gefehlt. Es war ihr plötzlich unerklärlich, wie jemand in einer Großstadt leben konnte. So zügig es bei der Hitze ging, marschierte Berenike die Josefstädter Straße entlang. Bereits im Zug war die Stimmung umso unerträglicher geworden, je näher sie der Bundeshauptstadt kamen. In Hütteldorf waren ein paar Jugendliche zugestiegen, hatten vernehmlich in einer fremden Sprache telefoniert.

Laute Musik drang aus einem Lokal, irgendwas Orientalisches. Aus einem anderen Fenster brüllte ein Mann: »Drehts die Scheißmusik ab!« Eine Frau mit knochigem Gesicht, über dem die Haare zu einem Knoten zusammengezurrt waren, hastete an Berenike vorbei.

Weiter, vorbei an jener Auslage mit der ›Geschichte der Frisur‹. Der Friseurmeister hatte sie damals beraten, als sie die langen Haare hinter sich lassen wollte. Ein symbolischer

Cut, radikal, notwendig. Er hatte genau erfasst, wo sie mit ihren Haaren stand. Zumindest, dachte sie im Weitergehen, hatten die Anrufe aufgehört. Seit – konnte das möglich sein? Seit Donners Tod schienen keine seltsamen Telefonate mehr zu ihr gelangt zu sein. Also doch er …

Endlich war sie beim Löwenhof, in dem ihre Mutter weiterhin wohnte. Die Apotheke mit ihrem antiken Schild ›Homöopathie – Allopathie‹ hatte sich wohl seit Rose Roithers Einzug nicht verändert. Hier war Berenike aufgewachsen, hier hatten sie und Selene das traditionelle Piaristengymnasium besucht. ›Damit was wird aus euch.‹ Hier hatte sich ihre Kindheit abgespielt, ihre Jugend. Die erste Liebe, erste Erkenntnisse: Man muss den coolsten Knaben des Grätzels küssen. Und später jene seltsamen Monate, ihre Krise. Sie nickte dem steinernen Löwen zu und trat durch das Haustor. Langsam stieg sie die weit geschwungene Wendeltreppe in den zweiten Stock hinauf, der jedoch als erster Stock bezeichnet wurde. Der eigentliche erste Stock hieß nach alter Wiener Tradition Hochparterre. Berenike drehte an der ratschenden Klingel. Eine Bewegung am Spion, einem viereckigen vergitterten Fensterchen. Die Mutter öffnete halb, blieb in der Tür stehen. 200 Quadratmeter Beletage auf der Josefstädter Straße. Geerbt. Oder arisiert. Die Großeltern, die man hätte fragen können, waren gestorben, bevor die Fragen gestellt wurden. Gestorben, bevor Fred verrückt wurde.

Berenike lauschte in den still daliegenden Gang. Es roch nach staubiger Hitze. Die Mutter sah nach links und rechts und winkte Berenike herein. Berenike stellte ihre Tasche unter dem Spiegel mit Goldrand ab. Trat sich die Schuhe von den Fersen, um sie auszuziehen. Die Mutter runzelte die Stirn, sagte nichts. Mit nackten Füßen ging Berenike hinter Rose an den zwei Fenstern mit den wie immer zugezogenen grünen Samtvorhängen vorbei ins etwas hellere Wohnzimmer. Es war früher Nachmittag, auf dem Tisch standen zwei leere und eine halb volle Flasche Bier.

»Bist du allein, Mama, oder stör ich?«

»Nein, nein. Niemand da sonst.«

Rose fuhr sich durch die zerzausten, etwas aus der Fasson geratenen grauen Haare. Ihre Nase wirkte spitz, das Alter wahrscheinlich.

»Willst du was trinken? Soll ich dir ein Glas …«, Rose deutete auf die Bierflaschen. Berenike schüttelte den Kopf. »Kaffee vielleicht?«

»Wasser, bitte.« Sie kam sich vor wie Besuch. Und das war sie jetzt auch in dieser von Kitsch überfüllten Wohnung. Zweimal die Woche kam eine Reinigungshilfe, der Fensterputzer extra, wegen der hohen Räume. Berenike warf einen Blick auf die Straße, auf das schräg gegenüberliegende Theater. Oft sah sich die Mutter die gut gekleideten Leute an, die abends darauf zusteuerten. »Jetzt mit dem – na, dem Dings – als Direktor, naja«, murmelte Rose.

»Den Gratzer meinst du?« Wieder einmal sehnte sich Berenike nach Theaterluft. Die Mutter nickte, strich den mausgrauen Rock glatt. An ihren Ohren hing Gold, etwas anderes vertrage ihre Haut nicht, so sagte sie seit jeher. Der J-Wagen rumpelte im grellen Sonnenlicht vorbei. Ein Grüppchen Businessmen, alle im grauen Anzug, verließ das nahe Hotel und marschierte zügig Richtung Innenstadt. Wie beim Militär, so ununterscheidbar voneinander, überhaupt nicht individuell. Sie sahen jung aus. Dynamisch, modern. Bis einer von ihnen ein Magengeschwür bekommen würde oder einen ersten Infarkt. Für solche Manager gab es dann auch die passenden Kliniken zwecks Instandsetzung, diskret natürlich.

Ihre Mutter kam mit einem Glas Wasser zurück. Berenike trank gierig. Auf dem Tisch lag eine Werbekarte. Intuitiv sich anpassende Matratzen wurden gepriesen, die man testen könne. »Ja, weißt du, Berry, ich mit meinen Kreuzschmerzen, das wär …«

»Ein Holler. Betrug ist so was!«

»Meinst du wirklich?«

»Ja.«

»Ich dachte, du bist doch sonst auch für alternative Sachen …«

»Glaub mir, es ist Humbug.«

»Na gut, ok.« Rose nahm einen Schluck Bier. Berenike starrte einer Fliege nach, die um den altmodischen Luster sirrte.

»Wie geht es dir, Berenike?«

Beim Blick auf das Theater war ihr etwas eingefallen. In ihrem alten Zimmer, dessen Fenster zur Piaristengasse gingen, fahndete sie im Einbauschrank, hell furniert, nach den Videos von ihren Auftritten. Sie fand nur ›L'Enfer, c'est les Autres‹, natürlich von Satre, sie hatten halb Deutsch, halb Französisch gespielt.

»Mama, wo sind meine Aufnahmen vom Theater?« Sie kramte weiter. Zeitschriften, die sie nicht kannte. Pullover in Grün und Orange, längst zu klein.

»Die hat, glaub ich, deine Schwester mitgenommen.«

»Wie bitte?«

»Selene hat gesagt«, Rose war ihr mit der Bierflasche in der Hand gefolgt, »sie hat gesagt, jetzt wo alles VD, äh, DV, DVD ist, hat sie gesagt, bekommt man leere Videokassetten so schwer zu kaufen.«

»Du hast ihr meine Bänder zum Überspielen gegeben?«

»Ich dachte, du brauchst sie nicht mehr.«

Jetzt war Berenike so heiß wie vorher. Sie stampfte ins Bad. Schnappte sich ein frisches Badetuch. Zupfte ihren grün-roten Bikini aus der Reisetasche.

»Ich gehe schwimmen!«

»Mhm, hm«, Rose Roither drehte die Flasche in der Hand hin und her. »Bleibst nicht da?«

»Ich muss mich abkühlen.«

»Hm.« Wie die Mutter die Bierflasche an die Lippen setzte, hatte noch nie zu ihr gepasst. »Triffst du am End d-deinen Vater?«

»Nein. Zumindest nicht jetzt.« Rose glaubte ihr sowieso nicht. »Bis später, Mama.«

Auf der Donauinsel waren auch bei dieser Affenhitze Menschenmassen. Überall glückliche Familien, die ihre Freizeit genossen. Und laut war es! Berenike suchte sich ein etwas abgelegenes Plätzchen und zog sich um. Vorsichtig tastete sie sich die vermoosten Steinstufen hinunter ins Wasser. Die Donau stank schlammig, verwest. Wenn nur keine Leiche …

Stop it! Das waren jetzt nur ihre überreizten Nerven. Vorhin war sogar teures Porzellan zu Bruch gegangen, weil sie ihrer Mutter in der Küche helfen wollte. Ein Automatismus, gewissermaßen. Die Tasse gehörte zu dem Service von Uroma Felicitas. Ein Hochzeitsgeschenk für Rose hatte es werden sollen. Nur nicht für eine Verehelichung mit Fred. Rose hatte stattdessen – Skandal! – unverheiratet mit Fred zusammengelebt. Irgendwann war das Kaffeeservice trotzdem im Löwenhof gelandet. Die Uroma wird nicht gewusst haben, wohin sonst mit dem düsteren Zeug. Dass Rose es überhaupt noch verwendete! Felicitas Roither hatte die Familie nach oben gebracht. Mit harter Arbeit, wie man gern betonte. Davon profitierte der Sohn, Karl. Und Rose sowieso. Auch in der schlechten Zeit. Niemand aus der Family verstand, dass Berenike dem Karrierewahnsinn den Rücken gekehrt hatte. Die Wohnung mit Terrasse, die Designer-Kleidung, das alles sollte nichts gelten? Alles wegen eines Burn-outs? Dabei war man nicht müde geworden, ihr von klein auf einzutrichtern, worauf es ankam: Ordentlichkeit. Funktionieren. Dann gab es auch den Lohn.

Berenike hatte sich nach einer Theaterlaufbahn gesehnt, seit sie sich das erste Mal verkleidet hatte. Ein unsicherer Beruf, die Schauspielerei. Nur der echte, große Erfolg hätte gezählt. Deshalb der andere Weg. Berenike hatte viele Seiten Spiritual Writing gebraucht, um diese Zusammenhänge zu erkennen – und sich vom Erfolgsdruck zu befreien. Aus heutiger Sicht war es kein Wunder, dass sie zusammengebrochen war, so leer, wie sie sich jahrelang gefühlt hatte.

Und dann war nur mehr der Gedanke an das Wasser. Der Hochwasserschutz brachte die Entlastungsrinne als riesiges Planschbecken mit sich. Besser nicht daran denken, wie viele der in der Sonne bratenden Proleten ihr seit Stunden im Körper angesammeltes Bier in anderer chemischer Zusammensetzung in der Neuen Donau von sich gaben. Nichtsdestotrotz spülte das Wasser den Schweiß von Berenikes Körper. Der Event-Stammtisch lag ihr im Magen. Ein Wiedersehen nach so langer Zeit – man würde sie nach ihren Erfolgen beurteilen. Ein platschendes Geräusch. Sie drehte sich um. Niemand in der Nähe. Wahrscheinlich ein Fisch. Oder ein Biber.

Inspektor Kains Warnung fiel ihr ein, als sie aus dem Wasser kam und eine Bewegung aus dem Augenwinkel wahrnahm. Hinten bei der Hecke, wo sie ihre Sachen abgelegt hatte. So schnell sie konnte, hechtete sie näher. Ihr Körper hinterließ eine tropfende Wasserspur. Geld, Ausweis – alles da. Ein prüfender Blick: Die Büsche, dünn, wie sie aussahen, waren als Versteck nicht geeignet. Trotzdem hatte sie das Gefühl, beobachtet zu werden. »Oooom«, summte sie vor sich hin, um sich mit dem Weltall in Einklang zu bringen und so zu beruhigen. Sie ließ sich auf dem Badetuch nieder. Bei dieser Hitze würde der nasse Bikini schnell trocknen. Berenike schloss die Augen. Die Sonne kribbelte auf der kühlen Haut. Wohlig atmete sie durch. Hoffentlich hatte Inspektor Kain nicht recht. Er übertrieb mit seinem Verbot, sie dürfe den Bezirk Liezen nicht verlassen, bis die Morde geklärt seien. Eine Frechheit war das. Darum konnte sie sich nicht kümmern. Er lasse sie auf freiem Fuß, weil er persönlich nicht an ihre Schuld glaube. Tatverdächtig sei sie trotzdem, offiziell. Der Dorfpolizist wollte sich wichtigmachen. Sie einschüchtern. Sein komisches Lächeln dazu. Seine Kollegen würden das alles anders sehen, hatte er überraschend ruppig ergänzt. Die Kollegen vom Mordkommando. Die sollten jeden Moment eintreffen.

Berenike drehte sich auf den Bauch. In der Wärme fiel ihr Jonas ein. Sie war sich sicher gewesen, seinen schwarzen Haarschopf am Bahnsteig in Attnang-Puchheim gesehen zu haben. Dabei hatte der Typ geschworen, nicht hinter ihr herzuschnüffeln. Man konnte niemandem trauen. Obwohl sie durch den ganzen Zug gestreift war, hatte sie Jonas nirgends entdecken können.

Jetzt wurde die Sonne zu heiß. Sie zog sich um, ein Mann mit Bierbauch und dickem Goldketterl wandte den Blick nicht von ihr ab. Sie drehte ihm den Rücken zu. Das Gefühl, beobachtet zu werden, ließ auch auf dem Weg zur U-Bahn-Station nicht nach. Sie drehte sich mehrmals um. Doch da waren nur fremde Leute, unbekannte Gesichter.

20

KAMILLENTEE

Fred Stein wartete schon auf Berenike, als sie das kleine Café in der Tuchlauben betrat. Nur wenige Gäste saßen in dem altmodischen Kaffeehaus mit den Kunstledersitzen und der freundlichen Bedienung. Freds Brille wirkte zu groß in seinem schmalen Gesicht, eine Zeitung lag neben einer leeren Tasse. Bei jedem ihrer Zusammentreffen wirkte er mehr geschrumpft. Das Grau seiner Haare, seiner Haut, die Falten in seinem Gesicht.

»Schön, dich zu sehen, Tochter!« Er sprang auf, nahm ihre Hände. »Was trinkst du, Berenike?«

Seine Stimme war warm, leise. Er faltete die Zeitung zusammen, schob die Tasse zur Seite, nahm die Brille ab. Kleine, sorgfältige Bewegungen. Die Zigaretten verschwanden in der Brusttasche seines Hemds. Er rauchte üblicherweise Kette. Jedes Mal, wenn er verkühlt war, sah Berenike Lungenentzündung, Krebs und Tod. Ihm aber schien es nichts anzuhaben. Er war am Leben, war am Leben trotz allem, auch nach Jahrzehnten.

»Was darf ich bringen?« Die Kellnerin, schwarz-weiß gewandet, hatte sich angeschlichen.

»Welche Teesorten haben Sie?«, erkundigte sich Berenike.

»Russischen Tee, Pfefferminz, Kamille und Früchtetee.«

Nicht sehr aufregend. »Kamillentee, bitte.«

Wie Fred ihr so gegenübersaß, erinnerte sich Berenike daran, wie er im Feinkostladen ihrer Großeltern gearbeitet hatte. Bis dahin hockte er in seinem Zimmer in Roses großer Wohnung, alle hatten sie ihr eigenes Zimmer dort. Er schrieb mit Füllfeder vergilbte Hefte mit blauem Deckel voll, sie stapelten sich und niemand durfte den Inhalt lesen. Fred Stein hatte Journalist werden wollen. Vom Scheitern sprach man nicht. Er hatte keine Ausbildung, war zu beschäftigt mit seinem Leben, seinem Überleben. Mit seinem unterwürfigen, wie geprügelten Auftreten gab ihm kein Chefredakteur eine Chance. Er veröffentlichte selten eine seiner viel zu langen Abhandlungen. Eines Tages hatten die Großeltern beschlossen, ihm eine Betätigung zu verschaffen. Obwohl er keine große Hilfe war, taten sie es für Rose und für ihre Enkelkinder. Fred fuhr auf den Großgrünmarkt nach Inzersdorf, schleppte Waren und sprach noch weniger als bisher. Man könne ihn mit seinem traurigen Blick nicht auf die Kundschaft loslassen, polterte der Opa. Auch als Kassier entsprach er nicht den Erwartungen. Er rundete Beträge ab, gewährte ohne Rückfrage großzügig Kredit. Der Mann sei noch ihr Ruin, schimpfte die Großmutter mit harter Stimme. Eines Abends zog Fred seinen Arbeitsmantel aus, hängte ihn säuberlich an den Haken im Durchgang zu den Lagerräumen, strich noch einmal über den Stoff, grüßte alle freundlich mit dem ihm eigenen traurigen Unterton und verließ das Geschäft, die Familie – und die Stadt, wie sie später erfuhren. Monatelang keine Spur von ihm. Irgendwann stand er wieder auf der Türschwelle. »Ich war in Israel.« Er hatte Freunde dort, aber keine Verwandten. Hatte sich fremd gefühlt, von einem Zuhause keine Spur. Wieder zurück, erhielt er Sozialhilfe. Manchmal fand er irgendeinen Job, erledigte ihn, bis er nicht mehr konnte. Wieder Sozialhilfe, ein neuer Job – und so weiter.

Rose betrieb die Feinkost später noch kurz weiter, mit mangelndem Erfolg. Eine Zeit lang hatte man an der Fassade noch den Schriftzug ›Feinkost Roither‹ lesen können, obwohl die klobigen braunen Buchstaben abgenommen worden waren. Später hatte sich ein Geschäft für Bergsteiger-Ausrüstung eingemietet. Nichts erinnerte mehr an die ehemalige Greißlerei.

»Dein Besuch in Aussee steht noch an, Papa.«

»Du weißt doch, die Fahrt …«

»Ich weiß.« Seit seiner Zeit in Israel verreiste Fred ungern. Er hielt es in keinem Zug aus, schon gar nicht in einem dieser modernen, in denen sich kein Fenster öffnen ließ. Er war nach seiner Rückkehr erneut im Löwenhof eingezogen, aber nicht für lange. Nicht immer kannten sie danach seine Adresse. Rose redete nicht viel über ihn. Rose, die die Schuld den Juden gegenüber nicht aushielt. Rose, Jahrgang 1944. Rose, die ihre Eltern anschrie, weil sie ausgerechnet 1938 ihr Geschäft übernommen hatten. Rose, die sich wie absichtlich in den Juden Fred verliebte. Aus ins Erwachsenenalter hinübergerettetem, kindlichen Trotz. Rose, die den Mann nicht ertrug, der seine Zeit im Keller mit sich herumschleppte. Rose, die den alkoholkranken Vater ihres Liebsten ablehnte – und doch nichts anderes machte als er.

»Erzähl, wie gehts dir? Wohnst du wieder bei Rose?« Berenike bejahte. Klirrend stellte die Kellnerin das Tablett mit dem Tee auf die marmorne Tischfläche.

»Möchtest du eine Torte?«

»Nein danke.« Endlich waren sie allein.

»Das nächste Mal kannst du bei mir übernachten, Berenike. Ich ziehe in eine größere Wohnung.« Er lächelte sie erwartungsvoll an. Berenike verbrannte sich die Zunge an dem Tee. »Ein geräumiges Plätzchen in der Leopoldstadt. Nicht weit vom Zentrum. Jetzt bin ich doch auf der Mazzesinsel gelandet.« Fred seufzte, ein kleiner Seufzer. »Jahrelang hätten mich keine zehn Pferde dort hinbekommen. Aber die Wohnung – sie hat einen kleinen grünen Hof und … «

»Und?«

»Ich hab jemanden kennengelernt. Jelena ist Russin. Sie möchte dich auch mal treffen.« Er drehte die Kaffeetasse in den Händen. Sie war innen schmutzig braun und außen voller Fingerabdrücke. »Weißt du, seit Rose – konnte ich nicht. Aber Jelena, sie weiß, wie es ist.«

Sie weiß, wie es ist, dachte Berenike.

»Rose hat mich rausgeworfen damals. Ich hätte einen schlechten Einfluss auf euch Mädchen.« Er sah sie lange an. »Aber jetzt erzähl, was macht dein Lokal?«

»Läuft immer besser, aber …« Der Tee hatte endlich die richtige Temperatur, doch die verbrannte Stelle an der Zunge ließ nur pelzigen Geschmack zu. Der Vater wusste von der Attacke Donners, von Berenikes Zusammenbruch. Von der Todesangst. Er weiß, wie es ist. »Ich bin in einen Mordfall verwickelt. Es gibt jede Menge Verdächtige und ich bin mittendrin.«

Berenike schnupperte an dem Tee. Allein der Kamillengeruch beruhigte sie schon. Rose hatte sie in der Früh unbedingt mit einer Eierspeis füttern wollen. Weil das Kind sonst nichts Ordentliches in den Magen bekäme. Zögernd hatte Berenike an dem fetten gelben Zeug mit Zwiebeln genascht und schließlich alles aufgegessen. Jetzt lag ihr das Ganze immer noch im Magen. Sie war so üppige Speisen nicht gewöhnt, auch nicht das billige Pflanzenöl, das wer weiß was enthalten mochte.

»Das erste Mordopfer war Journalist. Seine Frau Shanna verhält sich verdächtig. Er hat sie womöglich misshandelt. Mit seinen Geschichten hat er sich Feinde gemacht. Der bekannte Autor Anton Stürmer hat Grund, ihn zu hassen. Meine Aushilfe, oder Freundin, was weiß ich, verschwindet plötzlich – und ich weiß nicht, wieso oder wohin. Dazu Donner ... Ach Papa, all diese Dinge machen mich verrückt! Und dann die Drohungen ...«

Fred sprang auf. »Zahlen wir?« Er winkte nach der Kellnerin. Man kannte seine Stimmungsumschwünge, alle sollten auf ihn Rücksicht nehmen. Das hätte er verdient, hieß es. »Magst du meine Wohnung anschauen? Sie ist noch nicht fertig, aber ...«

»Ich ...«

Er zahlte.

»Du willst nicht.«

»Ich habe noch was vor und muss mich umziehen.«

»Dann begleite ich dich ein Stück. Wenn es dir recht ist.« Er stieß das Letzte schnell und fragend hervor. Ihr lieber Vater, so dezent, ein Leben lang. Jederzeit bereit, sich zurückzuziehen.

»Gern.«

»Es geht mir nicht schlecht, weißt du?«

Draußen schlug ihnen feuchtwarmer Dunst entgegen. Kein Windhauch war zu spüren. Sie schlenderten die Tuchlauben entlang. Weiter vorne stand das Haupthaus der Bawag, der einzigen Bank, der Fred traute. Sie hatte während der Zeit des Nationalsozialismus noch nicht existiert und daher als Einzige keine Arisierungsgewinne gemacht oder sonst wie an jüdischen Schicksalen und Vermögen verdient. An der Böhmischen Hofkanzlei vorbei, erreichten sie den Judenplatz.

»Was wirst du jetzt machen?« Fred blieb vor dem Denkmal für die ermordeten Juden stehen. Ein grauer Steinklotz, eine Tür, stilisierte Buchreihen ohne Titel. Vor dem Denkmal hatte jemand leuchtend rote Kerzen angezündet.

Berenike hatte ihm von Beppo Haim erzählt. »Ich weiß nicht. Was empfindest du bei der Geschichte dieses Widerstandskämpfers?«

»Ach, Mädchen, hör mir auf mit Empfindungen.« Ein Schäferhund kam ihnen entgegen, wedelte mit dem Schwanz. Fred blieb stehen. »Sag doch Fred zu mir, hm?« Er lächelte sie gequält an.

»Eitel?«

»Erwischt.« Er wandte sich dem Hund zu.

Berenike erinnerte sich, wie er von den Toten gesprochen hatte. Den Toten, überall in der Stadt verstreut, überall Gebeine! Fred konnte nicht hinaus, konnte keinen Schritt allein tun. Auch in Roses Wohnung sah er sie, Tote, nichts als Tote. Eine Stadt voller Gespenster. Dazu gezwungen umzugehen, bis man sie wahrnahm. Erschossene, Verhungerte, lebendig Begrabene. Sie verfolgten ihn, klagten ihn an. Er, der lebte, der überlebt hatte. Sie wimmerten ihm die Ohren voll. Er saß in einer Ecke der riesigen Wohnung am Boden und verstopfte sich die Gehörgänge mit seinen Fingern. Sie hielten ihn mit ihren schmierigen Armen fest, klagte er. Bohrten ihm knochige Finger in die Brust, mitten ins Herz. Im Alter von 45 Jahren war bei Fred Stein eine schwere Depression diagnostiziert worden. Der medizinische Befund schien aus heiterem Himmel zu kommen. Viel später hatte Berenike erfahren, dass er eines Abends zusammengebrochen war. In einer Therapie hatte er sich an seine Kindheit erinnert.

›Judenkinder heißen nicht Fred!‹ Hatte man sich über ihn lustig gemacht. ›Sie heißen Aaron und Mosche und Ben.‹ Ein Glück für Fredi, das Kellerkind. Kein Gelächter, kein Spiel im Freien. Durch die Jahre im Versteck blieb Freds Bildung auf der Strecke. Die Nonnen in seiner späteren Schule fackelten nicht lange. 1945 fragte niemand einen Psychologen. Posttraumatische Belastungsstörung? Man war froh, was zu fressen zu haben. Das Kind soll lernen, sich zu benehmen. Zwei Jahre nach dem Krieg war Fred, der immer klein blieb, von seinem Vater wiedergefunden worden. Für die Mutter gab es kein Grab, nicht einmal eins in den Lüften. Und auch kein Sterbedatum. Kein Ort der Trauer, niemals.

Fred war endgültig aus dem Löwenhof ausgezogen, als Berenike 15 war. Heute begriff sie, dass er allein sein musste. Mit seiner Erinnerung. Eine Bürde, die niemand mit ihm tragen konnte, so hatte er es ihr erklärt. Sie war die Ältere, begriff, wovon Selene nichts wissen wollte. Deine Geschichte, meine Geschichte, unsere Geschichte.

Später wollte Berenike ihre jüdischen Wurzeln kennenlernen. Aber Fred wusste selbst nichts, kannte weder das Ritual von Chanukkah noch von einem anderen Fest. Rose achtete auf katholische Erziehung. Fred fand es gut so. Ein klarer Schnitt. Sie sollten das Trauma vergessen. Es braucht drei Generationen, bis die Vergangenheit aufhört zu schmerzen. Als Berenike ihr Studium hinwerfen wollte, hatte der Vater gesagt: ›Sei froh, dass du lernen darfst!‹ Daraus wurde schnell: ›Sei froh, dass du lebst.‹ Und immer die Toten, die aus den Kellern krochen. Berenike sah sie wie er. Konnte nicht schlafen. Horrorträume. Fotos, Andenken, ein Kleid, das Einzige, das der anderen Oma gehört hat. Mit 20 verheiratet, eine brave jüdische Tochter. Mit 21 Mutter, mit 25 deportiert. Wien, Auschwitz, die Spur verliert sich.

»Ich habe gehofft, ihr kommt mich besuchen in der neuen Wohnung. Aber deine Mutter will nicht mit mir reden.«

»Ach, Papa.«

»Also nicht Fred?«

Er hatte sich endlich den Pensionsvorschuss erkämpft, Berenike freute sich mit ihm. Die Sonne verschwand hinter den eng stehenden, hohen Häusern. In Wien war kaum Luft zum Atmen, kein Ausweg, zu verwinkelt die Gassen.

»Berry.« Sie lächelte. Aus seinem Mund klang das niedlich. Eine Frau in altmodischer Krankenschwesterntracht trat ihnen in den Weg. »Eine Spende für notleidende Menschen in Österreich?« Sie standen immer noch vor dem Denkmal. Berenike verneinte.

»Was soll ich tun, Papa?«

»Halt dich raus. Halt dich einfach raus. Wer weiß, mit wem du dich anlegst.«

»Danke, Papa –«, Berenike stockte, »Fred.« Es kam plötzlich wie von selbst. Er strich ihr über das Haar. Es musste geschnitten werden.

21

KÄSEPAPPELTEE

Diese Frau kannte sie doch! Das war …

Fred hatte sich beim Burgtheater von ihr verabschiedet. Der Heimweg zog sich. An der Landesgerichtsstraße Autokolonnen, mehrspurig. In einem Supermarkt in der Josefstädter Straße schnappte sich Berenike eine Bio-Pizza mit Spinat und ein paar Joghurts. Die Gedanken, was sie noch kaufen sollte, sortierten sich nur langsam. Schließlich nahm sie lediglich noch eine Mango von der Obsttheke und balancierte alles zur Kassa. Selbst im Supermarkt warteten die Leute geduldig, als würde die Energie bei 38 Grad im

Schatten nur für das Allernötigste reichen, keineswegs aber für die üblichen Streitereien. Im Gegensatz zur feuchten Hitze draußen empfand sogar Berenike die klimatisierte Luft heute als angenehm. In einem kleinen Antiquitätengeschäft lachte ein silberner Samowar sie an, bauchig und wunderschön. Zum Glück hatte sie nicht genügend Bargeld eingesteckt.

An der nächsten Kreuzung sprang die Ampel schon wieder auf Rot. Stop-and-go. Einem ersten Impuls folgend wollte Berenike rennen. Doch ihr lief nichts davon. Die Stadt fing an, ihr wieder zu gefallen. Als Kind hatte sie sich gern das Leben unbekannter Menschen ausgemalt. Lebte der grauhaarige Herr mit dem Schirm am Arm allein? Freute sich das Mädchen, das neben ihr wartete, auf die Ferien? Wie ging es der Businesslady auf der anderen Straßenseite? War ihr pinkfarbener Hosenanzug neu, weil sie ihn so stolz trug? Das Rosa der Tasche passte nicht ganz dazu, aber teuer sah beides aus.

Die Autos stoppten, die Frau in Rosa wackelte los, Berenike entgegen. Die knalligen Stöckelschuhe kontrastierten fröhlich mit dem Zebrastreifen. Das war ja Rolanda! Aber – Berenike zupfte an ihrem weißen T-Shirt – die Frau ging an ihr vorbei. Rolandas Blick hatte Berenikes Schulter sekundenlang gestreift, war kurz an den nackten Füßen in den Sandalen kleben geblieben. Berenike stolperte über die Gehsteigkante. Blickte zurück. Von dem pinken Hosenanzug und seiner Besitzerin war nichts mehr zu sehen.

Eine Fata Morgana? Berenike sah an sich hinunter, na gut, die ausgewaschene violette Cardiganhose verlieh ihr den Look einer Studentin. Rolanda mochte sie nicht erkannt haben. Einen Moment war sich Berenike unsicher, ob es sich bei der Frau überhaupt um die ehemalige Kollegin gehandelt hatte. Alles in ihr rief ja. Niemand sah aus wie Rolanda. Der fransige Pagenkopf. Wie groß sie war, ein wenig pummelig um die Hüften und sehr präsent. Und diese Mundwinkel, die sich so gern zu einem sarkastischen Grinsen verzogen. Sie hatten oft gemeinsam zu Mittag gegessen. Später dann … Der Ausseer See interessiere sie nicht, hatte Rolanda auf Berenikes Einladung erwidert. Sie schwärme jetzt für Kambodscha, eine neue Entdeckung. Später hatte sie sich bei Mike beklagt, dass Berenike ihr nicht zu ihrem Karrieresprung gratuliert hätte. Sie war stellvertretende Geschäftsführerin von Lemnos Public Image geworden. Event-PR für kirchliche Kapazunder, Lebenshilfe, Anti-Abtreibung, der priestergesichtige Albert Lemnos war für alle Angelegenheiten dieser Art zu haben. Berenike hätte von Rolandas Aufstieg aus der Zeitung erfahren können, doch da las sie das Zeug schon gar nicht mehr.

Sie war neugierig, ob sie Rolanda heute Abend beim Stammtisch wiedersehen würde. Sie hätte ja gern auf das Branchengewäsch verzichtet. Doch kaum jemand kannte die prominenten Mordopfer besser als ihre ehemaligen Mitstreiter. Nach wie vor tobten sich die Medien über den Tod Gilbert Donners aus. Die Nationale Bewegung hatte bei der Landtagswahl in Vorarlberg ein überraschend gutes Votum bekommen. Man spekulierte über Donners Nachfolger. Die Wiener Gemeinderatswahl stand bevor, bald darauf landesweite Wahlen.

Rose saß im Wohnzimmer, eine Flasche Bier stand auf dem Nierentisch. Die Möbel in Graugrün waren aus den 50er-Jahren übrig geblieben.

»Hallo, Mama.« Berenike stellte ihre Einkäufe ab.

»Auch schon – da?« Die Mutter hickste. »Du …«

Mein Gott, nicht das wieder! Ihre Mama hatte nur in einer Phase ihres Lebens nicht in Berenikes Gegenwart getrunken, und das war während ihrer Krise. Damals war sie im Löwenhof untergeschlüpft.

Im Bad drehte Berenike das Wasser auf und ließ die Kleidungsstücke auf den Boden gleiten. Das Angenehme an einem Frauenhaushalt. Nackt war ihr gleich viel leichter zumute. Das Wasser lief über die braunen Kacheln, die seit ihrer Kindheit unverändert an der Wand pickten. Auf einer davon waren die Reste einer aufgeklebten Ente zu sehen. Berenike ließ sich das Wasser in den Nacken rieseln. Nachdem sie sich kurz kalt geduscht hatte, trocknete sie sich ab und schlüpfte in einen Seidenmantel. Im Wohnzimmer ließ sie sich in einen Couchsessel sinken und legte die nackten Beine hoch.

»N-nicht auf den Tisch, bitte!«

»Okay.«

»Da.« Ihre Mutter deutete mit einem knochigen Finger auf ein weißes Viereck auf dem Tisch.

»Was denn?« Das Papier sah abgegriffen aus.

»Was läuft da, Berry?« Rose griff nach ihrem Bier. Wenn sie ›Berry‹ sagte, stand es schlimm. Die Abkürzung stammte noch aus ihrer Kindergartenzeit. Kaum ein Kind hatte ihren langen Namen aussprechen können. Der Spitzname blieb ihr. Erst auf der Uni hatte sie sich wieder mit vollem Namen vorgestellt. Sie mochte es, wenn jemand sagte: ›Interessanter Name. Jüdisch?‹ Dann konnte sie sich Geschichten ausdenken von einer, die einen weiten Weg gekommen war. Anstatt der alkoholdurchwebten Kindheit in der Josefstadt. Wo alles nach außen hin passte. Weil die Miete pünktlich bezahlt wurde und nie Lärm durch die Kassettendecke und die dreifach versperrte Doppeltür drang. Berenike erinnerte sich noch gut an ihre kindliche Verwunderung darüber, dass es in anderen Familien anders zuging, dass Vater, Mutter und Kinder meist die gleichen Namen trugen.

Berenikes Blicke glitten über das Blatt. Nach einigem Zögern griff sie danach. Zuckte zurück, als ob das Papier ihre Haut verbrannt hätte. Lachhaft. Sie drehte den Zettel hin und her. Nichts Besonderes. Sie faltete ihn auseinander. Eine Seite wie aus einem Schulheft. Liniert.

›Geh weg, sonst bist du im Eck!‹

Was für ein Satz. Für einen Scherz zu bedrohlich. Für eine Drohung zu lachhaft. Und dennoch. Ihr Bauch rebellierte. Das Blatt rutschte ihr aus den Fingern, segelte zu Boden.

»Woher hast du den Wisch, Mama?«

»Jemand hat ihn unter der Tür durchgeschoben«, die Mutter rülpste unterdrückt, »ich hab Frau Humboldt vom 2. Stock gefragt. Aber die hat nichts gesehen.«

»Du hast – was?«

Rose fuhr sich durch die zerrauften Haare. »Ich kenn die Humboldt, seit ich hier wohne, B-Berry! Seit zig«, Rose spuckte leicht, als ihre Zunge über das ›Z‹ stolperte, »seit zig Jahren wohnen wir im selben Haus.« Beleidigt griff sie nach der Bierflasche.

»Hast du ihr den Zettel womöglich gezeigt?«

»Natürlich, was denn sonst! Berry, die Humboldt ist 89!«

»Trotzdem.«

»Ihre Tochter kümmert sich liebevoll um die alte Frau. Berry, was hast du denn?«

»Nichts, es geht gleich wieder.«

›Geh weg, sonst bist du im Eck!‹

Grüne Tinte auf schmutzig weißem Papier. Runde sorgfältige Buchstaben. Sie sahen aus wie die Handschrift einer

Frau. Inspektor Kain – er hatte doch recht gehabt mit seiner Warnung. Aber niemand wusste, wo sie in Wien wohnte. Sie sah, wie ihre Mutter sie beobachtete.

»Berry? Was geht hier vo-or?«

»Das werde ich herausfinden.«

Sie hatte ihre Mutter nur in die Basics eingeweiht. Zwei Tote, einer davon Donner. Ihre Mutter hatte gegrinst, als der Name des Gehassten fiel. Ihr Siegesgeheul hätte Winnetou zur Ehre gereicht. Obwohl Berenike selbst so dachte, hatten sie die Schreie ihrer Mutter befremdet.

»Mama, please. Horch zu. Mama?«

»Ja, Berry, was denn?« Rose drehte die Bierflasche in den Händen. Sie war leer. »Willst du – auch einen Schluck Bier?« Sie starrte zu Berenike hinüber.

»Nein, danke, aber das weißt du.«

»Ja. Was wirst du tun?«

Wenn sie das wüsste!

»Willst du zur Polizei gehen?«

»Wegen der Notiz?«

»Ja – wirst du?«

»Nein. Man wird mir nicht glauben.«

Eine Alkoholikerin, die einen Drohbrief bekam, darin ein sinnloser Text. Die Kieberer würden ein Grinsen aufsetzen. Vor Berenikes Augen flimmerte es. Sie nahm den Zettel, um ihn einzustecken. Ihre Hand rutschte von der Schnalle ihrer Tasche ab. Sie wurde also wieder bedroht. Von wem? Wer wollte sie einschüchtern?

Rose tapste zum Fernseher. Nur wenn man sie gut kannte, wirkte sie wackelig. Laute Stimmen erklangen. Eine Reportage zur kommenden Wahl. ›Ohne ihren Meister und Gründer, ohne Gilbert Donner …‹

»Ich leg mich kurz hin, Mama.«

»Aha, ja. Soll ich dir einen Käsepappeltee machen?« Rose

starrte auf das Fernsehbild. »Es müsst noch einer von dir früher …« Sie blickte Berenike fragend an.

»Mh – ich weiß nicht.«

»Der hat dir immer gutgetan.«

»Allright.«

Rose stand auf, drehte den Fernseher lauter. ›Durch den Mord an Gilbert Donner‹, plärrte die Stimme des Reporters, während Berenike durchs Vorzimmer ging, ›ist die Nationale Bewegung führerlos geworden.‹ Aus der Küche drang metallisches Rumpeln. ›Alles wird neu, heißt es aus den Reihen der Partei. Wir bringen einen Stimmungsüberblick.‹

Berenike schloss die Tür hinter sich. Die Stimme aus dem Fernseher kam ihr vage bekannt vor, aber sie war zu erschöpft, um weiter darüber nachzudenken. Leise öffnete sich die Tür, Rose stellte eine große Tasse mit Blümchenmuster auf den Tisch neben dem Bett. Ebenso leise drückte sie die Tür hinter sich wieder zu. Am Fenster bewegte sich der Vorhang im warmen Wind. Wie fremd sie sich in ihrem alten Zimmer fühlte! Selbst der Straßenlärm war ungewohnt. Die Tapeten wirkten trotz ihres rosa Musters grau, das Holz der Möbel abgestoßen. Egal. Aus der Tasche holte Berenike ein Papiersäckchen mit getrockneten Kräutern hervor. Sie hielt kurz die Flamme eines Feuerzeugs an ein Salbeiblatt. Es war so welk, dass es am Rand rot aufglühte. Würziger Rauch kräuselte sich unter ihrer Nase. Sie wedelte den Qualm in die Zimmerecken. Dann legte sie sich, so wie sie war, aufs Bett. ›Geh weg, sonst bist du im Eck‹, dachte sie noch. Dann schlummerte sie ein.

22

Der Tee weckt den guten Geist und die weisen Gedanken.
Er erfrischt Deinen Körper und beruhigt Dein Gemüt.
Bist Du niedergeschlagen, so wird Tee Dich ermutigen.
(Dem mythischen Kaiser Shen Nung, 2737-2697 v.Chr., zugeschrieben.)

Der Erzherzog-Johann-Jodler, mitten auf der Burggasse. Wo war das verflixte Handy? Ein Auto hupte. Berenike hatte länger gedöst als geplant, dafür musste sie jetzt hetzen. Super. Immerhin fühlte sie sich von ihrem Nickerchen angenehm erfrischt. Eine Weile hatte sie überlegt, was sie zu dem Treffen mit ihren alten Kolleginnen und Kollegen anziehen sollte. Ein Businesskostüm kam nicht infrage, die hatte sie ohnehin ausnahmslos weggegeben. Ihre Gewänder aus aller Welt befanden sich im Teesalon in Aussee. Letztlich hatte sie sich in eine bequeme Hose aus Naturbaumwolle geworfen, die sie selbst schwarz eingefärbt hatte. Dazu trug sie ein violett gebatiktes T-Shirt. Hoffentlich würde sie überhaupt jemand wiedererkennen. Zumindest hübsche Schuhe hatten es sein müssen, das wurde bald schon zum Fetisch. Jetzt fing es zu allem Überfluss noch zu regnen an, die Luft kühlte aber noch nicht ab. Sie huschte in einen Hauseingang, und fand endlich das Telefon, es steckte wie üblich in der hinteren Hosentasche. »Roither?«

»Griaß di, Berenike, hier ist die Susi.«

»Servus, Susi! Wie läufts?«

»Geht so. Du, ich fall gleich mit der Tür ins Haus. Es waren welche da, von einem Amt. Marktamt, haben sie gesagt. Und dass sie einen anonymen Hinweis be… haben.«

»Einen anonymen Hinweis?«

»Ja. Wegen der Hygiene im Lokal. Sie haben alles überprüft.«

»Alles überprüft, aha.« Berenikes Blick flog über den Schriftzug des Astro-Geschäfts gegenüber. »Was alles?«

»Den Bescheid bekommst du schriftlich. Eins kann ich mir nicht erklären – deshalb rufe ich dich an – ich kann mir nicht vorstellen, wie die tote Maus in den Geschirrspüler kommen konnte!«

»Eine tote Maus?«

»Ja. Die muss schon lang dort gelegen sein. Eklig. Total verwest.«

»Verwest.«

»Ja. – Berenike? Bist du noch dran?«

Eine tote Maus. Jemand musste ihr die untergeschoben haben. Sie achtete geradezu peinlich genau auf Sauberkeit. Wenngleich … Sie dachte an den Tag, als sie diesen komischen Geruch wahrgenommen hatte, kurz nach Rabensteins Tod.

»Bist du sicher, dass es eine Maus war?«

»Ja, was glaubst du denn? Man hat den Mäuseschwanz erkennen können.«

»Dann ist es ja gut.« Hinter Berenike öffnete sich das Haustor. Ein Mann im dunklen Anzug trat heraus. Missbilligender Blick auf Berenike, dann zum Himmel. Er spannte seinen großen Schirm auf, Leute wie er hatten immer die richtige Ausrüstung mit. Berenike wich auf die Fahrbahn aus, einen Schritt nur.

»Bist du noch dran, Berenike?«

»Ja, ja, Susi.« Wer hatte ihr diese Leiche untergeschoben? Sie hörte Reifenquietschen, bevor sie das rosa Auto sah.

Vor Schreck ließ sie das Handy fallen. …phalt. Regenwasser spritzte hoch. Dann … Schmerz an ihrer Hüfte.

…was?« Eine schrille Frauenstimme. Fenster-…n, rausgelehnter Pagenkopf.

…?«

Neu… Haarschnitt, windzerfetzt, Cabriogefahr. Tasche auf dem Beifahrersitz.

»Sind Sie lebensmüde? Was rennen Sie mir vor den Kühler?«

»Rolanda, bitte – was machst du hier?«

»Kennen wir uns?«

»Rolanda … ich … Rolanda?«

»Bedaure.«

Herzklopfen. Berenike bückte sich nach ihrem Handy. Klaubte den rausgesprungenen Akku auf.

»Gehen Sie aus der Spur, ich habe dringende Termine.« Motoraufheulenlassen. Flinke Blicke, funkelnd auf Berenike geworfen. Die Frau, die Berenike für Rolanda hielt, fuhr an. Zur Seite springen. Berenike zwang ihre Beine, weiterzugehen. Ein Fuß vor den anderen. Ihr Körper hätte sich umgehend irgendwohin gelegt. Doch da waren die Schranken der bürgerlichen Erziehung. Man setzt sich nicht auf die Straße. Da ist es schmutzig und nass. Erst wenn der Körper vom Gehirn keine Befehle mehr entgegennimmt, erst wenn diese Schranken fallen … Weitergehen, einfach weitergehen!

Was für ein komisches Gerede von Rolanda. Lebensmüde, das verstand Berenike nicht. Ausgelaugt war sie. Erschöpft. Wollte sich verkriechen, irgendwo, wo es kühl war und dunkel. Schmerz, der mehr war, als gestürzt zu sein. Berenike straffte den Rücken. Später. Später konnte sie rasten. Erst galt es, diesen Fall zu klären. Weil die Polizei wieder einmal unfähig war, einen Täter zu fassen. Und dieser wiederum …

Genau. Sie war der richtigen Spur näher, als dem Mörder lieb war. Erst der Drohbrief, die Maus – jetzt eine Attacke auf ihr Leben. Sie sollte wohl die dritte Tote sein. Berenikes Kopfhaut kribbelte, wie elektrisiert. In einem Schaufenster kontrollierte sie ihr Erscheinungsbild. Ein bisschen gräulicher Schmutz auf dem Hemd, das würde man hoffentlich nicht sehen. Mit den Fingern fuhr sie durch die Haarsträhnen. Verstrubbelt waren sie und widerborstig vom getrockneten Schweiß. In der Ferne sah Berenike einen rosa Wagen um die Ecke Richtung Museumsquartier verschwinden.

23

Wenn wir eine Schale mit dem grünem Tee in unsere Hände nehmen und ihn trinken, dann fühlen wir auch uns eins mit der Natur – und da ist Frieden. Diesen Frieden teilen wir, indem wir anderen eine Tasse Tee anbieten. (Soshitsu Sen)

Vor dem Plutzerbräu hätte Berenike am liebsten umgedreht. Plötzlich empfand sie Widerwillen angesichts der Superlustigen, die sie gleich erwarteten. Es war vielleicht doch keine so gute Idee gewesen, herzukommen. Noch einmal klopfte Berenike im Dunkel ihre Hose ab. Lachen drang aus dem Bierlokal, leicht wie die letzten Regentropfen. Sie trat von einem Bein aufs andere, für ein Mantra war das hier nicht der richtige Ort.

Na gut, dann eine Runde um den Häuserblock drehen. ›Du siehst, was du siehst‹, versuchte sie sich auf das Hier und Jetzt zu konzentrieren. Lange war sie nicht mehr am Spittelberg gewesen. Sie sehnte sich nach einer Geborgenheit, wie sie die kleinen, hübsch renovierten Biedermeierhäuschen ausstrahlten. Es war ein Glück, dass engagierte Menschen das ehemalige Arbeiterviertel in den 70er-Jahren vor dem Abriss gerettet hatten. Aus dem Amerlinghaus nahm Berenike eine Einladung zu einem Vortrag über die Mongolei mit, auf der Rückseite wurde ein Leseklub für ältere Menschen angekündigt. Das könnte ihre Mutter interessieren, vielleicht würde sie dann am Telefon seltener mit ihr über Nichtigkeiten sprechen. An einer nassen Litfaßsäule stach Berenike das Violett eines Plakats ins Auge. Das war ja Anton Stürmer! Mit schwarzem Pferdeschwanz und ledrigem Indianergesicht blickte er siegessicher in die Ferne, der Kopf von hellem Licht umstrahlt. Die altmodischen Buchstaben auf dem Bild wuchsen aus einer Art Rune, zackig blitzten sie den Betrachter an. Das Plakat kündigte einen Vortrag zur ›Erkenntnis des Lichts in uns‹ an. Rabenstein hatte tatsächlich recht, Berenike fiel es wie Schuppen von den Augen. Die Esoterik-Stars bedienten sich ungeniert einiger Nazi-Symbole.

In der Ferne war Donnergrollen zu hören. Also zurück zum Plutzerbräu, bevor es wieder zu schütten anfing. Wozu wäre diese Reise sonst nütze gewesen? Sie stieß die Tür auf, es roch nach verschüttetem Bier und Zigarettenqualm. Wie schön war das Rauchverbot in ihrem Salon. Anders könnte man einen Assam kaum von einem Darjeeling unterscheiden. Suchenden Blickes durchquerte Berenike den Gastraum, stolperte unerwartet über eine Stufe. Brauchte sie am Ende doch eine Brille? Vielleicht war es nur das schummrige Licht …

Berenike konnte Mike nirgends entdecken. Womöglich hatte sie das Datum verwechselt oder die Uhrzeit. Die Luft herinnen dampfte, zu viele Menschen, die Fenster wegen des Regens geschlossen. Plötzlich legte sich eine Hand auf ihre Schulter. Ein Aufschrei, den sie im letzten Moment unterdrückte.

»He, nicht so schreckhaft!«

»Mike, what the fuck …!« Er war aus der Toilette gekommen, die Tür schwang noch hinter ihm her. Eine Wange mit grauschwarzen Bartstoppeln, sein Duft, Armani, what else. Alles beruhigend vertraut. Mit seiner warmen Hand auf der Schulter lotste er sie zu einem großen Tisch. Einige bekannte Gesichter, aber keine Rolanda. Berenike grüßte in die Runde.

»Wie gehts? Mike hat von deinem Teesalon geschwärmt.« Bea war eine der wenigen, die Berenike von früher kannte. »Wohin bist du schnell übersiedelt?«

»Altaussee, Salzkammergut. Ich führe einen Salon für Tee und Literatur. Läuft halbwegs, wenn mir nicht ein Mord dazwischengekommen wäre.«

»Ein Mord? Erzähl!« Ein unbekannter junger Mann blitzte sie aus braunen Augen an. Er erinnerte sie an Jonas. Jonas … Der Typ hier war auch fesch. Er beugte sich über den Tisch, näher zu ihr.

»Eigentlich«, sie musste lachen und wusste nicht warum, »eigentlich – zwei Morde.«

»Zwei Morde! Wie aufregend. Jetzt bedaure ich direkt, dass ich nicht Polizist geworden bin. Mein Name ist übrigens Horst. Horst Knapp.« Er streckte Berenike die Hand zur Begrüßung entgegen und erhob sich kurz. Alte Schule, Berenike registrierte es gleich. Elmayer, wahrscheinlich. Lässig trug er sein weißes Polohemd mit geöffneten Knöpfen. Glatte Haut, nur wenige Härchen auf seiner Brust.

»Berenike Roither.«

»Wie bist du in die Mordfälle verwickelt?« Eine kleine Pummelige mit Sommersprossen strahlte Berenike an. Sie hatte sich als Jacqueline vorgestellt, Berenike schätzte sie auf höchstens 25. Was noch alles vor ihr lag, beneidenswert. Well, not always. Da mochte man durch Krisen noch so viel wachsen.

»Das ist es ja. Der erste Mord ist bei mir im Salon entdeckt worden. Bei Vollmond, stellt euch vor! Robert Rabenstein, der Journalist, ist wahrscheinlich mit meinem Tee vergiftet worden. Was für ein Renommee.«

»Tee?« Jacqueline schüttelte sich. »Dazu würde mich niemand bringen. Tee ist was für Kranke.« Die junge Frau legte einen Arm um Bea und beide kicherten laut. Berenike taten sie irgendwie leid. Sie verstanden nicht, worum es im Leben ging. Dass da mehr war, als Essen, Trinken, ein warmes Bett, ja sogar mehr als Sex. Niemand der Anwesenden hatte wohl in letzter Zeit ein Buch gelesen, das über seichte Unterhaltung hinausging, kaum was Anderes als Bridget Jones oder Trainspotting.

»Und der zweite Ermordete ist«, auf die Ermittlungen konzentrieren, Berenike!, »ihr kennt ihn, es ist Gilbert Donner.« Mike warf Bea einen Seitenblick zu. Berenike wischte sich dezent den Schweiß von der Stirn. Von draußen waren Schritte auf dem Kopfsteinpflaster zu hören.

»Sein Tod hat viel Staub aufgewirbelt.« Natürlich hatten sie vom Tod des Politikers gehört. »Das war in – wie heißt dein Dorf nochmal?«

»Altaussee. Ja, dort ist er tot aufgefunden worden. Und ich habe ein Motiv, heißt es.«

»Stimmt das?«

»Klar.«

»Bitte, was darfs sein?« Die Kellnerin.

»Habt Ihr Tee?«

»Ja.«

»Welchen? Vielleicht Rooibos?«

»Ja, ich glaube – Roiboos mit Vanille.«

»Bitte ja, den nehme ich.«

Wieder hingen alle Blicke an Berenike. Kaum bot man ein wenig Action, schon war man beliebt. Es war immer das Gleiche. Sex and Crime. Neben Mike hatte sich Emil niedergelassen, er managte Beautyshows für Männer. Und Lorena, Berenike hatte vergessen, was sie machte. Die anderen waren ihr fremd. Sie würde sich nicht einmal ihre Namen merken, warum auch. Bis auf den des feurigen Typs. Vielleicht.

Ein Kellner brachte ihren Tee, überraschend stilvoll in einer großen, gläsernen Tasse serviert. »Die Gulaschsuppe?« Niemand meldete sich. Also rauschte er wieder ab.

»Ich stelle Nachforschungen an«, nutz die Chance, Berenike! You just got this one!

Zweifelnde Blicke. Zuerst ihr Rückzug aus der Branche, jetzt kam sie dafür mit zwei Leichen daher. Berenike wäre auch misstrauisch.

»Könnt ihr mir helfen? Die beiden müssen etwas miteinander zu tun haben.«

»Rabenstein«, Bea stockte, »er ist in die Provinz gezogen, richtig? Da war etwas mit seiner Adoptivtochter.«

»Adoptivtochter? Aber …«

»Sie haben das Kind adoptiert, ja. Das Mädchen stammt aus einer zerrütteten Familie. Bei Rabenstein sollte sie ein neues Leben beginnen. Aber dann war von Missbrauch die Rede.«

Damn it, es war immer dasselbe. Hilfe suchend griff

Berenike nach der Schale mit dem Tee, trank einen Schluck.

»Die Kleine soll ihrem Adoptivvater hörig gewesen sein. Es ist nie was bewiesen worden. Die Kinder meiner Cousine gehen in dieselbe Schule in Linz, deshalb kenne ich die Geschichte. Rabenstein hat betont, dass ihn jemand verleumden wollte. Das Mädchen durfte bei ihnen bleiben. Die beim Jugendamt haben dem berühmten Robert Rabenstein geglaubt. Du weißt ja, wer den größeren Haufen hat …«

»Außerdem …« Horst nahm einen großen Schluck Bier.

»Ja?«

»Was?«

»Außerdem? Du hast gesagt, ›außerdem‹?«

»Außerdem – äh …« Horst stockte, »ich habe was munkeln gehört, Rabenstein wollte Pressesprecher in der Nationalen Bewegung werden. Das ist aber noch geheim gehalten worden.«

»Woher weißt du es dann?«

»Sagen wir, ich habe meine Beziehungen.«

»Welcher Art?«

»Tut mir leid, darüber kann ich nicht reden.«

»Aber«, Berenike spielte mit dem nassen Teefilter, »ein Mann wie er hat doch so was nicht ernsthaft in Erwägung gezogen? Nach meinem Wissensstand war Rabenstein gegen die Rechten …«

»Vielleicht hat die Partei sich auf die Fahnen schreiben wollen, dass sie ihn bekehrt haben.«

»Die hätten sich mit seinem Namen geschmückt.« Horst saß entspannt da. An seinem Kragen steckte ein winziges Abzeichen, eines von der Sorte, die man nur erkannte, wenn man dazu gehörte.

»Ich dachte, Rabenstein war ein unabhängiger Journalist, der seinen Kopf zum Denken benutzt hat.«

»Der kritische Journalist, das war einmal«, Bea nippte an ihrem Cola light. »Seit er beruflich im Out war, hing er Verschwörungstheorien an. Er wollte eine reine Welt. Wer weiß … er hätte schon gut zu den Nationalen gepasst.«

In diesem Moment stießen weitere Teilnehmerinnen zu der Runde. Begrüßen, Händeschütteln, Küsschen links, Küsschen rechts.

»Du hast noch nicht erzählt, wie das mit dem Mord an Donner war.« Horst griff quer über den Tisch nach Berenikes Arm. Seine Berührung hinterließ Hitze auf der Haut, angenehme Hitze.

Nur für Horst erzählte Berenike von Donners Tod in der Gradieranlage. Von ihrem Grauen. Spürte die so andere Sicherheit in Wien. Die Sicherheit der Anonymität.

Horst wiegte interessiert seinen Kopf, beugte sich noch näher zu ihr. »Mein Freund, ein Journalist, hat einiges über den Fall geschrieben. Wenn du willst …« Wie unabsichtlich streckte er die Beine unter dem Tisch aus und berührte ihr Knie. Hitze schwappte herüber, Berenike öffnete die Schenkel, ihre Haut glühte unter der langen Hose.

»Hallöchen, Horst!« Eine der neu hinzugekommenen Frauen ließ sich neben ihm nieder. Ihre Ohrringe klimperten, während sie auf ihn einredete.

Berenike fing seinen Blick auf. Die Leute benahmen sich alle wie immer. Wie gut, dass sie mit der Branche nicht mehr viel zu tun hatte. Ein Handy klingelte scheppernd, Horst griff in seine Brusttasche. Während er redete, legte sich seine Stirn in unschöne Falten. Sie konnte sich vorstellen, wie er in ein paar Jahren aussehen würde.

»Wie geht es eigentlich Rolanda? Weiß jemand was von ihr?«, fragte sie, als Horst aufgelegt hatte.

»Ihr wart befreundet, richtig?« Das war nicht wirklich eine Frage von Mike.

Wieder klingelte ein Telefon. »Moment, bitte«, Beas Schuhe klapperten, als sie hinausging.

»Stimmt.«

»Sie hat den Erfolg von Lemnos verdoppelt, alle Achtung. Aber das Gespür für Menschen, das geht ihr ab. Wie die ein Team führen will, noch dazu eins, das von einer Übernahmeschlacht geschüttelt ist, frag ich mich schon.«

»Übernahme? Wieso?«

»Albert Lemnos hat, nun ja, eine andere Agentur übernommen.«

»Ach. Welche denn?«

»Willst du das wirklich wissen?«

»Mike, was soll das?«

»Lemnos hat Brians Laden gekauft. Rolanda hat mit Brian gevögelt und ihm was vorgegaukelt von gemeinsamen Höhenflügen. Dabei hat sie ihn nach Strich und Faden ausgehorcht, das Unternehmen raffiniert in die roten Zahlen getrieben und es schließlich gekauft. PrincessEvents ist jetzt ein Unit von Lemnos. Bist du zufrieden?«

»Brian Skerzcan?«

»Kennst du einen anderen Brian in der Branche?«

»Nein.«

»Rolandas Karrieresprung bedeutet, dass sie jetzt die Nationale Bewegung betreut.«

»Ach.« Berenikes Hände spielten mit der leeren Tasse. »Sie benimmt sich komisch mir gegenüber. Und sie trägt immer noch ständig pink, right?«

»Stimmt. Aber sie benimmt sich ständig komisch. Nimm es nicht persönlich.« Berenike hasste den Gesichtsausdruck, den Mike dabei aufsetzte. So geduldig. »Sie hat Probleme mit der Partei. Man munkelt, dass die den Etat neu ausschreiben wollen. Wegen der Wahl in Wien. Das war schon vor Donners Ende durchgesickert. Frischer Wind und neue Besen …«

Neue Besen, soso. Was das in Rolanda anrichten mochte, konnte Berenike sich sehr gut vorstellen …

24

I'm not interested in immortality, only in tea flavour. (Lu Tung, chinesischer Poet, 789-835)

Gerede und Gelächter schallten als Echo von den Hausmauern zurück. Endlich wieder frische Luft! Berenike hatte kaum noch sprechen können vor lauter Rauch. Sie war nichts mehr gewohnt, selbst die Branchennews langweilten sie. Surprising, dass diese Dinge sie früher wirklich interessiert hatten. Aber damals hatte sie auch Karriere machen wollen.

Horst hatte jede ihrer Bewegungen verfolgt, während sie ihre Jacke genommen und sich die Tasche mit dem chinesischen Schriftzeichen für ›Mitgefühl‹ schräg über die Schultern gehängt hatte. ›Was, du gehst schon?‹, hatte er als Einziger gemurmelt. Lorena lachte gerade schrill auf, worüber auch immer.

Draußen hatte der Regen aufgehört, die Luft wirkte sauber, wie frisch gewaschen. Das Licht der Straßenlaternen spiegelte sich in den Wasserlachen. Zwei junge Frauen in kurzen bunten Kleidern hielten sich an den Händen und sprangen übermütig darüber. Berenike gähnte. Susi fiel ihr ein. Sie überprüfte ihr Handy – was für ein Glück, dass es nach dem Aufprall noch funktionstüchtig war. Kaum eingeschaltet, klingelte es schon, und das nach 23 Uhr.

»Gut, dass ich dich endlich erreiche«, eine hektische Frauenstimme, unruhiges Rauschen. »… so oft probiert …«, tönte es in Berenikes Ohr, aber die Verbindung war schlecht. Sehr schlecht. »Ich weiß, wir haben lange nicht – Rolanda spricht, Du erinnerst dich?«

Als ob …! »Rolanda, du?«

»Du und ich – ganz verschiedene Leben. Trotzdem, das ist wichtig, ich habe gerade …«, es krachte, »… in Gefahr, Berenike, musste Brian erst um deine Nummer …«, noch ein Knacken. »… auf dein Leben abgesehen …«

»Wer – Rolanda?«

»Bei mir im MQ …«

»Du wohnst im Museumsquartier?«

»… Büro, Berenike!« Grammeln, Rauschen. »Wegen Gilbert …« Rauschen, verdammt. Sie schaltete auf Lautsprecher. »Gilbert war bei mir, bevor …« Berenike schüttelte das Telefon. Keine Besserung. »… ist wegen ihm, wegen meines letzten …, bevor er …«

Berenike fiel die Stille am anderen Ende nicht gleich auf. »Rolanda?« Damn, damn, damn!!! Vielleicht war die Leitung wegen des Gewitters – verdammt, was hatte Rolanda sagen wollen? Jemand war in Gefahr, die toughe Eventmanagerin würde sich nicht wegen einem Kinkerlitzchen ängstigen. Berenike suchte nach der Nummer des letzten eingehenden Anrufs, zum Glück nicht unterdrückt. Sie drückte auf Wiederwahl. Besetzt. Fuck …

Sie hetzte Richtung Volkstheater. Ins Museumsquartier

hatte sie sowieso kurz schauen wollen, zur Veranstaltung ›Literatur und Karma‹. Da konnte sie gleich Rolandas Büro suchen. Sie hastete den leeren Gehsteig entlang. Eine Laterne war ausgefallen, die Dunkelheit hätte sie längst vom Landleben gewohnt sein sollen. Doch in der Großstadt wirkte so etwas beunruhigend. Der Anruf steckte ihr in den Knochen, mehr als ihr lieb war. Im Gehen sah sie sich immer wieder um. Schalt sich eine alberne Gans. Probierte es noch einmal bei Rolanda, wieder besetzt. Weiter! Auch wenn die leeren, finsteren Hauseingänge ihr Herz zum Klopfen brachten. Endlich war sie bei den ehemaligen Hofstallungen angelangt, jetzt zum Kunst-Stall umgewandelt. Hier war es heller. Sie keuchte, die Brust tat ihr weh. Ein letztes Mal wählen! Nichts. Die Höfe lagen ruhig da, nass und dunkel. Jetzt wurde sie zur Mailbox umgeleitet. Verdammt.

Eines der Nebentore führte in einen Bürotrakt. Keine Hinweistafeln. Weiter in den Haupthof. Der nächste Durchgang lag im Dunkeln. Plötzlich rempelte sie jemand von hinten an, dabei waren weit und breit kaum Leute unterwegs, von Gedränge konnte also nicht die Rede sein. »Entschuldigung!« Ein junges Pärchen wandelte eng umschlungen vorbei. Berenikes Herz zersprang fast. Ein widerlicher, süßlicher Geruch stieg ihr in die Nase. Als ob in der Nähe jemand kiffte. Jetzt tauchte das Museum Moderner Kunst vor ihr auf, bedrohlich und schief und schwarz, wie es da stand. Die berühmten bunten Sitzmöbel verlassen, ganz untypisch.

Ein paar Touristen tummelten sich davor, wahrscheinlich Italiener. Verkehrsrauschen von der Museumsstraße her. Beim Haupttor ein Lageplan. Schnell! Vielleicht war Rolandas Büro eingezeichnet. Aus heiterem Himmel – ein stechender Schmerz in den Nieren. Wut wallte wie heiße Lava vom Magen her nach oben. Niemand würde sie jetzt auch noch ausrauben! Sie krallte sich an ihrer Tasche fest. Wollte sich umdrehen. Stattdessen spürte sie die Knöchel einer geballten Faust in ihrem Rücken. Von der Wucht des Schlages ging sie in die Knie. Ein Radfahrer raste vorbei. Die rote Leuchtschrift an der Kunsthalle flackerte. Aufrappeln! Doch der Angreifer hatte ihren Arm mit dem Telefon gepackt. Riss schmerzhaft daran. Berenike sah ihr Handy durch die Luft fliegen. Zum zweiten Mal an diesem Tag. Fühlte heißen Atem an ihrem Ohr. Etwas streifte ihre Haare, metallisch. Ein Ohrring vielleicht. Oder ein Messer?

»Ich hab dich gewarnt. Du sollst meinem Erfolg nicht im Weg stehen, Schnüfflerin!«

Ihr Blick fiel auf einen dunklen Fleck auf dem Arm. Ein Déjà-vu. Der Mann stieß sie zu Boden. Von der Wucht des Aufpralls schmerzten die Knie. Tränen, einen kurzen Moment lang. Kieselsteine ritzten die Handflächen. In der Dunkelheit konnte sie nur die Umrisse des Flüchtenden erkennen. Er rannte die Stufen neben dem Mumok hinauf. Schwarz gekleidet bewegte er sich wie ein Schatten.

Ohne lang darüber nachzudenken, sprang Berenike auf und nahm die Verfolgung auf. Keuchend die Stiege hinauf. Gerade sah sie das Arschloch in einem Durchgang verschwinden. Ihm nach! Ein Gang, Fenster zu Büros, ob Rolanda hier …? Weiter! Rote Ziegelmauer. Links und rechts ging es mehrere Stockwerke tief nach unten. Der Übergang zum Glacis Beisl. Von dem Mann nichts zu sehen. Wer …? Jeder andere Gedanke verschwand, als sie weit unten auf dem nassen Asphalt eine violette Aktentasche liegen sah. Sie war geöffnet, weiße Papiere waren herausgerutscht, eine Haarbürste. Daneben ein Körper, der mit dem eines lebenden Menschen nur mehr wenig gemeinsam hatte. Und dann erkannte Berenike die Frau.

25

Der Tee überflutet die Seele unmittelbar wie eine Stimme, seine Bitterkeit erinnert an den Nachgeschmack eines guten Rates. (Wang Yü Cheng, chinesischer Dichter, 954-1001)

»Und Sie kommen mit. Bitte.«

Schon vorhin hatte der uniformierte Polizist mit nacktem Finger auf Berenike gezeigt. Zwei Männer in Zivil waren durch die Nacht auf sie zugelaufen, der eine mit fliegenden Mantelschößen, der andere in schwarzer Hose und schwarzem Hemd. Der Uniformierte war maulfaul, gut, das konnte sie auch.

Jetzt schnäuzte sich der ältere Zivile umständlich in ein Stofftaschentuch. »Chefinspektor Jansky, Kripo Wien«, brummte er. Unfassbar, dass so ein kleiner Dicker Morde aufklären wollte. Sollte! »Und das ist mein Kollege Hochfeld.«

»Bezirksinspektor Hochfeld«, ergänzte der schwarz Gekleidete.

»Roither, freut mich«, murmelte Berenike automatisch. Grad, dass sie nicht ›PrincessEvents, guten Tag‹ schnurrte. Aber diese Zeiten waren Lichtjahre entfernt. Ein Passant blieb in der Dunkelheit stehen und begann an seiner Hose zu nesteln. Der Streifenpolizist rannte auf ihn zu. »Tatort!«, fuhr er den Mann an und wedelte mit den Händen, »Sie können hier nicht …!«

»… was?« Der Angesprochene brach in hemmungsloses Lachen aus, wie es nur Betrunkenen gelingt, und trollte sich dann. Ein plötzlicher Windstoß wirbelte ein paar Papiere neben der Toten auf. Inspektor Jansky umrundete

Rolanda. Die Leiche, dachte Berenike, es war besser, sie nur als ›Leiche‹ zu benennen. Er diktierte seinem jungen Kollegen, der auf einem Block Hieroglyphen notierte. Der Uniformierte ließ Berenike nicht aus den Augen. Wenn sie sich nur hinsetzen könnte! Unbeschreiblicher Schmerz fuhr ihr ins Kreuz. Der Überfall von vorhin. Rolandas Anruf. Die Warnung. Sie musste, würde alles erzählen. Wenn sie nur Ruhe hatte.

Berenike hatte keine Ahnung, wie spät es war, als sie in den Polizeiwagen stieg. Das Handy hatte sich ausgeschaltet, vielleicht war es doch kaputt gegangen. Sie musste gleich am Morgen …

Der Wagen glitt durch die Nacht, Berenike wagte nicht zu fragen, wohin. Als Österreicherin misstraute sie der Polizei aus Tradition. Endlich parkten sie vor einem riesigen grauen Gebäude. Die Polizeidirektion auf der Rossauer Lände. »Wir müssen das zu den Akten nehmen, wissen Sie«, erklärte Inspektor Hochfeld, während er ihr die Tür aufhielt. Immerhin etwas. Die Schuhe quietschten auf dem Linoleum in den Gängen. Alles sah alt aus, abgenutzt. »Ihre Aussage, meine ich. Sie haben die Tote schließlich gefunden!«

Da half jetzt das ganze ›Om‹ nichts. Was musste sie nur für ein Karma haben! Hochfeld führte sie in einen dunklen Raum, es war totenstill. Der Polizist knippste das Licht an und schnappte sich einen Laptop, das surrende Geräusch beim Einschalten wirkte vertraut. Inspektor Jansky kam herein. »Möchten Sie was trinken?« Auf einem Tablett balancierte er einen Krug mit Wasser und drei Gläser.

»Danke.«

Jansky nippte an einem Plastikbecher, der süßliche Geruch von Instantkaffee erfüllte den Raum.

»Frau Roither, wie haben Sie die Selbstmörderin entdeckt?«

Zum wievielten Mal fragte dieser Knabe sie jetzt so einen Stiefel? Der Mann rückte das Schild mit der Aufschrift ›Bezirksinspektor Hochfeld‹ auf seinem Schreibtisch zurecht. Janskys Adjutant – oder der böse Bube, je nachdem.

»Frau Roither?«

Die Tote. Rolanda. Sie musste die Tatsache irgendwann in ihr Bewusstsein lassen. Rolanda tot. Rolanda, die Karrierefrau par excellence. »Ich kann mir nicht vorstellen, dass sich Rolanda umbringt. Sie hat doch grad einen großen Karriereschritt hinter sich … «

»Aber Sie sehen selbst den Abschiedsbrief.« Jansky deutete auf das Papier in einer Schutzhülle. »Handelt es sich um Frau Köngis Handschrift?«

»Ja, ich glaube schon.« Damn, woher sollte sie das so genau wissen! In ihrem Job hatten sie doch kaum etwas handschriftlich notiert. »Aber Rolanda würde nie so ein fehlerhaftes Deutsch verwenden, sie ist Perfektionistin. ›Was macht das für einen Eindruck?‹, hat sie immer gesagt. Man muss sie unter großem Druck gezwungen haben, das zu schreiben. Außerdem …«

»Außerdem?«

»Sie hatte ihr Büro im Museumsquartier, also wird sie wohl die baulichen Gegebenheiten gut genug kennen, um nicht aus Unachtsamkeit in die Tiefe zu stürzen.«

»Sie wissen, was das bedeutet?«

»Was?«

»Dass Frau König vielleicht ermordet wurde. Das wirft kein gutes Licht auf Sie. Sie waren als Einzige in der Nähe. Warum?«

»Ich – was geht Sie das an?« Berenike sprang auf. In dieser komischen Couch saß man völlig zusammengesunken, sicher Absicht. Die Beschuldigten sollten sich winzig fühlen.

»Bitte«, das war Janskys müde Stimme, »bleiben Sie ruhig, Frau Roither. Wir tun nur unsere Arbeit, ja? Danke. Sie bleiben erst einmal hier.«

»Aber ich will …«

»Ja, ja, Ihren Anwalt anrufen, Verwandte und so weiter. Schon klar. Zu viele Fernsehkrimis geschaut. Das können Sie dann alles in 48 Stunden erledigen.«

48 Stunden! In Berenikes Ohr klang das metallische Schließen der Zellentür nach. 48 Stunden durfte man sie aus Sicherheitsgründen festhalten. Das sollte ihr in Zukunft eine Lehre sein. Sie würde um jede Leiche, die ihr zufällig im Weg lag, einen riesen Bogen machen. Keine Rede mehr von Erste-Hilfe-Maßnahmen. Diese Pritsche, wer weiß, in welcher Himmelsrichtung sie stand. Wie sollte sie darauf schlafen? Erschöpft ließ sie sich auf ihr unkomfortables Nachtlager sinken. Starrte an die Decke. Irgendwie musste sie doch eingedöst sein. Schmerz weckte sie. Schmerz aus dem Becken, den Nieren. Taghelle drang durch ein winziges Fenster. Ein Polizist stand in der Tür. Wieder brachte er sie zu Jansky und Hochfeld. Wieder lag der Geruch nach Instantkaffee in der Luft. »Kann ich auch …?«, sie deutete auf den Becher in Janskys Hand.

»Natürlich.« Eine Tortur. Heiß, süß, viel zu süß. Und die Schmerzen im Kreuz, sie nahmen zu.

»Herr – Inspektor«, ihre Gedanken taumelten vor körperlicher Qual durcheinander, kaum dass sie sich zu sprechen in der Lage sah, »bitte, man hat mich überfallen. Sehen Sie!« Sie schob das T-Shirt nach oben. Blaue Flecken, soweit sie es selbst erkennen konnte. »Wir rufen einen Arzt«, Hochfeld hatte bereits den Telefonhörer in der Hand. Heute trug er ein frisches rotes T-Shirt, sein Gesicht sah fast knitterfrei aus. Er war eben noch jung.

Der jüngere Kriminalpolizist wandte sich ab, um zu telefonieren. Berenike sah ihm gedankenverloren zu. Dann drehte sie sich zu Jansky. »Das ist sicher eine politische Geschichte, in die Rolanda verwickelt ist«, reden, Berenike! »Es gab zwei Morde, kontaktieren Sie doch bitte Inspektor Kain in Bad Aussee.«

»Überlassen Sie bitte uns, was zu tun ist, Frau Roither.«

Nachdem ein grauhaariger Doktor sie untersucht und ihr ein Medikament mitgegeben hatte, durfte sie gehen. Die Verletzungen seien nicht so schlimm, nur ein paar Blutergüsse. Immerhin ein Beweis, dass sie die Wahrheit gesagt hatte. Das musste diesen Kieberern doch einleuchten, oder?

26

KRÄUTER-EISTEE

Berenike schloss die Wohnungstür so leise wie möglich hinter sich. Umsonst, aus der Küche hörte sie das Radio dudeln. Wenn es ihr gelang, unentdeckt in ihr Zimmer zu verschwinden, würde sie vom heutigen Tag gar nicht mehr verlangen.

»Bist du das, Berry?« Die Küchentür wurde aufgerissen.

Wer sonst! »Ja, Mama.«

»Guten Morgen!« Die Mutter setzte ein Strahlen auf. »A-aber, wie schaust du denn drein? Und so spät …«

»Ich erzähl es dir nachher. Jetzt muss ich schlafen.«

»Selene hat angerufen, sie will schon am Vormittag schwimmen gehen heute, wegen der Hitze.«

Die Plastikuhr, eine überdimensionale Himbeere, zeigte 10 Minuten vor 9. Berenike gähnte. »Mama, nächstes Mal nehm ich mir ein Hotelzimmer, wenn …« Wenn du mich nicht schlafen lässt, ergänzte sie im Stillen. Sie bedeckte die Augen mit ihren Händen. Die Sonne knallte unbarmherzig durchs Küchenfenster herein.

»Morgenstund hat Gold im Mund«, die Mutter probierte ein Lächeln.

Ach ja. Und anständige Leute liegen in der Nacht im Bett. Wie oft hatte sie das gehört! Ihre Mutter wirkte nicht so, als könnte sie mit irgendetwas Gold verdienen. Die Tränensäcke geschwollen, das Haar wirr.

»Ich bereite uns grad was zu essen vor. Schnitzel und Gurkensalat, das können wir mitnehmen.«

»Deshalb stinkts hier so.«

»Geh, B-Berry …«

Berenike hätte am liebsten so getan, als hätte sie dem Familienausflug niemals zugestimmt. Doch die Sehnsucht nach der Schwester, den Nichten war groß. »Geht ihr vor, ich komme nach. Ich ruf euch an, Selene soll an ihr Handy denken!« Die Schwester hatte die Angewohnheit, es entweder zu vergessen oder das Läuten zu überhören.

»Berry …«

Wenigstens hatte die Mutter noch nicht getrunken. Berenike kramte nach Tee, fand nur eine Schachtel mit der vielsagenden Aufschrift ›1-2-3 Kräutertee‹. Besser als nichts, bevor sie zu Beruhigungsmitteln griff. Eine Fanfare wie bei einem Gefecht, die Signation der Nachrichten. ›Alarm im Museumsquartier‹, trällerte der berufsmuntere Radiosprecher, ›verdächtige Zeugin, gerüchteweise aus Bad Aussee …‹ Hausaufgaben gemacht, Herr Redakteur! Berenikes Hand knallte auf das Radio, traf den Schalter, die Stimme verstummte. Rose sah sie überrascht an.

Mit dem Tee setzte sich Berenike an den Küchentisch. Eine Zeitung lag aufgeschlagen da. Berenike blätterte sie gelangweilt durch. Ihr Blick fiel auf ein Foto. Damn, das zeigte Sieghard Lahn! ›Großer Auftritt bei Literatur und Karma‹, las sie. Ein dunkler Fleck auf seinem Arm fiel ihr auf, sie betrachtete das Foto genauer. Wahrscheinlich war nur die Reproduktion des Fotos miserabel. »Eine Lupe, Mama, bitte!«

»Was?«

»Eine Lupe. So was hast du doch?« Rose rumorte in der Tischlade, förderte Gummiringerl und einen Kalender aus dem Jahr 1986 zutage. Sie reichte Berenike ein dreckverschmiertes Vergrößerungsglas. Sicher auch so ein Erbstück der Großeltern. Sie musste ein wenig herumprobieren, bis sie etwas sah mit dem Gerät. Und dann war sie verblüfft. Der schwarze Fleck sah wie eine Tätowierung aus. Lahn hatte sie doch auch bei der Lesung in Aussee protzig gezeigt. In ihren müden Gehirnwindungen arbeitete es. Sie suchte nach den richtigen Puzzleteilen. Die Attacke letzte Nacht. Der Arm, der sie festgehalten hatte. Mit dem dunklen Fleck. Alles deutete darauf hin, dass Lahn das gewesen war. Aber, what the hell, warum tat er das?

Auch mit der Lupe war nicht genau zu erkennen, was das Tattoo darstellen sollte. Dazu die Beschimpfung als Schnüfflerin, womöglich war er der Schreiber des Drohbriefs. ›Geh weg, sonst bist du im Eck!‹ Zum Glück hatte sie entkommen können, Karate sei Dank. Nie wieder sollte jemand sie anfassen, ohne dass sie das wollte. Ohne dass sie dem etwas entgegenzusetzen hatte. Gedankenverloren las sie den Jubelartikel. ›Junger Dichter mit neuen Ideen … nennt die Dinge hellsichtig beim Namen …‹

»Hast du gehört?« Rose setzte sich neben sie, auf die vorderste Kante. »Eine Tote im Museumsquartier.«

»Ja, ja.« Der Tee schmeckte fade. Für Eistee dürfte es gerade reichen, mit viel Zitrone. So einen Tod hatte sie Rolanda wirklich nicht gewünscht. Aug um Aug, Zahn um Zahn, das galt nicht. Rose sprang auf, rumorte in der Wohnung herum. Endlich fiel die Eingangstür hinter ihr ins Schloss.

Nach einigen Stunden Schlaf ging es Berenike deutlich besser. Nur ihr Magen verlangte nach irgendetwas, Karottencremesuppe vielleicht, die hatte sie früher massenhaft verzehrt. Aber damit war wohl jetzt nicht zu dienen …

Wie eine alte Frau erhob sie sich. Stieß im Vorzimmer, das ihre Mutter mit Leidenschaft vollgestellt hatte, dreimal gegen etwas Hartes. Autsch! Jetzt aber los. Sie drehte das Radio wieder auf. Mittagsjournal. Gierig trank sie von dem Melone-Kokos-Saft, den sie extra für ihre Bedürfnisse eingelagert hatte. Vom Balkon gegenüber starrte sie eine Katze ausdruckslos an. Der Saft rann kühl die Kehle hinunter.

›Der grausige Leichenfund im Museumsquartier erregt weiterhin Aufsehen‹, meldete der Nachrichtensprecher. ›Die Tote, Rolanda König, war mit ihrer Agentur für die Nationale Bewegung tätig. Man fragt sich verständlicherweise, warum die Partei von blutigen Verbrechen verfolgt wird …‹ Berenike verschluckte sich. Sie hustete und drehte das Radio lauter. Rolanda tot und Thema in den Nachrichten, das hätte ihr gefallen. Sie hatte immer für die Medien gelebt. Eine Homestory hier, ein Interview da. ›Ob der Abschiedsbrief echt ist, steht noch nicht fest. In dem

Schreiben nimmt die Eventmanagerin die Schuld am Tod Rabensteins und Donners auf sich, deren Leichen kürzlich im Salzkammergut aufgefunden worden sind.‹

Wenn das tatsächlich die Lösung der Mordfälle war … endlich würde wieder Ruhe einkehren. In Berenikes Gedanken hinein läutete das Handy. Ein robustes Gerät, was für ein Glück, dass es noch funktionierte.

»Tante Berry, wo bleibst du?« Amélie, die liebe Nichte.

»Ich fahre gleich los«, versprach Berenike.

»Nicht gleich, sofort.«

»Na gut.«

Hektisch suchte Berenike ihre Sachen zusammen. Wenigstens war nichts aus ihrer Tasche gestohlen worden. Auf dem Tisch lag immer noch die Zeitung mit Lahns Foto. Dieses Aas. Sein Honorar war sie ihm auch noch schuldig. Bei ihrer Rückkehr musste sie mit der Bank sprechen, notfalls das Konto überziehen. Vielleicht hatte der Überfall letzte Nacht nur damit zu tun? Alles nur ein blöder Zufall? Sie rief die gespeicherten Telefonnummern im Handy auf. Sie brauchte jemanden, der ihr mehr über Lahn erzählen konnte. Tausend Einträge, die meisten hatte sie seit Ewigkeiten nicht mehr kontaktiert. Anita Berlacher, sie wusste nicht einmal mehr, wer das war. Eine Kooperationspartnerin der Agentur vielleicht. Aber halt, das war eine Idee.

»Ninette Georg?«

»Berenike Roither hier, hallo!«

Berenike hatte damals in ihrer Sinnkrise Ninettes Buchhandlung ›Pures Leben‹ entdeckt und ihr guten Umsatz beschert. Jetzt versprach Ninette, sich nach einer geeigneten Informationsquelle umzuhören. Berenike verabschiedete sich dankend. Im Bad schnappte sie sich ein Handtuch. Dann den Tee aus dem Eiskasten. Sie presste eine Zitrone aus, was für ein erfrischender Geruch an den Fingerspitzen. Sie kostete, passabel. Das Sicherheitsschloss der Wohnungstür klemmte, also versperrte sie nur die zwei anderen Schlösser. Unten auf der Straße empfing sie die Hitze wie ein Leichentuch, das sich über alles legte.

Auf Selenes altem Fahrrad plagte sich Berenike schwitzend den Ring entlang. Die Tribünen für das sommerliche Filmfestival am Rathausplatz wurden bereits aufgebaut.

Plötzlich fiel ihr der Nachwuchs-Mafioso aus dem Salzkammergut ein, vielleicht steckte er hinter den blöden Scherzen. Der Knilch hatte jede Menge Tätowierungen, die auf keine hochfeine Herkunft hindeuteten. Trauer umfasste einmal mehr Berenikes Herz beim Gedanken an Rolanda. Trauer, auch um das, was niemals war. Vielleicht würden die Kriminalbeamten auch auf ihre Rivalität untereinander stoßen. Branchen-Gossip, sie konnte sich nicht vorstellen, dass Typen wie dieser Jansky wirklich auf diese Art und Weise ermittelten.

Bei der U-Bahn-Station vor der UNO-City warteten Menschenmassen auf die Busse zu den Bädern. Die letzten Meter radelte Berenike die Schüttaustraße entlang, an Gemeindebauten vorbei bis zum Gänsehäufl. Jetzt bitte die Stelle merken, an der man das Fahrrad abgestellt hat! Vor den Kassen lange Schlangen.

Kaum war sie umgezogen, wollten die Nichten Wasserball spielen. Amélie, dunkel und mager, das Piercing im Bauchnabel war neu. Der Großvater hätte seine Überraschungen erlebt mit Selenes älterer Tochter. Jenny dagegen war wie Selene, brünett und locker, eine Jüngere eben. Smile, smile, die Bewegung tat Berenike gut. Gegenüber die Skyline, wie international und modern sich Wien heute gab. Leider mussten sie sich in eine ziemlich dürre, harte Wiese legen, schon seit Wochen hatte es in Wien nicht geregnet.

Selene kramte in ihrer Tasche. »Mich macht Schwimmen immer hungrig, dich auch?« Sie biss in eins der Schnitzel, die ihre Mutter zwischen zwei Brotscheiben gelegt hatte. Das Glas mit Gurkensalat stellte sie in die Wiese. Selenes Bauch zeichnete sich unter dem Badeanzug ab, ihr Gesicht wirkte rundlich und zufrieden. Dazu die halblangen, immer noch brünetten Haare ohne eine graue Strähne … beneidenswert.

»Woran denkst du?« Selene stieß Berenike leicht mit dem Ellenbogen an. »Sorgen, Berenike?«

»Hm, naja«, Berenike hustete. Zu viel Essig im Salat. Bei ihrem biologischen Balsamico passierte ihr das nie. Selene klopfte ihr auf den Rücken.

Ein Kind mit Windelpopo schaute neugierig zwischen den Frauen hin und her. »Paulina, komm bitte!«, rief eine Frau. »Paulina, nein! Hierher!«

Berenike griff nach einer Schnitte Brot. Es schmeckte fade. »Gibt es in Wien keine vernünftigen Bäcker mehr?«

»Geht es dir gesundheitlich so halbwegs?«

»Ja, danke. Seit ich gesund lebe, geht es aufwärts. Vollkornbrot, Gemüse, Tee statt Kaffee.«

»Kein Fleisch?«

»Nein. Die Massentierhaltung, das kann ich nicht verantworten. Essen muss wertvoll sein. Es ist doch unser Lebensmittel!«

»Was ist dann mit dir los?« Selene hatte schon immer mit ihren direkten Fragen überrascht. Berenike überlegte, ob sie der Schwester trauen konnte. Panic on the Titanic. Gleichzeitig packte sie Wut. Niemand konnte von ihr erwarten, dass sie all dies einfach so über sich ergehen ließ! Sie würde nicht die Hände in den Schoß legen und warten, bis sie selbst draufging.

»Es sind zwei Morde in Altaussee geschehen, einer davon bei mir im Salon. Und eine Freundin ist tot. Abgestürzt im Museumsquartier. Letzte Nacht. Ich glaube, auch sie wurde ermordet.«

Selene nippte an einem Wellnessgetränk, irgendetwas mit Zitronengras. Angeblich half es beim Abnehmen. Ein Badewaschl schlapfte über die Wiese. Berenike erinnerte sich an jenen Vorfall vor Jahren, als einer dieser obercoolen Typen mit Fernglas entdeckt worden war. Er hatte weibliche Badegäste im FKK-Bereich am gegenüberliegenden Ufer ausspioniert. Die Sache war als Skandal durch die Medien gegangen. In einem Interview hatte der Mann später erzählt, dass er für weibliche Schambehaarung schwärme. Und er hatte die Frage gestellt, was an seiner friedlichen Anbetung verwerflich sei. Ob der Mann wieder als Bademeister hatte arbeiten dürfen?

»Berenike, wie sind die Opfer gestorben?«

›Gift‹, das Wort ließ sich fast nicht aussprechen. »Man nimmt an, dass eine Giftpflanze in den Tee gemischt wurde.«

»Eine Giftpflanze, wirklich?«

»Ja. Zum Glück haben sie im Salon keine Spuren davon gefunden. Sonst hätte ich echt ein Problem bekommen.«

Inspektor Kain hatte mit weiteren Uniformierten nochmals ihr Lokal durchsucht. In den Dosen mit Tee war zum Glück nichts gefunden worden. Ragnhilds üppiger Kräutergarten erschien vor ihrem inneren Auge, Shannas wildwuchernde Pflanzen. Immer wenn sie an die Schottin dachte, fiel ihr Jonas ein. Sie hatte das Gefühl, als verberge diese Frau etwas. Vielleicht nur ihr Verhältnis zu Jonas. Das Artikelfragment konnte auch eine bewusst falsch gelegte Spur sein, darüber musste sie noch nachdenken.

»Rabenstein hat über einen Widerstandskämpfer recherchiert, den keiner mehr kennt. Eine merkwürdige Geschichte.«

»Widerstandskämpfer? Was hat er gemacht?«

»Er war Kommunist und im KZ. Seine Spur verliert sich vor Kriegsende 1945.«

»Und wo stammt er her?«

»Aus der Region.«

»Sein Wohnort?«

»Weiß ich nicht.«

»Das würde ich ermitteln.«

Berenike schlug sich an die Stirn. Dass sie daran nicht gedacht hatte! Die Adresse konnte ein fehlendes Puzzleteil sein. Haim mochte es gelungen sein, sich nach der Flucht nach Hause durchzuschlagen. Diese Aufgabe stellte sie allerdings vor gewisse Schwierigkeiten. Wenn ihn die SS erwischt hätte, wäre er jedenfalls am nächsten Baum aufgehängt worden. Und dafür müsste es Zeugen geben.

»Noch dazu hat man mich letzte Nacht überfallen.«

Selene strich ihr sanft über den Rücken. »Deshalb deine blauen Flecken. Ich hab mich schon gewundert.« Berenike wollte sich in Selenes Umarmung fallen lassen, das Unheil in ihrem Leben einfach ausblenden. Sollte sich Inspektor Kain damit herumplagen.

»Berenike, ist das dein Handy?« Der Erzherzog-Johann-Jodler, na klar. Sie wühlte in dem Kleiderberg. In ihrem Magen rumorte es.

»Ja?«

»Hallo, spreche ich mit Berenike Roither?«

»Das bin ich.«

»Hier spricht Horst, Horst Knapp, du erinnerst dich?«

»Natürlich, wir haben uns gestern Abend …«

»Wie geht es dir? Störe ich?«

»Nein. Ich bin schwimmen, mit meiner Family.« Passend dazu kamen die Nichten lachend angelaufen.

»So, Family.«

Amelie ließ das Wasser aus ihrem Haar auf Berenikes Rücken tropfen. Berenike quietschte.

»Berenike? Alles in Ordnung?«

»Ja, ja. Meine Nichten quälen mich gerade, meine Schwester und meine Mama sind auch dabei. Eine echte Frauenrunde.«

Horst lachte erleichtert. »Wie lange bleibst du in Wien?«

»Nicht lang. Mein Salon in Altaussee …«

»Du, weswegen ich anruf. Ich habe was rausgefunden.« Seine Stimme lockte samtig-herb. Berenike lüpfte ihr Badetrikot ein wenig, der dunkelrote Stoff war kaum noch feucht.

»Ja?«

»Ich möchte nicht am Telefon darüber sprechen. Können wir uns treffen?« Sie verabredeten sich für den Abend im Café Strozzi. Als sich Horst schon verabschiedet hatte, knackte es im Handy. Mit zittrigem Finger drückte Berenike die rote Taste. Es hatte sich angehört, als atmete jemand in der Leitung.

»Was denn?« Selenes Hand, weich, tröstlich.

»Ich weiß nicht, ich hatte kurz den Eindruck, ich werde angehört.«

»Komm schon, Berenike. Steiger dich da nicht in was rein.« Ein Rempler von der Jüngeren.

»Du hast recht.« Paranoia, das war nicht mehr normal. Berenike ließ sich auf die Decke sinken. Kein Windhauch, das Sonnenlicht brannte in den Augen. Eine Migräne würde nicht lange auf sich warten lassen. Sie setzte sich wieder auf.

»Mädels, ich geh, mir ist es zu heiß.«

»Aber wir könnten uns doch in der Milchbar stärken?« Ihre Mama.

»Ja, Tante Berry, ein Eis, hm?« Jenny packte ihren kindlichen Charme aus. »Dann gehts dir sicher besser.«

»Na gut.« Die Mädchen hatten Berenikes Zusammenbruch damals mit Argusaugen verfolgt und heimlich Schokolade und spannenden Lesestoff in die Klinik geschmuggelt. Sie war ihnen etwas schuldig.

Zu fünft gingen sie zur Eistheke. Berenike betrachtete die Bikinis der Mädchen, Amélie liebte türkis, immer schon. Jenny kleidete sich diesen Sommer in Orange-Gelb. Daneben die Mama in ihren Schlammfarben, natürlich ein Einteiler.

Das Eis schmolz ihnen buchstäblich davon, und Berenike war hinterher kein bisschen besser zumute. Kurzerhand verabschiedete sie sich und radelte schwitzend zurück.

27

HEISSE SCHOKOLADE

Die Aussicht auf die dunkle Höhle des Café Strozzi erschien ihr wie das Paradies. Ein alter Mann im abgewetzten schwarzen Anzug eilte mit einem Aktenkoffer über die Straße. Das Gewicht zog seinen verkrüppelten Rücken einseitig zu Boden. Er wirkte, als hätte er etwas Wichtiges zu verbergen. Gegenüber trat ein kämpferisch aussehender Asiate aus der Tür von ›Samurai Sushi‹. Berenike schob das Fahrrad durch das Haustor. Sie schlich die Stufen nach oben. Den Hofrat a. D. Grader gab es immer noch, er musste inzwischen an die 100 sein. Zum Glück war die Wohnungstür unversehrt, obwohl das Sicherheitsschloss nach wie vor klemmte.

In einem dünnen roten Sommerkleid und Flip-Flops verließ Berenike die Wohnung kurz darauf wieder. Sie fühlte sich fast wie früher, eine Städterin am Sonntag. Das Sicherheitsschloss ließ sich schon wieder nicht zusperren, aber sie ging ja nicht weit. Müde quietschte das Haustor. Das Viertel war so ausgestorben wie der Löwenhof, auch im Café Strozzi waren nur ein paar Tische besetzt. In dem kleinen Eckcafé gingen die Uhren anders. Berenike blies nach den Haaren, die ihr zu lang in die Stirn wuchsen. Die Gesichter der Gäste wirkten ein wenig unscharf. Eine Brille, sie brauchte sicher eine Brille. Dann entdeckte sie Horst mit dem dunkel umflorten Blick. Heute trug er ein eng anliegendes graues Hemd, saß eingesunken da. Sah nicht so aus, als ob er sich sportlich betätigte. Sie setzte sich zu ihm, musterte ihn prüfend. Sein Blick huschte von ihrem Gesicht zur Kellnerin.

»Eine heiße Schokolade, bitte.« Von Beuteltee hatte Berenike mehr als genug.

Horst hielt sich mit beiden Händen an seiner Schale fest, die nur mehr zur Hälfte voll war. Schmutzig brauner Milchschaum klebte am Rand. »Ist spät geworden gestern«, er rieb sich über die rauen Bartstoppeln.

Unruhe machte sich in Berenike breit, ein inneres Zappeln erfasste ihren Körper. Sie bezweifelte, dass ihr der Kerl etwas Wesentliches mitzuteilen hatte. Heute konnte man nicht in Horsts Augen versinken, zu müde schauten sie drein. Als wäre der Rollladen heruntergelassen. Langsam fühlte sich Berenike wieder etwas belebter. Sie lehnte sich auf den weichen roten Polstern zurück. Dazu sanfte Popmusik aus den 80er-Jahren.

»Berenike … Darf ich Nike sagen?«

Sie lächelte. Auf die Idee war schon lange keiner mehr gekommen. Die Kühle im Raum senkte sich wohltuend auf ihr Gemüt.

»Ja, ja, der Rabenstein.« Horst drehte seine Tasse zwischen den Fingern.

Die Kellnerin kam mit Berenikes heißer Schokolade, ein Gupf Schlagobers thronte majestätisch obenauf. Horst orderte noch eine Melange.

»Willst du wissen, was ich herausgefunden habe?«

Also doch.

»Deswegen sitzen wir ja hier.«

Ein müdes Lächeln als Antwort. Horst griff wie ein Süchtiger nach der frischen Schale Kaffee, sobald sie auf dem Tisch stand. »Angenehmes Kaffeehaus.« Er lächelte die Kellnerin an.

»Und was machst du so, Nike? Ich habe gehört, du bist eine Art Aussteigerin?«

»Ich führe einen Salon für Tee und Literatur. Im Steirischen.«

»Wo?«

»Salzkammergut.«

»Ah, wo genau?«

»Altaussee.«

»Kenn ich. Ich hab gute Freunde, die dort ein altes Haus gekauft haben. Viel zu renovieren natürlich. Macht sich aber bezahlt.« Horst sah auf seine Armbanduhr, schwarz und riesig.

»Und du? In welcher Agentur arbeitest du?«

»Selbstständig, seit vier Jahren.«

»Und? Läuft es?«

»Gut«, er nickte bedächtig, »sehr gut sogar.« Er erzählte tausend Geschichten, die Berenike nicht interessierten. Deutete auf das Abzeichen an seinem Kragen, es hatte mit der Sozialdemokratischen Partei zu tun. Erzählte von Erfolgen, von Journalisten, die politisch auf seiner Seite standen. »So musst du es machen.«

Worauf wollte er hinaus? Sie sollte gehen. Gehen und sich ausschlafen. Nicht nur Horst hatte Nachholbedarf. Sie hielt nach der Servierkraft Ausschau, kramte die Geldbörse hervor. Sie hatte Horsts Lächeln falsch eingeschätzt, sein Zwinkern, sein vorgebliches Interesse gestern Abend.

Gestern Abend. Sie kniff die Augen zusammen, konzentrierte sich auf den Mann gegenüber. Diesen beinahe Unbekannten.

»Sie wollen zahlen?«, die Kellnerin hatte sich ihrem Tisch genähert.

»Später.« Eine raue Hand legte sich auf Bereikes. Eine große Hand. »Bitte, Berenike. Bleib noch. Ich …«

»Sehr wohl.« Die Kellnerin wandte sich ab.

»Also?«

»Was also?« Ein Glitzern in Horsts Augen, ein erstes heute. Er schien langsam munter zu werden.

»Was hast du herausgefunden?«

»Ach so – Rabenstein wollte Pressesprecher werden. In der Nationalen Bewegung.«

»Ja, darüber haben wir gestern …«

»Ja, aber pass auf: undercover. Er hat undercover recherchieren wollen. Meinem – Bekannten ist gleich alles komisch vorgekommen. An Rabenstein.«

»Und was wollte er recherchieren?«

»Wenn man das so genau wüsste.«

»Mehr hast du nicht?«

Horst zuckte die Achseln. Sein Lächeln, es war nett. Aber sie wollte gehen. Wenn ihr Kopf nicht bald auf dem Polster zu liegen kam …

»Warte, Berenike, magst du mit mir anstoßen?« Horst winkte der Serviererin.

»Ich – trinke nicht.«

»Echt?« Das hatte er sicher noch nie gehört. »Etwas anderes, Kaffee?«

Berenike schüttelte den Kopf. Die Kellnerin, schwarzer Rock, weiße Bluse, wartete geduldig. Das Café hatte sich gefüllt, heitere Gespräche plätscherten wie kleine Quellen.

»Noch eine Schokolade vielleicht?«

Er wirkte harmlos. »Na gut.«

»Er war an einem großen Thema dran, was man so hört.«

»Und was könnte das gewesen sein?«

Ihr Verdacht. Sie hatte also recht. Es gab mehr als eine Verbindung zwischen Rabenstein und Donner. Gedankenverloren malte sie die Namen in ihr Notizbuch und verband sie mit einer Linie.

»Woher soll ich das wissen?« Horst grinste. Jetzt sah er langsam wieder so aus wie am gestrigen Abend. Offenbar hatte das Koffein seine Wirkung getan.

»Ich muss gehen. Nach der Attacke gestern …«

Bei ihren letzten Worten zuckte er zusammen. Er hätte es vom Plutzerbräu nicht weit ins Museumsquartier gehabt. Aber jetzt sah sie wohl Gespenster. Er war doch sitzen geblieben, als sie sich verabschiedet hatte. Andererseits – sein Ohrring, er sah aus wie der, den sie am Ohr des Täters gestern gesehen hatte. Schöne Paranoia. Tausende trugen ein Flinserl im Ohr. Horst hatte keinerlei Motiv.

»Die Polizei …«

»… wird alles aufklären.«

»Oder auch nicht. Die Reform, alles unterbesetzt, selbst die gekürzten Planstellen …«

»Woher weißt du das wieder?«

»Kontakte.«

»Aha.«

Sie stand auf.

»Schade, dass du nicht beim Stammtisch … Jetzt ohne Rolanda wird alles langweiliger.«

»Wie gut hast du sie gekannt?«

»Och, Rolanda war eine vielseitige Frau. Hat mir viel – geholfen. Wenn du verstehst.«

Berenike war sich da nicht sicher. Ohne ihre heiße Schokolade abzuwarten, verabschiedete sie sich von Horst und verließ das Café.

»Frau Roither! Wie schön!«

Berenike starrte den rothaarigen Hünen im Eingang überrascht an. Er war mindestens zwei Köpfe größer als sie. »Und Sie sind?«

»Adrian Perniller. Von der Adrian Perniller Show!« Er glotzte sie erwartungsvoll an. »Mittwoch 21.30 Uhr, Vienna TV. Na, klingelts?«

»Nein. Nix klingelt. Und jetzt lassen Sie mich bitte durch.«

»Frau Roither, auf ein Wort …«

»Nix da.«

»Frau Roither«, er war so viel größer, dass er sich jetzt zu ihr hinunter beugte , »ich habe gehört, Sie brauchen Geld. Wir zahlen gut!« Er flüsterte so nahe an ihrem Ohr, dass sie seinen Atem spürte. Zum Glück spuckte er nicht beim Sprechen.

Vienna TV, der Privatsender. Sie ballte eine Hand zur Faust, ließ sie vorschnellen. »Ich denke, Sie machen jetzt besser den Weg frei.« Perniller trat zurück. Wie gut, dass sie keinen Fernseher hatte, wenn Leute wie dieser Germanenkrieger für Arme das Programm bestritten!

Vor der Tür atmete sie tief durch. Doch auf der Straße lauerte auch schon ein Held der Kamera. Sie schob den Zwerg trotz seiner Muskeln einfach zur Seite. Kampfsport, wer sagts denn …

28

THÉ À LA MENTHE

Am Montag hatte Berenike einen Termin im Institut für Neues Wissen, Ninette Georg hatte ihr den Tipp gegeben. »Sprich mit Frau Dr. Wittgenstein. Von Wissenschaftsleuten halte ich sonst nichts. Aber sie beschäftigt sich mit alternativer Literatur.«

Also marschierte Berenike trotz ihres Vorhabens, die Ermittlungen der Polizei zu überlassen, Richtung Literaturhaus, neben dem die Bibliothek sich eingemietet hatte. Es würde schon nicht noch was passieren.

Sie werde ihr alles über Sieghard Lahn erzählen, hatte Frau Dr. Wittgenstein am Telefon angekündigt. ›Persönlich.‹

Müde näherte sich Berenike der angegebenen Adresse. Die Nächte in ihrem Kinderzimmer waren wirklich nicht das Alpha und Omega für gesunden Schlaf. Kein Wunder, dass sie in dieser Wohnung nur schwer gesundet war. Das Bett zeigte in völlig falsche Himmelsrichtungen, Wasseradern hatte sowieso keiner je überprüft.

Drückende Hitze waberte in den grauen Gassen, dazu die Abgase, kaum jemand verzichtete aufs Autofahren. Der Schweiß klebte schon wieder überall, obwohl sie in der Früh geduscht hatte. Sie überquerte die Lerchenfelderstraße, die Neustiftgasse. Ein Lokal namens Kreuzberg warb für seine Theaterbar. Berlin, eine Theaterreise, das wäre schön. In der Burggasse musste sie auf die Gehsteigkante zurückspringen, weil ein Bus herangebraust kam, der eben noch an der Haltestelle gestanden war. Sie passierte eine Silberschmiede, die Edelbestecke und Tafelgeräte anpries.

Endlich war sie da. Berenike läutete an der Sprechanlage des etwas desolat wirkenden Altbaus. Sie schnupperte an ihrem T-Shirt. Naja. Bei über 35 Grad Außentemperatur würde es hoffentlich niemand so genau nehmen. Gegenüber erkannte sie das Geschäftsschild des Perda-Verlags. Diese Angewohnheit musste sie von ihrem Vater übernommen haben, der immer alles registrierte, was nach Schreiben und Publizieren aussah.

Endlich hörte Berenike ein Summen. Sie drückte das Tor mit beiden Händen auf, suchte nach einem Hinweisschild. Fehlanzeige. Die ehemals weiße Mauer entlang der Wendeltreppe war mit Graffiti beschmiert. Im ersten Stock wurde sie hinter einer Glastür von einer sehr jungen, dünnen Frau mit rasiertem Schädel erwartet. Das halbe Kind war in ein weißes, wallendes Gewand gehüllt. Ihre Augen blieben Berenike seltsam fern, trotz der Begrüßung. Sie führte Berenike in einen großen hohen Raum. Überall Regale bis zur Decke, voller Bücher, aber keine Menschen.

»Unsere Bibliothek, sie öffnet in einer Stunde.« Das heilig

wirkende Kind schwebte hinaus und setzte sich an den Empfangstisch, wo ein weißes Apple-Notebook geöffnet vor sich hinsurrte. Die Kleine versank dahinter, nur ab und zu war ein helles Tippseln zu hören.

»Frau Roither? Guten Morgen!« Eine stämmige Frau trat zwischen zwei Regalen hervor, hämmerte die Absätze ihrer Stöckelschuhe in den Parkettboden. »Ich bin Selma Wittgenstein. Wie der Philosoph, aber nur entfernt verwandt.« Sie strahlte Berenike an. »Ich habe dieses Institut mithilfe unserer Mutter-Institution in Neu-Delhi ins Leben gerufen.« Frau Wittgenstein trug Erdfarben, das Kostüm sah teuer aus. Dazu eine Bluse in warmem Gelb. Ihr brünettes Haar war gekonnt halblang geschnitten. Sie mochte 40 sein oder auch 50, schwer zu schätzen.

»Es geht um Sieghard Lahn, wie ich höre. Ich habe Ihnen alle seine Publikationen herausgesucht.« Frau Doktor Wittgenstein warf einige Schriftwerke auf den Tisch.

»Ja, ja, die meisten kenne ich.«

»Auch die ältesten?«

»Nein, vielleicht nicht. Lassen Sie mich sehen.«

»Setzen Sie sich doch bitte!« Selma Wittgenstein deutete auf einige Sessel zwischen den Regalwänden. Von allen Seiten leuchteten verführerisch bunte Buchrücken. Die Esoterik-Welt war bekannt für ihre wagemutigen Layouts. Im Niedersetzen wurde sich Berenike der Stille bewusst. Das also war der Ort, von dem aus das Neue Wissen die Welt erobern sollte. Der altmodische Holzsessel drückte wie in ihrer Schulzeit schmerzhaft in ihren Rücken. Konnte man sich wirklich nur dann persönlich weiterentwickeln, wenn die Marter schlimm genug war?

»Ich hätte vor allem gern etwas über Lahns Umfeld gewusst, seine Netzwerke. Ohne die schafft man es doch heute und hier nicht.«

»Stimmt, wem sagen Sie das. Sieghard Lahn ist Teil einer Gruppe, die sich Radikalpoeten nennt. Sie hatten einmal Ärger wegen Wiederbetätigung nach dem NS-Verbotsgesetz. Nichts Schlimmes, jugendliche Torheit halt. Sieghards Großvater, Georg Lahn, war als Heimatdichter während des Dritten Reiches sehr erfolgreich. Er war meines Wissens SS-Mann, naja, jeder kann sich mal irren im Leben. Er wird es später bereut haben. Georg Lahn kam aus armen bäuerlichen Verhältnissen und soll sich ein Haus unredlich angeeignet haben, das hat man ihm zumindest vorgeworfen. ›Wie soll sich ein Dichter Geld für ein eigenes Haus zusammensparen?‹, lauteten die Vorwürfe. Aber ich sage Ihnen, der Mann wurde von Hitler persönlich gefördert, er hat Millionenauflagen gehabt. Also wird er gut verdient haben. Neider hat man immer, nicht wahr?«

Sie sah Berenike forschend aus warmen braunen Augen an, gut einstudiert, dieses Berufsstrahlen. Die Glaswand an einer Seite der Bibliothek gab den Blick frei auf ein geräumiges Büro. Vor dem Fenster Maulbeerbäume, wenn Berenike das richtig erkannte. Mit der Seidenraupenzucht hatte man sich hier im Viertel goldene Nasen verdient, deshalb auch der Name Brillantengrund. ›Mei Vater woar a Hausherr, a Seidenfabrikant‹, ging Berenike ein Wienerlied durch den Kopf.

»Wir haben, glaube ich, eines von den Werken des Großvaters. Unsere Bibliothek ist nicht gerade auf diese Stilrichtung spezialisiert, obgleich …«

Berenike winkte ab. »Lahn senior interessiert mich nicht.«

»Aha. Dabei hat selbst der Alte einiges erkannt.«

»Ja?«

»Große Weisheit in seinem Werk. Im Grunde machen Sieghard Lahn und seine Freunde nichts anderes. Sie loben die Heimat. In der heutigen Zeit brauchen die Menschen wieder eine Basis. Zu viel Unsicherheit, Globalisierung, Wirtschaftskrise. Worauf soll man sich verlassen?«

Berenike zuckte mit den Achseln. Sie musste das hier durchstehen, um etwas zu erfahren, mehr nicht.

»Heute muss man im Literaturbusiness auffallen. Ich kenne den Betrieb, ich schreibe mystische Poesie. Man muss sich die passenden Erfolgskooperationen suchen. Lahn hat sich von einem gewissen Anton Stürmer protegieren lassen.«

Stürmer. Dieser Stürmer begegnete ihr auch schon einmal zu oft.

»Nicht meine Wellenlänge, aber darum gehts nicht. Dann hat Lahn erste Erfolge gefeiert. Durch den Zusammenschluss mit den Radikalpoeten wurde das verstärkt.« Selma Wittgenstein spielte mit einem Ring an ihrem Finger, wahrscheinlich Bernstein. »Sie haben sich in den Medien über die Verfolgung beschwert. Man dürfe heute nicht einmal das Vaterland hochleben lassen. Die Untersuchungen sind dann im Sand verlaufen.« Ihre Mundwinkel verzogen sich bis in die Wangen hinein. »Vor Jahren haben sie den Bachmannpreis gesprengt. Mit einem Wettrülpsen. Jugendliche Blödheit macht vor nichts halt. Das darf man nicht so eng sehen. In ihrem Manifest hieß es, man müsse tun, was man tief in sich spüre. Was ich gut verstehe. Aber schade war es schon, die Literatur steht einmal im Jahr im Mittelpunkt und diese Typen rülpsen in die Kameras!«

Der säuerliche Geruch in der Bibliothek erinnerte Berenike an ihre Schulzeit. »Wer gehört außer Lahn noch zu dieser Gruppe?«

»Dietmar Eisenberg, Sigurd Auinger«, Frau Wittgenstein räusperte sich. »Nur eine Dame ist dabei, Moment, wie war ihr Name gleich, ach ja, Alma Behrens. Ich hab mir den Namen eingeprägt, weil ich an Alma Mahler denken musste …«

»Alma Behrens?« Berenike verharrte mit dem Stift über dem Notizbuch.

»Ja.« Frau Doktor Wittgenstein schob ein Heft über den Tisch, das wie ein Skriptum aus der Uni aussah. Auf dem Cover waren Bilder bekannter Dichter zu sehen, darunter eine Frau. Die Gesichter waren offenbar elektronisch manipuliert worden, sodass ihre Mienen wütend wirkten. Goethe neben Shakespeare, Friedrich Schiller vor Virginia Woolf.

Berenike nahm die Publikation in die Hand – und ließ sie schnell wieder fallen. ›Zornige Zeilen‹ prangte feuerrot der Titel. Das Layout sah handgemacht aus, stammte wohl aus der Zeit vor Lahns Erfolgen. Schon wieder diese Optik! Schwarz-weiß und auch noch Frakturschrift. Dazu dieses Blutrot. Wie beim Hakenkreuz. Rabenstein war auf der richtigen Spur gewesen, Berenike war immer überzeugter davon. Auf einer gefährlichen Spur. Mit spitzen Fingern schlug sie das Heft auf. ›Oh Mutter – nichts ist in Butter – der Überfall kam gnadenlos –‹

Das klang ganz nach Marschmusik und Reih und Glied. Shocking, so einen Autor hatte sie zur Lesung geladen. In Zukunft musste sie kritischer prüfen. Bei der Lesung hatte er unter johlendem Gelächter Sinnlosigkeiten wie Pop auf Mop gereimt, lauter harmloses Zeug. Aber sein Auftreten, Leder, Metall, das herrische Gehabe – sie hätte es ahnen müssen.

»Danke für Ihre Zeit.« Ein Feuer. Ein riesiges Feuer sollte Schriften wie diese zerstören. Und mit den Broschüren gleich ihre Urheber. Was hatte sie bloß für Gedanken? Sie war ja kaum besser als diese Typen.

Draußen ließ sich Berenike von der nonnengleichen Frau über die jüngsten Neuerscheinungen informieren. Es war nicht leicht, das richtige Literaturprogramm für den Salon auszuwählen. Bücher, aus denen Berenike Erkenntnis gezogen hatte, fanden nicht unbedingt Anklang bei der breiten Masse. Aus dem selben Grund musste sie vielen Autoren oder Autorinnen absagen, die bei ihr lesen wollten. Man musste betriebswirtschaftlich denken. So schmerzhaft es manchmal war.

Im nahegelegenen Café Nil gönnte sich Berenike eine Pause. »Ist Ihr Tee Bio?«

Die Kellnerin, hoheitsvoll, wie eine Pharaonin, wartete auf die Bestellung.

»Ja, ist er.«

»Dann nehme ich den Thé à la Menthe, bitte.«

Wie seltsam, Berenike spielte mit der Speisekarte, Alma hatte nie erwähnt, dass sie mit Sieghard Lahn zusammenarbeitete. Berenike hatte sich noch gewundert, dass niemand aus der Schreibgruppe bei seiner Lesung erschienen war. Um sich abzulenken, griff sie nach einer Tageszeitung. ›Wird er Parteichef der Nationalen Bewegung? Im Portrait: Sieghard Lahn.‹ Wie bitte? Lahn in der Politik, das wurde ja immer origineller. ›Heute findet in Wien der Parteitag der Nationalen Bewegung statt. Notwendig wurde dieser wegen des tragischen Ablebens des bisherigen Oberhauptes Gilbert Donner. Gut informierte Kreise wollen wissen, dass der charismatische Sieghard Lahn beste Chancen auf den Parteivorsitz habe.‹

Berenike ließ die Zeitung sinken. Die Kellnerin brachte ein Blechkännchen mit ihrem Tee. Obenauf schwamm ein Blatt Pfefferminze, wie es in arabischen Ländern üblich war. Berenike goss ein. Der Tee schmeckte sanft, beruhigend.

Sie nahm die Zeitung wieder auf. ›Der Mordfall an Gilbert Donner ist ebenso wenig geklärt, wie die weiteren Toten im Umfeld der Partei. Bei der Polizei gilt mittlerweile ein politisches Motiv als wahrscheinlich. Daneben hört man von Stimmen, die …‹

Berenike trank rasch. Es war besser, zu verschwinden. Bevor wieder so eine Mediensau daherkam und sie erkannte.

29

MAGENTEE

Das Foto gab ihr den Rest. Nur mehr der Weg zum Westbahnhof konnte beruhigen, die Heimfahrt nach Altaussee. Es konnte gar nicht rasch genug gehen. Berenike hatte ihre Sachen in die Tasche geworfen und dann bis zur Früh nicht schlafen können. In der Nacht konnte man nichts machen. Ohne Auto. Aber den ersten direkten Zug nach Bad Aussee, den würde sie erwischen. Nichts hielt sie mehr in der Hauptstadt. Nicht nach dem, was letzte Nacht in Roses Wohnung passiert war.

Politische Intrigen, die Sache wuchs ihr über den Kopf. Ihre Hände tasteten in den Taschen ihrer rot geblümten Hose nach den Bachblütentropfen. Ein wenig noch durchhalten!

Sie hatte sich von Rose verabschiedet. »Gar nichts hab ich von dir gehabt«, hatte die Mutter gemurrt. Einen Besuch in Altaussee hatte sie aber nicht versprechen wollen. Der dunstige Himmel ließ die Sonne verglühen. Der meiste Regen ging über den Alpen nieder, in die Hauptstadt drang kaum eine Wolke vor. Berenike kramte nach ihrer Sonnenbrille. Sie fühlte sich wie in einer Blase, weißes milchiges Gel war die Luft. Keine Sicht, keine Veränderung.

Während der Straßenbahnfahrt grummelte ihr Magen. Das Hungergefühl kam überraschend. Am Westbahnhof wollte sie Reiseproviant kaufen, aber alle Sandwiches waren mit Wurst belegt. Schließlich entschied sie sich für ein trockenes Vollkorngebäck. Anschließend musste sie sich bei einem Automaten anstellen, um ihre Fahrkarte zu erwerben. Fast 40 Euro kostete die Strecke, ein starkes Stück. Sie suchte auf der Anzeigetafel: Der Zug nach Stainach-Irdning ging vom Bahnsteig 11. Noch 20 Minuten Zeit. Reisegruppen lärmten, Gepäckwagen rasten die Gleise entlang. Im Zug war sogar ein Fensterplatz frei. Sie blickte auf ein Schild mit der Aufschrift ›Betriebsbahnsteig – Betreten verboten‹. Eine Frau mit einem Funkgerät verschwand durch ein Tor. Ein Fahrzeug vollbepackt mit Getränkeflaschen kam gleichzeitig heraus. Jetzt erkannte Berenike die Aufschrift ›Train Catering‹ auf den Fahrzeugen. Mehrere Männer standen beisammen und rauchten. Einzig die Frau rannte hin und her, gab Anweisungen, sprach in ihr Funkgerät.

Berenike kramte ein Buch hervor, ›Gedanken ausmisten mit Feng-Shui‹. Sie hievte die Tasche ins Gepäckfach oberhalb der Sitze. Als sie nach einem Taschentuch suchte, knisterte etwas in ihrer Hosentasche. Das Foto.

Ein Foto wie damals. Sie starrte es an, bis sich ein anderes Bild von selbst dahinter materialisierte. Damals. Sie hatte ihre Galerie Aktfotos aus dem Internet entfernen wollen. Nach Donners Attacke. Doch die Fotos waren bereits verschwunden. Nur ein einziges Bild war zu sehen gewesen, in Großaufnahme. Von ihr. Wie sie … – es konnte nur von Donner stammen – während er …

Bei der Erinnerung wurde ihr erneut schlecht. Das Foto gestern. Ein Porträt von ihr. Das Gesicht verschwitzt. Und – ihre Todesangst. Sie war zu sehen, zu spüren. Heute wie damals. Das Ersticken. Wie sehr sie geglaubt hatte, sterben zu müssen.

Die Tür ging auf. Der Schaffner. Mit dem Fahrplan. Sie steckte das Bild weg. Ruckend setzte sich der Zug in Bewegung. Ihre Augen folgten den Gleisen, sie schlängelten sich hierhin, dahin. Eine Frau öffnete die Abteiltür, deutete fragend auf die leeren Plätze, setzte sich Berenike gegenüber.

Was für ein Vorfall letzte Nacht. Das finstere Stiegenhaus, der Strom schien ausgefallen. Sie hatte sich nichts gedacht, so etwas passierte manchmal in dem alten Gebäude. Die Wohnungstür nur angelehnt. Da war die Angst zurückgekommen. Ihre Lebens-, ihre Überlebensangst.

Sie schob das Foto tiefer in den Hosensack. In Hütteldorf stieg eine Jugendgruppe zu, lautes Lachen, Schreien schwappten über sie hinweg. Kurz darauf herrschte wieder Stille. Eine Stille wie im Stiegenhaus letzte Nacht. Berenike hatte bereits die Wohnungstür aufdrücken wollen, da hatte sie eine Männerstimme gehört. Eine Männerstimme aus der Wohnung ihrer Mutter! Hinter der Tür war es finster gewesen. Durch das Gangfenster schien das Licht einer Straßenlaterne herein. Sie hatte erkannt, dass die Schlösser aufgebrochen waren. Weg hier, zurück auf die Straße! Sie hastete hinunter. Stolperte. Suchte den Untergrund zu ertasten. Trat daneben, fiel, rutschte sitzend einige der glatten Stufen hinunter. Rappelte sich auf. Hinaus! Sie hetzte über die Straße, trat in die Arkaden des Theaters in der Josefstadt. Jetzt warf sie einen Blick nach oben. Die Fenster der

Wohnung waren dunkel. Sie suchte nach ihrem Handy, aber das musste irgendwo liegen geblieben sein. Es hatte so lange gedauert, bis sie endlich eine Telefonzelle gefunden hatte. Sie wählte die Nummer ihrer Mutter.

»B-Berry, gut, dass du – geht es dir …?«

»Mama, was …?«

»Warte, ich geb dir S-Selene.«

»Berry? Es ist alles okay. Ein Einbruch. Bist du in Ordnung? Ja, komm bitte. Die Polizei ist da.«

Später, als die Polizisten weg waren und Selene, Rose und sie ein wenig aufräumten, ging Berenike in ihr Zimmer. Alles wirkte wie vorher. Das Bett gemacht, das Regal geordnet. Auf dem Nachtkästchen ein Bild, es lehnte neben einem alten Kinderfoto in einem Silberrahmen. Sie konnte sich nicht an das Vorhandensein von mehr als einem Foto erinnern. Was darauf zu sehen war, es ließ ihr das Blut aus dem Kopf weichen. Ein Bild, von ihr – Donner! Aber der war tot, Gott sei dank. Alles in ihr gefror zu Eis. Ganz im Gegensatz zu dem Foto.

Berenike zuckte zusammen. Der Schaffner. »Fahrkarten bitte.« Sie griff in den Hosensack. »Oh, Entschuldigung.« Die Fotografie. Der Schaffner hatte die Hand ausgestreckt, zuckte zurück. Sah sie eigenartig an. Berenike kramte in der Geldbörse. Er zwickte das Ticket, rasch. Der Zug wurde langsamer, bremste. Er hastete aus dem Abteil. Die andere Frau ihm nach.

Berenike packte ihren kleinen Imbiss aus. Schenkte sich Tee aus der Thermoskanne ein. Den Magentee hatte sie extra in einer Kräuterdrogerie erworben, weil ihr schon wieder ständig schlecht war. Während sie kaute, beobachtete sie die wenigen Fahrgäste, die in St. Pölten zustiegen. Auf der Höhe von Amstetten schlief sie ein. Sie träumte von einem Polizisten, der grinsend die Knöpfe ihres Hemdes öffnete, während sie ihm seine Kappe abnahm.

Vom neuerlichen Bremsen wurde sie wach. Nieselregen benetzte die Fensterscheiben. Ihr gegenüber saß ein Mann, weit jünger als sie. Draußen konnte sie nichts erkennen. »Wissen Sie, wo wir sind?«

»Ich glaube, Attnang-Puchheim kommt bald.«

Schläfrig blätterte Berenike durch eine Tageszeitung, die jemand neben ihrem Sitz vergessen hatte. Steigende Kriminalitätsraten, höhere Aufklärungsraten. Wie beruhigend. Und ein Statement von Sieghard Lahn, er dankte für seine Erwählung zum neuen Leader der Nationalen Bewegung. Er hatte es also geschafft. Vollmundig versprach er, sich um die Bekämpfung der Kriminalität zu kümmern. Weiter hinten im Blatt ein kleinerer Bericht über Rolanda. ›Laut grafologischem Gutachten wurde die Frau wahrscheinlich dazu gezwungen, den Brief zu schreiben und darin die Schuld an zwei Morden auf sich zu nehmen …‹ So weit waren wir schon mal, dachte Berenike und schloss wieder die Augen.

Der junge Mann stieg in Bad Ischl aus, fünf Bergsteiger füllten jetzt das Coupé. Viel zu laut, viel zu fröhlich. Menschenmassen schoben sich in den Zug. Hochaufragende Berge neben saftigen Wiesen. Die Fahrt schlängelte sich am Hallstätter See entlang. Das Wasser lag glatt da, vom Ort am gegenüberliegenden Seeufer sah man nur wenig. Schon lange sehnte sich Berenike nach einem Besuch auf dem legendären urzeitlichen Gräberfeld, es musste eine mystische Erfahrung sein.

Sie trafen in Bad Aussee ein, als das Nieseln in Regen überging. Berenike kletterte hinter einem Paar in Wanderkleidung auf den Bahnsteig. Wie immer kam der Zug ein paar Minuten zu spät an. Gierig sog sie die saubere Luft ein. Jetzt würde alles gut werden, sie hoffte es sehr.

Sie ging über die Gleise Richtung Ausgang. Ein paar schwarz gekleidete Jugendliche beobachteten sie neugierig. Das Handy klingelte.

»Roither, hallo?«

»Hallo, Berenike, Susi hier. Du, der Inspektor Kain ist da und hat nach dir gefragt.«

Der auch noch. Er hatte sicher bemerkt, dass sie sich entgegen seines Verbotes aus dem Staub gemacht hatte. Auch wenn Wien nicht aus der Welt war. »Ich bin gerade angekommen, Susi. Vertröste ihn doch bitte auf morgen, ja?«

Sie tastete nach dem Foto in der Hosentasche, nahm es heraus. Ein letzter Blick. Sie konnte sich nicht vorstellen, wer Freude daran hatte, sie mit einem solchen Bild zu erschrecken. Einem Bild, das sie mitten ins Herz treffen musste. Das Gesicht, blutig aufgerissen. Wie von einer eifersüchtigen Katzenfrau. Eingefallene Wangen, hervorstechende Schlüsselbeine. KZ-Häftlinge, daran musste man bei diesem Anblick denken. Die Haare kahl geschoren wie sie, gedemütigt, zu allem bereit, um das eigene Leben zu retten – und erst getötet. Gequält – und dann erst erschossen. Das Bild strahlte einen Hass aus, der nicht zu ertragen war. Es musste eine Manipulation sein. Wem machte es Spaß, ein Bild zu versenden, auf dem sie zu sehen war, schmerzvoll, sterbend? Wer war die Frau auf dem Foto, die wie sie aussah? Das Bild trug keine Erklärung, keine Aufschrift, nichts. Berenike biss sich auf die Lippen. Zurückgehaltene Tränen drückten gegen ihre Lider. Sie zerriss das Fotopapier ratschend. Einmal, zweimal, tausendmal. Die Schnipsel ließ sie in den Papierkorb regnen. Sie spuckte darauf, wie um den Fluch zu verfluchen, ihn unschädlich zu machen. Aus dem Augenwinkel sah sie, wie die Jugendlichen ihr nachblickten.

30

AYURVEDA-TEEMISCHUNG

»Frau Roither, schön, dass Sie wieder da sind!« So freudestrahlend hatte Berenike ihre Vermieterin selten erlebt. Frau Gasperl kam, mit der üblichen Schürze bekleidet, um die Hausecke. Um ihre Beine streiften zwei der Katzen. Spade machte sich umgehend an Berenike heran, der Macho. Er rannte zwischen ihre Füße, beide stolperten sie. Der Kater sah sie dümmlich an. »Keine clevere Beschattung, mein Lieber!« Der kleine Tiger trollte sich zu seinem Kollegen, der wie immer lässig im Hintergrund abgewartet hatte. Berenike schnupperte. Der Geruch nach frisch gemähtem Gras war wie ein Lebenselixier.

»Gell, die Luft bei uns, das gibts in Wien nicht!« Frau Gasperl stützte sich auf ihren Besen. Hexenbesen. Neben ihr lag ein Haufen feuchter Blätter.

»Wie geht es Ihnen?«

»Danke, es geht.« Berenike setzte die Tasche ab. Sie sah die Katzen ihrer Wege gehen, wahrscheinlich hatten sie noch einen Mäusemord aufzuklären … falls sie ihn nicht selbst verschuldet hatten.

»Und Sie? Immer viel Arbeit?«

»Ja, ja. Beim Regen fällt so viel Laub auf den Boden. Da hab ich gleich aufgekehrt.« Sie sah Berenike neugierig an. »Na, Sie können sich jetzt freun. Erleichtert werdens sein. Es zeichnet sich nämlich eine Spur ab.«

»Eine Spur?« Berenike streichelte Dr. Watson. Spade sprang in die Höhe und stupste mit der Nase in ihre Kniekehlen. Die Berge lagen als zackig graue Schattenrisse hinter den Regenmauern.

»Na, der Tote in der Gradieranlage. Dieser Anwalt. Und womöglich auch bei dem Journalisten. Rumänen sollens gewesen sein. Der Inspektor hats behauptet.« Frau Gasperl lehnte den Besen gegen die Hauswand und pflückte an dem Rosenstrauch neben dem Eingang herum. Berenike konnte nicht nachvollziehen, was Frau Gasperl immer im Garten zu schaffen hatte. Für sie genügte das Grün, auf das ihre Augen schauten, der Duft, der ihre Nase glücklich machte.

»Rumänen, sagen Sie?«

»Ja, ein Raubmord. Wissens, die Forstarbeiter, die bei den Tennisplätzen hausen. Na, mich wundert das nicht. Sogar die Trafikantin hat mir ihr Leid geklagt, dass sie mit denen kein G'schäft macht. Die rauchen ein stinkendes Kraut, das bringens von unten mit.« Frau Gasperl begann, den Weg zu ihrer Haustür zu kehren. »Dabei gehts ihnen gut bei uns. Verdienen 300 Euro, mehr als sie in Rumänien kriegen, freie Kost und Logis dazu.«

»Ach so?«

»Ja. Ich hab noch mit dem Sepp geredet.« Frau Gasperl schüttelte nachdenklich den Kopf.

»Mit dem Sepp?«

»Ja, mit dem Meister Sepp. Der kommt doch immer zu Ihnen?«

»Natürlich.«

»Der hat es gleich gesagt, dass er die Rumänen verdächtigt.«

»Wieso? Kennt sich der Sepp so gut aus?«

»Ja sicher, er ist doch Jäger! Er hat gesagt, die Rumänen mit ihrem Geheimdienst, die haben leicht Zugang zu Giften.«

Die Vorstellung, dass sich ein Rumäne in ihre Teeküche geschlichen und Gift in den Verbenentee gemischt haben sollte, verwirrte Berenike. Womöglich machte Ragnhild mit einem Rumänen gemeinsame Sache. So geheimnisvoll, wie sie immer tat. Aber das war doch alles total absurd! So einem Gerücht konnte man nicht trauen. Frau Gasperl reimte sich gern alles Mögliche zusammen.

»Hat denn der Inspektor Kain nicht mit den Wienern geredet?«

»Welchen Wienern?«

»Der Kripo in Wien. Wegen dem anderen Mord, mein ich.«

»Diese Frau?«

»Ja.«

»Das weiß ich nicht, ob die gemeinsam ermitteln.« Frau Gasperl stützte sich auf den Besen. »Sollten sie aber, oder?«

Berenike nickte.

»Ich kann mir schon vorstellen, dass diese Ostarbeit… – dass die …« Der Blick der Vermieterin wanderte nachdenklich in die Ferne, bäuerlich und erdverbunden. Sie wirkte wie ein lebendes, wenn auch gealtertes Exemplar der heroischen Frauenbilder aus der Nazizeit. »Die dunkeln Murln tauchen überall auf und schleichen herum, Fremde halt, das merkt man. Neulich habens beim Fetzenmarkt von der Feuerwehr in Kainisch Ski und Elektrozeug mitgehen lassen. Ohne zu zahlen. Nur das Beste habens g'nommen. Ich trau denen alles zu. Sie nicht?«

Berenike zuckte mit den Schultern. Das waren zu viele Informationen auf einmal. Die Rumänen konnten doch wohl nicht hinter den Drohungen gegen sie stecken. Aber vielleicht waren sie angeheuert, gedungene Mörder. Noch beängstigender. Und doch nicht stimmig. Aber wenn die

Polizei es für plausibel hielt – bitte, sie wäre nur zu froh, wenn die Fälle gelöst wären!

»Ein paar von den Forstarbeitern sind verschwunden, kaum dass sich die Polizei für sie interessiert hat. Damit machen sie sich erst recht verdächtig, meinen Sie nicht?« Frau Gasperl zupfte an einer Fliederstaude. »Was halten Sie denn von dem Ganzen??«

»Was soll ich davon halten?«

»Na, Sie kennen sich halt bei uns noch nicht so gut aus. Aber man hört so viel, man kann den Ausländern einfach nicht trauen. Eine österreichische Reisegruppe habens da unten als Geiseln genommen, furchtbar.«

»Sie meinen in Algerien?«

»Ja, ich glaub.«

Berenike hatte die Berichte am Rande verfolgt. Einige Touristen hatten die Warnungen nicht ernst genommen und waren in ihren Jeeps dieselbe Wüstenroute gefahren, auf der es bereits zu einer Entführung gekommen war. Auf eine einheimische Reiseleitung hatten sie verzichtet. Prompt waren sie in eine bewaffnete Falle geraten. Das österreichische Außenamt wurde eingeschaltet, weil sich unter den Vermissten österreichische Halbprominenz befand. Dass der Leiter der Reisegruppe zwar häufig in der Region unterwegs war, aber trotzdem nicht Französisch sprach, fand offenbar nur Berenike sonderbar.

»Ja, ja, die Leut«, Frau Gasperl schüttelte den Kopf. »Aber der Maler Maresch …«

»Was ist mit dem?«

»Ach nichts. Er lebt in der Nähe von diesen Rumänen.« Frau Gasperl warf einen prüfenden Blick auf die Blumen. »Raubmord. Diese armen Leute haben ja nix. Kein Wunder, dass …« Sie ging hinters Haus und kam mit einer Schaufel zurück.

»Aber Gift bei einem Raubmord? Ist das nicht ungewöhnlich?« Berenike hatte ihre Tasche wieder aufgenommen und bewegte sich zur Haustür.

»Das weiß ich auch nicht, Frau Roither. So etwas muss die Polizei ermitteln. Aber was ich weiß, ist, der Anwalt hat ziemlich geprotzt. Ich hab das von meiner Freundin, die arbeitet im Hotel Seebrise. Kein Wunder, wenn ihn jemand ausrauben wollt … Er war ein unangenehmer Mensch.« Wem sagte die Gute das! Frau Gasperl schabte mit der Schaufel metallisch über den Asphalt, trug das aufgekehrte Laub zum Komposthaufen. Berenike ließ die Hausfrau stehen.

In ihrer Wohnung packte sie sofort aus. Die Katzen schnüffelten aufgeregt in ihren Sachen, sprangen in die Tasche und wieder heraus. Sie öffnete die Fenster und lüftete ausgiebig, die Luft in den Räumen war abgestanden. Erdiger Regenduft wehte herein. Brachte Kindheitserinnerungen, an Regenstiefel, in einer Kiste gesammelte Schnecken, die über Nacht das Weite suchten. Alles war so lange her.

Nach einem Tee und einem Butterbrot, das ihr Frau Gasperl freundlicherweise spendierte, war es Zeit, im Salon nach dem Rechten zu sehen. Der Regen machte Pause, also radelte sie hinunter in den Ort. Die Bremsen funktionierten zum Glück erstklassig, sonst hätte sie auf der nassen Straße ein mulmiges Gefühl gehabt. Im Salon stapelten sich frisch gelieferte Kisten mit Tee. Es roch nach Vanille. Postzusteller Rosner scherzte gerade mit Susi. »Nicht einmal Kaffee darf ich trinken!«, beschwerte er sich mit rauer Stimme. Man wusste nicht, ob vom Ärger oder von der Erregung wegen Susis Dekolleté. Berenike spendierte eine Kanne Ayurveda-Tee für alle. Servierte ihn in grünbraunen Tassen, ein Geschenk von einer Bekannten aus der Mongolei.

»Trinkst halt was Gutes bei uns, Franzi, damit du uns erhalten bleibst!« Susi lächelte den Postler an, wie sie alle anlächelte.

Rosner nippte mit seinem großen Mund an der kleinen Tasse. »Nett, aber Kaffee kann dieses Gesöff nicht ersetzen!«, murrte er, bevor er sich verabschiedete und seine Tour fortsetzte.

Bedanken hätte er sich wenigstens können! Berenike schnupperte an ihrer Tasse. Versuchte, jene innere Ruhe zu spüren, die sonst immer entstand, wenn Menschen den gleichen Tee kosteten. Wenn alles andere außen vor blieb. Im Chajing, dem Buch vom Tee, hatte der chinesische ›Teeheilige‹ Lu Yu manche Teeblätter mit dahintreibenden Wolken verglichen, die sich hinter den Bergen auftürmen; andere mit sanft gekräuselten Wellen, wie sie von einer leichten Brise erzeugt werden. Was für eine Welt!

Endlich entspannt, besprach sie mit Susi das Vorgefallene. Die Sache mit der Maus war blöd, aber auch das würde sich regeln lassen. Der Salon hatte in den Tagen von Berenikes Abwesenheit ganz annehmbare Umsatzzahlen gehabt. Wenn es so weiter ging, hatte sie das Ärgste überstanden. ›Pantha Rei‹, alles fließt.

»Ach, bevor ich es vergesse: Inspektor Kain ist mehrmals da gewesen.« Susi trank den letzten Schluck Tee.

»Du hast mich deswegen angerufen, ja. Was wollte er?«

Susi beugte sich zu Berenikes Tasse hinüber. »Hast du ausgetrunken? Sehr gut, ich wasch alles ab.« Schwungvoll stand die junge Frau auf, verschwand mit wippenden Locken in der Küche. Berenike packte die Katzenfigur aus, die sie in einem Chinashop in Wien um wohlfeile neun Euro erstanden hatte. Sie platzierte das Goldkätzchen in der Auslage zwischen ein historisches Buch über das Ausseerland und eine Prise Tee, die Susi auf einen kleinen Teller gestreut hatte. Die asiatische

Verkäuferin hatte Stein und Bein geschworen, dass massenhaft Kunden ihr Geschäft betraten und viel mehr Geld dort ausgaben, seit eine ebensolche Katze diese mit winkender Pfote hereinlocke. Abwarten …

»Was hat er gewollt, der Kain?«, Berenike war zu Susi in die Küche getreten

Kain, immer wieder Kain!

»Keine Ahnung. Mir hat ers nicht sagen wollen. Ist schon haftig, die Morde. Da gruselt es einen direkt, gell? Und der in Wien noch dazu …«

»Hat er zufällig eine Gruppe Rumänen erwähnt?« Der Inspektor wollte sicher nur überprüfen, ob sie einen der verdächtigten Fremdländer erkannte. Kein Grund zur Sorge.

»Nein, wieso?«

»Egal. Erklär ich dir, wenn ich weiß, was Kain so Dringendes mit mir zu besprechen hat«. Im Salon wischte Susi den Tisch sauber. Fragend sah sie auf die Katzenfigur. Berenike erläuterte ihr das Geheimnis der Glückskatze.

»Meinst?« In Susis Augen zeigte sich Skepsis.

Berenike wollte von ihren positiven Gefühlen erzählen, ihrem Glauben an eine bessere Zukunft, da fiel ihr Blick auf die offene Eingangstür. Von draußen drangen Traktorgeräusche herein. »Hast du die Tür noch nicht zugesperrt?«

»Oha.« Susi nahm den Schlüssel und eilte zur Tür. Hob die Hand und erstarrte.

»Was ist denn?« Blei in den Füßen, als Berenike näher trat. Immer diese Vorahnungen!

»Was ist das?« Susi stand noch immer unbeweglich. Berenike folgte ihrem Blick. Ein seltsames Gerät lag da auf der Türschwelle. Hölzern, mit einem langen Schraubgewinde. Eine rote Spur zog sich über das alte Holz. »Blut?« Sie wussten nicht, wer das Wort als Erste ausgesprochen hatte.

»Ich weiß nicht, Berenike.« Susis Stimme zitterte, ungewöhnlich für die junge Frau. »Oder Farbe?« Susi griff nach dem Werkzeug. »Besser ich hols herein, oder?« Sie hob es mit spitzen Fingern auf.

»Frau Roither.«

Berenike fuhr zusammen, sah auf. Eine vermummte Gestalt drängte gerade zur Tür herein und schloss sie mit Nachdruck hinter sich. »Sie erinnern sich bestimmt.« Jemand in einer weiten, schwarzen Regenpelerine und einer tief ins Gesicht gezogenen Kapuze. Die Stimme gedämpft durch einen Schal, den sich dieser Mensch über die untere Gesichtshälfte gewickelt hatte. »Ihre Zeit ist bald abgelaufen. Ich hoffe, Sie haben den Mörder gefunden. Oder sind Sie es am Ende selbst gewesen? Sozusagen als mörderische Publicity für Ihren erfolglosen Laden?«

Berenike machte einen entschlossenen Schritt auf den Eindringling zu, packte das schwarze Ungeheuer an den Armen. »Lassen Sie die blöden Witze!«

Unter der Pelerine bewegte sich etwas. Eine Waffe! Das wars jetzt …

Berenike hörte ein glucksendes Geräusch. Es war nicht zu fassen: Die Person lachte! Die Stimme kam ihr sehr vertraut vor.

Ein wütender Sprung, ein Griff nach der Kapuze. »Ich glaub nicht mehr an Ihre Drohungen, Herr Scheiner! Ich fürcht mich nicht vor Ihnen und Ihren Spielchen! Ich habe einen rechtsgültigen Vertrag und meine Pacht immer bezahlt. Hauen Sie ab!«

Susi stand hinter ihr. »Was ist denn?«

»Los, ruf die Polizei!«

Scheiner lachte noch immer, schritt seelenruhig Richtung Ausgang und trat ins Freie.

»Und gib Inspektor Kain dieses«, Berenike schrie jetzt,

»dieses Fundstück. Ich will mit den Ermittlungen nichts mehr zu tun haben.«

Hysterisch. Das war jetzt hysterisch.

Seis drum.

31

Der Tee ist ein Kunstwerk und braucht eines Meisters Hände, um seine edelsten Eigenschaften zu entwickeln. (Kakuzo Okakura, Tenshin; Das Buch vom Tee)

Aufwachen bei Sonnenschein. Berenike war erschöpft ins Bett gesunken und gleich eingeschlafen. In der wohltuenden Stille ihrer Wohnung war kühle, saubere Luft durchs Fenster hereingekommen. Keine Baustelle brachte sie wie in Wien um den Schlaf, keine Altpapiercontainer mussten um 7 Uhr früh geleert werden. Sie trat auf den Balkon, es war warm, aber nicht heiß. Dr. Watson und Spade schmeichelten miauend um ihre Füße. »Hey, guys. Wo ist euer Kollege Marlowe? Habt ihr ihn gesehen?« Der Kater war seit ihrer Rückkehr nicht aufgetaucht. Ihre erste Katze, die zutrauliche Esperanza, war spurlos verschwunden, jetzt hatte Berenike immer ein mulmiges Gefühl, wenn eine von den Miezen nicht aufzufinden war. Gefahren lauerten überall, mochten die Tiere auch noch so vertraut mit ihrer Umgebung sein. Berenike kam das grässliche Foto von ihr selbst in den Sinn.

Von ihrer Doppelgängerin, korrigierte sie sich energisch. Zum Glück hatte man ihr kein Bild einer hingemetzelten Katze geschickt. Trotzdem – Wo steckte ihr Marlowe?

Inspektor Kain hatte das seltsame Gerät abgeholt. ›Erst verschwinden Sie entgegen meiner Weisung. Und jetzt – was ist das?‹, hatte er gegrummelt.

Sie schüttelte sich, wollte so die negativen Gedanken loswerden. Man konnte eine bessere Wirklichkeit erschaffen, mit der Kraft der eigenen Gedanken, davon war sie überzeugt. Heute wollte sie schwimmen gehen. Danach würde sie am See frühstücken. Sie bereitete eine Thermoskanne mit grünem Sencha vor. Beschwingt radelte sie in den Ort. Im kleinen Supermarkt besorgte sie sich einen Kornspitz mit Käse und eine Banane. Nur eine Frau wartete an der Kassa vor ihr.

»Berenike, griaß di, bist wieder da?« Die Verkäuferin lächelte sie freundlich an. Als hätte sie nie jemand geschnitten. Waren die Rumänen wirklich die Mörder? Es wäre endlich eine Lösung. Raubmord mit Gift war ungewöhnlich, aber sie kannte die rumänischen Gepflogenheiten nicht. Wenn die Morde geklärt waren, konnte sich Berenike auf ihr eigenes Leben konzentrieren. Es gab genug zu tun, indeed. Gestern noch hatte sie die Wohnung mit Salbei und Myrrhe geräuchert, um die Atmosphäre zu reinigen und ruhig in die Zukunft blicken zu können. Sie hatte Frau Gasperl misstrauisch durchs Stiegenhaus tappen gehört.

Lässig radelte Berenikc an der Gradieranlage vorbei. Das hölzerne Gebäude wirkte trotz des Sonnenscheins finster. Die Absperrbänder der Polizei waren weg. Sie konnte die Sole plätschern hören, als wäre es nie anders gewesen. Einige ältere Leute umrundeten bereits die duftenden Tannenzweige. Sie hatte vergessen, Inspektor Kain nach Rabensteins Brieftasche zu fragen, ob auch diese gefehlt hatte.

Hinter der Anlage verschwand ein dunkler Lockenkopf, er sah aus wie Jonas. Dieser Mann tauchte wirklich überall auf, wo sie vorbeikam. Seltsamer Zufall. Altaussee war klein, doch nicht so klein.

Aber heute wollte sie sich von nichts in ihrer guten Laune stören lassen. Berenike bog Richtung Strandcafé ab. Beim letzten Haus vor dem Wald blühten die Blumen bunt und üppig. Zwei Frauen mit Nordic-Walking-Stöcken kamen ihr erhitzt entgegen, blondiert, mit ungesund roten Gesichtern. Die dickere der beiden hatte ihr T-Shirt unterhalb des Busens verknotet, das fette Fleisch des Bauches glänzte schweißnass. Ihre Stöcke rammten sie in den Boden, als wären sie voller unterdrückter Wut. Sie würde nie so sein, schwor sich Berenike. Dann war sie endlich im Wald. Duftendes, ewiges Sommergrün.

An einem Aussichtspunkt mit Bank am Seeufer stieg sie ab. Die Trisselwand spiegelte sich wie eine Prinzessin im stillen Wasser. Steinhoheit. Hier in Aussee konnte Berenikes Sehnsucht vielleicht zur Ruhe kommen. Diese Suche nach etwas, von dem sie nie recht gewusst hatte, was es war. Sie dachte an die alten Geschichten. Die Erzählungen mit ihren Löchern, die nie jemand stopfen würde. Das Geflüsterte. Ihre eigene Flucht. Und das Gefühl, am Zielbahnhof angekommen zu sein.

Noch war kaum jemand unterwegs. Das Nichts dröhnte Berenike in den Ohren. Immer diese Umstellung, Anpassung, das Angepasstwerden. Nicht einmal das Linienschiff zerteilte noch die Wellen. Ein Boot trieb weit draußen, wahrscheinlich ein Fischer. Die Saiblingssaison hatte offenbar begonnen. Berenike radelte weiter. Endlich entschied sie sich für eine kleine kiesige Bucht, in der sie allein sein konnte. Sie kletterte hinunter und entledigte sich ihres Sommerkleids.

Irgendwann wollte sie nackt baden. Nicht allein. Jonas fiel ihr ein. Vielleicht ….

Sie humpelte über die spitzen Steinchen. Wie verweichlicht sie war, horrible. Langsam ließ sie sich ins Wasser gleiten. Die nasse Kälte traf den Bauch, die Brüste, die fast schwerelos an der Wasseroberfläche trieben. Nichts wie los! Sie streckte die Arme, die Beine. Vor und zurück. Spürte das Wasser kühl und klar. Leben spendend. Doch die Tiefe, sie wirkte wie fischiges Nichts. Ein Sog der Dunkelheit. Berenike schauderte. Im Wasser war es, als gäbe es Vergessen. Als gäbe es ein Nichts, in dem man sich auflösen könnte. Einen Ort, an dem man den Gedanken ein Ende machen konnte. Diesen immer wiederkehrenden Gedanken.

Man musste ganz im Hier und Jetzt bleiben. Sie beobachtete ein paar Enten, sieben Junge, winzig noch. Wie süß. Das kantige Grau der Trisselwand, es wirkte feucht vom Regen. Irgendwo da hinten im Toten Gebirge musste sich Beppo Haim versteckt haben. Wenn sie nur wüsste …

Sie glitt auf den Rücken und paddelte sachte mit den Beinen. Weit über ihr am Himmel schwebte ein Vogel. Der Loser schien zu grüßen, grünlich leuchtete er in der Sonne. Sie musste zurück. Sie war schon weit draußen. Von irgendwoher erklang das Kläffen eines Hundes. Lahn fiel ihr ein. Sein Besuch mit den zwei seltsamen Hunden letzte Nacht, sie musste wohl geträumt haben …

Sie zwang sich, gleichmäßig zu atmen. Langsam und konzentriert ans Ufer zu schwimmen. Alle Gedanken niederkämpfen. Sie hatte schon ganz andere Distanzen im Wasser zurückgelegt. Auch im Meer, bei Wellengang. Nur keine Panik. Das würde nur alles schlimmer machen!

Lahn, dieser Wahnsinnige. Nein, sie konnte das nicht geträumt haben, zu real war die Erinnerung an ihre Begegnung. ›Ich will Sie an Ihre Schulden erinnern, Frau

Roither!‹ Wie Scheiner. Die beiden machten hoffentlich nicht gemeinsame Sache! Das wütende Bellen seiner Hunde. Die Kälte kroch ihr in alle Knochen. Wie sie in der Nacht auf den Balkon getreten war, im seidigen Nachthemd. Die Luft so kühl. Wie Lahn heraufgesehen hatte, mit diesem Blick. Wie er die Außentreppe ins Visier genommen hatte. Hatte er vorgehabt, bei ihr einzusteigen?

Ruhig. Einatmen. Ausatmen. Tempo. Arme. Beine.

Die Entenfamilie kam wieder vorbei. Endlich wurde das Wasser unter ihr heller. Seichter. Noch ein paar Züge, die Adern an der Schläfe schmerzten. Sie spuckte Wasser. Finger tasteten nach dem steinigen Grund. Steine ritzten Haut. Noch im Wasser ließ sie sich fallen. Spitze Steine, es war ihr egal. Sie hatte es geschafft. So wie sie es letzte Nacht geschafft hatte, Lahn zu vertreiben. Schnaufen und Schnauben, tierisch. Die Sonne glitzerte harmlos auf den leichten Wellen. Berenike schob die Schwimmbrille auf die Stirn und hielt das Gesicht in die Sonne.

»Ist das Wasser kalt?« Eine zackige Männerstimme rief vom Weg herunter. Muskulöse Oberarme, oranges Oberteil. Ein Frauenkopf, der sich über die breite Schulter des Mannes beugt.

»Angenehm!«, keuchte Berenike. Langsam kehrte Ruhe in ihren Körper zurück. Was für eine Panikattacke! Es war beschämend. Sie schloss die Augen. Ein Stein drückte in ihre Handfläche. Im Wasser schlug etwas immer wieder sachte gegen ihr Schienbein. Ein Stück Holz wahrscheinlich. Sie öffnete die Augen, strich sich mit der Hand die nassen Strähnen aus der Stirn. Das Ding im Wasser trieb gegen ihre Knie. Etwas schmerzte an ihrem kleinen Finger. Hatte sich verfangen. Dass die Leute auch immer ihren Mist …!

Sie zog die Hand mit einem Ruck aus dem Wasser. Ekel

stieg säuerlich von ihrem Magen auf. Sie fröstelte. Dann brach ein überdrehtes Lachen aus ihr hervor.

Das war ja …

Das war – noch ärger als sie dachte!

32

GRÜNER SENCHA

Inspektor Kain war schnell, doch Viktor Seller von der Kleinen Zeitung war noch schneller. Die ersten Fotos – Berenike mochte nicht daran denken, wie sie darauf aussah. In ihrer Kehle saß kein Schrei des Verhinderns mehr. Außerdem kannte sie die Medien. Sie würden sich ihr Foto beschaffen, so oder so. Sie hatte es oft erlebt, wie halbprominente Stargäste bei Events gejagt wurden. Wenn Firmenchefs sich den Medien verweigern wollten, weil es wirtschaftlich nicht gut lief. Da arbeitete sie lieber gleich mit den Medien zusammen.

»Sind Sie mit dem Bild einverstanden?« Seller, jung, unrasiert und hypernervös, zappelte vor ihr herum. Hinter seinem Rücken machte sich hektische Betriebsamkeit breit. »Ich muss mir noch Ihren Namen notieren.« Er suchte in den tausend Taschen seiner braunen ärmellosen Jacke nach einem Schreibgerät. Endlich förderte er einen billigen, abgekauten Kugelschreiber und eine alte Kinokarte zutage. »Muss mein

Notizbuch vergessen haben«, er warf einen unruhigen Blick auf die Umgebung. Auf seinem T-Shirt stand etwas von ›Steira-Men‹, natürlich war es grün. Berenike hatte sich auf eine große Baumwurzel gesetzt.

»Zuerst die Fotos.« Seller hockte sich neben sie und drückte an der Kamera herum. Auf dem kleinen Display erschien eine Frau mit düsterem Blick, ihre nassen schwarzen Haare standen in alle Richtungen. Vom rechten kleinen Finger baumelte etwas, das man erst nach näherem Hinsehen erkennen konnte. Ein dunkelweißes, poliertes Etwas. Stellenweise angeschwärzt. Und dann, wenn sich die Haare im Nacken aufstellten, weil der Körper bereits reagierte und das Nervensystem weitergegeben hatte, was die Augen sahen – dann kam auch das passende Wortgeflecht in den Sinn: ein menschlicher Kiefer. Beziehungsweise dessen Reste. Ein Scherz vielleicht. Oder eine Nachahmung. Und die Gründe?

Ein Streifenwagen rauschte mit Blaulicht und Tatütata an, am Ufer entlang. Das bereitete Inspektor Kain offensichtlich Spaß. »Sie machen Sachen, Fräulein Berenike!« Er kletterte schnaubend die Böschung herunter, sein Kollege Gerbl blieb abwartend beim Wagen.

Berenike hielt ihre Hand hoch. Er betrachtete das Ding an ihrer Hand, als wären sie in einem Science-Fiction-Film gefangen. Dann kam er mit einer Decke, legte sie ihr um die Schultern. Wo auch immer er die aufgetrieben haben mochte. Lieber nicht überlegen. Mit den Händen in Einweg-Gummihandschuhen, die man sonst nur aus dem Fernsehen kannte, ruckelte Kain an den Knochen und befreite ihre Finger endlich. Ihr war, als hätte er ihre Hände ewig mit seinen dicken Fingern umklammert gehalten. »Soll ich einen Arzt rufen?« Der Polizist setzte eine besorgte Miene auf. Etwas daran gefiel Berenike nicht.

»Alles okay, es geht schon.« Nur keinen Arzt.

»Erzählen Sie bitte, was passiert ist«, forderte er sie auf. »Haben Sie selbst das – ähm, diese Knochen im Wasser gefunden?«

Berenike nickte. Ihre Zähne klapperten unkontrolliert. ›Steiramen are very good‹, las sie auf Sellers T-Shirt, ›very very good for Hollywood‹. Kains Blick wanderte zwischen ihr, dem Ufer und dem Weg hin und her. Sie stand auf und entfernte sich, um sich hinter einem Busch umzuziehen. Mit klammen Händen schälte sie den nassen Badeanzug von der Haut, trocknete sich ab und warf sich in ihre Kleidungsstücke. Endlich geschafft. Zurück an der Fundstelle traf sie auf Kain, der das Stück eines menschlichen Schädels in einer Plastiktasche anstarrte.

»Ist es – künstlich? Sie wissen schon, von der Art, wie man es beim Medizinstudium braucht?«

Der Polizist fuhr herum. Sein Uniformhemd war zerknittert, die Kappe saß ihm schief auf dem Kopf. »Das wird die Untersuchung zeigen. Aber ich glaube nicht. Wir werden die Knochen mit Vermisstenfällen vergleichen müssen.« Kain stöhnte und wischte sich den Schweiß von der Stirn. »Wenn ich nur wüsste, mit welchen.«

Vermisste! Beppo Haim, sie musste Kain davon berichten. Weitere uniformierte Polizisten trafen ein, sperrten alles ab. Was für ein Aufwand. Trotz trockener Kleidung nahm das Klappern ihrer Zähne zu. Die Thermoskanne fiel ihr ein. Plätschernd schenkte sie sich einen Becher Tee ein. Das Getränk war nicht mehr besonders warm, jedoch besser als nichts. Allein der Geruch! Aber dem Sencha widerfuhr diesmal leider keine Gerechtigkeit …

»Es liegt wohl schon länger im Wasser?«

»Wie?«

»Das – der Schädel.«

»Weiß nicht.«

»War das ungefähr die Stelle, Frau, äh …?« Ein Typ mit Sprechfunkgerät kam heran.

»Roither heiße ich«, sie biss die Zähne aufeinander. »Ungefähr hier.« Es fiel ihr schwer, hinzusehen. Wegsehen konnte sie auch nicht. Damn it, was für eine Geschichte. Einige Männer zogen schwarze Taucheranzüge an. Ein anderer in Jeans und blauem Hemd mit aufgekrempelten Ärmeln stand konzentriert daneben. Berenike traute ihren Augen nicht. Das war schon wieder …!

Kain verfolgte ihren Blick. »Unser Kollege von der Kripo, Mordkommission. Der ehrgeizige Bezirksinspektor Jonas Lichtenegger.« Kain sah griesgrämig drein.

»Was? Der ist vom Mord?« Well done, Berenike, eine Formulierung wie aus dem Fernsehkrimi. »Ich meine, der ist Polizist?« Ihr Lächeln war unangebracht. Doch ihr war endlich wärmer, ein wenig zumindest.

»Wieso nicht?«

»Für einen echten Polizisten schaut der doch –« Sie stockte.

»Was denn, Fräulein Berenike?«

»Zu gut sieht der aus. Für einen Kieberer.«

Kain kramte in den Taschen seiner Uniform. »Sie rauchen nicht, Fräulein Berenike – oder?«

»Nein.«

Kain rollte die Zigarette zwischen seinen Fingern, zündete sie an. »Fräulein Berenike? Wegen des Geräts von neulich.«

»Ja?«

»Folter.« Kain zog an seiner Zigarette, schaute Berenike abwartend an.

»Wie bitte?«

»Ein Foltergerät. Daumenschrauben.«

»Daumenschrauben?«

»Der Gerichtsarzt hat es mit Abbildungen in alten Büchern verglichen. Früher ein beliebtes Mittel, um Geständnisse zu erzwingen.«

»Hat es mit Rabenstein zu tun? Ich meine, seine Finger ...«

»Das vergleichen die in der Gerichtsmedizin gerade. In einem Museum in der Oststeiermark ist so ein Ding gestohlen worden.«

»Von unserem Täter.«

»Keine voreiligen Schlüsse, bitte.«

»Natürlich.«

»Kollege?« Vom Ufer rief jemand nach Inspektor Kain. Er trat die Zigarette aus.

Berenike hüpfte auf der Stelle. Wenn sie sich bewegte, verging das Zähneklappern vielleicht. Sie musste Kain noch von dem Widerstandskämpfer erzählen. Shit, was für ein Tag. Sie dachte an ihren Vater. Dass Berenike dankbar für das Heute sein solle. Dankbar! In der Schule hatte es geheißen: ›Sorgen Sie für eine Atmosphäre der Geborgenheit.‹ Geborgenheit. Ein guter Witz.

Einer der Taucher stieg aus dem Wasser und kam auf die Polizisten am Ufer zu. »Wir haben weitere Knochen gefunden.« Er hielt dem Revierinspektor etwas hin, das wie Rippen, Oberschenkelknochen und ein Stück Schädeldecke aussah. »Ziemlich deformiert, wenn ihr mich fragt.«

»Fragt dich denn jemand?«

Der Taucher sah überrascht zu Kain auf. Der fummelte gerade an einer neuen Zigarette. Das Feuerzeug klickte überlaut, Kain inhalierte tief.

»Haim«, murmelte Berenike.

»Wie bitte?« Kain fiel die brennende Zigarette aus der

Hand. Er bückte sich und ächzte. Vom Gehweg starrten Schaulustige herunter.

»Ein Widerstandskämpfer. Beppo Haim ist sein Name. Rabenstein hat zu seiner Person recherchiert. Er ist 1945 irgendwo hier verschwunden.«

»Nie gehört.« Kain sah misstrauisch zwischen den Knochen und Berenike hin und her. Etwas funkelte in seinen Augen. »Woher wissen Sie das? Und wieso erfahr ich das erst jetzt?« Der strenge Polizist hatte wieder die Oberhand in ihm gewonnen. »Ich hab die aktuellen Todesfälle zu klären, Fräulein Berenike. Und selbst die sind Lichteneggers Aufgabe. Das Vergangene ist gewesen und vorbei. Verstanden?« Er sah sie abwartend an. Sie nickte. Das Zittern kroch ihr neuerlich von oben, vom Nacken her unter die Haut.

›Gewesen und vorbei.‹

Kain keuchte, als er zum Weg hinaufkletterte und die Plastiktüte im Auto verschwinden ließ. Irgendwo läutete ein Handy. Meines, dachte Berenike. Sie machte sich auf die Suche nach ihrer Tasche. Stolperte. Das Telefon läutete wieder, dann ein weinerlicher Gong. ›Akku fast leer‹, warnte das Display.

»Roither?«

»Berenike?« Der schottische Akzent. »Bitte hälfen Sie mir. Es geht um das Testament, das Manuskript …«

»Hallo? Frau MacLeod, sind Sie das?«

Keine Antwort. Berenike schaute auf das Display. Schwarz. Der Akku war leer. Mist.

»Frau Roither?« Inspektor Kain war ihr gefolgt. »In Zukunft halten Sie sich aus den Ermittlungen heraus. Und wenn Sie noch einmal verschwinden, ohne dass ich Ihnen das erlaubt habe …«

»Wollen Sie mir drohen?«

»Denken Sie einfach an meine Warnung.«

33

Der erste Aufguss ist der ›Tee des Wohlgeruchs‹. Der zweite Aufguss heißt ›Tee des Wohlgeschmacks‹; der dritte Aufguss aber ›Tee der langen Freundschaft‹. (China)

»Ich bringe Sie nach Hause.« Jonas Lichtenegger, ein Wasserfleck zierte seine aufgekrempelten Jeans. Er stand groß und leicht gebeugt vor ihr.

»Sie?« Berenike sah zu ihm auf.

»Also, wenn Sie wollen.« Schatten lagen um seine dunkelgrauen Augen. Sie erinnerte sich an den Abend im Strandcafé. Die Brandlöcher, die seine Hand auf ihrer Haut hinterlassen hatte. Getanzt hatten die Fingerspitzen auf der Haut. Dazu das feurige Versprechen von Chili-Eis auf der Zunge.

»Ja, gern.« Irgendetwas in ihrem Körper gab gerade nach und sie fühlte die Schwäche. »Aber mein Fahrrad …«

»Wollen Sie in Ihrem Zustand Rad fahren?« Jonas Lichtenegger sah sie an, als wäre sie ein kleines Mädchen. »Ein Kollege kann das Fahrrad später bei Ihnen vorbeibringen.«

»Ja, gut. Ich habe es nicht abgesperrt.« Auch an diese Vertrauensseligkeit hatte sie sich hier gewöhnt. Berenike faltete die Decke zusammen, während Jonas einem Polizisten Bescheid gab. »Ich kenn die Zeugin«, rief er. Schweigend kletterten sie nach oben. Ein Schaulustiger trat auf Berenike zu, natürlich ein Mediengeier. Jonas schob sich dem Störenfried entgegen, drückte ihn zur Seite, schirmte Berenike ab. Ein Prickeln im Schoß. Und Dankbarkeit. Geschützt durch seine Autorität konnten sie unbehelligt verschwinden.

Der Wald verschwendete seinen Duft. Die Zehen wurden beim Gehen wärmer. »Warum haben Sie mir nicht gesagt, dass Sie Polizist sind?« Berenike stolperte über eine Wurzel, ihr Körper fühlte sich taub an. Jonas schob ihren Arm unter seinen. Legte seine Hand auf ihre kalten Finger. Eine Behutsamkeit, die sie lange nicht erlebt hatte, vielleicht nie.

»Meine Ermittlungen«, Jonas hustete, »sie zwingen mich zum Stillschweigen, verstehen Sie?« Er sah sie fragend an.

»Nicht ganz.« Berenike spürte ein trockenes Kratzen im Hals. Blöd, wenn sie sich auch noch verkühlt hatte. »Waren Sie das am Bahnhof in Attnang-Puchheim?«

»Wollen wir wieder Du sagen?« Seine gebräunte Hand auf ihrem nackten Arm. Zweimal dunkle Haut.

»Ja, gut.« Wie schön es wäre, sich fallen zu lassen. Konnte sie dem Mann trauen? Die Polizei, dein Freund und Helfer, galt das? Hatte es je gegolten? Ihr Vater behauptete das Gegenteil.

»Was wird jetzt passieren? Mit den Fundstücken, meine ich.« So zu enden, so in einen See geworfen zu werden … »Glauben Sie – glaubst du an einen gewaltsamen Tod?«

»Hmhm.« Er hüstelte, wie sie das schon von ihm kannte. »Ja und nein.«

Sie blieb stehen, kramte in ihren Taschen nach einem Zuckerl, etwas, das sie ihm geben konnte, aber sie fand nichts. Nicht einmal einen Kaugummi. Die Baumstämme erinnerten sie an den Typ, der im Wald gegraben hatte. Und dann wurde ihr bewusst, dass diese Gestalt sie an Scheiner erinnerte. Genauso schwarz vermummt. »Jonas …«

»Ja?«

»Nichts.« Sie wollte nicht davon reden, wollte sich den Kopf nicht zerbrechen. Zu vage Verdachtsmomente. Die Sonne wärmte sie, als sie den Wald hinter sich ließen.

»Wie fühlen Sie – wie fühlst du dich?« Jonas sah sie an. »Ist dir noch kalt? Ich wärme dich, komm.« Ihre Haut, dieser verräterische Körperteil, nahm alles auf. Das berühmte

Funkeln trat in seine Augen, hellte sie glitzernd auf. Es hatte etwas von Vergessen. Sie überließ ihm ihre Hände. Hätte ihm noch mehr überlassen. Wenn nicht ein Handy geläutet hätte. Eine unbekannte Melodie.

»Lichtenegger? Oh. Toplitzsee? Verstehe. In Ordnung. Bis später. Berenike, ich – es gibt Arbeit.« Das Funkeln war verschwunden. Zwei Enten schnatterten im Gras neben dem Uferweg. »Ich muss dich verlassen.«

»Was ist los?«

»Es tut mir leid, ich darf nicht darüber reden.« Jonas scharrte mit den Schuhspitzen im Kies. Häufte kleine Mugel auf. »Kommst du allein zurecht?«

Nein!, wollte sie rufen, aber …

»Es – ich hoffe, du schaffst das? Soll ich einen Streifenwagen anfunken? Berenike.« Seine Augen blitzten wieder auf. Ein paar Leute waren unterwegs, verstummten in ihren Gesprächen, sahen die beiden im Vorbeischlendern neugierig an.

»Ich habe es nicht weit.«

»Gut. Berenike?«

»Ja?«

»Sei vorsichtig. Ich bitte dich.«

»Ja.« Sie würde sowieso aufpassen.

Er ging. Blieb stehen, winkte ihr. Jetzt konnte sie das Funkeln wieder erkennen. Berenike machte einen Schritt, setzte sich dann auf einen Baumstumpf. Was für eine komische Sache. Man konnte fast den Eindruck bekommen, als ob Jonas vor ihr flüchtete.

34

GESICHTSMASKE MIT GRÜNEM TEE

Shanna! Auf die Schottin hätte Berenike beinahe vergessen.

Frau Gasperl äugte neugierig aus ihrer Tür, erfolglos, Berenike ließ sie links liegen bis auf einen höflichen Gruß. In der Wohnung suchte sie hektisch nach Shannas Telefonnummer. Bekritzelte Zettel flogen von der Ablage, hinterher das Telefonbuch von vor zwei Jahren. Wütend schoss sie mit einem Fuß das verstreute Trockenfutter der Katzen weg. Endlich fand sie die Seite aus der Ausseerland-Zeitung mit Rabensteins Traueranzeige. Berenike wählte, es läutete lange. Dr. Watson spazierte über das Telefon, unterbrach die Verbindung. Berenike wählte erneut. Von irgendwo hörte sie Marlowes Jagdschrei und war erleichtert über dieses Lebenszeichen.

»Yes?«

»Berenike Roither hier. Hallo.«

»Hello, Berenike! Danke, dass Sie zurückrufen!« Shanna rollte die ›R's‹ mehr denn je.

»Shanna«, Berenike holperte über die für ihre Begriffe zu vertrauliche Anrede, »entschuldigen Sie bitte, ich konnte nicht früher zurückrufen, mein Handy, der Akku und Jonas, ja, der Akku, der war leer, und ich war weg, aber jetzt ist Jonas …«

»Ist Lichtenegger bei Ihnen?«

»Nein – nicht direkt.«

»Das ist gut.«

»Wieso?« Berenike ließ sich auf das Korbsofa im Vorzimmer fallen.

»Ich vertraue niemandem, you know.«

»Aber Jonas, Lichtenegger, er ist Polizist. Mordkommission. Dem könnten Sie schon …« Berenike unterbrach sich, dachte an ihr eigenes Misstrauen. Die Erregung, in der Jonas sie zurückgelassen hatte, war immer noch zu spüren. Ein Kribbeln überall im Körper. Ihre Lippen, der ganze Mund sehnten sich nach ihm. Die Nerven ihrer Haut streckten sich geradezu nach Berührung aus. Sie fuhr sich mit einer Hand über den nackten Oberarm. Jonas löste Gier und Sehnsucht in ihr aus. Und löste dieses Versprechen nie ein. Wieso bekam sie diesen Typ nicht ins Bett? Sie kam ihm so gar nicht näher. Tausende Male hatte sie früher bekommen, was sie wollte. Auch mit einer Frau hatte sie es gemacht, aber Jonas – nicht einmal ein Kuss. Ob Shanna mit ihm …?

»Berenike?«

»Entschuldigung, was haben Sie gesagt, Shanna?« Berenike zupfte am Kabel, das altmodische schwarze Telefon mit der Wählscheibe wackelte gefährlich auf dem schmalen Tischchen.

»Sie wissen nicht, was ich erlebt habe, Berenike, bitte. Ich habe meine Gründe dafür, niemandem zu trauen.«

»Verstehe, aber wieso dann mir?«

»Ich muss mit jemandem sprechen. Sie waren freundlich zu mir. Mein Darling, also, Robert, er …«, Berenike hörte ein Schniefen im Hörer, dann raschelte Papier. »Die Unterlagen, also dieser Artikel, ja?«

»Ja?«

»Sie liegen bei eine Anwalt, ich habe es heute erfahren. Die Sache wird in seine Testament erwähnt. Er hat alle Informationen bei eine Wiener Rechtsanwalt hinterlegt.«

»Wer …«

»Soll ich Ihnen die Name vorlesen? Ich spreche sie vielleicht falsch an.«

»Aus.«

»Ja, aus. Gilbert Donner.«

»Wie bitte?«

»Donner.«

»Ich hab Sie schon richtig verstanden. Aber Shanna, wissen Sie nicht …?«

»Nein, was?«

»Haben Sie keine Zeitung gelesen?«

»Nein, warum? Ich hatte kein Kraft.«

»Shanna, der Anwalt ist tot! Er wurde ermordet.«

»Wie meine Sweetheart?«

»Ja. Ebenfalls vergiftet.«

»Shit. Deshalb hat in die Kanzlei niemand mit mich gesprochen.«

»Sie haben dort angerufen?«

»Ja, aber man hat mir – wie sagt man? – abgewimmelt?«

»Abgewimmelt, genau. Wer hat Ihren Anruf entgegengenommen?«

»Eine Frauenstimme. Ausflüchte ich habe gehört.«

Die widerliche Sekretärin der Nobelkanzlei, mit Sicherheit. Berenike erinnerte sich an das blonde Luder, angejahrt, eitel. Mit Stöckelschuhen und einem Theatergrinsen im Gesicht, das sie nur ihrem Chef schenkte.

»Shanna, ich weiß nicht, wie ich Ihnen helfen kann …«

»Natürlich. Ich will Sie nicht belästigen.«

Berenike beendete das Gespräch. In der Küche lag noch das Sieb mit den Senchablättern. Sie rührte eine Gesichtspackung damit an, dazu benötigte sie nur Ei, Honig und Topfen. Sie patschte sich alles ins Gesicht und legte sich auf die Couch im Wohnzimmer. Die Maske roch erfrischend nach dem grünen Tee, aber das half jetzt nicht weiter. Nicht nach den neuen Informationen. Die waren ein Hammer.

Rabensteins Artikel über Beppo Haim befand sich in der Obhut des ermordeten Anwalts. Die Papiere lagerten wahrscheinlich nach wie vor in seiner Kanzlei, in einem der dicken Tresore, in dem Rechtsverdreher ihre Akten verstecken.

Mit geschlossenen Augen ertrug Berenike Spades nach Milch tretende Katzenpfoten auf ihrem Bauch und versuchte dabei, nachzudenken. Sie musste entscheiden, was als Nächstes geschehen sollte. Sie setzte sich unter dem empörtem Blick des Katers halb auf. Sie hatte doch geschworen, die Ermittlungen der Polizei zu überlassen. Aber sie schien die einzige zu sein, der Shanna vertraute. Also musste sie sich etwas einfallen lassen. Die Angelegenheit war verquer. Zu ärgerlich, dass sie die restlichen Seiten von Rabensteins Artikel immer noch nicht kannte.

Nein, es war keine Ruhe zu finden. Sie schob die Katze neben sich auf das Sofa, erhob sich und wusch sich im Bad die Maske aus dem Gesicht. In der Küche stellte sie Wasser auf. Ein Tee für die Nerven, das wäre jetzt – eine Tasse glitt ihr aus den unruhigen Händen und zerbrach auf dem rot gekachelten Küchenboden. Sie kehrte die weißen Scherben auf. Besser, sie fuhr in den Salon und redete mit Susi. Tee trinken mochte sie dort sowieso am liebsten. Vielleicht hatten sie gemeinsam eine Idee, wie sie weiterforschen konnten. Berenike wollte nicht aufgeben. Nicht, weil eine blöde Sekretärin sich verweigerte. Auf dem Weg nach unten hörte Berenike Schlagermusik aus Frau Gasperls Räumen.

Sie fragte sich, ob Shanna MacLeod wirklich nichts vom Tod des Anwalts geahnt hatte. Der Fund seiner Leiche in der Gradieranlage war Tagesgespräch gewesen. Erst gestern war durchgedrungen, dass man ihn mit Blausäure vergiftet hatte. Die Polizei hatte die Information nicht mehr zurückhalten können. Jetzt wussten alle, die fernsahen, dass der

Anwalt innerlich erstickt war, weil seine Zellen durch das Gift den Sauerstoff nicht mehr aufnehmen konnten. Seine hellrot verfärbte Haut und die roten Leichenflecken waren ein eindeutiger Hinweis gewesen. Donner musste innerhalb weniger Augenblicke gestorben sein. Kopfschmerzen, Schwindel, Erbrechen, Krämpfe, Hyperventilation, Atemstillstand, Bewusstlosigkeit und Herzstillstand, so hießen die unrühmlichen Stationen vor seinem Tod. Cyanwasserstoff – im Fernsehen nahm niemand den Namen ›Zyklon B‹ in den Mund. Unter dieser Bezeichnung war das Schädlingsbekämpfungsmittel in den Konzentrationslagern bei der Ermordung von Juden zum Einsatz gekommen. Komisch, jetzt, da die Details ausgesprochen waren, konnte Berenike nüchtern darüber nachdenken. Stellte sich noch die Frage, woher Donners Mörder das Gift beschafft hatte. Sie dachte an alte Wehrmachtsdepots. Oder war doch der rumänische Geheimdienst im Spiel?

35

Tee erleuchtet den Verstand, schärft die Sinne, verleiht Leichtigkeit und Energie und vertreibt Langeweile und Verdruss. (Chinesisches Sprichwort)

»Hi, Mamitschka!«

»Wer spricht, bitte?« Alle Tische im Salon waren besetzt,

Maria Salgados spanische Songs verführten zum Träumen vom Meer. Jetzt läutete auch noch das Telefon.

»Valerie!« Der Tonfall im Hörer war eindringlich.

»Valerie? Was für eine Valerie?« Berenike war unkonzentriert vor lauter Müdigkeit. Seit 7 Uhr war sie wach, seit acht im Salon. An Schlaf war nicht zu denken gewesen, nicht nur wegen der Hitze. Dabei hatte sie die Schwester des Todes so sehr herbeigesehnt, die Göttin des Schlafes. Die Büroarbeiten wuchsen ihr noch mehr über den Kopf, seit Susi vor ein paar Tagen abgereist war.

»Moment.« Ein Flüstern. Es knackte in der Leitung. »Da, ja sam. Berenike, wir haben recht gehabt, etwas geht hier vor.«

»Susi!« Natürlich war es Susi, wie konnte sie darauf vergessen. Die Studentin hatte eine zündende Idee gehabt. Neben ihr spürte Berenike das Alter wie eine riesige Bürde. Sie musste endlich wieder mit Madame Montego reden, falls einmal Zeit blieb. Seit dem Fund der Knochen im See ging es drunter und drüber. Nach dem Telefonat mit Shanna hatte Berenike sich mit Susi beraten. Ihr Einfall schien zunächst total wahnsinnig und nicht ungefährlich. Etwas schien sie zu reiten. Immer auf dem Weg zum nächsten Abenteuer. So war sie früher selbst gewesen. Sah aus, als sei sie tatsächlich genesen.

Nach einigem Hin und Her hatte Berenike mit verstellter Stimme in Donners Wiener Anwaltskanzlei angerufen. Sie gab sich als engagierte Mutter einer noch engagierteren ukrainischen Studentin aus. Berenike hatte den Telefonhörer mehrmals in die Hand nehmen müssen, bevor sie sich zu dem Anruf durchgerungen hatte. Das Gewicht des Telefons zog ihren Arm nach unten. Berenike sah die grauen Gänge der Kanzlei wieder vor sich und roch jenen chemischen Geruch, wahrscheinlich ein Putzmittel. Ein

Mann in der Arbeitskleidung irgendeiner Reinigungsfirma war ihr damals begegnet. Hoffentlich erinnerte sich niemand an sie und jenen Vorfall. Sie ahmte einen leichten Akzent nach und behauptete, sie und ihre Tochter Valerie seien extra aus ihrem Dorf angereist, weil sie so viel Gutes über Donners Engagement gehört hatten. Es sei für die Tochter eine Ehre, in Donners Kanzlei ein Praktikum machen zu können. Natürlich unbezahlt. Der Einfall war gut, niemand würde bis in die Ukraine Nachforschungen anstellen.

»Was, Herrrrr Donnerrrr lebt nicht mehr?«, hatte sie bestürzt gemurmelt. Umgehend konnte Susi alias Valerie in der Sozietät Donner, Recher, Steiner in der Wagramer Straße beginnen. Ein Praktikant war wegen des Mordes abgesprungen, was wollte man mehr. Doch weshalb nahm Susi jetzt das Risiko in Kauf, im Salon anzurufen und womöglich enttarnt zu werden?

Berenike erhob sich. Das Handy klebte heiß am Ohr. Sie sah Sepp hereinkommen, seine allgegenwärtige Pappschachtel unter dem Arm. Berenike winkte ihm zu. ›Columbiana‹, sang Maria Salgado.

»Mamuschka, hör zu …«

Berenike wischte sich den Schweiß von der Stirn. Eine Qual, nicht im Freien zu sein. Das hätte sie sich nicht gedacht, sie verbrachte mit dem Salon genauso viel Zeit indoors wie früher in der Agentur. »Wie läuft es, Susi?«, rang sie sich zu einer Frage durch.

»Es geht, Doktor Steiner fordert mich, ich komme kaum zu unseren Nachforschungen. Was ich sagen will, diese Sekretärin, Frau Schauer heißt sie, du, die benimmt sich seltsam. So ein Mannsbild war da, mit dem hat sie geflüstert. Stämmig hat der ausgesehen. Ich hab mitbekommen, dass sie irgendwelche Papiere suchen. Was immer es ist, sie sind verschollen. Die Schauer hat gesagt, sie beauftragt einen Computerspezialisten.

Die Haare von dem Besucher hättest du sehen müssen. Grell-orange! Der Typ wirkte trotz seiner eindrucksvollen Gestalt weibisch. Ich werde das weiter beobachten.«

»Susi, toll von dir, dass du dich so einsetzt.« Berenike schielte nach dem Computer, warf einen Blick in den Teesalon. Sie sollte an allen Stellen gleichzeitig sein und hing doch am Telefon fest.

»Danke. Es gibt noch eine Sache, über die ich mit dir reden …«

Mit einem Gong kündigte das E-Mail-Programm ein neues Mail an. Der Absender war eine gewisse East-West-Trade. Das konnte nur wieder – Sie fuhr mit der Maus schon zur Löschtaste, da entzifferte sie den Betreff: ›Anfrage Narzissenfest‹. Fahrig lenkte sie den Cursor auf die Nachricht, um das Mail zu öffnen.

»Mamuschka …«

Zweimal klickte Berenike daneben, dann hatte sie die Nachricht auf dem Bildschirm.

»So, jetzt gehts wieder. Also, es gibt neue Informationen über Beppo Haim!«

»Was?« Berenike spähte nach dem E-Mail. Jemand fragte nach einem exklusiven Tee-Event während des Narzissenfests. Das konnte nur ein Scherz sein, oder war sie zu misstrauisch geworden?

»Was meinst du dazu?« Susi hatte das Schnüffeln in der Anwaltskanzlei gleich gereizt. Das Ganze war natürlich streng geheim. Die Polizei durfte nichts davon erfahren. Die künftige Juristin konnte auf diese Weise sogar das Angenehme mit dem Nützlichen verbinden, Doktor Steiner hielt viel von ihrem Talent und band sie in diverse Fälle ein. Kindesmisshandlung, Väterrecht, Berenike kannte sich damit nicht aus.

»Es gibt Erben.«

»Erben?« Stille breitete sich im Hintergrund aus, die CD war zu Ende.

»Erben von Beppo Haim. Zwei Verwandte in den USA, Rhode Island, glaube ich.« Sie sprach den Namen aus, als ginge es um Simmering oder Bad Ischl. Susis Generation war überall zu Hause, die virtuelle Welt machte jedes Dorf zum Nachbarn. »Die Kanzlei hat mit ihnen Kontakt aufgenommen, ich glaube, Gilbert Donner hat das persönlich abgewickelt.«

»Susi, das sollten wir Inspektor Kain mitteilen. Vielleicht kann man ein DNS…«

»DNA«

»DNA-Dings machen, einen Abgleich mit dem Toten aus dem See?« Berenike beobachtete Sepp, wie er einen großen, glasklaren Stein aus seiner Schachtel nahm und vor sich auf dem Tisch platzierte.

Nachdem sie aufgelegt hatten, mussten zunächst die Gäste bedient werden. Berenike bereitete dreimal Erdbeer-Vanilletee zu, zweimal Schwarztee mit Minze und einen grünen Tee. Oder sollte es dreimal grüner Tee sein? Damn, sie hatte nichts notiert. Lieber noch mal nachfragen …

Endlich kehrte sie an den Computer zurück und arbeitete sich durch die E-Mail-Flut. Doch ständig wanderten die Gedanken zu den Verwandten des Widerstandskämpfers. Sie konnten endlich erfahren, was mit Beppo Haim passiert war. Zunächst galt es jedoch, die Schreibtischarbeit zu erledigen. Sie las das Mail aus Rumänien genauer durch: Die East-West-Trade sei, so schrieb ein Herr Balescu, seines Zeichens General Manager, ein aufsteigendes Handelsunternehmen mit Sitz in Bukarest. Wichtige Geschäftspartner wolle man nach Aussee einladen, eine exklusive Reise, zu der man einen krönenden Abschluss wünsche. Ob sie eine Teezeremonie auf die Beine stellen könne? Berenike bemerkte, dass ihr beim Lesen der Mund offen stand. Schon wieder Rumänen! Wahrscheinlich Neureiche wie in Russland. Er verlasse sich bei der Gestaltung auf die Erfahrung der Fachfrau, schrieb Balescu weiter, sein Deutsch war nahezu fehlerfrei. Er habe von ihrem, Berenike Roithers, Ruf in der Fachwelt nur Gutes gehört. Nicht zu fassen. Selektives Gehör, ein Segen. Automatisch griff Berenike nach dem Buch über den japanischen Teeweg. Sie würde diese Ost-Yuppies beeindrucken. Wenn ihr das Tee-Event gut gelang, konnte sich so etwas zu einem zweiten Standbein entwickeln. Sie musste später genauer darüber nachdenken. Schnell machte sie eine Notiz im Terminkalender. Sie grub in ihrem Hirn nach Erfahrungswerten von früher. Damals hatte sie allerdings eine Eventagentur im Rücken gehabt, samt Assistenz, die ihr den Kleinkram vom Leib hielt. Dafür war Balescu als Rumäne hoffentlich nicht so erfolgsverwöhnt wie ihre früheren Kunden. Ihr Blick verfing sich in der Linde vor dem Eingang, einem der germanischen Göttin Freya geweihten Baum. Süß und verführerisch dufteten ihre Blüten im Sonnenschein. Sie hatte Kain und Lichtenegger stundenlang Rede und Antwort stehen müssen. Die Göttin hatte sie nicht vor den Ermittlern bewahrt. Von wegen Gefahr bei ihren Nachforschungen. Und dass sie den Bezirk nicht verlassen solle. Wieso sie dies getan habe. Schnickschnack.

Berenike schob alle Gedanken beiseite. Die Anfrage Balescus hatte oberste Priorität. Money makes the world go round, summte sie. Passend dazu wollten die Leute an zwei Tischen zahlen. Anschließend zwang sich Berenike, eine Kostenaufstellung für Balescus Anfrage zu machen. Wieder sah sie zur Linde. Ihr war, als sehe sie ein Gesicht. Das Gesicht einer Göttin. Denk an das Geld!, flüsterte es. Plötzlich wirkte das ganze Leben süß und verführerisch. Eine Riesenlast fiel von ihren Schultern. Dankbar zwinkerte

Berenike zurück. Kurz darauf schickte sie das fertige Angebot ab.

Dann kontrollierte sie die Lebensmittelvorräte in der Küche. Grüner Salat gammelte vor sich hin, sonst herrschte Leere im Eiskasten. Sie musste grinsen. Welcher Yogaschüler erreichte das schon! Sie verglich mit den Tischreservierungen im Kalender. Für morgen Mittag hatte sich eine Gruppe von zehn Personen angesagt, irgendein Outdoor-Seminar. Sie würde Salat kaufen, Tofu braten, vielleicht bekam sie Sojasprossen, dazu ein Dressing mit Sesampaste. Berenike kritzelte eine Liste auf ihren Block. Sie sah nach draußen. Stand sie noch in der Gunst der Göttin? Sie starrte hinaus, aber der Baum war nur ein Baum. Das Läuten des Telefons unterbrach ihre Gedanken.

»Roither, guten Tag?«

»Balescu von East-West-Trade, spreche ich mit Frau Roither?«

»Guten Tag, Herr Balescu!«

»Sie haben mir eben Ihr Angebot zugesandt«, der Mann sprach langsam und gedehnt. »Es gefällt mir sehr gut. Ich möchte ein paar Einzelheiten mit Ihnen durchgehen.«

»Gern. Was kann ich für Sie tun?«

»Das Wichtigste, wir brauchen ein absolut erstklassiges Boot. Es muss geräumig sein, bequem und diskret. Einer meiner Gäste stammt aus dem Oman und ich möchte ihm das Beste bieten. Sie verstehen?«

»Natürlich. Wir werden für Sie ein stilvolles Ambiente inszenieren.«

»Danke. Die Kosten spielen natürlich keine Rolle. Setzen Sie sämtliche Spesen einfach auf die Rechnung. Ich sende Ihnen gleich die Bestätigung für meinen Auftrag.«

Kurz darauf spuckte das Faxgerät die Bestätigung mit Balescus Unterschrift aus. Er war ohne weitere Verhandlungen mit dem vorgeschlagenen Basishonorar einverstanden. Berenike erinnerte sich an die Tugenden des Eventmanagements und stellte eine Liste zusammen mit allem, worum sie sich kümmern musste. Sie brauchte ein Boot, Essen, Getränke, Raumausstattung. Daneben listete sie Zulieferer auf, die sie für die einzelnen Punkte kontaktieren wollte. Zufrieden schaltete sie den PC ab. Zeit für den Wochenmarkt in Bad Aussee. Das bunte Treiben gefiel ihr immer wieder, man traf Bekannte, das Angebot an Gemüse, Brot und Käse war frisch und lecker. Auch Sepp zahlte und verließ das Lokal. Sie würde kurz zusperren … Ausgerechnet jetzt tauchte Helena auf.

»Helena, euer Brot ist meine Rettung. Neulich in Wien ist mir so schlecht geworden. Ich hab mich mit Toastbrot aus dem Supermarkt vollgestopft und war trotzdem nicht satt.«

»Heut bin ich spät dran, Berenike, entschuldige.« Die Gaifahrerin hob eine Kiste mit Brot aus dem Lieferwagen. »In der Seebrise habens mich so lange aufgehalten. Dort ist die Hölle los. Ragnhild Gaiswinkler soll verschwunden sein. Samt irgendwelcher Kohle. Du bist doch mit ihr befreundet?«

As if she knew …

36

Des Teewegs Urgrund: Wasser sieden, Tee schlagen und ihn mit aufrichtigem Herzen trinken. Mehr nicht! (Sen no Rikyu, japanischer Tee- und Zenmeister, 1522-1591)

»Hilfe!!!«

Ein Schauer kroch Berenikes Wirbelsäule nach oben. Nichts ahnend hatte sie das Telefon abgehoben. »Wer ist da?« Eben war sie vom Tanz mit den Elementen in den Salon zurückgekehrt. Nackte Füße auf der puren Erde am Salzberg in Hallstatt, sie hatten zum Rhythmus balinesischer Trommeln getanzt. Ein unheilvolles Knacken aus dem Hörer, dann ein Tuten. Welches Schwein legte nach so einem Anruf auf? Auf der Anzeige nichts als Sternchen. Lächerlich, was brachte der ganze Technikkram heutzutage, wenn die Leute nicht offenbarten, wer sie waren?

Jetzt kam wieder alles gleichzeitig. Erst die Geschichte mit Ragnhild, die sich in Nichts auflöste wie ein nordischer Elf. Man behauptete, sie sei mit den Tageseinnahmen aus dem Hotel Seebrise verschwunden. Und jetzt der telefonische Hilferuf von jemand Unbekanntem! Starr blieb Berenike neben dem Telefon sitzen. Nach einer Ewigkeit schreckte das Läuten sie neuerlich auf. Sie streckte den Arm aus, griff daneben, bekam den Hörer kurz zu fassen, er rutschte ihr aus der Hand, knallte gegen die Tischplatte.

»Hilf mir.«

»Wer ist da? Ich verstehe nichts.« Es rauschte in der Leitung. Womöglich ein Anruf aus Rumänien. »Herr Balescu, sind Sie das?«

»… Frau Schauer bedroht …«, drang es knirschend an Berenikes Ohr.

»Susi, du bist das! Gehts dir gut?«

»… Mann herein …« Dann ruckte es in der Leitung, als zöge jemand das Kabel straff und die Worte drangen überklar an Berenikes Ohr. »Der Typ mit den orangen Haaren …«

Ein Gast kam herein. »Tach!« Berenike nickte ihm freundlich zu, deutete auf das Telefon. Hoffentlich hatte er Geduld.

»… ist reingestürmt, hat Frau Schauer bedroht. Ich habe mich im Klo versteckt. Er wird sich doch nicht aufs Damenklo wagen?«

»Nein, warum sollte er?«

»Ja, aber …«

»Was ist passiert?«

»Er hat wieder komisch mit der Sekretärin getan. Diesmal hab ich mich absichtlich in der Nähe herumgedrückt. Er sei von der Zeitung und suche Rabensteins Artikel. Dass er dafür bezahlt habe, blabla. Die Frau Schauer hat sich«, Susis Stimme stockte, »so freundlich verhalten, gar nicht so wie sonst. Aber der, der hat sie gewürgt! Und ich nix wie weg …«

»Susi, ruf die Polizei!«

»Ich – welcher Notruf ist denn jetzt der richtige – Im Handy hab ich sie eingespeichert, aber …«

»Die Polizei erreichst du unter 133. Sprich mir nach.«

»Eins – drei – drei.«

»Sehr gut. Ich lege auf und du rufst eins-drei-drei. Schaffst du das?«

»Ja. ›Ich hab jetzt genug!‹, hat er geschrien.«

»Susi, ruf die Polizei und meld dich wieder bei mir.« Berenike legte auf. Sie rieb die feuchten Handflächen aneinander. Ihre Fingerknochen fühlten sich steif an. Sie wusch die Hände mit warmem Wasser und ging hinaus, den einzigen Gast bedienen. Nachdem sie ihm eine Bionade gebracht hatte, tauchte eine größere Gruppe auf. Nervös warf Berenike einen Blick ins Büro, aber das Telefon blieb ruhig. »Grüezi!«, schallte es mehrstimmig. Schweizer.

»Grüß Gott, die Herrschaften.« Sie teilte die Karten aus. »Bitte sehr, was möchten Sie gern?«

»Was ist denn Rooibos Tee?«

»Ein koffeinfreier Tee aus Südafrika, ein Buschtee. Sehr entspannend.«

»Nein danke. Können Sie uns was Belebendes empfehlen?«

»Ja, gern ...«

Gelassen blätterten die Schweizer in der Karte. Endlich läutete das Telefon.

»Entschuldigung. Ein Notfall, bitte verstehen Sie.« Die Leute nickten ihr freundlich zu. Berenike flog ins Büro, stolperte über die Schwelle. »Ja?«

»Ich bins wieder.«

»Susi, gut, deine Stimme zu hören.« Berenike ließ sich auf den Sessel sinken. Ein Stapel Papiere gab nach und rutschte zu Boden. Sie bückte sich, hatte die Rechnung der Sozialversicherung in der Hand. Ach ja, der Zahlungstermin ...

Ein Keuchen im Hörer. »Der Typ hat mich in der Toilette aufgestöbert. Er hat mir eine geknallt. Ich ruf dich jetzt vom Firmentelefon an.« Berenike hörte Susi schlucken. »Warte, ich muss was trinken.« Im Hintergrund ein Stimmendurcheinander. »Er hat mich rausgezerrt und dann hat er Frau Schauer angebrüllt. Irgendwas von einem Laptop. Und wer das alles schon gesehen habe. Ich und der Computermann, hat Frau Schauer gesagt. Schon nicht mehr ganz so freundlich. Und dann ist der Wahnsinnige abgehauen.

Die Polizei … der Computerheini … Der ist in Gefahr, Berenike!«

»Hast du das der Polizei gesagt?«

»Ja. Ich glaube, es ist jemand unterwegs zu ihm.«

»Mehr kannst du nicht tun.«

»Nein. Der Computertyp hat die Daten von Rabensteins Artikel auf Donners altem Laptop gerettet. Sagt Frau Schauer.« Nach und nach brachte Berenike Klarheit in die Sache: Der große muskulöse Mann mit den orangen Haaren war zum zweiten Mal aufgetaucht. Er hatte sich als Redakteur einer Zeitschrift namens ›Geschichte und Wahrheit‹ vorgestellt. Sein Verlag habe Rabenstein einen angeblich riesigen Vorschuss für die aufwändige Recherche bezahlt. Jetzt wolle man Ergebnisse sehen – egal, ob der Verfasser tot oder lebendig sei. Der Mann hatte den Namen Shanna MacLeod genannt. Wahrscheinlich hatte diese ihm mitgeteilt, dass das Manuskript bei Donner in Wien hinterlegt sei. Warum die Schottin einem solchen, ging man nach Susis Beschreibung, windigen Typen gegenüber mit der Information herausgerückt war, konnte sich Berenike nicht vorstellen. Vielleicht der Schock, oder der Mann war professionell und fordernd aufgetreten. Eine kürzlich verwitwete Ausländerin konnte sich davon verunsichern lassen. Oder – der Gedanke war ungeheuerlich – sie machte mit dem mysteriösen Orangehaarigen gemeinsame Sache. Mit welchem Ziel auch immer.

»Die Polizei hat Frau Schauer mitgenommen. Angeblich harmlos. Man hat Spuren in ihrem PC gefunden.« Den Orangehaarigen hatten sie immer noch nicht. »Berenike, ich wollt dich sowieso kontaktieren. Wegen Haims amerikanischer Verwandtschaft. Sie haben mit Steiner telefoniert. Wollen ihm alle wichtigen Informationen per Post schicken.« Das waren ja einmal good news.

Nach dem Telefonat zwang sich Berenike dazu, das Tee-Event für den rumänischen Unternehmer zu organisieren. Es blieb nur wenig Zeit bis zum Narzissenfest. Zunächst das Boot. Sie blätterte im Internet nach Jachtverleihfirmen. Erschöpft schloss sie für einen Moment die Augen. Aber da war ja noch was. Sie musste Inspektor Kain anrufen und ihm die Informationen von Susi weitergeben. Sonst hieß es wieder, sie arbeite gegen die Ordnungshüter.

Sie schob das Papierchaos auseinander, jetzt war es sowieso zu spät, um Ordnung zu halten. Eine Reinigungskraft wäre nicht schlecht, dachte sie und griff nach dem Hörer. Beim Polizeiposten meldete sich nuschelnd eine weibliche Stimme.

»Inspektor Kain, bitte.«

»Der ist nicht hier. Worum geht es?«

»Ich muss etwas – es geht um den Fall Rabenstein.«

»Bezirksinspektor Lichtenegger ist der zuständige Ermittler. Ich verbinde.«

»Lichtenegger.«

»Roither hier. Ich meine, Berenike. Also, ach. Jonas, du …«

»Berenike, grüß dich!«

»Hallo, servus. Du … ich … was ist mit Inspektor Kain?«

»Das erzähle ich dir ein anderes Mal. Ich nehme an, du rufst dienstlich an?«

Dienstlich. Was für ein Ausdruck. Sie sah seine Blicke, die über ihren Körper glitten. Erinnerte sich, wie er sie wieder und wieder mit ihrer Erregung zurückließ. Wie ihre Gefühle ihren Körper geschunden hatten, ohne erlöst zu werden. Sie wollte – ja, sie wollte ihn in ihr Bett bekommen.

»Du hast recht«, jetzt nicht die Stimme verrutschen lassen,

»dienstlich. Es gibt da etwas, was du wissen solltest. Beppo Haim hat lebende Verwandte.«

»Was? Wo? Woher wissen Sie – ich meine, du, was weißt du?«

Sie wollte Jonas trauen. Doch auf wessen Seite stand er? Für einen Alt-Nazi war er zu jung. Alte Nazis, neue Nazis, was machte es für einen Unterschied? Profiteure damals wie heute, und kaum jemand hatte Schadenersatz erhalten. Auch nicht ihr Vater für seine gestohlene Kindheit, für die arisierte Wohnung der Familie. Berenike fuhr sich durch die Haare. Im Nacken schon wieder viel zu lang, sie registrierte es nur halb.

»Berenike? Bist du noch dran?«

»Ja.« In knappen Worten berichtete sie ihm von Susis Fahndungserfolg. »Ich werde sehen, dass meine Informantin alles auftreibt.«

»Wer ist das?«

Beinahe hätte Berenike Susis Namen ausgesprochen. »Das kann ich dir nicht sagen. Zumindest nicht im Moment.«

»Berenike, ich – mir kannst du vertrauen.«

»So, kann ich das? Kann ich das wirklich?«

»Das musst du selbst wissen, meine Liebe.«

Wieder erinnerte sich ihr Körper, ihre Haut an das Verlangen. Sie rutschte auf ihrem Sessel herum. Sprang auf. Wenn sie Jonas jetzt nicht sofort traf …

»Ach, Jonas. In einem anderen Leben …«

»Komm mir nicht komisch – wars das?«

»Ja.« Berenike schluckte.

»Ich habe viel zu tun.«

»Klar. Also tschüss. Es war …«

»Es war schön, deine Stimme zu hören.«

Mistvieh, jetzt sehnte sie sich erst recht nach ihm. Ihr Körper vibrierte. Ihre Brüste sehnten sich nach … Bilder entstanden vor ihrem inneren Auge. Wald, Moos, Sonnenwärme und das Gefühl seiner Haut unter ihren Fingerkuppen. Und jener Anruf, der alles zerstört hatte. Als stünde ein fremder Mann vor ihr. Sein Blick hart. Selbst die Augenfarbe verändert. Metallisch. Wie Silbermünzen, die erst wärmer wurden, wenn man sie eine Weile in der Hand bewegte. Seine Kieferknochen hatten sich durch die eben noch entspannten Wangen abgezeichnet. Zwischen denen dieser Kussmund saß. Konnte ein Mann überhaupt einen Kussmund haben? Damn it, sie wollte wissen, wer Jonas Lichtenegger wirklich war.

37

TÜRKISCHER ÇAY [TSCHAJ]

Dann also an die Arbeit, die Zeit bis zum Narzissenfest verrann sowieso viel zu schnell. In Berenikes Büro flogen die Informationen über die Jachtcharter-Firmen durcheinander. Ein Butterbrot stand neben ihrem Schreibtisch, dazu ein Glas Heidelbeermarmelade, ohne Zucker natürlich. Sie biss von dem Brot ab und kaute. Dann hob sie den Hörer ab und wählte. Wieder einmal.

»Ihre elegante Jacht, mein Name ist Sophie von Limbat, guten Tag?«

»Guten Tag, hier spricht Roither aus Altaussee.«

»Ich begrüße Sie sehr herzlich, Frau Roither, was kann ich für Sie tun?« Die Frauenstimme hörte sich gut geölt an.

»Ich möchte ein Boot leihen, mein Kunde hat höchste Ansprüche. Ihr Modell Elaine scheint mir eine interessante Wahl. Können Sie die Jacht empfehlen?«

»Die Elaine ist unser Schmuckstück, sie wird von gekrönten Häuptern aus ganz Europa geliebt. Für wann benötigen Sie die Jacht?«

»Zum Narzissenfest. Mein Kunde …«

»Ich bedaure sehr, Frau Roither, zur Zeit des Bootskorsos ist die Elaine schon lange vergeben.«

»Aber ein wichtiger Kunde …«

»Es tut mir wahnsinnig leid, Frau Roither.«

»Vielleicht ein anderes Boot? Ein kleineres?«

»Wir haben für diesen Tag keine einzige Jacht mehr zur Verfügung.«

Berenike beendete das Telefonat. Das war nun der fünfte Jacht-Verleih, bei dem sie erfolglos angerufen hatte. Mutlos biss sie in ihr Brot, die Zähne hinterließen einen gezackten Abdruck. Sie hatte nicht ahnen können, wie schwierig es war, einen Kahn aufzutreiben. Es war zum Aus-der-Haut-Fahren, wenn dieser lukrative Auftrag wegen eines lächerlichen Details zum Scheitern verurteilt wäre. Sie schob den Brotbrei im Mund herum. Das Telefonklingeln unterbrach ihre Gedanken.

»Berenike, servus!«

»Hallo – Jonas, bist du das?«

»Berenike – Nike – es ist für mich riskant, aber ich möchte mit dir über eine Sache sprechen. Die Ermittlungen …«

»Ja?«

»Mein Chef würde mich erwürgen, der alte Jäger. Aber ich – vielleicht kannst du zur Lösung beitragen.«

Berenike zog den Löffel aus der Marmelade und schleckte ihn schläfrig ab. Sie schmeckte die Heidelbeeren auf der Zunge. Und hatte Lust auf ein Glas Tee.

»Also, ich möchte gern deine Einschätzung hören …«

Die Auflösung, hoffentlich. Das würde vieles leichter machen. Zusammenhanglos erinnerte sich ihre Nase an den Duft seiner Haut. Ein wenig Lavendel, sonst nichts. Nur Haut. Jonas-Haut. Sie schloss die Augen und berührte mit den Lippen ihren nackten Unterarm. Augen zu und durch. Die Worte mussten gesprochen werden. Sie würden schmerzen, würden ihr Inneres zerschneiden.

»Wir haben Rabensteins Arbeitstagebuch gefunden, es befand sich im geheimen Tresor von Donner. Rabenstein hat die Informationen auf mehrere Datenträger aufgeteilt und alles verschlüsselt. Wir haben Spezialisten vom Heeresnachrichtendienst um Hilfe bitten müssen.«

»Wahnsinn! Ihr habt Haims Geschichte?« Berenike schob das Marmeladeglas beiseite. Zog einen Block unter den Papieren hervor. Nahm einen Bleistift zur Hand. Malte Kreise, Achterschleifen. Die Unendlichkeit. Panta rhei.

»Und, wie ging Haims Leben weiter?«

»Genau darüber möchte ich mit dir sprechen. Haim hat, nach der Flucht aus dem KZ«, Berenike hörte Papierrascheln, »einen Freund in Traunkirchen aufgesucht, jemanden aus dem Widerstand. Es war immer wieder von Partisanen im Toten Gebirge die Rede. Hauptsächlich Soldaten, die nicht an die Front wollten.«

»Ich hab davon gelesen, ja.«

»Haim und sein Freund haben sich im Wald getroffen. Rabenstein hat nicht erfahren, was er mit dem Freund besprochen hat. Der Journalist hat sich Informationen von den in den USA lebenden Verwandten erhofft. Er hat spekuliert, dass man gefangenen Widerstandskämpfern zur Flucht verhelfen wollte. Haim ist von einem Außenkommando nicht mehr ins Lager nach Ebensee zurückgekehrt. Seine Flucht grenzt an ein Wunder, meinst du nicht?«

»Im Frühjahr 45 war alles in Auflösung begriffen.«

»Aber die Todesmärsche?«

»Manch ein Aufseher hat vielleicht nicht mehr so genau hingesehen. Um sich zu retten.«

»Wie auch immer. Haim wurde nochmals gesehen.«

»Noch einmal? Nach Traunkirchen?«

»Ja, am Toplitzsee.«

»Am Toplitzsee? Aber …«

»Dort befand sich eine Marineversuchsstation, militärisches Sperrgebiet. Genau.«

»Soweit ich weiß, haben da Kriegsgefangene geschuftet.«

»Hat man dort überhaupt hingelangen können? War nicht alles abgesperrt und mit Posten gesichert?«

»Haim hat wahrscheinlich die Schleichwege gekannt. Er ist hier zu Hause gewesen, vergiss das nicht.«

»Stimmt. Man hat Haims Frau aus ihrem Haus vertrieben, hat Rabenstein erfahren. Ein SS-ler hat es sich unter den Nagel gerissen. Hermine Haim hat bei ihrer Schwester Unterschlupf gefunden. Diese ist später in die USA ausgewandert.«

»In Österreich hat damals kaum jemand eine Zukunft gesehen.«

»Frau Haim ist gleich nach dem Krieg gestorben. Um das Haus des Ehepaars Haim hat sich keiner gekümmert.«

»Und wo steht es? Wem gehört es?«

»Keine Ahnung. Das ist das Nächste, was wir herausfinden müssen. Und dann ist da noch etwas – die Knochen aus dem See. Das Loch im Schädel – es wurde als Schussverletzung identifiziert. Genickschuss. Die Knochen sind nicht allzu lang im Wasser gelegen. Wer immer das Opfer war, es ist keines natürlichen Todes gestorben. Aber wir müssen die DNA-Untersuchung abwarten. Wir hoffen, dass Haims Erben einer Vergleichsuntersuchung zustimmen.«

»Und die Rumänen? Was ist mit denen?«
»Woher weißt du von ihnen?«
»Frau Gasperl hat mit Kain …«
»Ach, lass mich mit dem in Ruh …«

Berenike blieb reglos sitzen, nachdem sie sich von Jonas verabschiedet hatte. Was sollte das jetzt? Wieso gab er ihr diese Informationen?

Sie stützte den Kopf in die Hände, dann richtete sie sich ruckartig auf. Über all dies musste sie ein anderes Mal nachdenken. Jetzt galt es zunächst, eine Jacht aufzutreiben. Sie mochte sich gar nicht ausmalen, was passieren würde, wenn es ihr nicht gelang. Sie beschloss, türkischen Tee zuzubereiten, schaltete den Samowar ein. Sie würde starken Tee aus türkischen Teeblättern, dem Rize Çay, zubereiten. Die Gäste würden sich an seiner Intensität nicht stören, weil sie ihn nach eigenem Geschmack mit heißem Wasser verdünnen konnten.

38

GLÜCKSTEE

Mit allem hatte sie gerechnet, nur nicht mit diesem Auftritt!

Endlich war der Morgen des Narzissenfestes da. Die Tage seit Balescus Auftrag waren wie im Flug vergangen. Es war keine Zeit geblieben, viel über die Morde nachzudenken. Berenike betrachtete prüfend ihr neues Geschäftsschild. ›Salon für Tee und Literatur‹ stand da in roten Buchstaben auf sanftgrünem Grund. Darunter, kleiner: ›Eigentümerin Berenike Roither‹. Stolz erfüllte sie, doch auch eine gewisse Unruhe. Wegen Herrn Balescu.

Seit Stunden war sie auf den Beinen, ganz Aussee war eine einzige große Party. Die Kinder hatten ihr Mai-Singen absolviert, die Narzissenhoheiten waren gewählt worden. Hunderte Bierfässer waren vorbereitet, sämtliche Gästebetten vergeben. Positives Feng-Shui überall.

Jede Menge Gäste bummelten durch den Ort. Ein leichter Wind kam auf, Wolken zogen über den Loser herein. Schatten legte sich über die Straße. Die Linde raschelte mit ihren Blättern. Berenike zog ihr Halstuch enger, sie fröstelte, wahrscheinlich von der Aufregung. Ihr erstes Narzissenfest, und gleich ein großer Auftrag. Sie hoffte, die Wünsche ihrer rumänischen Gäste mehr als zufriedenzustellen. Zum Glück hatte Helena ihr einen Tipp gegeben, und so hatte sie über sieben Ecken doch noch eine Jacht aufgetrieben. Dem Besitzer, einem gut betuchten älteren Herrn namens Andreas Simon, ging das Blumenspektakel am Arsch vorbei, so hatte es zumindest sein Urgroßcousin ausgedrückt (wenn sie den Verwandtschaftsgrad richtig rekapitulierte). Der alte Mann, Jäger aus Passion, kreuzte gern mit diversen Damen über die Seen des Salzkammerguts, um dann stilvoll im Brahmscafé oder sonst wo auf Kaffee und Kuchen einzukehren. Man verknöchere nicht überall, zitierte ihn Simon junior. Aber an diesem Tag war eine Anwesenheit im Ausseerland kein Thema für den Senior. ›Wie ich den Geruch der Narzisse hasse! Die widerlichste Blume überhaupt‹, habe der Alte geschimpft.

Die Jacht lag den ganzen Sommer am Grundlsee, sie war vom jungen Simon hertransportiert worden. Der Senior war rechtzeitig nach Ischia abgereist. Dort verdiene der Frühling seinen Namen, ließ er ausrichten. Er wünsche dem Narzissenfest arschkaltes Scheißwetter, wie es oft eingetreten sei. Schnapsidee, ein Frühlingsfest in diesem Wetterloch. Kannten die Ausseer ihr eigenes Klima nicht? Waren sie auf Drogen oder was? Nur weil das Fest bereits Jahrzehnte stattfinde, sei es nicht automatisch zur guten Idee mutiert. Und damit habe sich der alte Herr verabschiedet. Simon junior hatte sich gegen ein ordentliches Honorar bereiterklärt, die Jacht in Kapitänskleidung zu steuern.

Berenike hatte das Boot für die vornehmen Gäste in einen Traum aus 1001 Nacht verwandelt. Teppiche, Polster und Liegestühle waren vorhanden, um es sich bequem zu machen. Das silberne Teegeschirr stand zusammen mit dem Samowar an Bord bereit. Sie hatte edelste grüne Blatttees ausgewählt, darunter einen Bancha aus Japan. Sie mochte die tiefe Symbolik der Einfachheit, die sich im japanischen Teeweg zeigte: Die Grundprinzipien lauteten Harmonie (Wa), Hochachtung (Kei), Reinheit (Sei) und Stille (Jaku). Schade, dass sie keinen Teegarten besaß, der in Japan traditionell als Übergang zwischen der äußeren irdischen Welt und der spirituellen Sphäre des Teesalons diente. Um sich zu beruhigen, rekapitulierte sie wieder einmal ihr Motto:

Die Kunst des Tees,
muss man wissen,
ist nichts anderes,
als Wasser kochen,
Tee zubereiten und trinken.

Besser als der japanische Teemeister Sen no Rikyû konnte man das Wesentliche nicht auf den Punkt bringen. Es galt, an nichts anderes zu denken, als an Tee, über nichts anderes zu sprechen, als über das Getränk und die dazugehörigen Gerätschaften. Vielleicht konnte sie diese Philosophie ihren rumänischen Gästen nahebringen. Für diese war das Teevergnügen bei ihrem Ausflug wohl eher Nebensache. Seufzend füllte Berenike schwarze Teeblätter aus dem nordindischen Luftkurort Darjeeling in eine Dose, auf der verschiedene Teekannen als Motiv aufgemalt waren. Sie musste lachen bei dem Gedanken daran, dass schwarzer Tee in Europa anfangs von armen Leuten konsumiert wurde, weil er billiger als grüner gewesen war. In einer separaten Dose transportierte Berenike persische Rosenblüten sowie eine nach Zimt, Nelken und Pfeffer duftende Gewürzmischung für indischen Chai.

Als Treffpunkt mit Herrn Balescu war der Salon vereinbart. Berenike musste sich nur noch umziehen. Es hatte Narzissenfeste gegeben, bei denen der Schnee üppiger als die Narzissen ausgefallen war, hatte sie gehört. Doch mit solchen Geschichten wollte man sie als Zuagraste wohl auf den Arm nehmen. Auf dem Boot hatte sie jedenfalls für alle Eventualitäten gesorgt: Das Sonnensegel war überprüft, ein Heizstrahler an Bord, ebenso Decken und Ölzeug gegen Nässe. Und wenn alles vorbei war …

Jonas fiel ihr ein. Seine eigenartigen Anrufe. Sie unterbrach ihre Gedanken, bevor die Sehnsucht ihren Körper für alles andere untauglich machen würde. Zunächst war es wichtig, gute Arbeit zu leisten. Berenike überflog das Festprogramm. Ab 10.30 Uhr Autokorso in Bad Aussee, um 14.30 Uhr startete der Bootskorso auf dem Ausseer See. Alle Lokale hofften auf ein kräftiges Umsatzplus. Die Gemeinde rechnete mit einem Kaufkraftzuwachs in Millionenhöhe.

Susi war aus Wien zurückgekommen und heute Hausherrin im Salon. Das Narzissenfest und den Kirtag im Herbst ließ sie sich nie entgehen. Ihr Praktikum in der Wiener Anwaltskanzlei wollte sie jedoch anschließend fortsetzen. Aber wo blieb Helena? Ohne das frische Brot war das Büffet eine halbe Sache. Mochte Buddha wissen, was in Rumänien für Brot gegessen wurde – sicher kein belebtes wie aus Helenas Laden!

»Griaß di, Berenike!« Alma Behrens, die hatte ihr gerade noch gefehlt.

Susi kam heraus, um sie zu bedienen.

»Was empfiehlst du mir heut?« Alma zerrte an ihrem dunkelblauen Kleid, auf dem astrologische Symbole aufgedruckt waren. Sie setzte sich in einen Gartensessel. »Ich darf kein Fett essen, das weißt ja.«

Susi bot ihr einen Salat mit Sojasprossen und gebratenem Tofu an. Berenike wollte mit ihr hineingehen, aber Alma hielt sie am Arm zurück. »Ich muss mit dir reden.«

»Sehr gut, Alma, ich mit dir auch!«

»Was, wieso?«

»Du kennst Sieghard Lahn?«

»Ja, ich …«

»Woher?«

»Wieso?«

»Weißt du, es ist wegen seines Honorars. Könntest du ihm vielleicht gut zureden? Dass ich ihm das noch ein bissel stunden darf?«

»Meine Güte, Berenike! Du solltest längst wissen, wie das mit dem Anlocken der Fülle funktioniert!« Alma legte den Kopf schief, während sie Berenike durchdringend ansah.

»Es ist sicher nur vorübergehend, der Verdienstausfall wegen Rabensteins Tod …«

»Ach so. Da bin ich beruhigt. Obwohl – ich hab in den Sternen gesehen, etwas Unangenehmes wird beim Narzissenfest passieren. Jemand mit schlechten Energien ist unterwegs. Gut, dass Anton Stürmer seine Lichtpyramide über Aussee …«

»Stürmer ist weg. Griaß enk, die Damen.«

Berenike blieb kurz das Herz stehen, als sie Inspektor Kain erkannte. In Uniform, die Haare frisch gekämmt. Er setzte sich.

»Wie, weg?«

»Na, weg. Verschwunden. Er wollte im Hotel Seebrise absteigen, wurde dort aber nur kurz gesehen. Wir warten bis nach dem Fest, er wird schon auftauchen. Wahrscheinlich hat er eine andere Verpflichtung. Was Privates vielleicht.« Schallendes Gelächter. Susi kam mit Almas Salat. Die Astro-Fee war ihr tatsächlich ausgewichen, als sie Lahn erwähnt hatte, dachte Berenike. Strange.

»Wenn nur die Morde die Leute nicht vom Kommen abhalten«, jammerte Alma. Die Falten in ihrem Gesicht wirkten tiefer als zuletzt. Sie schob sich gierig eine voll beladene Gabel zwischen die Lippen.

»Dann haben wir nur Schaulustige einer bestimmten Art«, Inspektor Kain zog die Augenbrauen hoch und blickte auf Susis Dekolleté.

»Ist die Gradieranlage …?«

»Längst geöffnet, alles in bester Ordnung.«

»Und Sie sind …«

»Im Dienst, Fräulein Berenike. Wir patroullieren, damit das Fest ohne Zwischenfälle verläuft.«

Kain rieb seine Handflächen aneinander, atmete tief, verschränkte die Arme. Die Erschöpfung von der vielen Arbeit stand ihm ins Gesicht geschrieben. Die Polizisten hatten beim Narzissenfest alle Hände voll zu tun, bei 20.000 erwarteten Gästen kein Honiglecken.

»Eh ich es vergesse, Fräulein Berenike«, er zog sie ein wenig zur Seite, »die Daumenschrauben. Also, die Gerichtsmedizin hat herausgefunden, dass es sich tatsächlich um Blut auf dem, ähm, Gerät handelt. Und die Verletzungen an Rabensteins Fingern passen zu dem Ding … Man hat ihm also damit die Knochen gebrochen.«

»Man wollte mich erschrecken.« Das Foto, ein Foltergerät, sie fürchtete sich vor dem, was noch alles kommen mochte. »Wisst ihr was, ich spendiere uns eine Kanne Glückstee. Das wird uns aufbauen.«

»Meinst?« Alma zupfte skeptisch an ihrem Nachthimmelkleid.

»Hej, es ist Narzissenfest!« jubelte Susi. Und sogar Kains Miene hellte sich auf. Singend brachte Susi den Tee heraus zum Tisch. Alle nippten daran, schon etwas beschwingter. »Der Tee besteht aus Johannakraut, Ringelblume und Lindenblüten«, erläuterte Berenike. Kurz waren sie abgelenkt, dann trübte sich Almas Blick wieder ein.

»Meine Schwiegermutter sagt«, Alma Behrens hing eine Sojasprosse aus dem Mund, »es ist wie damals, sagt sie. Wie mit dem SS-ler und dem Widerständler.«

»Mit welchem Widerständler?« Berenike kam der Begriff nur schwer über die Lippen. Sich nichts anmerken lassen, vorerst nicht!

»Na, der Haindl, oder wie der hieß, jetzt hab ich den Namen vergessen.«

»Haim vielleicht?«

»Ja, genau.«

»Woher wissen Sie davon, Frau Behrens?«

»Herr Inspektor, das weiß doch hier jeder …«

»Wer war der SS-ler?«

»Was weiß ich ….«

»Jemand von hier?«

»Ich weiß es nicht. Meine Schwiegermutter ist alt und redet wirres Zeug.« Alma kaute knackend auf dem Grünzeug herum. »Man muss die alten Geschichten ruhen lassen.«

»Das kannst du am besten, was, Alma?« Kain sah die Astrologin an. Hatten er und Alma …? Berenike blickte überrascht zwischen den beiden hin und her. »Was dir nicht mehr genehm ist, lässt du hinter dir zurück. Wie unnötigen Ballast.« Er wandte den Kopf ab.

»Wir sind doch im Ort auf die Gäst angewiesen.« Alma blickte Hilfe suchend zu Berenike. »Das weißt du doch am besten!« Alma schluckte heftig, der Bissen zeichnete sich an ihrer Kehle ab. »Was geschehen ist, muss man vergeben.« Sie stopfte sich ein grünes Blatt mit dem Finger in den Mund. Kains Blick sezierte alles. »Man muss ein Ende machen. Auch wenn es grausam ist.«

»Ein Ende mit Blausäure?« Susi war am Tisch stehen geblieben. »Ist es das, was dir vorschwebt?« Sie musterte Alma forschend. »Blausäure ist in Rattengift enthalten. Deine Schwiegermutter hat doch in so einer Fabrik gearbeitet, Alma?«

»Was?«

»Hast du einen Vorrat davon angelegt?«

»Alma, du?« Berenike begann zu frieren.

»Was redet ihr denn?« Die Astrologin warf die Gabel auf die Schüssel, dass es klirrte. Blickte hektisch auf ihre Armbanduhr. Stand auf. Schob den halb vollen Teller von sich. »Packst mir das ein, Susi? Bitte! Ich muss los. Meine Oldies abfüttern. Ich werde mit Sieghard über die Sache sprechen. Und mit dem Sepp. Wenn hier solche Anschuldigungen erhoben werden, weiß ich nicht, ob dieser Ort die passenden Energien für ›Pessoas Erben‹ hat.«

Almas Aufbruch kam plötzlich. Zu plötzlich. Trotzdem war Berenike froh, als auch alle anderen gegangen waren. Inspektor Kain war Alma gefolgt. Was sollte sie nur von ihm halten? Und was von Alma? Es wäre ein Nachteil, wenn sie die Autoren vom Schreibtreff als Gäste verlieren würde. Sie musste zusehen, dass sie das ausbügelte, damit sie weiterhin kamen. Später. Wenn das Fest vorbei war.

Nazi, Narzisse, Narzissenfest, ging es Berenike durch den Kopf, während sie sich in ihren roten Sari wickelte. Jeder kannte die Wahrheit. Die Wahrheit, die hinter allem steckte. Aber anstatt diese anzuerkennen, sonnte man sich im weißen Schein der harmlosen Blümchen und hüllte sich in Schweigen. Gab vor, eine weiße Weste zu haben, weiß wie die Narzissen auf den Anhöhen. Für die zahlungskräftigen Gäste, die man herzlich wieder verabschiedet. Es wussten doch in Wirklichkeit alle, was damals los gewesen war. Die Nazis waren bekannt, nichts war verschleiert, nichts unklar. Es wurde nur nicht darüber geredet. Berenike dachte an die angebliche Stunde Null zu Kriegsende 1945. Niemand hatte ihren Vater gefragt, ob er neu beginnen wollte, ohne zurückzublicken, damals als Kind. Ebenso wenig wie Beppo Haim. Gedanken über Gedanken. Hört das nie auf?

Endlich erschien Helena.

Rasch schnitt Berenike die Brotlaibe in Scheiben.

»Du, Berenike, der Stürmer …«

»Ich weiß schon!«, winkte Berenike ab.

»Aber deine …«

»Wir reden nach dem Fest, ja?«

Helena warf ihr einen schwer zu deutenden Blick zu.

»Ich hab jetzt keinen Kopf dafür!«

Die Gaifahrerin rauschte wieder ab. Berenike schloss die Augen, um kraft ihrer Gedanken Kontakt zu Ragnhild aufzunehmen. Mittlerweile machte sie sich echte Sorgen.

Wenn nur alles gutging, heute! Ohne Madame Montegos Rat fühlte sie sich schutzlos. Dass das alte Medium ausgerechnet zu einem für Berenike so wichtigen Zeitpunkt nicht da war! Gestern war sie kurz entschlossen durch den Wald gestapft, die Vögel hatten sich gerade zur Ruhe begeben. Von den Bäumen tropfte der Regen. Sonst war alles still. Leer. Nicht einmal den Wasserfall hörte sie tosen. Keine Menschenseele begegnete ihr. Endlich war sie vor der Hütte der Meisterin angekommen. Berenike klopfte ihre lehmverschmutzten Schuhe ab. Sie sehnte sich danach, mit der klugen Frau über ihre große Show zu reden. Doch die verwitterte Holzhütte hatte verlassen ausgesehen. Die Sichel, mit der die alte Frau Kräuter schnitt, lag unbenutzt auf der Hausbank. Berenike glaubte, etwas zu spüren, wusste aber nicht, was es war. Die hellsichtige Frau verließ nur in Ausnahmefällen ihren Wohnort. Wenn sie einen ihrer seltenen Vorträge auf Kongressen hielt, hatte sie das stets rechtzeitig angekündigt. Berenike wandte ihren Blick nach innen. Nahm Kontakt auf zur Erde und zum Himmel, zu den Bäumen und den Vögeln. Was wussten sie? Erst vor Kurzem war sie bei Madame Montego gewesen. Von einer hellen Person hatte sie dabei gesprochen. Noch immer wusste Berenike nicht, wen die Meisterin gemeint haben mochte. Madame Montego war alt, wie alt, war schwer zu schätzen. Vielleicht war sie krank. Aber jemand mit ihren Fähigkeiten hätte das doch voraussehen müssen. Wie unverantwortlich, ihre Schutzsuchenden so ahnungslos zurückzulassen.

Mit Leere im Bauch war Berenike ersatzweise um den Plattenkogel gezogen, einen kleinen Hügel im Kreise seiner großen steinernen Verwandten. Ein alter Kultplatz, wie es hieß, sein Name hatte mit Wasser zu tun. Platten, Plätschern … Ein Reh trat vor Berenike auf den Weg. ›Na, was meinst du?‹, hatte Berenike geflüstert, aber das Reh hatte nichts von seiner anderen Wirklichkeit preisgegeben. Sie hatte ein paar Gänseblümchen gepflückt und sich langsam entspannt. Nach der Rückkehr in den Ort war es mit der neu gewonnenen Gelassenheit vorbei gewesen. Nach dem Trubel rund um das Fest würde sie sich zum Toplitzsee aufmachen und dort vor Ort nach dem neuen spirituellen Meister suchen.

Die schwarze Limousine hielt pünktlich um 13 Uhr vor dem Salon. Ein österreichisches Kennzeichen, wahrscheinlich ein Leihwagen. Ein kleiner Mann im schwarzen Anzug stieg aus. »Frau Roither?« Sein Deutsch war fast akzentfrei, wie angenehm.

»Ja, das bin ich! Willkommen in Altaussee!«

»Mein Name ist Mirkesi. Herr Balescu wartet im Wagen. Ist alles bereit wie besprochen?«

»Natürlich! Susi, pass mir gut auf den Salon auf! Herr Mirkesi, ich lotse Sie zum Schiffsanlegeplatz.« Berenike übergab ihm die sogenannten Festabzeichen für seine Gäste, eine Art Tickets für die Teilnahme. Sie stieg hinten in den Wagen.

»Guten Tag, mein Name ist Balescu. Wir haben telefoniert.« Ein großer Mann im grauen Anzug hielt ihr grüßend die Hand entgegen. Der Stoff seines Sakkos sah billig aus, aber was sagte das schon.

»Freut mich, Sie kennenzulernen«, entgegnete Berenike, »Sie sprechen sehr gut Deutsch.«

»Ja, ich habe ein paar Jahre in Österreich gelebt.« Er deutete ein Lächeln an.

Dann wies er auf einen fülligen Herrn im cremefarbenen Kaftan: »Mein geschätzter Gast aus dem Oman, Herr Chabid. Er war noch nie in Österreich und freut sich sehr.«

Der Araber nickte wohlwollend. »Nice to meet you.« Er hob die Hand, eine große, mächtige Pranke. Seinen Kopf hatte er verhüllt, nur wenige braune Haarsträhnen lugten unter dem Tuch hervor. Aber da saß ja noch jemand im Auto! Das durfte nicht wahr sein.

»Meine neue Bekannte, Frau Gaiswinkler«, stellte Balescu vor.

»Sehr erfreut.« Berenike ließ ihre Augen über die rote Haarpracht und das grüne Trachtenkleid wandern.

Sachte fuhr der Wagen an, Berenike kam es vor wie im Film. Der Lärm von der Straße drang nur gedämpft herein. Viele Männer trugen traditionelle Lederhosen, dazu grüne Stutzen, über dem weißen Hemd ein steirisch grünes Wams. Bauch vorgereckt, breite Schultern, muskulöse Wadeln. An ihren Armen Weiber im Dirndl, traditionell in den Farben Rosa, Violett und Grün. Musikanten, Ponyreiten, fröhliche Gesichter.

Simon junior, ganz Kapitän, begrüßte sie am Ufer. Kinder in Tracht rannten herum, irgendwo fauchte eine Katze. Die Sonne schien, ein Glück. Chabid, von großer Statur, ging hinter Berenike an Bord des leicht schaukelnden Bootes.

»Frau Gaiswinkler, was machen Sie hier?«, zischte Berenike Ragnhild zu.

»Unterhaltung, Sie verstehen?« Der Mann, der sich als Balescu vorgestellt hatte, drehte sich lächelnd um. Sie nahmen Platz an Deck und die Jacht nahm Geschwindigkeit auf.

»By the way, my acquaintance from Germany«, meldete sich Herr Chabid zu Wort, »Winfried, will join us later, I hope that is okay?«

Berenike warf dem Kapitän einen fragenden Blick zu. »Herr Simon?«

»Ja, ja, wir werden den Herrn treffen, wann immer er will.«

»Thank you – danke.« Chabid deutete eine Verbeugung an. Für einen kurzen Moment wirkte er weibisch unter seiner Djellaba, als ob ein Busen sich darunter abzeichnete. »My partner will contact me on my mobile phone.« Der

Araber in seinem wallenden Gewand war an der Reling stehen geblieben. Die ersten Kreationen aus Tausenden Narzissen wurden zu Wasser gelassen. Kinder hatten die Blumen gepflückt, zahlreiche helfende Hände hatten in der Nacht vor dem Fest die vorbereiteten Drahtgestelle damit verziert. Ein Eisbär wurde knapp neben ihrer Jacht von einem Boot vorbeigezogen, gefolgt von zwei Mäusen.

»Amazing, so beautiful.« Chabids Blick glitt über das Panorama. Seine Arme gestikulierten elegant.

»Ja, nicht wahr?« Der Anblick war jedes Mal aufs Neue berauschend. Eingebettet lag der See zwischen den teils felsig grauen, teils grünen Bergen. Wie die ideale Teetasse in den Handflächen. Ankommen – Heimkommen, das hatte Berenike seit dem ersten Besuch hier gefühlt.

»It would be worth to kill for.« Chabid trat näher.

»Wie bitte?« Der Mann roch nach Leder und noch etwas anderem, Tabak vielleicht. Oder Stall. So ein Araber besaß sicher Kamele. »I will be back in a moment!« Berenike verschwand in die Kajüte, die als Teeküche diente. Dort griff sie nach dem Teegeschirr. Als Erstes würde sie Bancha Tee servieren. Sie öffnete die Dose, sog das leicht nussige Aroma ein. Eine Berührung an der Schulter, unerwartet.

»Er kennt Robert, weißt du!«

Berenike fuhr herum. »Ragnhild! Hast du mich erschreckt! Was machst du hier?«

»Er hat mich angesprochen in der Seebrise. Balescu, meine ich. Er kennt Robert, hat er gesagt.«

»Soso.«

»Ich habe sie alle getroffen. Rabenstein hat mit mir geflirtet. Hat sich in der Hotellounge mit jemandem getroffen, einem Informanten, heißt das, glaube ich. Und Donner und …«

»Wie bitte? Donner auch? Hat er meine Geschäftskarte am Ende von dir?«

»Ich habe an der Portiersloge ausgeholfen. Donner hat nach deinem Salon gefragt, ich kannte ihn nicht. Du hast seinen Namen nie erwähnt.«

Nein, das hatte sie nicht.

»Ich habe ihm deine Visitenkarte in die Hand gedrückt. Es wäre Werbung für dein Lokal, habe ich gedacht.«

»Wo hast du die letzte Zeit gesteckt? Ich habe dich überall gesucht.«

»Ich weiß, du hättest mich gebraucht … Das tut mir leid. Aber ich werde – wir werden … Es war wegen der Morde. Ich hatte Angst …«

»Angst? Du?«

»Angst, für die Mörderin gehalten zu werden. Deshalb bin ich abgetaucht. Robert – Franz Robert, ich befürchtete, dass er …«

»Franz Robert?«

»Mein Ex. Franz Robert Kain.«

»Wie bitte? Meinst du Inspektor Kain?«

Ragnhild nickte.

»Der Inspektor heißt – Franz Robert?«

»Ja. Er hat mich verlassen, weil – er will herausfinden, ob er homosexuell ist.«

»Schwul? Kain? Inspektor Kain?«

»Ja.«

»Und?«

»Was?«

»Ist er schwul?«

»Woher soll ich das wissen? Seit der mörderischen Lesung ging ihm Sieghard nicht aus dem Kopf.«

»Kain und Lahn?«

»Ich weiß nicht – ich glaube, Robert ist bi.«

Ein bisexueller Polizist, dem seine Orientierungssuche den Kopf in einer Mordermittlung vernebelt – bravo. Und das alles in einem Nest wie Altaussee.

»Wer ist nun dein geheimnisvoller neuer Verehrer?«

»Du wirst es nicht glauben …« Ragnhild flüsterte.

»Oh, ich denke, ich weiß es.«

»Was?«

»Du hast dich mit Robert Rabenstein getroffen, stimmts?«

Ragnhild sah sie erschrocken an. »Woher weißt du das?«

»Ich habe es mir zusammengereimt. Wollte er wirklich mit dir …?«

»Alles rein freundschaftlich. Trainieren wollten wir gemeinsam, Nordic Walken, vielleicht Langlaufen gehen im Winter. Er hat eine Vertraute gesucht. Ich als Ausländerin …«

»Ach!«

»Er traut keinem geborenen Österreicher, hat er mir erzählt.«

»Hm.« Eine Weile schwiegen sie beide.

»Und dann«, fing Ragnhild an, »dann musste ich jemandem helfen.«

»Helfen? Wem?«

»Ich darf es eigentlich nicht sagen, aber weil du es bist – Anton Stürmer.«

»Was? Den hast du auch kennengelernt?«

»Er ist bedroht worden. Von wem hat er nicht gesagt. Ich hab ihm zur Flucht verholfen, inkognito. Die Polizei hätte erst eingeschritten …«

»Wäre.«

»Was?«

»Wäre eingeschritten.«

»Wäre erst eingeschritten«, Ragnhild zog eine Grimasse, »wenn Stürmer tot gewesen wäre. Das konnte ich nicht verantworten. Nicht nachdem ...«

»Frau Roither?«

»Ja?« Balescus Fahrer und Assistent war hereingekommen.

»Nicht nachdem ...«, Ragnhild flüsterte unbeirrt weiter, »Rabensteins Mörder muss an mir vorbeigehuscht sein. Ich war so verzweifelt. Ich weiß, ich war in dieser schweren Zeit nicht für dich da – aber ich musste selbst erst wieder heil werden.«

Mirkesi winkte. »Kommen Sie bitte, Frau Roither?«

Berenike nickte Ragnhild zu und ging hinaus. Wahrscheinlich wartete man auf den Tee. Sie ergriff den Teller mit den selbst gebackenen Dinkel-Honig-Keksen. Als ihre Augen geblendet wurden, hob sie die Hand. Die Sonne tauchte das Wasser in gleißend goldenes Licht. Sie erkannte die Falle zu spät.

39

BANCHA, JAPANISCHER GRÜNTEE

»Sie sind also das Dirndl, das mir nachspioniert!« Ein Lachen entflog dem Mund des muskulösen Mannes. Eben noch ein Gast, dem sie jeden Wunsch von den Augen abgelesen hätte, entpuppte er sich jetzt als eine Gefahr für ihr Leben. Für ihr Überleben. Wie konnten beide einer sein? »Sie ahnen nicht, wie sinnlos Ihre Aktionen sind.«

Berenike konnte die groben Poren von Chabids Gesichtshaut erkennen. Das ganze Atemyoga nützte ihr jetzt nichts. Seine Pranken lagen hart um ihren Hals. Mit seinem Körper fixierte er sie gegen die Bordwand. Sie fühlte sich wie ein wehrloses Insekt. Der Ausdruck in seinen Augen kam ihr bekannt vor. Den Kehlkopf schützen! Sie versuchte, ihren Kopf seinen Händen zu entwinden, die Schultern hochzuziehen. Tausendmal trainiert, trotzdem tat es weh. Dazu das Eisen der Reling in ihrem Rücken.

»Haben Sie wirklich geglaubt, Sie machen hier Business?« Der Mann legte eine abwartende Pause ein. Wieder deutete sich das schäbige Lachen an. Blieb unerwartet aus. »Mit Rumänen?« Balescu, abseits stehend, grinste. »Lass das!«, schnauzte Berenikes Peiniger ihn an.

»Jawohl, Meister.« Das Lächeln fiel ihm aus dem Gesicht.

»Business wie mit Gilbert vielleicht?« Der Druck auf ihre Kehle verstärkte sich. Ganz klar stand alles in seinen Augen. Nichts ließ dieser Blick offen.

»Was wollen Sie? Was ist hier los?« Sie hatte sich ein wenig aus seinem Griff befreien können. »Hat Herr Scheiner Ihnen das hier aufgetragen? Wollen Sie mich einschüchtern? Mit mir nicht!«

Alles war so schnell gegangen. In Sekundenbruchteilen … Balescu war auf sie zugetreten. ›Möchten Sie Tee?‹, hatte Berenike gefragt. ›Soll ich servieren? Bancha aus Japan? Ich habe bereits …‹ Aber der vermeintliche Rumäne hatte nicht reagiert. ›Der Teeweg wird im Zen-Buddhismus‹, sie hatte sich umgesehen, ›als Weg zu sich selbst –‹ Keiner hatte etwas gesagt. Und jetzt zogen die Bancha-Teeblätter immer noch in der schönen gusseisernen Kanne mit dem eingravierten Rautenmuster. Völlig umsonst und viel zu lange. Sie gäbe wer weiß was für einen erfrischenden Schluck! Einen Schluck, der ihre grauen Zellen anregen würde, um einen Ausweg zu entdecken.

Dieser Araber hatte sie angestarrt. ›Herr – Chabid‹, hatte sie gesagt, ›kann ich Ihnen etwas bringen? Eine Erfrischung? Something to drink?‹ Hinter ihm hatte ein Boot eine Micky Maus aus Narzissen vorbeigezogen. Jubel war vom Ufer zu hören gewesen. Die Menschen standen dicht an dicht. Die Blüten dufteten. Betäubend. Berenike war der Kopf fast zersprungen. Es war doch keine gute Idee gewesen, diesen Auftrag anzunehmen. Hinter ihr hatte sie auf einmal Bewegung gespürt. Da hatte sie zum ersten Mal geahnt, dass diese Business-Manager nicht waren, wofür sie sich ausgaben. Und dann dachte sie noch: Also doch die Rumänen.

»Kesses Mädchen.« Der verstärkte Druck um ihre Kehle holte Berenike in die Gegenwart zurück. An seinem Finger erkannte sie einen Ring mit einem Symbol. Irgendein Tier, ein Insekt vielleicht. Mühsam wandte sie den Kopf ein Stück. Blickte ihrem Peiniger in die Augen. Sie wollte schreien, doch ihrem Mund entrang sich nur ein Krächzen. Sie hustete. Alles schon mal da gewesen. Ihr war, als würde sie sich selbst von außen beobachten. Verwundert. Über diese Frau. Die sie selbst …

Ein Rauschen, ein Singen in den Ohren. Sich fallen lassen. Sich endlich fallen lassen. An einem Ort ohne Schmerzen. Ein violetter Lichtschimmer. Dann war wieder alles Körper. Dann war alles … Jetzt spürte sie auch noch eine Erektion, die sich an ihren Körper presste.

»Recht arisch schaut die nicht aus.« Ein Finger streckte sich zu ihrer Brust aus. Strich hart darüber.

»Nicht wirklich.« Balescu stand über sie gebeugt, vermochte seine Geilheit nicht zu verbergen. Wollte es vielleicht nicht.

Hass überschwemmte Berenike. Sie trat gegen Chabids Schienbeine. Schlagen. Beißen. Fleisch, Menschenfleisch. Blut, es schmeckte grausam. Ein kurzes Erstaunen im Blick ihres Angreifers. Seine Hände ließen überraschend locker. Jetzt! Über Bord! Klettern, springen!

Sie hatte die Reling fast erklommen, als sich ein Stück roter Saristoff an einer Eisenstange verhedderte. Sie zerrte daran, hörte Balescu rufen. Ein mächtiger Arm legte sich um ihre Schultern. Chabid. Etwas Dunkles zuckte auf seinem Unterarm auf, als sich sein Ärmel kurz in einer leichten Brise verschob. Schon war seine Haut wieder völlig bedeckt. Sie fiel, prallte mit dem Knie auf. Er beugte sich über sie. Buschige Augenbrauen, die sich zusammenzogen. Dicke Haare. Berenike spuckte, wollte aufspringen. Er war schneller, drückte sie hinunter, ihr Körper wie auf den Boden genagelt.

»Was ist mit Ragnhild?« Atmen! »Und Simon?«

»Meinen Sie den Komiker in der Kapitänsuniform? Mein Bruder bewacht beide. Damit sie nicht auf dumme Gedanken kommen.«

»Ihr Bruder?« Reden, Berenike, reden! Wie widerlich, zu diesem Gewalttäter aufschauen zu müssen.

»Wir sind Brüder im Geiste. Davon verstehst du nichts. Eine Gemeinschaft voller Solidarität und Vertrauen.«

»Schickt Scheiner Sie?«

»Scheiner? Mit so einem hab ich nichts am Hut. Der will nur möglichst schnell zu Geld kommen. Kleinvieh.«

Berenike nickte. Ihn einlullen!

»Du wirst unser Werk nicht kaputtmachen. Niemand wird mich aufhalten. Niemand!«

Zeit schinden! Im Augenwinkel sah sie Balescus Füße näher

kommen. Blickte zu Chabid auf. Sie wollte ihm ihre Krallen in die Schädelhaut schlagen. Bekam seine Nase zu fassen, ein Schmerzensschrei. Hatte Haare in der Hand. Das war ja – Unglaublich! Er trug eine Perücke. Der Orangehaarige fiel ihr ein. Sie zerrte weiter, hatte das künstliche Haarteil in der Hand. Erst langsam drang in ihr Bewusstsein vor, was sie sah. Brünette Locken. Ein Ohrring. »Sieghard Lahn! Sie Schwindler! Sie Schwein!« Ihre Wut war größer als die Angst.

»Wir haben eine Mission.«

»Eine Mission? Sie meinen – die Partei?«

»Die Partei?« Er lachte. »Es geht um Größeres. Wir sind auserwählt.« Er sah sie an. »Judenhur!«, spuckte er hinterher. Seine Augen wanderten abfällig zu ihrem Busen, wo sich der Saristoff verschoben hatte. Zum Glück trug sie darunter ein T-Shirt im gleichen Rot. »Sauweiber. Euresgleichen hat der Hitler vergessen, ins Gas zu schicken! Du verhunzt alles, mit deinem albernen Salon. Salon – pah, wenn ich das Wort schon höre. Wird Zeit, dass etwas geschieht!« Lahn. Wie dumm von ihr! Wie blind sie gewesen war. Dass sie seine Stimme nicht erkannt hatte! Sein Blick untersuchte sie wie ein Arzt, dem ein Patient unter den Händen wegstirbt. Jede seiner Bewegungen signalisierte Gefahr. Große Gefahr. Lebensgefahr. »Dazu deine Nachforschungen, tsts.« Er schüttelte den Kopf. Der Mann war irre. »Für große Ziele muss man über Leichen gehen. Hast du eine Ahnung«, jetzt hatte er ihre Haare gepackt, bog ihren Schädel nach hinten, damit sie ihn ansehen musste, »wie groß mein Ziel ist? Sie töten für mich. Das ist bitternötig, die letzten Wochen haben es gezeigt. Die Mission darf nicht zunichtegemacht werden. Mein Heim ist kein Fraß für undankbare Viecher. Es gehört mir, mir allein! Und wenn tausend Leute mir sagen, es ist nicht recht. Es ist mein Zuhause. Es ist«, Berenike sah, wie er schluckte, »alles, was ich habe.«

»Soll das heißen, du …«, ihre Verachtung für Lahn verbot ihr jede höfliche Anrede, »dass du die Morde …?«

»Da kommt so ein ausgekotzter Journalist daher und will was über mein Haus wissen! Wie lange es im Besitz unserer Familie ist!« Lahn kniete vor ihr. »Der hat die Chuzpe gehabt und mich erpressen wollen. Der Jud hat auch noch Geld gebraucht! Mein Großvater hat nicht getötet, damit jetzt alles umsonst ist!«

»Du hast Rabenstein und Donner umgebracht?«

»Kann dir doch nur recht sein, Fotze.« Ein widerliches Grinsen. »Zumindest bei Zweiterem.« Er lockerte den Griff. Die Gelegenheit nutzen und schnell den Nacken bewegen. »Zur rechten Zeit darf man nicht zögern. Wenn alles auf dem Spiel steht.«

»Wie hast du Rabenstein vergiftet? Mit meinem Tee?«

»Natürlich war das Gift im Tee. Ich habe ihn in einem Flachmann mitgebracht. Da staunst du, was? Seine Tasse habe ich natürlich mitgenommen und vernichtet.«

»Was hast du mit seinen Fingern gemacht?«

Da war wieder die Eisenklammer. Unmöglich, ihr zu entfliehen.

»Rabenstein war ein Schmierfink. So etwas zu schreiben …«, er presste die Worte der Reihe nach hervor, als wäre ihm schlecht. Er spuckte, es sah gallig aus. »Seine Worte waren wie ein Messer in einer bereits offenen Wunde. Verstehst du das?«

»Mhm.« Mitgefühl zeigen, Berenike! »Und Donner? Warum er?«

»Ich konnte nicht wagen, dass jemand mein Geheimnis ausplaudert, es zu seinem Vorteil nutzt.«

»Aber ihr seid – standet euch politisch doch nahe?«

»Ja.« Ein Lächeln huschte über Lahns Gesicht, ließ seine Haut weich wirken wie die eines Kindes. Eines schutzlosen

Wesens, das in den Arm genommen werden wollte. »Aber das war einmal. Donner wäre mir gefährlich geworden. Hat sich auf die Seite dieses Journalisten geschlagen. Rabenstein hat den Anwalt eingeweiht, hat alle Informationen über mein Haus bei ihm hinterlegt.«

»Was ist mit dem Überfall in Wien? Warum ausgerechnet Rolanda?«

»Ich habe gedacht, es würde dir Freude machen, diese Schnepfe tot zu sehen.« Er sah sie abwartend an. »Nein?« Er zuckte mit den Achseln. »Schade.« Seine Kleidung verrutschte, ein Stück heiße braune Haut kam zum Vorschein. »Die Polizei hätte ihre Mörderin gehabt, alles hätte sich in Wohlgefallen auflösen können. Aber die Welt ist undankbar. Tja …«

Wie banal alles war. Ein Klumpen in der Brust, wo die Luftröhre sein sollte. Rolanda tot, nur weil … »Das war alles …«

»… alles mein Plan.« Lahns Lachen wurde lauter. Gänsehautlachen, das sich in den Ohren festsetzte wie ein grausamer Ohrwurm. »Ich bin auserwählt.« Kurz lag Schmerz in seinem Blick. Sie wusste, was er vorhatte. Sie sollte nicht überleben. »Niemand kann mir was anhaben. Es gibt keine Beweise. Das Töten übernehmen andere für mich. Sie morden in meinem Auftrag. Weil sie an mich glauben. An meine Botschaft. Unsere Botschaft. Sie wäre auch deine, da bin ich mir sicher …«

Ein Geruch von Kiefernharz, von brennendem Holz ging von seiner Haut, seiner Kleidung aus. Sie sah zu dem Mann auf, er war Chabid, war Lahn. Berenike sah Mordlust, sah Trauer und noch etwas anderes. Eine Sehnsucht, die sie kannte. Die Sehnsucht, dazuzugehören. Im Arm gehalten zu werden. Geliebt zu werden. Einfach so. Bedingungslos. Sein zu dürfen. Wie man ist.

Mit Mitleid und Verständnis komme ich hier nicht raus. Nicht heil. Nicht lebend.

Es galt zu kämpfen für das Überleben.

Er oder ich.

»Sie haben keinerlei Beweise – oder doch?« Lahn stieß die Frage zwischen zusammengepressten Zähnen hervor. Sein Grinsen war, Berenike konnte es nicht anders nennen, diabolisch. So verheizte er sein Fußvolk, die Fangemeinde. Er saugte die Menschen aus, lebte von ihrer Energie.

Schlagen, sie wollte zuschlagen. Diesen Mund zum Schweigen bringen. Schmerzhaft spürte sie die Grenzen ihres Körpers.

»Ich ...« Beweise! Man hatte sie im Glauben an den österreichischen Rechtsstaat erzogen. Die Unschuldsvermutung, die für alle galt. Auch für Mörder. Ein guter Witz. Davon hatten die Millionen Ermordeten des Dritten Reichs nichts, ebenso wenig wie die Überlebenden. Ihr Vater, ihr Großvater, der sich dem Alkohol ergeben hatte. Es gibt kein Happy End, keinen Ausweg. Auch nicht für Lahn.

Die Wut kochte neuerlich hoch. Brodelte und drohte auszubrechen wie ein Vulkan. Sie musste etwas tun. Alles war immer schon auf diesen Moment hinausgelaufen. Ihr Leben lang. Die Angst im Tunnel und Donners Attacke damals. Tot sollte er sein, dieser Verführer. Sie musste ein Ende machen, bevor es einen Anfang gab. Sie spannte jeden Muskel ihres Körpers an und sprang. Ihre Hände waren Waffen, ihre Stimme Sirenengesang.

Jetzt gehst du unter. Du. Tot sollst du sein.

Sie kämpften, verbissen, Blut im Mund, seines, ihres, egal. Ein Zahn, sie spuckte, darum konnte sie sich später kümmern. Knochen auf Knochen. Die Welt bestand aus ihr und Lahn. Sie stieß, stieß Lahn immer wieder, dieses dreckige Bündel Mensch, widerliches Subjekt.

Kämpfen, töten.

Er oder ich.

Sie sprang. Sprang ihm wie eine Katze ins Gesicht, warf sich auf ihn, ein todbringender Jaguar. Kämpfen, Berenike! Sie kratzte, biss, schrie.

40

LUPITSCHER TEE

Endlich das Wasser. Kühle, Schock. Tempo, Berenike! Schneller! Wie gut, dass sie eine geübte Wassersportlerin war. Ihr machte der See keine Angst. Sie hatte ihn sogar einmal schwimmend zur Länge durchquert, nicht so schnell wie andere, aber sie hatte es geschafft. Nur das zählte jetzt. Damals hatte sie allerdings schützende Neoprenkleidung getragen, keinen meterlang um den Körper gewickelten Sari.

Vom Ufer war Blasmusik zu hören, weit weg sah sie Boote mit Narzissenmotiven. Die Wellen erinnerten sie an die Jacht, von der sie gerade entkommen war. Sie sah die Bordwand hinter sich. Drehte sich um ihre eigene Achse. Dann fiel ihr das zweite Geräusch ein, das sie beim Aufkommen im Wasser gehört hatte. Als ob noch jemand gesprungen war.

Schwimmen, Berenike! Am besten Richtung Badeplatz am Kahlseneck, dort konnte sie Hilfe holen. Allerdings musste sie dazu an der Jacht vorbei. Wieso hatte sie die Falle nicht geahnt? Später, sagte sie sich. Nachdenken konnte sie später.

Ungeduldig zerrte Berenike an dem Saristoff, der sie im Wasser nach unten zog. Sie schälte sich aus dem Kleidungsstück, das rote Textil trieb wie eine Blüte auf dem Wasser. Ein Anblick, den sie leider nicht genießen konnte. In kurzer Hose und engem T-Shirt konnte sie sich besser bewegen. Sie sorgte sich um Ragnhild und Herrn Simon. Der arme Kapitän hatte nicht ahnen können, worauf er sich einließ. Steckte er gar mit den Kriminellen unter einer Decke? Und Ragnhild?

Ein Aufheulen. Der Motor der Jacht. Untertauchen, Berenike, schnell! Als sie hochkommen musste, um Luft zu holen, drehte das Boot gerade ab. Schwimmen! Rasch! Sie erkannte ein anderes Wasserfahrzeug, das auf sie zukam. Vielleicht half ihr dessen Besatzung. Die Jacht zog tatsächlich von dannen. Vor Erleichterung verlangsamte Berenike ihr Tempo. Plötzlich spürte sie eine Berührung an ihrem Knöchel. Sie unterdrückte das hochsteigende Kreischen. Hoffentlich nur eine Schlingpflanze. Doch da war auch ein platschendes Geräusch hinter ihr. Ihr Bein wurde nach unten gezogen. Sie trat heftig. Es nutzte nichts. Den Arm hochreißen. Das Boot! Vielleicht bemerkte jemand ihre Not. Schon tauchte sie unter, Wasser drang in Mund und Nase. Sie strampelte. Trat um sich. Dann war sie unerwartet frei. Prustend tauchte sie auf. Ein Wasserschleier vor den Augen. Enten beobachteten sie. Die Wasseroberfläche sah unbewegt aus. Was versteckte sich nur in diesem Schwarzgrün?

Stop it, Berenike. Nur keine Panik mitten im See. Schwimmen! Sie paddelte auf das Boot zu. Es war rot lackiert. Die Wasserrettung, wie praktisch. Erleichterung. »Können Sie mir helfen, bitte«, stieß sie hervor, als sie das

Wasserfahrzeug erreicht hatte. Sie spuckte und keuchte. Der Hals war rau.

Ein blonder Schopf beugte sich zu ihr herunter. »Was ist passiert?« Eine freundliche männliche Stimme, noch jung. Ein zweiter Mann lehnte sich über die Bordwand. Vier Arme streckten sich ihr entgegen. Es war gut, sich anzuhalten. Sie halfen ihr ins Boot. »So, geschafft«, sagte der Erste. Der Zweite lächelte.

Berenike ließ sich auf die Sitzfläche an der Seitenwand fallen. »Danke!« Das Keuchen ließ nach. Die Lungen schmerzten. Wie früher, bei Schulsportveranstaltungen. An die Grenzen gehen. Immer.

Einer der Männer reichte ihr eine kratzige graue Decke. Der andere schraubte an einer Thermoskanne herum. Hielt ihr einen Becher unter die Nase.

»Was ist das?« Skeptisch bleiben!

»Lupitscher. Viel Rum und wenig Tee mit Zucker. Ungefährliche Droge, wenngleich wirkungsvoll.«

»Ist Ihnen schlecht geworden?«, wollte sein Kollege wissen. Er drückte an einem Funkgerät herum. »Habens den See unterschätzt?«

Berenike rieb sich den Knöchel, eine rote Spur zeichnete sich auf ihrer Haut ab. Darüber irgendein grünes Zeug, also doch eine Schlingpflanze. Langsam sickerte das Geschehen auf der Jacht in ihr Bewusstsein. Sieghard Lahn, in dem arabischen Gewand, wie er sie gewürgt hatte. »Bringen Sie mich in den Ort, bitte?« Schatten hatten sich über das Wasser gelegt, ließen es noch dunkler erscheinen. Wolkenberge türmten sich über dem See, weiß über grau, mehrere Stockwerke hoch. Die Luft bewegte sich nicht, war feucht, klebrig und heiß. Trotzdem fröstelte Berenike in der nassen Kleidung. Ein Donnergrollen. Niemand sagte etwas. Einen Moment lang schwieg die Musikkapelle. Völlige Stille über dem See.

41

TEE MIT PILZEN

Berenike schlug die Augen auf. Versuchte, die Augen aufzuschlagen. Es ging nicht. In was für eine Situation war sie jetzt wieder geraten? Als sie sich mit einer Hand an den Kopf greifen wollte, gelang auch das nicht. Sie konnte den Arm nicht bewegen. Blind und gefesselt also. Und keine Ahnung, wo sie war. Damn, das war ja mal wieder super. Die Finsternis war schwärzer, als sie es je erlebt hatte. Atmen, Berenike, atmen! Nach einer Weile tauchten Bilder auf. Gerüche. Sieghard Lahn, der sie töten wollte. Die Jacht mit den angeblichen Rumänen. Die Flucht. Das Wasser. Und dann …

Jeder Muskel schmerzte, sie zitterte vor Anspannung. Sie riss an den Fesseln, erfolglos. Sie saß irgendwo, ein Holzsessel knarrte unter ihren sinnlosen Bewegungen. Die Erinnerung wie Wahnsinn. Ihre Fassungslosigkeit, dass das Narzissenfest einfach weiterging. Dass der Mann, der ihr das Leben nehmen wollte, womöglich entkommen hatte können. Dass die Musik weiterspielte und die Leute sich gut unterhielten. Ohne zu ahnen …

Ihr schwindelte. Sie musste aufwachen, aufstehen. Wieder wollte sie blinzeln. Aber alles blieb schwarz. Sie horchte in sich hinein. Man hatte sie hoffentlich nicht betäubt …

Ein Geruch nach moderndem Holz kitzelte ihre Nase. Sie hatte das Bedürfnis, sich zu schnäuzen. Schniefte. Hasste den Rotz in der Nase. Hasste den, der sie so hier sitzen ließ. Hilflos, blicklos, blind. Wo war jetzt die Göttin? Zornig suchte sie nach einer Yoga-Übung, die ihr in dieser Situation helfen konnte. Doch sie fand nur Schwärze im Kopf.

Immer wieder liefen die Szenen wie ein Film vor ihr ab. Der Sprung von der Jacht, im roten Sari. Arglos war sie auf das vermeintliche Rettungsboot zugeschwommen. An einem einsamen Uferstück hatte man sie in ein Auto gedrängt. Eine alte Kiste, weiß – vielleicht. Sie musste sich erinnern. Für eine Aussage bei der Polizei, später. Später? Nicht daran denken. Auf dem Weg vom Boot zu dem Auto hatte jemand sie gestützt. Als wäre sie krank. Sie hatte die zwei jungen Männer auf dem roten Boot nie zuvor gesehen. Schon im Wagen hatte ihr einer von ihnen die Augen verbunden. Blind und gefangen hatte sie den Motor unter ihrem Körper vibrieren gespürt. Hatte die Kurven, die das Auto nahm, mit jeder Faser gespürt. Hatte Geräusche wahrgenommen und die Gerüche mehrerer Menschen. Und eine Stimme, eine fremde Stimme. »Schsch, wenn der Meister …« Geisterstimmen, sphärisch fast.

Sie war zwischen zwei anderen Körpern auf der Rückbank gesessen. Hatte links die Berührung eines Beins an ihrem Schenkel gespürt, ein nackter Arm an ihrem Oberarm. Die Person auf der anderen Seite hatte sie sanft an der Schulter gestreichelt, beinahe beruhigend. Finger waren über ihre Brust geglitten. Hatten den Ausschnitt ihres nassen T-Shirts nach unten geschoben. Fahrtwind traf auf ihre Haut, kühlte sie. Gänsehaut. Ihre nackten Fußsohlen spürten den rauen Teppich im Wagen. Die Außenseite einer Hand fuhr sachte über Berenikes linke Brust. Finger legten ihren Bauch frei, umkreisten ihren Nabel, ein Knöchel tauchte in dessen Vertiefung ein. Unter anderen Umständen hätte sie sich erregt gefühlt.

Das Ganze erinnerte sie unsinnigerweise an den Besuch im Sexklub, damals mit Brian. Was für Spiele. Was für eine Begierde, die in ihr gepocht und geklopft hatte. Wie ein Kind, das Neues probiert. Alles nur, weil Brian – er hatte einen Kunden beeindrucken wollen. Sex mit jemand Unbekanntem. Leg Geld auf den Tisch. Triff deine Wahl. Ihr Schoß war voll Begierde angeschwollen. Diese Vorfreude. Noch ein wenig warten, ein klein wenig. Brian hatte zugesehen, während sie ihre Wahl traf. Und war dann davongeschlendert wie eine Raubkatze.

Wieder kroch Berenike die Schwärze ins Hirn. Sie war in einem Innenraum, so viel war ihr bewusst. Es hatte feucht gerochen, draußen. Sie meinte, allein zu sein. Die nackte Haut ihrer Beine rieb aneinander, ihr war kühl. Sie trug noch immer ihre kurze Hose und das T-Shirt. Sie spürte Feuchtigkeit an den Schenkeln. Sie musste sich angepinkelt haben.

Egal. Sie summte einen Ton, er dröhnte in ihren Ohren. Sie lauschte in die Schwärze. Nichts regte sich. Doch, da war ein Atmen. Sie wollte den Mund öffnen. Er blieb geschlossen. Blind, gefesselt und geknebelt. Sie wollte die Arme in die Höhe schmeißen, wegrennen – nichts geschah.

Eine Hand griff nach ihr. »Keine Angst, der Meister wird bald da sein.« Ein Knirschen, Schritte auf einem Holzboden. Eine Hand umfasste ihr Kinn, löste den Knebel, hielt ihr einen Becher an die Lippen. Heißer Dampf traf ihre Haut.

»Was ist das?« Fauliger Geruch.

»Tee, harmlose Pilze. Das wird dich beruhigen. Die Sache kann dauern.«

Sie wollte sich wehren, bog ihren Kopf zur Seite, weg von dem Geruch. »Los, du musst etwas trinken.« Jemand goss ihr einen Schluck in den Mund. Das Nass rann ihr über die Wangen, tropfte auf ihre Brust. Lauwarme Flüssigkeit, metallischer Geschmack. Sie wollte spucken, aber jetzt hielten ihr harte Hände den Mund zu. Sie schüttelte den Kopf. Schließlich musste sie schlucken. Wie unglaublich ekelhaft. Der Becher wurde abgesetzt. Eine Hand umklammerte ihren Kopf. Presste ihren Hinterkopf gegen einen Körper. Ein widerlicher Gestank. Sie zerrte an den Fesseln. »Du bist ruhig, klar?«

Lahns Geständnisse. Es war klar, was ihr bevorstand.

Stunden oder Tage vergingen, sie wusste es nicht. »Sie haben den Meister erwischt«, hörte sie jemanden raunen.

»Wir müssen ein Ritual …«

»… Feuerrad …«

»… Sonnwend …«

»… Waffendepot …«

Die Unterhaltung war nicht für ihre Ohren bestimmt. Mindestens zwei Personen im Raum, so fühlte es sich an.

»Aber er ist klüger als die anderen. So einer wie er landet nicht im Bau. Du wirst ein hübsches Lösegeld sein.« Eine Hand strich über Berenikes Kopf, wanderte über den Hals, drückte über der Luftröhre etwas fester zu. »Angst?« Die Finger landeten auf ihrem Schenkel, wetzten über den Hosenstoff. Eine raue, unsanfte Hand. Eine Hand, die sich Zärtlichkeiten holen wollte, die sie sonst nicht bekam.

Und dieser Rauch. Heißer Atem über ihrem Gesicht. Alle übrigen Sinne so sensibel, weil sie nicht sehen konnte. »Sie schaut allemal hübscher aus als die Hexe im Wald.« Ein Lachen. »Um die ists nicht schade. Unser Meister dagegen …«

»Die Lebensmittel sind knapp geworden.« Eine weitere Stimme. Alles Männer, wie es den Anschein hatte. Obwohl … »Man muss tun, was man tun muss.« Metall berührte Berenikes nackten Oberarm. Ein Messer oder gar eine Schusswaffe. Es roch nach – jetzt wusste sie, dass sie sich angepisst hatte. Der Drang überkam sie wieder. Zurückhalten, solange es ging. Das bist du doch gewohnt.

War Lahn der Meister und setzte sie hier gefangen? Durfte sie hoffen, dass er es war, der der Polizei ins Netz gegangen war? Wie aber sollten die Ordnungshüter sie hier finden und befreien? Wer würde sie vermissen? Susi? Ob sie Inspektor Kain informieren würde, rechtzeitig, bevor die hier …? Tränen traten Berenike in die blinden Augen. Nach allem, was geschehen war, sollte sie sterben? Wut mischte sich unter ihre Hilflosigkeit. Nein, sie würde jetzt nicht zusammenbrechen.

Eine Tür polterte gegen eine Mauer. Rumsen und Donnern. Scheppern und Klingeln. Motorengeräusche. Waren das etwa vertäute Boote? Schritte, Stimmen. Eine Sprache, die Berenike nicht verstand. Also doch die Rumänen? Feindliche Kälte kroch ihr zwischen die Schulterblätter. Breitete sich von dort aus. Ihre Arme wurden starr. Das Knie schmerzte. Die sumpfig dunstige Luft roch verwest. Sie schauderte. Aber da war noch etwas. Der Geruch von Harzen, von Rauch und Kräutern. Fast wie bei Madame Montego. Was hatten diese Kriminellen mit der alten Frau gemacht? Die Kidnapper konnten nur sie mit der Andeutung gemeint haben. Schon wieder Tränen. Das Salz schmerzte hinter den Lidern. Eine Tür krachte ins Schloss, dann war es wieder still. Totenstill.

42

CHINA ROSE

Plitsch. Platsch. Plitsch. Platschplatsch. Plitsch. Irgendetwas tropfte, klopfte. Wieder wollte Berenike die Augen aufreißen. Und stieß nur gegen Dunkelheit. Plitsch. Platsch. Plitschplatschplatsch. Folgte das Tropfen einem Rhythmus?

»Hallo?« Plitschplatschplatsch. Eine Stimme oder nur eine Einbildung? Egal. Platsch. Plitsch. Das war außer dem Rhythmus. Plitsch. Platsch.

»Berenike?«

»Wer ist da?« Sie konnte reden, flüstern, immerhin kein Knebel mehr, den mussten sie vergessen haben. Irgendetwas war passiert.

»Ganz ruhig, Frau Roither. Sie sind doch Frau Roither?«

Da waren Arme, die sie anfassten, umfassten. Loch in der Zeit, begann alles von vorne, was sie schon kannte, tausendmal kannte?

»Fräulein Berenike?«

Inspektor Kain. Sie hatte ihm nie recht getraut, aber das war jetzt …

»Berenike …«

Ein Flüstern. Sie musste träumen.

»Nike …«

Schmeichelnd. Sie kannte diesen Tonfall. Wollte in dem Wort versinken. Das Schwarz vor ihren Augen machte sie wahnsinnig. Sie schrie, aber nur ein Keuchen entrang sich ihr. Dann konnte sie endlich sehen.

»Du?«

»Nike, endlich!« Ein Grammeln und Krachen. Worte, die keinen Sinn ergaben. Das Gesicht einer Frau über ihr. Verzerrte Stimmen. Ein Funkgerät. Die Frau trat einen Schritt zurück. ›Polizei‹, las Berenike, gelbe Blockbuchstaben auf blauem Stoff. Langsam wich die Finsternis zurück. Schemen wurden erkennbar. Plitschplatsch. Berenike erkannte Besorgnis in den Polzistinnenaugen, sie sahen so jung aus. Neben der Beamtin tatsächlich Inspektor Kain. Alles war zu hell. Zu grell. Berenike atmete tief durch und schloss die Augen. Das Qi im Raum hatte sich gedreht. Wie gut.

»Nicht, Berenike – nicht einschlafen!«

Also doch ein Traum. »Jonas, bist du das?« Die Polizistin trat zur Seite. Da stand er, Jonas Lichtenegger, in Zivil. Jeans, Sakko, weißes Hemd. »Bin ich gerettet? Ich meine – oder – oder seid ihr Gefangene?«

»Entspann dich. Wir haben Sieghard Lahn – erwischt.« Ernster Blick aus dunklen Augen. Er versteckte etwas unter seiner Jacke. Nur eine schusssichere Weste. »Lahn hat sich der Festnahme entziehen wollen«, Seitenblick auf Kain. »Er wurde wohl gewarnt. Wir mussten schießen. Es gab Indizien dafür, dass er hinter den Morden an Rabenstein und Donner steckt. Dass er dich mit einem Trick ausschalten wollte, haben wir zu dem Zeitpunkt nicht gewusst. Wir wollten Lahn stellen, zu Hause in Lupitsch, wo er bei seiner Mutter wohnt. Die alte Dame ist ein wenig gebrechlich, aber geistig voll da. Hübsches Häuschen, sehr gepflegt, das hält alles sie in Schuss. Der Herr Sohn sei viel auf Reisen, blabla, momentan sei er beim Narzissenfest, wie jedes Jahr. Dort haben wir ihn zunächst nicht entdeckt. Doch später gingen Hinweise ein. Jemand hat versucht, in der Menge zu flüchten. Das musste Lahn sein. Er hat so getan, als könne er kein Deutsch, wollte sich wohl als Rumäne ausgeben. Er hat eine Waffe gezogen, sich durch die Menschenmenge gedrängt. Irgendwer hat die Polizei gerufen – bingo, wir waren schon da.«

»Und jetzt ist er …?«

»Tot? Nein, aber schwer verletzt. Derzeit nicht ansprechbar.«

Sie hätte ihn umgebracht. Er oder ich.

»Wir haben kein Geständnis.«

Aber ich, dachte Berenike.

»Können Sie aufstehen?« Inspektor Kain hatte sich mit den Fesseln an ihren Armen und Beinen abgemüht und sie endlich befreit. Wackelig erhob sich Berenike. Nur weg hier! Jonas und Kain stützten sie links und rechts. Als wären sie ihre Brüder.

Jemand hatte ihr eine alte Uniformjacke umgehängt. Sie traten durch eine niedrige Holztür ins Freie. Die Hütte ähnelte – ihr schnürte es die Kehle zu. »Ihr müsst nach Madame Montego sehen!«

»Wie bitte?«

»Madame Montego, eine alte, ähm, Frau, ein sogenanntes Medium«, Kains Mundwinkel verzogen sich ein wenig. »Sie, ähm, war sehr beliebt in gewissen Kreisen. Wir haben eine unbekannte Frauenleiche gefunden. Im Wasserfall bei der Ruine.«

»Und Sie meinen …?«

Plötzlich gaben Berenikes Knie nach, jetzt, wo alles vorbei war. Aber dann straffte sie ihren Rücken. Sie wusste noch nicht genau, woher sie kam, diese Stärke. Doch sie ahnte, sie würde ihren Weg gehen, aus eigener Kraft.

Bäume, wohin man auch sah. Dichter Wald. Ein Gewässer, felsig begrenzt von allen Seiten. Eine Enge, die …

»Wo sind wir hier?«

»Toplitzsee«, murmelte Inspektor Kain. »Immer für ein Geheimnis gut. Manche offenbart er, andere behält er für immer.«

In der Tat, ein ideales Versteck. Das Häuschen war von dicht stehenden Bäumen umgeben; von keiner Richtung aus einsehbar. Ein Wegweiser nannte die sagenumwobenen sieben Quellen. Der Tag war düster, Nebel kroch ihr in die Nase, unter die Kleidung. Jetzt wären Schuhe recht gewesen.

»Ich muss mich setzen.« Sie strebte auf eine Bank zu.

»Ja, aber …« Jonas zeigte auf eine große spiralförmige Feder, auf der diese montiert war.

»Schon gut. Ich sterbe nicht, also Schluss mit der Fürsorge.« Sie setzte sich. Ob das schaukelnde Gefühl ihren Magen durcheinanderbrachte? Aber nein, im Gegenteil.

Die Polizisten blieben vor ihr stehen. Jonas lächelte sie an, ihr wurde ganz warm und weich. So mochte sich die berühmte Postmeisterstochter Anna Plochl gefühlt haben, als sich Erzherzog Johann hier in sie verliebte …

»Was ist mit Ragnhild und dem Kapitän der Jacht passiert?«

»Herr Simon konnte einen Hilferuf per Funk absetzen. Lahn ist über Bord gegangen.«

Also doch!

»Seine Komplizen sind ohne ihn völlig eingeknickt. Wir konnten sie hopsnehmen, nachdem Simon das Boot ans Ufer gesteuert hatte. Sie haben uns sogar das Versteck hier verraten …«

»Hier, trink, Nike«, Jonas öffnete eine Thermoskanne. Der wohlige Duft von Rosen und schwarzem Tee schien nicht hierherzupassen. »Susi hat mir das Getränk extra für dich mitgegeben.«

»Ja, ja.« Ohne einen Schluck zu nehmen, stellte sie die Thermoskanne neben sich ab.

»Aber es ist wichtig, dass du etwas trinkst.«

»Bitte, Jonas. Ich kann für mich sorgen.«

»Okay, okay.« Er wandte sich ab. Kühle streifte Berenikes Arm.

»Hier, das könnte Rabensteins Tod gewesen sein«, Inspektor Kain deutete auf eine Pflanze, die rund um die Hütte wucherte. Bläuliche Blüten. Staudenhafte Größe.

»Das?« Jetzt fühlte sie sich doch etwas flau.

»Ich habe mich kundig gemacht, Fräulein Berenike, nachdem Rabenstein vergiftet wurde. Sie haben einige nette Kräuterbücher. Ich habe mir erlaubt, eines davon quasi zu entlehnen.«

»Sie waren das? ›Die Giftpflanzen der Alpen‹?«

Kain nickte. »Ich hielt Sie eine Zeit lang für verdächtig, Fräulein Berenike, deshalb. Sie bekommen es umgehend zurück. Eisenhut gilt als giftigste Pflanze Europas. In der Hütte wurden getrocknete Pflanzen gefunden, wahrscheinlich das tödliche Kraut. Vor allem seine Samenkörner wirken prima in einem Tee. Also, ›prima‹ ist jetzt nicht das richtige Wort.«

»Nein.«

Ein Polizist in Uniform trat aus der Hütte und kam auf sie zu. »Das wird euch gefallen.« Er hielt einen Stapel bunter Papiere hoch. ›Meisterliche Beratung‹, las Berenike. Ein Foto zeigte Lahn, in sanftem Licht abgebildet. Das Blatt war in den Farben Grün, Weiß und Rot gehalten. »Er ist der Guru vom Toplitzsee? Ich fasse es nicht.«

»Und«, der Polizist schluckte, »da ist noch etwas.« Er hielt ihnen eine Dose entgegen. Berenike wollte nicht hinsehen. »Mit diesem Gift dürfte Donner ermordet worden sein. Ein Schädlingsbekämpfungsmittel.«

Das Foto, dachte Berenike. Das Foto, auf dem ich tot bin. Zyklon B, das Schreien, tote Frauen und Kinder und kein Entkommen. Nur sie lebte. Lebte wozu?

FADE OUT – DIE REISE GEHT WEITER

Das vielstimmige Lied des Samowars

Da stimmt der Samowar sein Lied vielstimmig an. Erst wehklagt er mit der bebenden Stimme eines herumziehenden Alten, dann bricht er in einen durchdringenden Diskant aus, schwillt an zum weichen Tenor, und plötzlich fährt er hoch in den laut schallenden Basso-cantante, um ebenso überraschend in den singenden Mezzo-Soprano herabzusteigen. In Minutenschnelle schweigt er, gleichsam versunken in Nachdenken, und stimmt dann wiederum in ein anhaltendes Lied ein, bald freudig, bald wehmütig. (…) Sing schon, hab Erbarmen. Lass uns sofort die Geschichte deines brodelnden Lebens beginnen, ehe in dir der Lebensodem erkaltet ist.

(Iwan T. Kokorew – aus »Tee, süßer Tau des Himmels«)

»It is a long story«, sagte Shanna MacLeod. Berenikes Salon für Tee und Literatur war zum Bersten voll. Im Rahmen der von ihr initiierten ›Nacht der lebenden Geschichte‹ berichtete die geborene Schottin über die letzte Story, der ihr Mann Robert Rabenstein hinterhergejagt war. Monatelange Organisation war der Veranstaltung vorausgegangen. Berenike war so manches Mal der Verzweiflung nahe gewesen, wenn wieder eine behördliche Genehmigung angefordert wurde oder die Preise der Druckerei unerwartet stiegen. Die Lautsprecheranlage war nicht eingetroffen, weshalb sie am Vortag Ersatz hatte aufstellen müssen. Aber das Ganze hatte ihr geholfen, mit dem Erlebten fertig zu werden. Jetzt hörte sie Shanna zu und war rundum stolz. Der Wind trieb Regenmassen gegen die Fenster, die Äste der Linde streiften im Finstern übers Glas. Die Göttin, dachte Berenike, sie will mich grüßen. Es hatte plötzlich empfindlich abgekühlt, erstes Herbstgefühl.

Shanna war eine gute Rednerin, wusste ihr Publikum zu fesseln. Allen Unkenrufen zum Trotz interessierten sich jede Menge Menschen für die Geschichte der Region. Oft hatte sie während der Vorbereitungsarbeit Zweifel zu hören bekommen, von Sabotageversuchen ganz zu schweigen. Diverse Museen und Gedenkstätten waren jedoch zur Teilnahme bereit gewesen. Die Ewiggestrigen lockte man sowieso nie hinter dem Ofen hervor. Heute aber gab es Grund zum Feiern! Berenikes erste Großveranstaltung unter eigenem Namen war ein echter Erfolg. Sogar die Presse war da, Viktor Seller von der Kleinen Zeitung und eine junge Journalistin vom Salzkammergut-Kurier, Eveline Pechstein. Sie zeigte sich engagiert, aber es blieb abzuwarten, wie viel im Blatt erscheinen würde. Die Chefredakteure waren nicht immer der Meinung ihrer Redakteurinnen und gewichteten lieber nach den Machtverhältnissen im Land. Berenike kannte das, letztlich bekam man ein winziges Zitat in einem kurzen Artikel. Und musste noch froh sein, wenn die Erwähnung positiv ausfiel.

Der Samowar in seinem Glanz schien sich darauf zu freuen, mit seinem brodelnden Gesang zur Geselligkeit beizutragen. Berenikes Mutter war angereist, wohnte in Bad

Aussee im Grünen Kakadu. In Ragnhilds kürzlich übernommene Pension wollte Rose Roither nicht einziehen: ›Zu viel Yin-Yang.‹ Die Norwegerin stellte sich als Gastgeberin ganz auf Seminargäste auf der Suche nach Seelen-Wellness ein. Neben Rose saß Selene, hell wie der Mond. ›Entspann dich‹, hatte sie Berenike bei ihrem sachten Begrüßungskuss zugeflüstert. Die Schwester hatte schon als Kind vermocht, Berenike einzulullen. Selenes Töchter machten sich eifrig Notizen. Amélie hatte ein Faible für Geschichte, Jenny machte es der Schwester nach. Auch Berenikes Vater hatte zum ersten Mal die Fahrt nach Aussee hinter sich gebracht. Fred Stein wohnte bei Berenike, das hatte sie von Anfang an gewollt. Zudem hatte er als Erster zugesagt. Alle anderen Verwandten hatten gezögert, ihre Zweifel am Gelingen der Veranstaltung nur nicht ausgesprochen. Rose hatte gemault, weil sie nicht bei Berenike wohnen konnte. Doch im Gasthaus bekam sie genau den Service, den sie erwartete. Der etwas größere Ort Bad Aussee passte sowieso besser zu ihr mit seinen Geschäften und Cafés.

Zur Einstimmung in den Abend hatte der großartige Marcel Buton aus Frankreich das Publikum zu einer Fantasiereise eingeladen. Das Ergebnis war ein Traum, die Energien hatten sich noch mehr ins Positive gewandelt.

Berenike konzentrierte sich wieder auf Shanna mit ihrem Akzent. »Ladies and Gentlemen, es ist auch häute so: Wer die Wahrheit sagt, braucht ein schnälles Pferd.« Verhaltenes Gelächter im Publikum, das abrupt abbrach. Dann ein einzelner hysterischer Auflacher. »Especially, wenn man von derrr faschistischen Vergangenheit spricht. Meinem Partner war, as you know, kein Entkommen vergönnt. Er wollte seine Forschungen zu Beppo Haim trotz allem publish – publizieren. Sein Killer«, Shanna schniefte in ein Taschentuch, »was nobody else than – niemand anderer als der Mann, who took – dessen Familie sich Haims früheres Haus angeeignet hat. I'm talking about Sieghard Lahn, the writer und, ahm, Politiker.« Schweigen im Publikum. Jonas saß neben Shanna. Dunkler Anzug, hellblaues Hemd. Berenikes Retter, nun ja. Neben den beiden saßen Susi sowie Clemens Steiner, Donners Anwaltskollege, fahl im blassgrauen Gewand.

»Robert has – er hat Lahn mit die Wahrheit konfrontiert. Der Dichter«, Shanna blickte hilfesuchend auf ihre Notizen, »he then – er ist durchgedreht und – he killed my partner. Es …« Shanna schnäuzte sich.

Jonas sprang für sie ein: »Es gibt einen weiteren Verdacht, vielleicht ist er unbegründet. Rabenstein könnte Lahn erpresst haben. Er hat Geld gebraucht, das ihm Lahn vielleicht zur Verfügung stellen sollte, damit er auf die Veröffentlichung verzichtet. Darauf deutet hin, dass er das Material noch unfertig bei einem Wiener Anwalt hinterlegt hat.« Jonas hüstelte. »Nun zur Geschichte des Ausseers Beppo Haim. Leider wollen seine in den USA lebenden Verwandten derzeit nicht nach Österreich kommen. Wir haben dennoch ein Gespräch mit ihnen geführt. Haim fehlte der Ariernachweis, sein Großvater war unbekannt. Eine ledige Geburt, nicht leicht für die Mutter, eine Sennerin, aber auch nicht unüblich. Die Obrigkeiten behielten Haim im Auge, auch weil er Sozialdemokrat war. Diese Partei war im österreichischen Ständestaat nach 1933/34 bereits verboten …«

Berenike sah auf die Uhr. Es war höchste Zeit, den Imbiss für die Pause vorzubereiten. Heute hatte sie ein afrikanisches Kleidungsstück gewählt, Oberteil und Wickelrock in den Farben Grün, Orange und Gelb. Sie fühlte neue Energie in sich. Vorbereitet war unter anderem schwarzer Tee aus Tansania. An einem Abend über die regionale Geschichte sollten sie eigentlich Hagebutten- und Brennnesseltee servieren, aber egal. In der Küche zog sich Ragnhild gerade um. »Ragnhild, ich …«

»Ja? Wo ist denn die …«

»Ich bin froh, dass du mir helfen kannst heute Abend. Wir haben uns ja lang nicht gesehen.«

»Gern, Berenike. Du weißt, über den Sommer habe ich nicht viel Zeit gehabt zum Reden. Heute ist mir klar, dass ich während der schrecklichen Morde zu wenig für dich da war.« Ragnhild wühlte zwischen den Kleidungsstücken. »Wo ist nur die Schürze? Aha, hier.«

»Schon gut. Aber eines wollt ich dich schon lang fragen. Was war mit dem Geld, das damals im Hotel Seebrise verschwunden ist?«

»Eine blöde Geschichte. Ich habe 300 Euro genommen und einen Hinweiszettel in die Kassa gelegt. In der Hektik haben die Kolleginnen ihn verloren. Seltsam, oder?«

»Stimmt.«

Zurück im Salon hatte nach wie vor Jonas das Wort. »Wie schon erwähnt, haben sich Verwandte von Beppo Haim gemeldet, die Kinder seiner Cousine. Diese Cousine war Künstlerin und ist früh emigriert. Wir haben eine DNA-Untersuchung der im Ausseer See gefundenen Knochen veranlasst. Dabei wurden die Knochen mit Gewebeproben der lebenden Verwandten verglichen. Bei dieser Untersuchung pulverisiert man die Knochen und extrahiert die DNA unter Zusatz verschiedener Flüssigkeiten. Anschließend vermehrt man in der sogenannten PCR-Reaktion«, er las die Einzelheiten stockend von einem Zettel ab, »winzige Abschnitte der DNA millionenfach. Das Ergebnis war beeindruckend, ich zitiere aus dem Bericht des österreichischen DNA-Zentrallabors an der Gerichtlichen Medizin in Innsbruck: ›Aus den übergebenen Knochen (Schädel, Rippen) wurde in einem speziellen Verfahren die DNA extrahiert und ein DNA-Profil erstellt. Zum Vergleich standen Mundhöhlenabstriche von Anne Miller sowie John Haim zur Verfügung, von denen mit Standardverfahren DNA-Profile erstellt wurden. Die biostatistische Berechnung ergibt eine Wahrscheinlichkeit von 99 Prozent für die Annahme, dass die gefundenen Knochen von einem Verwandten der Vergleichspersonen Miller und John Haim stammen.‹«

Einige Leute im Publikum scharrten mit den Füßen, jemand hustete. »Dass Haim ermordet wurde, wissen wir aufgrund von Schussverletzungen am Skelett.« Der Mordermittler verschränkte seine Hände ineinander. »Haims Mörder ist mit großer Wahrscheinlichkeit Georg Lahn«, jetzt machte sich Verwirrung im Publikum breit, »Sieghard Lahns Großvater. Aber das ist ein alter Fall und nicht nachweisbar, da der Verdächtige verstorben ist. Es gibt die Aussage einer Zeugin, die diese Annahme stützt. Ihr zufolge hat sich Sieghard Lahn mit der Tat des Großvaters gebrüstet. Lahn senior war SS-Offizier. Der Junior, psychisch labil, konnte die Vorstellung nicht ertragen, dass er sein ererbtes Haus aufgrund von Rabensteins Aufdeckungen verlieren könnte. Haims Eigentum wurde, wie in der NS-Zeit üblich, nach seiner Verurteilung eingezogen. Im Grundbuch ließ sich damals Georg Lahn eintragen, der das Haus in Lupitsch käuflich erworben haben will. Haim wurde nie rehabilitiert, auf seinen Besitz hat bis dato niemand Anspruch erhoben.« Der Polizist schenkte sich ein Glas Wasser ein, trank in langsamen, kleinen Schlucken. »Was die diesen Sommer in Aussee geschehenen Morde betrifft«, er blickte kurz zu Berenike, »so weisen diverse Indizien auf Sieghard Lahn als Täter. Es gibt eine Zeugin, der gegenüber Lahn die Taten sogar gestanden hat, selbstherrlich, wie er offenbar ist. Ungefähr zur gleichen Zeit hat der österreichische Verfassungsschutz eine Neo-nazi-Gruppierung aus dem Salzkammergut observiert. Diese tarnte sich als esoterischer Geheimbund, dem ein Meister vorstand – niemand anderer als Sieghard Lahn. Ein vielfältiger Mann.« Ein paar Lacher im Publikum. »Pikanterweise hat die Gruppierung an Schlepperdiensten für Ausländer gut verdient. Das Tote Gebirge eignet sich mit seinen einsamen Regionen hervorragend dafür. Der eine oder andere hat die bergsteigerisch schwierigen Routen jedoch nicht überlebt.« Wieder machte Jonas eine Pause. »Eine alte Frau hat die Vorgänge beobachtet und uns darauf aufmerksam gemacht. Wahrscheinlich ahnten die Kriminellen das … Wir haben ihre Leiche im Wasserfall bei der Ruine Pflindsberg aufgefunden. Gefolgsleute von Sieghard Lahn haben den Auftragsmord gestanden. Sie wollten den Radikalpoeten zum größten Guru aller Zeiten machen, sagen sie.«

Jonas trank wieder. »Und schließlich der Mord an Rolanda König in Wien. Zunächst verwirrte dieser Todesfall, wie Sie sich vielleicht erinnern. Doch wir konnten die Spuren zusammenführen, gemeinsam mit den Wiener Mordermittlern.« Berenike erkannte Inspektor Janskys rot gelockten Haarschopf in der ersten Reihe. Sein eitler Kollege Hochfeld war zum Glück in Wien geblieben. »Eine solche Häufung von Todesfällen im Nahbereich einer rechten Partei erschien uns dubios. Lahn hatte die glorreiche Idee, Frau König als Mörderin zu präsentieren. Wir wissen von einem Termin Lahns bei Rolanda König, kurz vor ihrem Tod. Büronachbarn berichten von einem lautstarken Streit.«

Unter einem aufmunternden Blick Steiners ergriff nun Susi das Wort: »Es ist unglaublich, dass die Opfer, bereits gedemütigt und vertrieben, es bis zu Rabensteins Kontaktaufnahme nicht wagten, einen Anspruch auf das geraubte Eigentum zu erheben. Auch von dieser Seite wird Georg Lahn als Mörder Haims belastet. Anne Miller, die damals noch ein Kind war, erinnert sich, dass der SS-Mann Haims Sammlung traditioneller Musikinstrumente gierig betrachtet hat, besonders eine Knöpferlharmonika. Der SS-Mann soll bei der Verhaftung Haims federführend gewesen sein.«

Endlich kamen sie zum Ende des offiziellen Teils. Während Helferinnen Getränke und Fingerfood herumreichten, trat Jonas zu Berenike. Den obersten Hemdknopf geöffnet, gebräunt vom Sommer, stand er vor ihr. »Ich bin mir bei den Ermittlungen vorgekommen wie beim Schatz vom Toplitzsee.«

Natürlich kannte Berenike den alten Film von Franz Antel. »Lahn hat gewusst, was sein Großvater getan hat. Der kleine Sieghard ist von Georg im alten Geist erzogen worden, der Großvater ist noch gar nicht so lange tot.« Noch immer brannten Sieghard Lahns Beschimpfungen in Berenikes Kopf.

»Diese Wahrsagerin …«

»Madame Montego?«

»Genau. Die muss etwas gewusst haben. Vielleicht sogar aus der damaligen Zeit.«

»Die helle Person.«

»Wie bitte?«

»Als ich sie um Rat fragte, hat sie von einer hellen Person gesprochen. Ich habe das Rätsel nicht begriffen, aber sie muss Lahn gemeint haben.«

»Lahn hat Haims Knochen ausgegraben und in den See geworfen. Was für eine blöde Hoffnung, alles werde sich im Wasser und damit in Wohlgefallen auflösen.«

»Der Alte hat, was man so von Nachbarn der Lahns hört, Sieghard brutal erzogen. Er hat ihn gestählt, wie man das früher bezeichnet hat. Lahns Mutter ist selbst unter der Fuchtel des Großvaters gestanden, hat den kleinen Sieghard nicht geschützt. Trotzdem war der Großvater Sieghards wichtigste Bezugsperson. Jetzt hat er jede Relation verloren.«

»Herr Kommissar Lichtenegger?« Die Journalistin vom Salzkammergut-Kurier hatte sich angeschlichen.

»Inspektor, aber macht nichts.«

»Herr Inspektor, passt es jetzt für das Interview?«

»Natürlich.«

Berenike drehte währenddessen eine Runde durch den Salon. Ein Bad in der Menge, schon lange nicht genossen. Stimmengewirr erfüllte den Raum.

»Gratulation, Frau Roither.«

»Wirklich interessant.«

»Und erst die Ausstellung …«

Es war gut gewesen, die Vorfälle der Vergangenheit anzusprechen, sie auszusprechen.

Schließlich kam Jonas zurück zu ihr. »Geschafft. Jetzt gehöre ich dir.«

Berenike zog ihn in die Küche, dort war es ruhiger. Sie griff nach dem Wasserkessel. Jonas strich sich durch die dunklen Haare.

»Neuer Haarschnitt?«

»Ja, die Mondscheinfriseurin …«

»Jutta ist super.« Berenike rumorte im Regal, suchte Tassen. Nur mehr zwei alte Keramikbecher mit griechischem Muster, etwas abgestoßen, waren sauber geblieben.

»Weißt du, was so irre ist an dem Fall?« Berenike sah ihn erwartungsvoll an. »Meine Mutter ist selbst mit einem Kindertransport aus Österreich gerettet worden. Hat ihre Eltern nicht mehr wieder gesehen. Mein Vater ist Engländer. Ich bin in seiner Heimat aufgewachsen. Ich war manchmal mit meiner Mama hier zu Besuch. Sie hat es nie lang in Österreich ausgehalten.« Er strich Berenike über den Arm. »Ich bin nach Wien gegangen, hab Jus studiert …«

»Ein früheres Leben.«

»Ich wollte wissen, ob ich es ertrage. Ein Bedürfnis, zur Gerechtigkeit beizutragen. Mir selbst ist nichts passiert. Aber …« Sein Blick verlor sich. »Ich will, dass sich etwas bewegt. Ich hab mich mit Shanna angefreundet, weil wir beide Englisch sprechen.«

»Apropos Shanna, ihre Kopfverletzung ist mir aufgefallen.«

»Ein Sportunfall, darauf spricht man sie besser nicht an. Es ist ihr ein bisschen peinlich. Ein Anfängerfehler beim Klettern.«

»Und ich dachte schon, ihr Mann …«

»Nein, zum Glück nicht.« Jonas starrte Löcher in die Luft. »Und dann treff ich dich … wenn es einen Zufall gibt.«

»Ich habe dir gesagt, den gibts nicht. Unser Karma …« Berenike näherte sich seinem Gesicht. Die Nerven in ihren Lippen zitterten aus Vorfreude. Etwas knallte.

»Das Feuerwerk!«

»Eine Frage, noch, Jonas. Was ist mit Inspektor Kain?«

»Ja, ähm. Ich sollte undercover ermitteln, deshalb habe ich an der Schreibgruppe teilgenommen. Ich schreibe eigentlich kaum was. Mit Numerologie kenn ich mich aber wirklich aus. Falls du etwas wissen willst?«

Berenike schüttelte den Kopf: »Im Moment nicht.«

»Kain hat die Tarnung zu früh aufgedeckt. Er ist halt ein Landpolizist … Zum Glück hat er sich bei Lahns Verhaftung mustergültig verhalten.«

»Wie seid ihr auf Lahns Spur gekommen? Mir war er von Anfang an unsympathisch, aber …«

»Das Phantombild, das nach den Angaben von Donners Sekretärin von dem ominösen Medienmann angefertigt worden ist. Es erinnerte mich an jemanden. Ich zeigte Frau Schauer Bilder von Sieghard Lahn – bingo. Der Mann sehe ihm zum Verwechseln ähnlich, bis auf die Haare. Er trug eine Perücke. Diese Frau Schauer, sie hat dir die Drohbriefe geschickt, und auch das Foto.«

»Das Foto! Woher weißt du davon?«

»Das haben wir alles auf der Festplatte ihres PCs sichergestellt. Sie war in Donner verknallt und überzeugt davon, dass du ihn vernichten willst. Also hat sie dich vernichten wollen.«

»Auch nach der ganzen Zeit noch?«

»Ja, offensichtlich.« Er hustete. Berenike drehte das kochende Wasser ab. Welche Teesorte sollte sie Jonas anbieten?

»Und dann dein Rumänen-Auftrag. Susi hat mir den Termin im Kalender gezeigt, ich wollte das Narzissenfest mit dir verbringen. Tja, ich hätte dich früher fragen sollen. Der Name des Kunden, East-West-Trade, klang seltsam in meinen Ohren, so konstruiert. Ich hab mich in die Datenbanken eingeklinkt, aber keine Firma dieses Namens gefunden. Auch nicht international. Ich hab ein immer schlechteres Gefühl bekommen.«

»Ein Bauchgefühl?«

Jonas nickte.

»Aber Polizisten ermitteln anhand von Fakten.«

»Ähm, ja.«

Berenike strich mit ihren Handflächen langsam über seinen Rücken, ließ die Hände nach unten wandern. Ja, der Typ war im Training. Sie wartete, ob er sich wieder von ihr lösen würde. Aber nichts dergleichen geschah. Mutig geworden, leckte sie mit der Zunge über ihre Lippen und knabberte dann ganz sanft an seinem Ohrläppchen.

»Oh, Nike!« Sie hatte nicht geahnt, dass Männer dermaßen hauchen konnten. Sie kicherte.

»He!«

»Willst du …«
»Ja?«
»… eine Tasse Tee mit mir teilen?«
Der Lindenbaum raschelte im Dunkeln mit den Ästen.

ENDE

Nachwort

Dieses Buch ist ein Roman. Die Handlung und ihre Figuren sind frei erfunden. Alle Ähnlichkeiten mit lebenden oder toten Menschen sind nicht beabsichtigt und gehören somit zu jenen Zufällen, die das Leben schreibt.

Berenikes Teesalon werden Sie im Salzkammergut vergeblich suchen (leider). Was hingegen den historischen Tatsachen entspricht, ist der Versuch der Nationalsozialisten, sich in den letzten Kriegstagen des Frühjahrs 1945 in eine »Alpenfestung« im Salzkammergut zurückzuziehen. Die Rettung der im Ausseer Salzbergwerk gelagerten Kunstwerke vor der Sprengung ist legendär. Über vieles Andere wurde spekuliert … etwa über verschwundene Gold- und andere Schätze.

Einen guten Überblick zur Widerstandsbewegung – auch Partisanen genannt – bietet die Publikation »Widerstand im Salzkammergut – Ausseerland« von Helmut Kalss (Diplomarbeit an der Universität Graz).

Eigentum von Verurteilten wurde in der NS-Zeit tatsächlich eingezogen. Und falls Sie sich wundern sollten: Das Wetter im Salzkammergut ist äußerst wechselhaft … keine Übertreibung.

Ich danke allen, die mir als »Schreibtischtäterin« bei meiner »Ermittlungsarbeit« halfen. »Zeugenberichte« und »Spuren« fanden sich auf die unterschiedlichste Art. Besonderer Dank an jene Kollegen und Kolleginnen, die den »Abschlussbericht« freundlicherweise testgelesen und mich bestärkt haben. Special thanks an die Mörderischen Schwestern!

Aktuelle Lesetermine, weitere Aktivitäten rund um Berenike Roither und Teegeschichten erfahren Sie auch auf meiner Webseite:
http://www.texteundtee.at

Anhang

Berenikes Kleines Teebrevier

Verbenentee Auch ›Wohlriechendes Eisenkraut‹ genannt. Wirkt entspannend, macht aber nicht schläfrig. Er riecht leicht zitronig und wirkt insbesondere nach dem Essen wohltuend.

(Old) English Breakfast Tea Englische Blattteemischung. Starker schwarzer Tee, der in England traditionell zum Frühstück getrunken wird – mit Milch. Er besteht häufig aus verschiedenen Schwarztees, bevorzugt aus dem Hochland Ceylons.

Assam Tee mit einer Prise Ingwer Assamtee stammt aus Nordindien und schmeckt sehr intensiv. Man kann ihn gut mit Milch genießen.

Am besten fügen Sie den Teeblättern frischen Ingwer hinzu und lassen beides so lange wie gewünscht ziehen. (Ingwerpulver geht zur Not.) Ingwer wärmt und hilft bei beginnenden Erkältungen.

Magischer Kräutertee Das Geheimnis dieser Mischung konnte Berenike Madame Montego leider nicht entlocken …

Ausseer Mischung Eine Kräuterteemischung nach Berenikes Rezept: Hollerblüten, Ringelblumen, Schafgarbe und ein paar getrocknete Früchte, darunter Äpfel.

Tee aus drei Sorten Minze Berenikes Abendteemischung besteht aus Apfelminze, Pfefferminze und Melisse. Alle drei

Kräuter wirken entspannend, wobei Minze jedoch leicht kühlt – ideal als Sommergetränk.

Ceylon Delight Ceylon Tees stammen aus dem heutigen Sri Lanka, der Name Ceylon ist dem Tee allerdings geblieben. Sie sind kräftige schwarze Tees, die sich gut als Frühstückstee eignen.

Goldspitz Darjeeling Darjeeling zählt zu den edelsten Teesorten. Er ist eher hell und schmeckt blumig und mild. Darjeeling stammt aus dem Himalayagebiet.

Lavendel-Holler-Eistee Kochen Sie heißes Wasser und übergießen Sie Lavendel- und Hollerblüten mit dem leicht ausgekühlten Wasser. Bis zu 12 Minuten ziehen lassen. Auskühlen lassen, im Eiskasten kühlen. Mit Eiswürfeln und/oder Zitronensaft servieren.

African Dream Ziemlich dunkler, kräftiger schwarzer Tee aus Tanzania. Schmeckt auch gut mit Milch.

Earl Grey mit Jasminblüten Earl Grey ist schwarzer Tee mit Bergamottearoma, er schmeckt leicht zitronig. Mit Jasminblüten ist er noch fruchtiger.

Grüntee mit Erdbeeraroma Grüner Tee stammt vom selben Teestrauch wie schwarzer Tee. Die Teeblätter sind bei ihrer Ernte immer grün. Allerdings wird er nicht (wie schwarzer Tee) fermentiert, sondern bei hoher Temperatur getrocknet.

Grüntee bereiten Sie am besten zu, indem sie das aufgekochte Wasser bis zu 10 Minuten lang auskühlen lassen und dann erst die Teeblätter damit übergießen.

Baldriantee Baldrianwurzeln wirken beruhigend. Auch tagsüber bei Nervosität und Erregung oder Stress. Er wirkt nur dann schlaffördernd, wenn man tatsächlich einen Schlafmangel hat! Er kann also beruhigt zu jeder Tageszeit genossen werden. Circa 12 Minuten ziehen lassen. Um die Wirkung zu erzielen, sollte er wie jeder Kräutertee warm genossen werden.

Formosa Grüntee Grüner Tee aus Taiwan (vormals Formosa genannt).

Grüntee-Bowle Zitronenmelisseblätter abpflücken, in Eiswürfelbehälter legen und mit Prosecco aufgefüllt tiefkühlen. Zum Servieren legen Sie in jedes Glas fünf dieser Eiswürfel und füllen Sie das Glas mit warmem grünen Tee auf. Limettenscheiben an die Glasränder stecken. (Aus: Rose Marie Donhauser: Das kleine Teebuch)

Eis mit grünem Tee Berenike wählt meist die einfache Variante: Sie lässt gekauftes Eis (zum Beispiel Vanille; ca. 2 ½ Liter) leicht antauen und vermischt die Masse gründlich mit (ca. 4 Teelöffel) Matcha-Grüntee-Pulver. Anschließend über Nacht wieder im Kühlschrank gefrieren lassen. Matcha ist zu feinstem Pulver vermahlener grüner Tee aus Japan.

Natürlich kann man mit Matcha-Teepulver auch selbst Eis nach Eis-Rezept zubereiten, zum Beispiel so: ½ Liter Obers, ½ Liter Milch mit 15 dag Zucker und 1 Prise Salz vermischen. 17 Gramm Matcha-Teepulver unterrühren und im Tiefkühler frieren lassen.

Kamillentee Ein Klassiker, Kindheitserinnerung, von manchen geliebt, von anderen gehasst. Kamillentee wirkt entzündungshemmend und krampflösend sowie beruhigend (am Abend). Hilft bei krampfartigen Magen-Darm-Beschwerden. Aber Achtung: Man kann gegen Korbblütler wie Kamille allergisch reagieren. Und entgegen der »Hausmedizin« sollte sie für Augenbeschwerden nicht genommen werden, da sie austrocknet.

Käsepappeltee (Folium Malvae) Dieser Kräutertee von den Blättern der Malvenpflanze wirkt entzündungshemmend und hilft bei Magen-Darm-Beschwerden.

Kräuter-Eistee Sie können jeden beliebigen Kräutertee auskühlen lassen und im Eiskasten kühlen. Bedenken Sie aber, dass die Wirkung der Kräuter nur im frischen und heißen Zustand eintritt.

Thé à la Menthe Schwarzer Tee wird in arabischen Ländern gern mit einem Blatt Minze serviert. Berenike schätzt diesen kühlenden Effekt der Minze im Sommer. Gesüßt wird im Salon von jedem Gast nach Bedarf.

Ayurveda-Teemischung Berenikes ayurvedischer Pitta-Tee steuert nach ayurvedischer Lehre u. a. Verdauung, Körpertemperatur und erhöhte Reizbarkeit. Diese Mischung enthält daher Ingwer, Anis, Fenchel, Süßholz, Sternanis, Kardamom sowie Rosenblüten.

Grüner Sencha Grüner Tee aus Japan. Der eher helle Tee schmeckt frisch und eher mild.

Gesichtsmaske mit grünem Tee Gezogene Grünteeblätter zusammen mit Ei, Honig und Topfen anrühren. Die Haut damit bestreichen und einige Minuten einwirken lassen –

am besten in Ruhe zum Beispiel Teemusik dazu hören. Abwaschen.

Türkischer Çay [Tschaj] In der Türkei wird traditionell starker Tee in einem intensiven Aufguss zubereitet. Gleichzeitig hält man Wasser warm. Die beiden Flüssigkeiten befinden sich in übereinander passenden Teekannen (Çayenlik), sodass beide warm gehalten werden können. Jeder kann sich den Tee damit beliebig stark in der Tasse mischen. Eine bekannte türkische Teesorte bzw. -firma ist Rize Çay.

Glückstee Nach Berenikes Rezept zusammengestellt aus stimmungsaufhellendem Johannakraut, ausgleichender Ringelblume und beruhigenden Lindenblüten.

Bancha, japanischer Grüntee Bancha ist seinem Namen nach »gewöhnlicher Tee« aus Japan. Sehr milder Tee mit wenig Koffein (Teein).

Lupitscher Tee Ein Rezept, das Berenike im Ausseerland fand. Dazu wird Rum mit starkem, schwarzen Tee (aus ganz wenig Wasser) erhitzt … nichts für schwache Nerven und schon gar nicht für Auto-/Skifahrer!

Tee mit Pilzen Berenike verwendet selbstverständlich nur legale Zutaten … ohne jede Drogen. Es heißt jedoch, dass Pilze mit bewusstseinserweiternden Substanzen (die wie Drogen wirken) auch als Tee getrunken werden können …

China Rose Feiner schwarzer Tee aus China, gemischt mit Rosenblättern. Duftet und schmeckt nach Rosen, wirkt ein wenig entspannend.

Allgemein:

Schwarzer Tee: 3 bis 5 Minuten ziehen lassen
Grüner Tee: 2 bis 3 Minuten ziehen lassen
Kräutertee: 10 bis 15 Minuten ziehen lassen

Kochen Sie etwas mehr Wasser und spülen Sie die Tasse oder Kanne vor dem Aufguss mit dem heißen Wasser aus. Wegschütten und anschließend Tee aufgießen. Somit bleibt Ihr Tee länger warm!

*

Zu Berenikes bevorzugter Tee-Lektüre zählen folgende Bücher:

Rose Marie Donhauser: Das kleine Teebuch
Hans G. Adrian: Lieben Sie Tee?

Und allen voran:

Andreas Gruschke, Andreas Schörner, Astrid Zimmermann: Tee, süßer Tau des Himmels
(Information: http://www.gruzim.de/verlag)

Weitere Krimis finden Sie auf den folgenden Seiten und im Internet: www.gmeiner-verlag.de

PIERRE EMME

Pasta Mortale

273 Seiten, Paperback.
ISBN 978-3-8392-1018-5.

KALT ABSERVIERT Skandal im Restaurant »Desiree«: Ein Gast fällt tot vom Stuhl, er starb an einer vergifteten Portion Mohnnudeln. Was Kriminologe Mario Palinski, der sich neuerdings auch als Gastro-Kritiker versucht, zu diesem Zeitpunkt noch nicht weiß: Die tödlichen Nudeln waren eigentlich für ihn bestimmt. Und kurz darauf kommt es zu weiteren mysteriösen Vorfällen in der Wiener Gastronomie-Szene …

ISABEL MORF

Schrottreif

230 Seiten, Paperback.
ISBN 978-3-8392-1022-2.

VERFAHREN Der Frühling hält endlich Einzug in Zürich. Doch Valerie Gut ist verzweifelt. In ihrem Fahrradgeschäft »FahrGut« im Stadtkreis Wiedikon ereignen sich mysteriöse Vorfälle: Immer wieder wird Zubehör gestohlen, in einer anonymen Zuschrift wird Valerie beschimpft, ein Kunde kehrt von einer Probefahrt mit einem teuren Rad nicht zurück, aus der Kasse verschwinden 4.000 Franken. Und dann liegt auch noch ein toter Mann im Laden. Erschlagen.

Eine echte Herausforderung für den erfahrenen Ermittler Beat Streiff von der Stadtpolizei Zürich und seine junge, energische Kollegin Zita Elmer. Wie sich herausstellt war der Tote eine mehr als zwielichtige Gestalt. Aber hatte er auch etwas mit den rätselhaften Vorkommnissen bei »FahrGut« zu tun? Valerie will die Wahrheit – um jeden Preis …

GMEINER

Wir machen's spannend

PAUL LASCAUX
Feuerwasser

231 Seiten, Paperback.
ISBN 978-3-8392-1011-6.

STILLE WASSER Im idyllischen Justistal im Berner Oberland prallen Gegensätze aufeinander: Die Eidgenössischen Kraftwerke planen dort den größten Stausee der Schweiz, ein einflussreicher Dorfbewohner möchte an gleicher Stelle einen riesigen, voralpinen Fun-Park errichten. Dann werden innerhalb kurzer Zeit die Verantwortlichen beider Projekte auf grausame Weise ermordet.

Die Berner Polizei steht zunächst vor einem Rätsel, ebenso wie das agile Detektivduo Heinrich Müller und Nicole Himmel. Doch dann kommen die Ermittlungen ins Rollen: Müller & Co stoßen auf geheimnisvolle Militärgebirgsfestungen aus dem Zweiten Weltkrieg, degustieren Wasser und Eau de Vie und begegnen Alpenbewohnern, die mehr wissen, als sie zugeben wollen …

FRIEDERIKE SCHMÖE
Fliehganzleis

327 Seiten, Paperback.
ISBN 978-3-8392-1012-3.

UNBEWÄLTIGTE VERGANGENHEIT Larissa Gräfin Rothenstayn, die in der DDR aufwuchs und 1975 in den Westen fliehen konnte, bittet Ghostwriterin Kea Laverde, ihre Lebensgeschichte aufzuschreiben. Dann wird sie in ihrem Schloss in Unterfranken von einem Unbekannten schwer verletzt. Die Polizei spricht von versuchtem Mord und fahndet nach dem geheimnisvollen Täter.

Kea arbeitet sich unterdessen durch das Archiv der Familie und steht vor einem Rätsel: Warum sammelte die Gräfin Berichte über ein Mädchen, das im Sommer 1968 in einem kleinen See auf der Insel Usedom ertrank? Wie es scheint, ist das Unglück fast 20 Jahre nach dem Mauerfall noch nicht geklärt, und Larissas Angreifer streckt auch nach Kea die Finger aus …

GMEINER

Wir machen's spannend

BURGER / IMBSWEILER / SCHÖBEL (Hrsg.)

Tödliche Wasser

327 Seiten, Paperback.
ISBN 978-3-8392-1024-6.

WASSER-LEICHEN Ohne Wasser kein Leben. Gäbe es auf unserem Planeten kein Wasser mehr, dann würde alles Leben verschwinden. Kein Wunder, dass für Wasser getötet wird – und manchmal auch mit Wasser. Wie in der vorliegenden Krimisammlung.

Zwei Getränkeproduzenten bekämpfen sich umbarmherzig, ein See färbt sich blutrot, auf einem Konzert unter dem Motto »Wasser ist Menschenrecht« kommt es zur Katastrophe, ein Serienmörder nutzt das kühle Nass auf höchst ungewöhnliche Weise …

18 bekannte Krimiautorinnen und -autoren haben sich zusammengefunden und das Lebenselixier der Menschheit zum Thema ihrer ebenso spannenden wie abwechslungsreichen Kurzgeschichten gemacht. Ein Hochgenuss!

BERND LEIX

Fächertraum

230 Seiten, Paperback.
ISBN 978-3-8392-1010-9.

AUSGEBRANNT Oskar Lindt, unter der Last der Jahre in die Breite gegangener Chefermittler der Karlsruher Mordkommission, tut sich zunehmend schwer mit seinem Beruf. Frühere Fälle verfolgen ihn in Alpträumen, Kollegen aus anderen Abteilungen mobben ihn und setzen ihn unter Druck.

Doch es kommt noch schlimmer: Als der Filialleiter eines Bettenmarkts brutal ermordet wird und Lindt einen Verdächtigen unsanft überwältigt, hängt man ihm ein Verfahren wegen Körperverletzung an, das ausgerechnet seine Erzfeindin, die Oberstaatsanwältin Lea Frey, genüsslich gegen ihn einleitet.

Eine erste Spur führt in das Milieu des äußerst profitablen Zigarettenschmuggels. Aber die Ermittlungen verlaufen zäh und als eine zweiter Mord geschieht, steckt der erfolgsverwöhnte Fächerstadt-Kommissar endgültig in der Krise …

GMEINER

Wir machen's spannend

Das neue KrimiJournal ist da!

2 x jährlich das Neueste aus der Gmeiner-Krimi-Bibliothek

KRIMIJournal

In jeder Ausgabe:

- Vorstellung der Neuerscheinungen
- Hintergrundinfos zu den Themen der Krimis
- Interviews mit den Autoren und Porträts
- Allgemeine Krimi-Infos
- Großes Gewinnspiel mit ›spannenden‹ Buchpreisen

ISBN 978-3-89977-950-9
kostenlos erhältlich in jeder Buchhandlung

KrimiNewsletter

Neues aus der Welt des Krimis

Haben Sie schon unseren KrimiNewsletter abonniert?
Alle zwei Monate erhalten Sie per E-Mail aktuelle Informationen aus der Welt des Krimis: Buchtipps, Berichte über Krimiautoren und ihre Arbeit, Veranstaltungshinweise, neue Krimiseiten im Internet, interessante Neuigkeiten zum Krimi im Allgemeinen.
Die Anmeldung zum KrimiNewsletter ist ganz einfach. Direkt auf der Homepage des Gmeiner-Verlags (www.gmeiner-verlag.de) finden Sie das entsprechende Anmeldeformular.

Ihre Meinung ist gefragt!

Mitmachen und gewinnen

Wir möchten Ihnen mit unseren Krimis immer beste Unterhaltung bieten. Sie können uns dabei unterstützen, indem Sie uns Ihre Meinung zu den Gmeiner-Krimis sagen! Senden Sie eine E-Mail an gewinnspiel@gmeiner-verlag.de und teilen Sie uns mit, welches Buch Sie gelesen haben und wie es Ihnen gefallen hat. Alle Einsendungen nehmen automatisch am großen Jahresgewinnspiel mit ›spannenden‹ Buchpreisen teil.

GMEINER

Wir machen's spannend

Alle Gmeiner-Autoren und ihre Krimis auf einen Blick

Alle Gmeiner-Autoren und ihre Krimis auf einen Blick

Pilger des Zorns • Walhalla-Code (2009) • Die Kiliansverschwörung (2008) • Die Pforten der Hölle (2007) **KLEWE, SABINE**: Die schwarzseidene Dame (2009) • Blutsonne (2008) • Wintermärchen (2007) • Kinderspiel (2005) • Schattenriss (2004) **KLÖSEL, MATTHIAS**: Tourneekoller (2008) **KLUGMANN, NORBERT**: Die Adler von Lübeck (2009) • Die Nacht des Narren (2008) • Die Tochter des Salzhändlers (2007) • Kabinettstück (2006) • Schlüsselgewalt (2004) • Rebenblut (2003) **KOHL, ERWIN**: Willenlos (2008) • Flatline (2007) • Grabtanz • Zugzwang (2006) **KÖHLER, MANFRED**: Tiefpunkt • Schreckensgletscher (2007) **KOPPITZ, RAINER C.**: Machtrausch (2005) **KRAMER, VERONIKA**: Todesgeheimnis (2006) • Rachesommer (2005) **KRONENBERG, SUSANNE**: Rheingrund (2009) • Weinrache (2007) • Kultopfer (2006) • Flammenpferd (2005) **KURELLA, FRANK**: Der Kodex des Bösen (2009) • Das Pergament des Todes (2007) **LASCAUX, PAUL**: Feuerwasser (2009) • Wursthimmel • Salztränen (2008) **LEBEK, HANS**: Karteileichen (2006) • Todesschläger (2005) **LEHMKUHL, KURT**: Nürburghölle (2009) • Raffgier (2008) **LEIX, BERND**: Fächertraum (2009) • Waldstadt (2007) • Hackschnitzel (2006) • Zuckerblut • Bucheckern (2005) **LOIBELSBERGER, GERHARD**: Die Naschmarkt-Morde (2009) **MADER, RAIMUND A.**: Glasberg (2008) **MAINKA, MARTINA**: Satanszeichen (2005) **MISKO, MONA**: Winzertochter • Kindsblut (2005) **MORF, ISABEL**: Schrottreif (2009) **MOTHWURF, ONO**: Taubendreck (2009) **OTT, PAUL**: Bodensee-Blues (2007) **PELTE, REINHARD**: Inselkoller (2009) **PUHLFÜRST, CLAUDIA**: Rachegöttin (2007) • Dunkelhaft (2006) • Eiseskälte • Leichenstarre (2005) **PUNDT, HARDY**: Deichbruch (2008) **PUSCHMANN, DOROTHEA**: Zwickmühle (2009) **SCHAEWEN, OLIVER VON**: Schillerhöhe (2009) **SCHMITZ, INGRID**: Mordsdeal (2007) • Sündenfälle (2006) **SCHMÖE, FRIEDERIKE**: Fliehganzleis • Schweigfeinstill (2009) • Spinnefeind • Pfeilgift (2008) • Januskopf • Schockstarre (2007) • Käfersterben • Fratzenmond (2006) • Kirchweihmord • Maskenspiel (2005) **SCHNEIDER, HARALD**: Erfindergeist • Schwarzkittel (2009) • Ernteopfer (2008) **SCHRÖDER, ANGELIKA**: Mordsgier (2006) • Mordswut (2005) • Mordsliebe (2004) **SCHUKER, KLAUS**: Brudernacht (2007) • Wasserpilz (2006) **SCHULZE, GINA**: Sintflut (2007) **SCHÜTZ, ERICH**: Judengold (2009) **SCHWAB, ELKE**: Angstfalle (2006) • Großeinsatz (2005) **SCHWARZ, MAREN**: Zwiespalt (2007) • Maienfrost • Dämonenspiel (2005) • Grabeskälte (2004) **SENF, JOCHEN**: Knochenspiel (2008) • Nichtwisser (2007) **SEYERLE, GUIDO**: Schweinekrieg (2007) **SPATZ, WILLIBALD**: Alpendöner (2009) **STEINHAUER, FRANZISKA**: Wortlos (2009) • Menschenfänger (2008) • Narrenspiel (2007) • Seelenqual • Racheakt (2006) **SZRAMA, BETTINA**: Die Giftmischerin (2009) **THÖMMES, GÜNTHER**: Das Erbe des Bierzauberers (2009) • Der Bierzauberer (2008) **THADEWALDT, ASTRID / BAUER, CARSTEN**: Blutblume (2007) • Kreuzkönig (2006) **VALDORF, LEO**: Großstadtsumpf (2006) **VERTACNIK, HANS-PETER**: Ultimo (2008) • Abfangjäger (2007) **WARK, PETER**: Epizentrum (2006) • Ballonglühen (2003) • Albtraum (2001) **WILKENLOH, WIMMER**: Poppenspäl (2009) • Feuermal (2006) • Hätschelkind (2005) **WYSS, VERENA**: Todesformel (2008) **ZANDER, WOLFGANG**: Hundeleben (2008)